妣锦 —— 著

锦衣玉食

上

图书在版编目（CIP）数据

锦衣玉令 / 姒锦著. — 重庆：重庆出版社，2024.3
ISBN 978-7-229-18041-6

Ⅰ．①锦… Ⅱ．①姒… Ⅲ．①长篇小说—中国—当代 Ⅳ．①I247.5

中国国家版本馆CIP数据核字（2023）第189256号

锦衣玉令
JINYI YULING
姒　锦　著

选题策划：李　子
责任编辑：李　子
责任校对：朱彦谚
版式设计：侯　建

重庆出版集团
重庆出版社　出版

重庆市南岸区南滨路162号1幢　邮政编码：400061　http://www.cqph.com
重庆市国丰印务有限责任公司印刷
重庆出版集团图书发行有限公司发行
E-MAIL:fxchu@cqph.com　邮购电话：023-61520646
全国新华书店经销

开本：720mm×1000mm　1/16　印张：40.625　字数：955千
2024年8月第1版　2024年8月第1次印刷
ISBN 978-7-229-18041-6
定价：98.00元

如有印装质量问题，请向本集团图书发行有限公司调换：023-61520678

版权所有　侵权必究

目 录

第一章　时雍和阿拾　/001

第二章　灭门案　/015

第三章　不疯魔不成活　/030

第四章　绵绵阴雨海棠花　/044

第五章　私了　/057

第六章　时雍的惊人结论　/077

第七章　未遂的谋杀　/101

第八章　两个时雍？　/119

第九章　机会　/136

第十章　诏狱内鬼　/158

第十一章　夜半惊魂　/178

第十二章　夜审　/202

第一章　时雍和阿拾

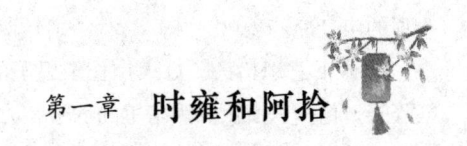

七月十五那天，下着小雨，阿拾刚到顺天府衙，就被周明生叫住：

"阿拾快点！锦衣卫来要人办差，沈头叫你去。"

阿拾扬了扬眉："有没有说什么事？"

周明生左右看看，压低了嗓子：

"听魏千户说，是给女魔头时雍验尸。横竖是一桩露脸的事，往后谁敢不高看你一眼？你可是验过时雍身子的人。"

周明生说个不停，阿拾只是眯起眼睛笑。这真是一桩新鲜事。大家都以为她是顺天府仵作宋长贵的女儿宋阿拾，却没有人知道——她才是时雍。那个人人喊诛的女魔头时雍。

诏狱尽头灯火昏黄，牢舍狭窄，阴气森森，厚实的隔墙足有三尺，将甬道的风关在外面，空气幽凉沉闷。

"阿拾，进去吧。"魏州是个有几分清俊的男子，也是锦衣卫里少见的和气之人。

"不用怕，北镇抚司不吃人，时雍已自尽身亡，大胆进去勘验！"

"是。"装老实并不是一件难事，少说话便好。

时雍福了福身，走入那间腐败霉臭的牢舍。一个女子蜷缩在潮湿的杂草堆上，双手攥紧成拳，身子弓得像一只死去多时的大虾，地上的水渍散发着臊腥的恶臭，分明已经死去多时。

"阿拾速验，大都督等着呢。"是为女犯验身，魏州没有进来，但语气已有不耐。

时雍应了一声，静静望着蜷缩的女尸。灯火淡淡映照在她身上，昏黄的光晕像一层缠绕的薄辉。她长发丝线一般垂落在腐败杂乱的干草上，将那张面目全非的面孔，遮盖了大半……是的，女尸的脸早已看不清原本模样，唯有一双眼仍是圆睁着，变了形状，却仿佛在诉说她的不甘与恐惧。

时雍将掌心覆盖在女尸的双眼上，仔细为她理好衣服，慢慢走出牢舍。勘验文书摆在桌案上，怎么死的写得清清楚楚。时雍了解中间的门道，只要没有特殊交代，那画押确认便是，人家说怎么死的，那就是怎么死的，不需要再多言多语。

魏州将文书推近："阿拾识字吗？"

时雍道："不识。"

魏州笑着说："劳烦你，没有问题就在这里画个押。"

"是。"时雍低头在文书上押手印。

"好了，拉出去吧。"魏千户摆了摆手，正叫人来抬尸，背后就传来一声冷喝。

"慢着——"牢舍忽然安静。昏暗的灯火斜映着一个人影，走近，"时雍可是处子？"头顶的声音凉若秋风。

时雍下意识抬头。灯火拉长了男子的影子，大红飞鱼服，手按绣春刀，黑色披风冷气阵阵，像一只潜伏在黑暗里的豹子，力量和野性里是一种穿透人心的阴冷。

时雍认识他，锦衣卫指挥使赵胤。这位爷的父亲有从龙之功，一出生便被先帝赐了赵姓，幼时便随父进出宫闱，甚得先帝喜爱。少年从军，十八岁便因军功授了千户。这些年来，赵胤一路高升，历任镇抚使、指挥佥事、指挥同知，至去年，其父自请为先帝守陵，赵胤袭职，五军都督掌锦衣卫事，手握重兵，专断诏狱，从此走上权力巅峰。这是时雍第一次近距离看这个男人，一时感慨良多……

墙壁的油灯突然轻爆。"铮"一声，绣春刀发出金属独有的嗡叫，寒芒从赵胤指尖透过，落在时雍发边，削落她几根头发。

"哑巴了？"

"不是。"时雍看着脖子上的薄薄刀片，低下头，唇角不经意扬起，"我是说，时雍不是处子。"

地上的影子再近一步，越过了她的脚背。时雍清楚地看到男人束腰的鸾带、垂悬的牙牌和脚踩的皂皮靴，那呼出的气息仿佛就落在头顶，有点痒。

"验明了？"

"是的。大人。"

锦衣卫要人死的方法太多，捏死一个小小的女差役，比捏死一只蚂蚁还简单。时雍了解他们的手段，垂着头，露出一截白皙的脖子，细软得仿佛一掐就断，身子紧绷着一动不动。那小模样儿落入魏州眼里，便是一个紧张无助的小可怜。

"大都督。"魏州拱手，"若没有别的交代，我先送阿拾出去。"

赵胤表情意味不明："怜香惜玉？"

魏州脊背一寒，低下头："卑职不敢。"

"带下去。"冰凉的声音再次响起，像入骨的尖刀。

血腥味弥漫在时雍的鼻端。她看着那具女尸被装在一个破旧的麻布袋里，由两个锦衣郎一头一尾地拎着拖下去，如同一条死狗。

从诏狱出来已是晌午，时雍头有点晕，淋着雨走在大街上，一辆马车从背后撞上来竟浑然未觉。

"找死啊你！"车夫怒气冲冲地叫骂着。一股大力突然将她卷了过去，蛇形的黑影在空中画出一条优美的弧线，空气噼啪脆响。时雍回神，发现腰间缠了一根金头黑身的鞭子，人也被拽到了马车旁边。

"时雍怎么死的？"隔着漆黑的车帘，那人的声音清楚地透出来，浅淡，漠然，凉飕飕的，好像每一个字都刮在骨头上。

时雍猜不透他的用意，老实回答："勘验文书上都有具明，大人可以调阅。"

"我在问你。"

时雍低头："我不知。不敢知。"

"不敢？我看你，胆肥呢。"

那人低低哼一声，时雍身子一凉。赵胤这个人神出鬼没心狠手辣，传闻他曾有"一夜抄三家，杀伤数百，缉拿上万人"的惊人壮举，上至皇亲国戚下至黎民百姓，就没有不怕他的。"民女愚笨，请大人明示。"

微顿，耳边传来他轻描淡写的声音："今晚三更，无乩馆等我。"帘子扑声一响，无风却冷。这句话时雍当时没想明白，待马车远去，这才惊觉是赵胤在约她见面。

时雍漫无目的，一个人走了很久。

今天是中元节，要放焰口。路边好多卖祭祀用品的摊档。胡同口还供奉着超度孤魂野鬼的地藏王菩萨，三幅显目的招魂幡在秋风中带着萧瑟的寒意。

时雍放慢脚步，买了些瓜果糕点和面食做的桃子，走到法师座旁的施孤台前。台上摆放着各家各户的祭品，空气里满是祭祀的味道。她放好祭品，将几张燃烧的纸钱丢入火盆里，双手合十，低头闭眼："阿拾，你好走。从此，阿时便是阿拾，阿拾也是阿时。"

咻！秋风裹着一声低笑。时雍后颈皮一麻："谁？"没有人回答。她左右看了看，施孤台前只有她一人，倒是街边的茶肆里传来阵阵吆喝，走近一看，一个书生模样的男子打一把折扇，说得口沫横飞。

"当今之世，我最唾弃的人，就是时雍。"他列举了时雍数桩惊天动地的大罪，折扇敲得啪啪作响。

"这样寡廉鲜耻的妇人，当何罪哉？"

"千刀万剐不为过！活该剥皮抽筋下油锅。"

"贱妇作恶多端，下诏狱都便宜她了。"

"听说那些兀良汗人，是为了时雍而来？"

"唉！太平日子过了快四十年。这天下，又要不得安生喽。"

说到时雍的艳事、恶事、丑事，围上来的人越来越多，哄闹不止。一个女人能让顺天府百姓谈起来就咬牙切齿也是不容易。时雍走过来倚在门板上，听得开心。一群蚂蚁在搬家，从门槛下排队经过，时雍挪了挪位置。刚准备转身，人群里便传来一声巨响。砰！有人倒地，有人失声尖叫："不得了啦！这人死过去了。"

茶肆寂静了片刻，围观的人又兴奋起来，指指点点。

"这小子是个贼。"

"他偷我钱。你们快看，钱袋子还攥他手上呢。大家作证，我没有推他，死了不关我的事啊。"

时雍从门板上直起身子，懒洋洋地拨开围观人群走上前："让开。"

众人诧异地看着她。时雍不多说，弓下腰一把将那家伙的衣领扯开，从脖子扯到胸口，露出一片瘦骨嶙峋的胸膛。

"啊！"几个路过的小姑娘吓得花容失色，尖叫捂眼。

时雍啪啪两巴掌拍在那小子脸上，见他没有反应，手指掐紧他的人中，继续松他的衣服。看她一个未出阁的大姑娘竟然当街撕扯男子的腰带，又是拍又是按又是掐的，众人都觉得稀奇新鲜，围过来指指点点。

"这小娘子我认识，宋家胡同口宋忤作的闺女，叫阿拾。"

"十八岁还嫁不掉的那个老姑娘？"

"嘘！好歹人家也是衙门里的人，别得罪，往后你家有什么事用得着她……"

"我呸。你才有事用着她呢。"

这时，只听得噗的一声，那偷儿突然喷出一口秽物，幽幽醒转："哪个龟孙掐我？"

这小子不过十六七岁的模样，睁开眼就骂人，还挺横。时雍不客气地踹了他一脚，慵懒哂笑："你祖宗我。"

那偷儿懵懵懂懂地看着面前眉目清秀的小娘子，听着众人议论，猛然反应过来自己的处境，一个骨碌爬起来就往人群里钻，脚底抹油跑得飞快。

"小贼要溜！抓住他。"

时雍眯眯眼，一个箭步冲上去就是一个利索的扫堂腿。啪嗒！那小子再次摔晕在地上。街上顿时鸦雀无声。时雍无辜地摊了摊手："不怪我。"

对面红袖招的二楼，魏州汗涔涔地陪立在赵胤背后。这场闹剧大都督从头看到尾，懒洋洋地端着酒杯一言不发，看不出有什么表示，但双眼锋芒难掩，让他浑身不自在。"走。"好半响，赵胤收回目光，将酒一饮而尽。

这一年是光启二十二年，蝗灾旱涝，田地歉收，南边闹瘟疫，北边的兀良汗人又蠢蠢欲动，三不五时地扰边滋事。大晏朝在平静了三十九个年头后，陷入了前所未有的灾难之中。

京师人心惶惶，有钱的囤粮囤物，没钱的卖儿卖女。茶楼酒肆里谈论最多的，除了女魔头时雍的风流逸事，便是兀良汗王巴图到底会不会举兵南下。国朝局势紧张，对普通百姓来说，更担忧的是生计。

宋长贵是个忤作，同操贱业，家境本不宽裕，到了灾荒年更加难熬。阿拾的后娘王氏刻薄泼辣，成日里琢磨怎么把阿拾卖个好价钱。

过了年，阿拾就十八了。有一个做忤作的爹，又成了稳婆刘大娘的徒弟，成日在市井闺阁男人堆儿里来去，没事还帮衙门殓个尸，人人都嫌她晦气，眼看着拖成了老姑娘也没人愿意结亲。

"要我说，管他聋的、哑的、瞎的、瘸的、跛的，做小妾、做续弦都成，只要彩礼厚就把她嫁了，免得在家吃白饭。"时雍迈进院子，就听到王氏和宋老太在说话。

看了她，王氏拉着个脸就高声训骂：

"大清早出门，天黑才落屋，以为你去干什么好事了，竟是当街扒男子衣裳？"

"小贱蹄子你知不知羞？这城里都传遍了，你不想嫁人，你妹妹阿香还要嫁人呢。"

"十八岁的老姑娘了还不急着相看郎君,每日里疯疯癫癫地往凶案上跑,拎一条胳膊、夹一颗脑袋还能吃能睡,你怕不是无常投的生?"

"我看你比你那傻子娘更要蠢上几分。还等谢家小郎呢?人家早被广武侯府看上了,找的官媒上门,你给人家侯府小姐提鞋都不配,还做什么春秋大梦呢?"

王氏和宋老太一人一句,数落不停。

时雍瞧乐了。看看阿拾这个极品后娘,再看宋家这破落院子,怎么也不像和锦衣卫赵胤扯上关系的人呀?那赵胤到底约她干什么?时雍看了王氏一眼,一言不发往房里走。

"这小畜生是要气死我哇?"王氏看到继女就想到宋长贵心心念念的前妻,一时火冒三丈,顺手捞过檐下的一根干柴,劈头盖脸朝时雍打过去,"老娘今儿不教会你什么叫羞耻,就不姓王。打不死你我!"

背后棍棒敲来,时雍不闪不躲,转身将王氏手腕攥住,"我有没有告诉过你,我最近手不听使唤,它自个儿成精了?"

王氏一愣。她不明白阿拾说的什么鬼话,但阿拾长得跟个弱鸡崽儿似的,胆子又小,哪来的狗胆这么跟她说话?"小畜生,我是给你脸了吗?你翅膀硬了……啊!"伴随着王氏一声惨叫,她被时雍重重丢了出去。

砰!时雍合上门,将王氏的哭号声关在门外,不管不顾地翻找起来。一张木板床,一张木桌,一条板凳,一口破旧的木箱,窄小潮湿的房间里再无其他。木箱上满是被蛀空的虫眼,里面几件女孩子的衣服,大多素淡破旧,打了补丁,洗得没了颜色。连件像样的衣服都没有,更别说胭脂水粉了。嗯?这怎么去见赵胤?

时雍什么都可以容忍,唯独不容许自己不美。她挑出一件稍微整齐的衣裳,去灶房烧了水拎到房里,擦洗身子,半眯着眼满是感叹。从时雍到阿拾,生活条件差得也太多了,但"老姑娘"阿拾今年不足十八岁,这鲜花般水嫩的年纪,她如果不好好拾掇一番,再怎么装扮都扮不像了。

一轮圆月挂在天际,中元节的夜晚明亮而闷热。时雍走入无乩馆后门的巷子,心里憋得慌。约到晚上见,自然是见不得人的关系,她很自觉没走正门。可是第一次来无乩馆,东南西北都分不清,如何是好?

夜如浓墨,院里树木影影绰绰,不知名的小昆虫把夜色叫得静谧一片,时雍皱皱眉,往灯火最明亮的地方疾步而去。

同一个院落的另外一扇门,赵青荿蹑手蹑脚地靠近,倾听片刻,慢慢地推门而入:"阿胤。"

赵胤拿书的手微微僵硬,看她片刻,浓眉微拢,表情不悦:"怀宁公主驾到,为何没人通传?"

门外侍卫侍女跪了一地,鸦雀无声。

赵青荿哼了声,看一眼华袍松缓光彩夺目的男子,抬抬手:"你们都下去。"侍卫们面无表情,都不动。怀宁公主的威仪受到挑战,不由生恼:"我的话,没人听见?"

烛火摇曳,麒麟三足铜炉里熏着香,香味淡淡缭绕,室内外死寂一片。赵胤慵懒地倚在罗汉椅上，身量颀长，指尖从书页上漫不经心地划过："出去。"

"是。"侍卫们齐刷刷应声。脚步整齐地远去。门合上了。

赵青菀看着赵胤清俊的眉目，来时的恼意烟消云散，一丝轻愁在眉间蹙起，噘了嘴，委屈道："那兀良汗来使欺人太甚。我皇祖父尸骨未寒，他们便要公主和亲。我堂堂大晏公主，怎可去蛮邦和亲？"

"殿下深夜前来，就为此事？"赵胤不动声色，眼神微凉。

"这难道不是大事？"

"和亲之事陛下自有定夺。"

赵青菀的脸色一下冷了："你真忍心我远嫁漠北？"

赵胤垂目："我让谢放送殿下回宫。"

看他如此冷漠，赵青菀突然羞愤。想她堂堂一国公主，不顾体面漏夜前来，只为得他一句话，她便有和父皇抗争的勇气，可他根本不把她的痴情当回事。

"无乩，我今年二十了。"赵青菀加重了语气，委屈莫名。赵胤却不为所动，漆黑的双眼里冷漠无波："巴图大汗三十有二，英雄盖世。"

赵青菀大受打击，神色变得哀怨可怜："他们要的不是我，是时雍，是那个死掉的坏女人。兀良汗来使是在得知时雍死后，这才故意说出来羞辱父皇，羞辱我的。"

赵胤轻微地点头："哦。"

这声"哦"极是刺耳，赵青菀喉间突然涌出几分腥膻之气。

"这些年，你从未喜欢过我？"

"殿下，这话不合时宜。"

"赵无乩，你还在装！这些年你不娶妻不纳妾，身边一个伺候的女子都没有，敢说不是在等我？"

赵胤皱起眉头："殿下多想了。"

这一副拒人于千里之外的样子，刺痛了赵青菀的眼睛。

"不肯承认是吧？我让你承认。"赵青菀手指冷不丁伸向领口，将系带一扯，一身富贵窝里滋养出来的娇贵肌肤白得让烛火生羞，闪了几下，竟是暗淡下去。一身玲珑曲线尽览无余，满室馨香足以让男人失神忘性。赵青菀死死抱住赵胤，将下巴搁在他的膝盖上，"我知你心中有我。我等这些年，风不管雨不顾，受多少嘲笑，就为等你来娶我……"

"殿下。"赵胤双手按住她的肩膀，往外一推，逼迫她直起身来，"你该知道，我和你是什么关系。"

"那又如何？"赵青菀死死攀着他的膝盖，细软的声音失神又疯狂，"众人皆知你姓赵，可又有几人知你为何姓赵？你是锦衣卫指挥使，我是当朝公主，你娶我，哪个不怕死的敢嚼舌根？"

"你知，我知。陛下知，宝音长公主更知。"

"我不管。"赵青菀双眼赤红，大概是气疯了，她气喘着伸手去扯赵胤腰带，"便是天下皆知又如何？你是赵胤，你怕何人？"

入秋天闷，赵胤穿得不多，外袍本是松垮披在身上，这一拉扯，身上几道纵横交错的疤痕便落入了她的眼底。

"这是为我留下的伤，是不是？"赵青菀的眼睛瞬间红透，说着便要摸上去，"无乩，我爱慕你这些年，偷偷摸摸，我再也受不得了。我今日便要破罐破摔，把自己的清白身子交给你……"

赵胤黑眸微深："怀宁。你再这般，我便不容你了。"

赵青菀心如刀绞。"那你叫人啊。最好把所有人都叫进来，让他们看见，我和你是什么关系。我就不信，父皇会因此砍了我的脑袋。"她狠劲儿上来，整个人缠在赵胤身上，"无乩，我们生米煮成熟饭好不好……父皇必定会依了我。"

"怀宁！"赵胤扯着她头上青丝，不顾她吃痛的呻吟，直接将她整个人拎了起来，不客气地丢出去，"请殿下自重。"

赵青菀嗤声一笑："自重？当年若非你父亲横加干涉，若非那个荒唐的身世，我们早就是夫妻了，又何须等到今日？"

赵胤平静地看着她："出去。"

"你是喜欢我的，你喜欢我。"赵青菀吼得很大声，美艳的面孔癫狂而扭曲，眼角淌出泪来，"我们一同去找父皇好不好？我同他说，我不管你是谁，我只要做你的妻子。"

赵胤沉默，走过去拉门。赵青菀不管不顾地冲上去，从后面搂紧他的腰："我们不要吵架了好不好？我们去找父皇，找长公主……"她边说边流泪，胡乱地蹭着他的后背，情绪近乎失控。"我想忘掉你，我做不到，我不要做什么公主。你可以不是王爷，我为什么不可以不是公主？无乩……我们私奔吧，我们去一个没有人知道的地方。"

赵胤狠狠拉开她的手，一把将她丢远。赵青菀噔噔往后退了几步，一身细滑的衣料缓缓滑落，大片大片的雪肌暴露在空气中。

砰！恰在这时，窗户发出重重的响声，有什么东西掉落下来。赵胤皱眉望过去，看到和窗户一起扑倒在地、抬头看他的时雍。

"啊！"赵青菀飞快地捡起地上的衣服裹在身上，看着地上那个瘦弱苍白的女孩儿，恼怒地质问，"你是哪里的奴才？你为什么会在这里？"

撞上这种事，时雍也很尴尬，她拍了拍落下的窗："都怪它不牢实。"

"我问你是谁！为什么会在这儿？"赵青菀眼里的滔天怒火快要燃烧起来了。

"我是……"时雍正不知怎么解释，赵胤便朝她大步走来。他轻轻拉起地上瘦小的人儿，怜爱地拍了拍她的衣裳，绷紧的俊脸这一刻极其柔和，呼吸压下来，温柔得时雍差点晕眩："她是我的女人。"

赵青菀见鬼般看着他，再看着时雍："不可能。你骗我。你在骗我。"

赵胤眼波微动，揽住时雍的肩膀："谢放。送怀宁公主回宫。"

赵青菀的后背刹那僵硬，目光像锋利的刀子直射过来。

时雍别开眼，想离赵胤远些。赵胤低笑一声，手按住她的后腰，拖回来袍袖一拂便遮了她半个身子，另一只手在她脑袋上随意地按了按："躲什么？我在。"

赵青菀咬着牙，毫不避讳地打量时雍。衣着粗鄙，身无饰物，脚下一双绣鞋旧得看不出花色，鞋底磨出了漆黑的毛边，脚指头都快把鞋面顶破了。

赵青菀没见过这般寒酸的女子，连她宫中的丫头都不如。她轻笑："无乩，她是你的侍妾，还是通房？怎也不买一身好衣裳穿？"

赵胤脸色古井无波："后宅私事，不劳殿下费心。"

"我竟不知，无乩好这一口？"赵青菀冷笑着逼近，"有几个近身伺候的小丫头算什么？我堂堂公主之尊，难道没有容人之量？无乩，我不计较你有侍妾。可你为何找这般低贱女子？你是在羞辱我吗？"

赵胤抬手一拂，不耐地望向跪在门口的谢放："没听见？送怀宁公主回宫。"

她一国公主之尊连一个粗鄙不堪的小丫头都不如？赵青菀羞愤欲绝，扬手打翻一个摆放在月牙桌上的三花瓷瓶，拂袖而去。

一扇门开了又合，冷风幽幽。"你来早了。"赵胤松手，声音一些暖意都没有，和刚才那个满是怜惜宠爱的情郎判若两人，"约的三更，现在不到二更。"

他在怪她打断了他和怀宁公主的好事？大都督也不是什么正人君子嘛。既如此，又何必装腔作势拒绝公主？"我腿长，走得快。"时雍习惯地自称我。

赵胤不动声色，目光掠过她的脸，有明显的审视，但停顿片刻就挪了开去："方才事出无奈。"这几个字算是他简单的解释，说完径直坐到那张辅了软垫的罗汉椅上，开始审问她。

"听到多少？"

时雍嘴角微微下抿："几句。"

"几句是多少？"

"差不多有……"她竖起一个指头。接着，两个、三个、四个、一个巴掌全部打开，看到赵胤冷冰冰的眼，又默默垂下去。

"都听了，听得糊涂。"自古皇家奇事多。时雍当年便听过一个没有出处的传言，说赵胤其实是皇家血脉，所以才被赐姓"赵"。如若坐实传闻，那赵胤和怀宁公主的关系就微妙了。一想到这个，时雍眼皮猛跳："你不会杀我灭口吧？"

"会。"赵胤坐下，摆摆手，"去准备。"

准备什么？准备死？时雍紧张地卷起手指："大人，我其实有许多用处。您再考虑一下？"

赵胤拧起眉头，狐疑地看着她，掌心放在膝盖上，轻轻揉搓着："还不去拿针？"

针？时雍傻住。桌案上有一套用红布包着的银针。

时雍脑子里灵光一闪，惊出一身冷汗。阿拾啊阿拾，你要害死我。一个小小的女差役，你为什么还要学什么针灸，而且还给锦衣卫大魔王针灸？可怜她哪会什么针灸啊，学阿拾也学不像啊！

赵胤对她似乎没有避讳。他脱了外袍，仅着一件单衣，安静地靠在椅子上，一条腿屈起来，蹙眉按压着膝盖，手背上的青筋都捏了出来，似乎正在承受难言的痛苦。嘶哑的声音，显然忍痛到了极点。

"还在等什么？"

时雍在脑子里疯狂地搜寻，奈何阿拾留给她的信息太少。除了得知赵胤的膝盖一遇阴雨天就疼痛难忍外，他到底有什么病，一无所知。

"大人，我有个更好的法子。"针灸是不可能针灸的，时雍不怕扎死他，但怕连累自己。

她蹲身，查看赵胤的膝盖。大抵是她轻卷的睫毛下那双眼睛太过专注和严肃，赵胤紧绷的身子松活了些，目光从她头顶看下来："如何？"

时雍将他的裤腿慢慢往上撩，惊讶地发现，这位不可一世的锦衣卫大魔王膝关节完全变形，肉眼可见的红肿硬胀，可以想见有多么疼痛。"怎么搞的？"她条件反射地问，很突兀，赵胤却没有觉得奇怪。更确切地说，此刻他被疼痛折磨着，强忍着痛楚撑到极限，已然顾不得她这个人了。

"无须多问，快着些。"

时雍抬头，见他眉头蹙紧，额际布满冷汗。人在疼痛难忍时，长得再俊也会扭曲狼狈，他却不。一身宽松的白色中衣掩不住身躯里的野性和力量，露在外面的腿部线条虽有痛肿但极为精壮。时雍眼睑微动："大人，您躺好。"

"嗯？"赵胤不解其用意，认真看着她。黑沉的瞳仁里，倒映着她的影子。

时雍心如捣鼓，在身份暴露的边缘疯狂试探："我帮你正骨。"

"正骨？"赵胤迟疑。

时雍滞了一下，自己动手推他躺下去。

难得赵胤很顺从。时雍找到了身为医者的主宰感，瞄他一眼，觉得裤腿有些碍事，便大力往上推去，露出一截完整而修长的腿。若非红肿的膝盖碍眼，那真是……一条好腿。"放松。"时雍左手中指按住他跟腱内侧，左手沿着中指尖按压在痛硬的部位，从内到外，在跟腱边缘来回按压。手法她不熟练，有没有治疗效果她也不知道，但这么做一定能让受者舒服，糊弄一下赵胤足够。

她指头往外用力拨弄，赵胤在疼痛中绷紧身子，看她的目光渐渐变得幽暗："何时学的？"

时雍的目光停在他腿部一条二寸长的伤疤上，想到怀宁公主那句"为她受伤"的话，下意识地说："为你学的。"时雍本意是想抱一下金大腿，毕竟得罪了怀宁公主不是好玩的事，在皇权面前，普通人毫无自保能力。可是话一出口，突觉不对。灯火似乎暧昧了几分。时雍本能地抬头。赵胤在看她，四目相接，时雍看出他眸底的审视，又迅速低下头。"能为大人做事，是阿拾的荣幸，我想快点把你治好。"

赵胤嗯一声，沉默片刻，忽然道："最近顺天府衙可有异动？"

时雍愣了愣。早就听说锦衣卫监视朝堂，几乎各部各处都有锦衣卫的探子和眼线，但她没有想到老实木讷的阿拾也是其中之一。头痛。除了会针灸，是锦衣卫眼线，阿拾还有多少事情是她不知情的？与锦衣卫牵绊这么深，时雍觉得自己在作死的边缘疯狂试探。

"并无异常。"

赵胤冷漠的视线从她头顶扫过:"今日在诏狱，你很反常。"

"嗯?"时雍抬头，撞入一双冷漠的眼。

赵胤看着她，下了断语:"时雍的死有蹊跷。"

时雍手上猛地加速，从内而外向反方向挑动他的筋膜，眼皮不自在地垂下去，不敢看他:"反正当死之人，怎么死都是死。"

"这个案子还得深查——"这样挑筋会很痛，时雍加重了力道。赵胤哼一声，话被她打断，隐忍地抿住嘴，一双眼俯视着她的头顶，若有所思。

"阿胤叔，阿胤叔!"孩子童稚的喊声传来，屋外一阵密集的脚步声。

"太子爷，您不能进去。"这是谢放的声音，很显然，他挡不住小太子。

"闪开。本宫要见阿胤叔，谁挡谁死。"小屁孩的脾气不小。

"大人?"时雍正想询问赵胤怎么办，赵胤便俯身捂住她的嘴，朝她偏了偏头:"去，躲好。"

时雍乖顺地点点头。赵胤松开手，掌心薄薄的一层茧从她唇上擦过，时雍激灵一下，陡然绷紧。余光瞄过去，赵胤已然坐直身体，放下裤腿恢复了平静，仿佛刚才疼痛的样子只是她的幻觉。这忍痛的能耐，时雍自叹弗如。

她四处观望一下，不知该往哪里躲藏，见小太子推门，无奈之下，一个箭步便冲到屋中的大床上，将自己埋入被子，再飞快地拉上帐子，将自己掩在其间。

"阿胤叔。"太子赵云圳生得唇红齿白，一双大眼睛忽闪忽闪，脸上带着顽皮的神色，看着洞开的窗户，"你在屋里练功夫么?"

赵胤手抚膝盖，不答反问:"殿下怎会来这里?"

当今天子赵炔十六岁登基为帝，现年三十有九，但膝下子嗣单薄，独得这一子，宠得无法无天，简直就是个宝贝疙瘩。

"中元节到处都是热闹，宫里却冷清得紧。父皇病体未愈，母后也不肯理人，我便无聊。"赵云圳说着，将一个不知从哪得来的小木马拿出来，"阿胤叔，你陪我玩好不好?"

赵胤揉了揉他的发顶:"送你回宫，明日再玩。"

"骗子!"九岁的小团子赵云圳比他那个皇姊更为缠人，小猴子似的攀在赵胤身上，嘴瓣儿弯得像新月，胡闹着就是不肯下去，"你说过，我是太子，是天底下最尊贵的孩子。"

"你是。"赵胤忍痛搂住他。

"可是你会打我的屁股，还想把我撵走，你都不听我的话。阿胤叔，我要治你的罪。"

时雍在帐子里，看不见小屁孩儿如何折腾人，但是那跋扈无赖到最后要哭不哭的凶悍，却是有点好笑。

"你要如何治我罪?"赵胤似在哄他。

赵云圳小嘴一撇:"罚你带我去放河灯，罚你陪我玩一整夜。"

"胡闹!"赵胤声音已有不耐，"谢放，太子殿下的侍卫呢?"

"哼，没我允许，他们才不敢进来呢。敢来，我就杀了他们。"

小屁孩放着狠话，看赵胤虎着脸，声音又慢慢变弱，拉着他的衣袖扯来扯去："阿胤叔，我不想回东宫，不想一个人。今天是中元节，我怕。"

赵胤将小屁孩儿拎起来，重重咳嗽一声："那好，我陪你到三更再送你回去。"

"不嘛。父皇已经允了我，今夜住在无乱馆，同你做伴。"

帐子里没有动静，赵胤又咳一声，提醒帐子里的人偷偷离去："那你待到三更。"

"不嘛不嘛。阿胤叔，你是我的亲师傅，又是我的亲叔，我就要你陪。"

一声亲叔，让赵胤皱了眉头："哪里学来的话？"

赵云圳睁着一双无辜的眼："学的什么话？"

看孩子懵懂的样子，赵胤不再多说，弯腰把他放到地上："你等我拿件衣裳，陪你去放河灯。"

"嗷——"小屁孩双脚刚刚落地，人便嗖的一下溜远，直接往屋中的床上跑，"我今晚睡这里。"赵云圳从小习武，身手矫健，不给人反应的机会，撩开床帐便一头栽了进去。接着，发出震天动地的叫喊声："阿胤叔床上有女人。"

时雍都快等得睡着了，冷不丁一个暖乎乎肉嘟嘟的小身子钻进来，吓了她一跳。

与一个不大点的孩子眼对眼看半晌，她扬了扬唇："民女见过殿下。"

赵云圳看看她，又回头看看走过来的赵胤，小嘴巴一瘪："阿胤叔，我完了。"

赵胤伸手去拎他的衣领："下来。"

"阿胤叔——"赵云圳哭丧着小脸，"我和这女子有了肌肤之亲，我是不是要娶她啊？"

"父皇说，男子不能随便亲近女子，一旦亲近了就要负责。"赵云圳苦着脸回头，看一眼似笑非笑的时雍，两条好看的眉毛揪起，一副无可奈何的样子，"你叫什么名字，是哪户人家的姑娘？待我回禀了父皇，便来迎你……"

咚！他话未说完，额头便被赵胤敲了一下："走。"一语双关。

他将赵云圳像拎鸡崽似的拎出去，时雍也慢吞吞从床上下来，倚在门边看着远去的一大一小两个背影，唇角扬了扬，绕回屋后，沿着来时的路翻出了无乱馆。暗巷里一条黑影，贼人似的鬼祟，看到时雍出来，迅速隐于黑暗。时雍微顿。笑了笑，贴着墙根摸过去。

黑暗阴影处，时雍后背倚墙，抱着双臂打量眼前这小贼。一身湿透的粗布褐衣破破烂烂，长手长脚，瘦骨嶙峋，身子佝偻着弓了腰，不知是痛还是饿，与白日里那股子横劲不同，看上去怪可怜。忽略一身脏污，眉目也算清秀。

"小贼，逃出来的？"时雍漫不经心地问。

"才不是。"少年抬起下巴，有种青葱少年的倔强。

"推官大人说我罪不及入刑，笞二十，便放了我。"

时雍努努嘴，朝无乱馆的墙头示意："知道这是哪儿？"

"哪儿？"少年迷茫。

"我问你呢！"

"我不知道啊。"

"这脑子，怎么做贼的？"

少年委屈："我不是贼！我叫小丙。我是来找我叔的。"

"你叔谁啊？"时雍抽他一脑袋瓜子。

"不告诉你。"小丙犟着脖子避开，见时雍越靠越近，不停往后退，"你别乱来，我没偷没抢，你打我是犯法的。"

时雍啧一声："大晏律，一更三点暮鼓响，禁止出行。犯夜禁者，笞三十。"

"你不也——"小丙话没说完就噤了声。他是个无父无母的可怜人，而她是个女差役。她可以在夜禁后行走，他不行，"好男不和女斗。我不跟你计较。"

"嗤！"时雍别眼，"小子，斗得过再放狠话。"

小丙摸摸受过笞刑的屁股，哼了声："我不打女人。你若是没事，我走了。"

"你爹呢？"时雍扬扬眉头，"不找爹，你来找叔？"

"我爹——"少年垂下头，"死了。"

时雍微怔，懒洋洋地拍拍他的肩膀："走吧。"

"上哪儿？"小丙怔住了。

"谋财害命。"时雍走在前头，"不怕就来。"

小丙看了看自己，一身是伤，头发脏乱衣服破旧，哪有钱财可以谋？若被巡夜的人拿住，指不定又要挨一顿打，命也没了。

"我怕你个鬼。"小丙一瘸一拐地跟了上去。

水洗巷尽头有家小野店，老板娘曾经是个私窠子，三十岁上下，这岁数营生不好做，她便改了行。店里吃食酒水虽不精致，贵在有特色和风情。

时雍把小丙领到了这里，径直敲门入内。

"娴姐。黄金豆腐丸子，回锅肉，一个蔬菜汤。另外，再给这小哥准备一套干净的衣服。"

老板娘叫芮娴，人称娴娘，看时雍是个面生的姑娘，小丙又是一个毛都没长齐的半大小子，样子邋遢得紧，略微怔了怔，便笑着应了，叫伙计张罗。

小丙看这店面干净整齐，店家又好生热情，便压低了声音："我没有钱。"

时雍皱眉："我也没有。"

小丙瞪大眼，咽一口唾沫："那我们赶紧走，看这地方就不便宜，我们吃不起。"

时雍轻笑："你一个无赖小毛贼，还怕吃白食？"

"我……"小丙低下头，"第一次偷。"

时雍轻笑，也不知信了没信。小丙看她懒洋洋地叩着桌子，平静带笑地看着他，没有怜悯，也看不出鄙视，似乎并不在乎这个，脸臊了臊，更加着急起来："我们走吧，没钱付账会被送官的。"

"你不是有块玉？"时雍不冷不热地看着他，似笑非笑，"拿出来吃饭足够。"

"你怎会知道？"小丙大惊。

"我刚才见你的时候，你捏在手上。"

小丙哦一声，又瘪嘴："我娘说这块玉是我爹留给我的传家宝，若是没了玉，就没人知道我是谁了。"

时雍问:"你确定你叔,住无乩馆?"

小丙低头,从怀里掏出一张揉得皱巴巴的纸。纸上一行字笔走龙蛇,银钩铁画,写的街址确实没错。时雍摊开手:"玉给我看看。"

"干吗?"小丙防备地看着她。

"无乩馆不是谁都能去的,我帮你。"

时雍翘起嘴角,笑容未落,娴娘便领着伙计端来了饭食,还附赠了一份糕点:"小郎君是先去洗洗,还是吃过再洗?"

这世道难找这么有人情味的地方了。小丙满是感激,想想没有钱可能要吃白食,他看了时雍一眼,红着脖子走了:"我去洗洗。"

小丙被伙计领走了。娴娘没动,在时雍身旁站了片刻,一脸笑容,言词间有几分试探:"回锅肉和黄金豆腐丸子是小店才有的菜。小娘子第一次来,怎会知道?"

时雍靠着椅子半阖眼皮,神色淡淡:"曾听一位友人说起。"

娴娘的笑容陡然凝滞。时雍夹起一个炸得金黄的豆腐丸子,吃得心满意足:"是这味。"

娴娘神色再变:"冒昧问小娘子,你那友人贵姓?"

时雍不看她,自顾自地说:"回锅肉是用蚕豆酱炒的吗?我那友人说,回锅肉必用店里的秘制蚕豆酱烹饪,方得人间美味。"

娴娘双手揪着衣裳,一颗心忽上忽下,也不知是喜还是忧,表情惶惶不安:"小娘子的友人,是否姓……时?"

"唔。"时雍看了娴娘一眼,没承认也没否认,笑道,"我友人说,人若相识,不必拘于姓甚名谁,做甚营生。"

不必拘于姓甚名谁,做甚营生。娴娘肩膀剧烈地抖动起来,突然掩面,湿了眼眶。

"是她,是她。想我当日落难,她也这般说法——罢了罢了,过往恶浊不必再污了贵客的耳。"娴娘扭过身子大声叫伙计,"去把我圆角柜里的青梅酒拿来,我要与这位贵客畅饮。"

时雍慢条斯理地夹起一片切得薄薄的肉细嚼慢咽,穿的是粗布衣裳,气度风华却怎生金贵。

娴娘一直看着她,等酒水上来,坐在她的对面,昏昏然给自己灌了一杯,拭了拭眼角,便哭起"友人",期期艾艾的嗓子娇脆哽咽:"我放了荷花灯,祭了香烛纸钱,不晓得她能否托生到一户好人家,不再受这恶罪。"

时雍夹菜的筷子微顿:"你知道了?"

娴娘与她对了个眼,红着脸说:"我有个老相好,在诏狱做牢头。自打她进去,我便抹了脸皮不要,求上门去找他,想送些吃食进去……哪知,她一口没吃上,就孤零零去了。"憋了好些日子,娴娘找不到旁人说时雍的事,好不容易来了一个时雍的友人,她便哀哀地说了起来。"那时也劝她,不要乱了规矩,酿出祸事——瞧我,她是我的恩人,我倒说起恩人的不是。"看时雍不语,娴娘越发伤心,"我生生哭了好几回,左右想不明白,那个让她一门心思扎进去连命都不要的男子,到底是何人。她下诏狱,死无葬身之地,那人可曾心疼她半分?"

时雍微微一笑,拎起一粒金黄的豆腐丸子,看了半晌,丢入嘴里:"乌婵可有来过?"

听到她提及乌婵的名字,娴娘漂亮的脸僵硬片刻,更是把她当成时雍的至交好友,眼泪扑簌簌往下落,一张绢子湿透也拭不完泪珠子:"她出事后,乌班主便闭门谢客了。贵客,你找乌班主有事?"

时雍慢慢一笑:"我没有银钱付给你。还有那位小哥,得劳驾你照顾几日。所需多少银钱,你一并算出来,去找乌婵结算。"

"这……"娴娘连忙摇头,"羞煞我也。你是恩公友人,我怎能收你的钱?"

时雍笑了笑:"你把今夜之事告诉乌婵。就说时下多有不便,我过些日子再找她还钱。"

娴娘不知她什么用意,一双妩媚的风流眼顾盼不解。

"但有一点。"时雍默然片刻,"这事不可让外人知道。"

"我晓得,我晓得,贵客尽管放心,不该说的话,自会烂在我的肚子里,不惹麻烦。"娴娘说着又抹泪,"不瞒您说,听得那些人辱她,羞她,我便想变成个爷儿,打得他们做狗爬才好。"

"不必如此,是她该挨骂。"时雍说道,缓缓眯起眼。一碗米饭很快入肚,她放下筷子就起身告辞,"娴姐,等那小郎回来。你就说,要拿他的东西,就乖乖在这儿等我。"

娴娘不明所以,听话地点头。她也说不出是为什么,这个小娘子年岁不大,却很是让人信服,一言一行挑不出短处,不由就听了她的吩咐和摆布。这与时雍有几分相似,以至她都没有想过,这会不会真是一个吃白食的人。

时雍前脚刚出门,小丙就发癫般下了楼:

"她呢?她呢?"

"走了……"娴娘还来不及说时雍的叮嘱,小丙便要追出去:"说我是贼,你盗我传家宝玉,比贼还贼。"

街上不见人影。娴娘拉着暴跳如雷的小丙,好说歹说劝住了,一面叫伙计拿药膏给他涂屁股一面将时雍的话转告他。小丙气得跺脚:"贼女子。当真是贼女子。"

……

入夜宵禁,时雍小心避开巡查,从铜陵桥经广化寺回家。王氏刚好起夜去茅房,看到她吓得惊叫一声:"小畜生,大晚上不睡觉出来吓人?"看来白天没摔疼,不长记性。

时雍冷冷瞄她一眼,王氏连连退了两步:"你要干什么?"

"睡觉。"

时雍与她错身而过,回屋点燃油灯,将那块从小丙身上摸来的玉拿出来。

果然不是一块普通的玉。上好的白玉,中间有个篆刻的"令"字,雕功精湛,配图极有气势。这不是一块玉佩,而是玉令。时雍看那图案好半晌,头看得隐隐作痛,也认不出刻的什么,但她记得很清楚,事发那晚,在杀她的人身上,曾经看到一个相似的玉令。

七月十六。天没亮，宋长贵便被府衙来人叫走了。时雍头痛了一夜，迷迷瞪瞪地听了个动静，翻身继续睡。睡饱起来，已是日上三竿。

"出大事了，知道吗？"

"水洗巷张捕快家，被人灭了满门！"

"老天爷，一家九口，一个不留。哪个天杀的这么歹毒啊。"

院子里，王氏和宋老太几个妇人挤在院门口，说得惊悚又恐怖。人群越聚越多，都是来找王氏打听情况的。她男人是衙门里的仵作，这种事情比别人知晓更多，说起来头头是道。

时雍端了水放在面盆架上，凉水拍上脸，脑子嗡嗡作响，冷不丁就想起那天晚上的事情来——那晚她从锦衣卫手里逃出来时，阿拾的尸体就漂在水洗巷张捕快家后门的池塘里。时雍来不及多想，为了逃离追杀只得李代桃僵，易容成阿拾的模样，做了一场"狸猫换太子"的假戏。她和阿拾是相熟的，身形和脸形也刚好有那么几分相似，还因此帮过阿拾一些小忙，二人私底下来往也算密切，但是对阿拾的过往，时雍也是一知半解。不过，她知道，阿拾和张捕快的女儿张芸儿是闺中姐妹。

阿拾死了。张芸儿也死了。张家九口全死了。阿拾就死在凶案现场，同样是死者之一。而她这个借阿拾的身份脱罪逃生的人，成了唯一的"幸存者"。那么，阿拾的死和她自己的案子，有没有什么渊源？时雍头皮发麻，四肢冰冷，匆匆套好衣服出门。不料刚走出宋家胡同，就看到了迎面而来的谢再衡。

"阿拾。"谢再衡站在不远处，一身青衣直裰衬着清俊的脸，儒雅温润，风度翩翩，看来是好事将近了，一副春风得意的模样，压根没有注意眼前的"阿拾"有什么变化，"你来，我有事和你说。"

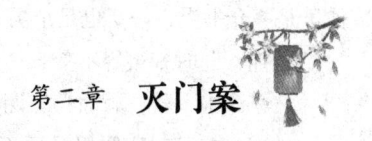

第二章　灭门案

谢再衡找了个没人的地方，单手负在身后。等时雍走近，他慢吞吞从怀里掏出一张叠好的绣帕："还给你的。"

时雍低头看着，不搭话。

谢再衡低声："你的心意我明白，奈何父母之命媒妁之言，你我两家门不当户不对……"

时雍觉得有趣，想起阿拾和谢再衡的事情：二人青梅竹马，从小一块长大。谢搬出宋家胡同住进了内城的大宅。谢小郎执了阿拾的手，举手发誓说将来要娶她为妻。阿拾灯下绣鸳鸯帕送给心爱的男人，熬红了眼。谢再衡要娶侯府的小姐了。

"狗东西！"时雍低骂。

谢再衡皱了皱眉，对她突如其来的辱骂很不适应："阿拾，是我对不住你。只是，陈家小姐心悦于我，她的父亲是广武侯，当朝重臣。她家有意与我家结亲，我父亲只是一个仓储主事……"

"你家的破事,我没兴趣。"眼前的小娘子眯起漆黑的眼,满是讽刺地看过来。谢再衡打量她,手脚突然变得拘束,不知道该怎么摆放才好。他很奇怪。往常阿拾见了他,大眼睛里总会生出些光彩,小脸儿也会亮色几分,今日为何这般不耐烦?

"阿拾。"见她要走,谢再衡下意识去拽她,"我看你脸色很差,是不是遇上不顺心的事,你告诉再衡哥……"话没说完,看到一双冷漠的眼。他愣了愣:"阿拾?你……?"

眼前的小娘子唇角上扬,像是突然换了个人似的,露出一抹古怪又妖媚的笑:"再衡哥,你拉住我是想做什么?"

谢再衡倒吸一口凉气。阿拾的声音向来直来直去,木讷得索然无味,这冷不丁的娇软嗓子,一双半含春水半染秋的眼睛瞧来,又魅又妖,会摄魂儿似的,大白天的竟让他有些把持不住。

"阿拾。"谢再衡神魂都飞了。原来阿拾也有这般柔媚的时候。等他娶了侯府的小姐,回头再想个法子把阿拾弄进门,做个姨娘倒也甚美——谢再衡心猿意马,不由得上了手,想摸一摸阿拾的小脸儿,"我们别置气了好吗?再衡哥是最疼你的,这亲事也非我所愿……"

"是吗?"时雍心里烦躁,戾气上头,嘴角微微上提,拉住他一只胳膊用力反剪,再重重一提旋转,再单手拎了他的领口就像玩陀螺似的转个方向。

咔嚓一声!谢再衡杀猪般惨叫:"阿拾……拾……"

"再衡哥,你还要不要疼我?"

"我疼,痛……痛……"

"这只手断了,哪只手疼呢?"

谢再衡看她脸上浮出的诡邪笑意,见鬼般瞪大双眼:"不,别。阿拾,别……啊。"他虽是一介书生,好歹也是个男子。可是挣扎几下,连反抗之力都没有。

"痛?"时雍笑容不变,"受着。"

"来人啦,救,救命!"谢再衡痛得冷汗淋漓,呼天抢地。

"闭嘴!"时雍眼里是压不住的邪气,表情却慵懒闲适。丢开谢再衡,她拿过那张鸳鸯绣帕,一根一根擦着手指,说得慢条斯理,"回去就说是你自个儿摔断的。若要声张出去,我就废了你第三条腿,让你做不成侯府女婿。"说罢,她哗啦一声撕碎帕子,随手一扔,"滚吧!"

谢再衡捂着疼痛的胳膊,怔怔盯她片刻,狼狈地滚了。

时雍收敛眼神,拍一拍袖子,理一理衣领,低下头又是一副老实巴交的样子。

从顺天府衙门走进去,东北角挨围墙的就是胥吏房。午时不到,房里便暗得像是黄昏。时雍走进去便发觉有些不对劲。几个捕快围在一起说话,阿拾的父亲宋长贵蹲在地上收拾证物。风不知道从哪个方向吹来的,刮得脸有点凉。

"阿拾。"一个捕快高声笑着,"去锦衣卫办差怎么样?"

"一样。"时雍继续走,听着自己的脚步声,异常清晰。

"时雍死了吗?"又有人问。

"死了。"

"死得惨吗?"

"惨。"

"是不是真像传闻里的那般美貌?"

"死人哪有美的?"

时雍越走越快,脚步终于停下。她站在宋长贵的面前,地上乱糟糟的:"这是什么?"

"从老张家里带回来的东西。"宋长贵叹了口气,抬眼看自家女儿,目光一闪,眉头皱了起来。阿拾脸小,这两日可能没有睡好,容色好像更显憔悴了几分,蜡黄蜡黄的,人也更瘦了点,下巴都好像尖了些。宋长贵倒是没往别的地方想,更不可能想到眼前的"女儿"已经不是自己的女儿,心疼地叹口气,把时雍叫到一边,小声问,"又和你娘吵嘴了?"

那叫吵嘴吗?时雍撇撇嘴,没有吭声,宋长贵又道:"你娘也是操心你的亲事,刀子嘴豆腐心,你别跟她一般计较。阿拾,你跟爹说说,对婚事可有什么想法?"

时雍:"没想。"

宋长贵无语,这丫头什么都好,就是对婚姻大事,一点也不上心。

"不想哪成,眼看快十八的大姑娘了,再找不着人家……唉!都怪爹,当初就不该允许你跟刘大娘去学什么乳医……"顿了顿,宋长贵下定了决心,"我不能再纵着你了。拿了这月的工食,你下月便不要再出去做事,好好在家待着攒点好名声。"

好名声?时雍看着这个便宜爹:

"我花你很多银子?"

"没有。"宋长贵微怔。

"我吃你很多米?"

"这……不多。"

"我招你讨厌了?"

"傻丫头,你是我闺女,我怎会讨厌你?"宋长贵语重心长地道,"阿拾啊,你和刘大娘不同。你还是大姑娘,嫁人才是正经事……"

时雍做了个噤声的手势:"别着急,我将来给你找个王侯将相当女婿。"

宋长贵大嘴张着,合不拢。这丫头说的是什么疯话?癔症了吗?

时雍别开脸,指指地上那些物件,换了话题:

"麻布袋里的死蛇,哪里来的?"

闹哄哄的胥吏房,突然鸦雀无声,空气也凝固了。要不是时雍提到那条蛇,谁也不愿意多看它一眼。市井案件繁杂,衙役们走街串巷,见过各种稀奇古怪的案子、各种无辜枉死的人,凡事见怪不怪,但今儿在张家,还是有人吐了一地。

那条蛇的丑陋和恶心很难用言语描述。通体泛着诡异的黝黑,癞蛤蟆一样皱皱巴巴的皮,长满了疙瘩,每一个疙瘩上有血红色的瘤状花纹,像是开着的花儿,娇艳欲滴,如同滴出的血液。看到蛇的时候，它在那个女人的身体里。

活的。褥子上的血与蛇身上的花纹、颜色出奇一致，就好像，它本就该长在那里。宋长贵沉吟片刻，不忍地说道："这蛇是在张芸儿床上发现的。"

张芸儿年仅十六，是张捕快的小女儿，许了城西米行的大户刘家的二公子刘清池，下月中旬便要完婚。她被发现时，赤身死在床上，蛇在她身子里。

宋长贵见时雍眉头微拧，若有所思，走过去小声问她："前天晚上，你是不是去张家了？你娘说，你回来都五更天了！"

"嗯？"时雍想了想，没否认。尽管她也不知道七月十四晚上发生了什么，但那天晚上阿拾确实死在张家的池塘里。

宋长贵欲言又止地看着她，最后只是一叹："万般皆是命。回头买些香蜡纸钱烧了，尽个心意就是。"

时雍嗯一声："一家九口都是被毒蛇咬死的？"

"张芸儿是。"宋长贵皱皱眉头，"其余八人，我也在犯难。"

宋长贵搓了搓自己的脖子，莫名焦灼和烦闷。他办差多年，这般难控心绪还是第一次。

天没亮，他就去了水洗巷张家。张家门窗紧闭，满是令人烦躁不安的臭味。不是血腥，不是尸臭，但比任何一种气味都让他心慌。除了张芸儿死在自家闺房，其余张家八口人，都在堂屋里，姿势不同，或坐或躺，身体奇异地僵硬着，身上青紫肿胀，面黑光肿，有浓稠的青黄黏液从七窍淌出，表情如出一辙——双眼瞪大，神情惊恐。

张捕头也不例外。他的尸体坐在一张圆椅上，表情恐惧、绝望，连一点挣扎的痕迹都没有便死去。宋长贵当时产生了一种荒唐的想法，这不是被杀，是见鬼。要不然怎么会现场没有打斗痕迹，死者也没有一点挣扎？

宋长贵突然有点乏力，声音低了许多："从目前来看，张家九口死状一致，确是死于蛇毒。但除了张芸儿，其余八人身上都没有发现啮齿印，也没有外伤。"

但凡蛇咬，定有伤口。有伤，毒液才能入得人体，致人死亡。

"这事透着蹊跷。"宋长贵说着唏嘘，"老张一家，死得太惨了。"张来富是顺天府衙的老捕快了。同僚一场，死得这么不明不白，难免会有兔死狐悲之感。

时雍看着麻布袋里的死蛇，个头比一般的毒蛇大了许多，形态丑陋、妖异，好像天生就带着某种邪性。时雍问："有人见过这种蛇吗？"

胥吏房见鬼般安静。只是摇头，没有声音。周明生凑过来，把时雍拉离三尺："你别看了。看到它我身上就发怵——"

话音未落，门从外面被推开了，带着一阵凉风，沉重的脚步声由远及近。

"沈头回来了。"

时雍瞅一眼布袋里僵硬的死蛇，和宋长贵一起站起来。

捕头沈灏走在前面，两个同行的衙役捉了一个青衣小帽仆役打扮的年轻男子，一路哭天抢地地喊冤："周大头，把供招房打开。"

沈灏身高八尺，虎背熊腰，右眼角上方的伤疤，让他平添了几分凶悍之气，拉着脸从中走过，众人便噤了声。

供招房是府衙里审录证词的地方，周明生跑得飞快，合着众人把那家伙推了进去。

"这是谁？"

"刘家米行的伙计。有人指证他昨夜二更时分曾在水洗巷张家屋外探头探脑，鬼鬼祟祟。"

刘家？那不是张捕快的亲家吗？

"是这瘪三干的？"

"审过便知。"

沈灏说着，将一个东西递给宋长贵："在张芸儿房里发现的帕子，她堂姐说，看绣功不是张芸儿的东西，你给看看。"

那不是一条完整的手帕，撕毁的角落有一对鸳鸯。鸳鸯沾染了血迹，熟悉得时雍眼皮一跳。

宋长贵问："只有半张？"

"缺的半张现场没有找到。"沈灏说完，带着人去了供招房。

宋长贵看着女儿，欲言又止："帕子……"

"是我的。不过我来衙门的路上刚弃了。"

事到如今，时雍无法再隐瞒遇到谢再衡的事。她一五一十地告诉了宋长贵，只是隐瞒了他如今的阿拾已然换了个人的事实，更没有提到她把谢再衡的胳膊打折了。她怕把宋长贵吓死，宋长贵却为她突然的改变找到了解释——原来是受了刺激。

"你是说，你在胡同口遇到谢再衡才拿回的绣帕？"

时雍点点头："是。我撕碎的。"

宋长贵道："同一条？"

时雍再辨认片刻，看宋长贵疑惑地看着自己，索性走到胥吏房的书案旁，拿起笔，在纸上画了起来："这是我们家，这是衙门，这是张家。我们家离衙门比到张家至少近两条街。"

宋长贵摸着下巴点点头。

时雍垂着眼皮继续写写画画，长翘的睫毛下，一双眼阴晦难明："我和谢再衡发生争执后，走路到衙门，顶了天也不到半个时辰……这途中，半张鸳鸯帕飞到了张家，再由沈头带回来，这说明什么？"

宋长贵看着时雍，愕然半晌。不是因为绣帕，而是女儿居然对他说这么多话。这些年，因为后娘王氏的关系，阿拾跟他疏远了很多，平常多一个字都不愿说啊！

时雍看着路径图："这说明，有人要陷害我。"

宋长贵眉头越皱越紧，一直端详着她。

时雍一笑，压低了声音："爹，张家九口死于何时？"

宋长贵皱皱眉："据我推断，昨夜一更到三更之间。"

昨天是七月十五。时雍看到阿拾死亡是七月十四晚上。时间对不上。死亡时间不同，尸体的僵硬和腐烂程度也大为不同。宋长贵是个老仵作了，时雍不怀疑他的验尸经验，想不明白为什么张家分明是十四晚上出的事，宋长贵却推出了十五的死亡时间。

"阿拾？"

宋长贵压着嗓子问："你跟爹说实话，昨天夜里，你当真没有去过张家？"

"没有。我是——前夜去的。"

宋长贵欲言又止，时雍看他一眼，丢开笔："绣帕的事，我去和沈头说……"

"不可。"宋长贵在衙门里当差多年，深知这种灭门大案非同小可，一把拉住她，"事关重大，你不要出声。此事……爹来处理。"

时雍对上他的眼睛，慢慢地缩回了手。爹？行吧。

不一会儿，沈灏出来了，一身差服沾了不少污渍。他看着父女二人，擦擦额头："娘的这厮嘴紧。"

宋长贵问："不肯招？"

沈灏重重哼声："落老子手上哪有不招的道理？等我填饱肚子，再审。"说罢，沈灏想想又道："那小子只承认替他家少爷捎了一封信给张家小姐，约她三日后同去庙会。可他说的信，我在张家遍寻不见。"

沈灏和宋长贵又去了水洗巷。时雍找书吏要了一根墨条和两张纸，回宋家胡同。在胡同口与谢再衡争执的地方，她特地找了几圈，绣帕果然不见了。

宋家院子里有笑声。

十二岁的宋鸿握了个鸡蛋，看到时雍进门脸色一变，做贼一般将手背在身后，吐个舌头跑远。十五岁的宋香却不同，铁青着脸瞪看时雍，像是见到了杀父仇人一般，冲过来抬手就是一巴掌："小贱人你竟然敢打我娘？"

时雍手上拿着墨条和宣纸，不好丢。于是，她一脚踹了过去，结果便是，她脸上生生挨了一巴掌，宋香却足足被她踢得倒退几步，一屁股坐在地上。

宋香愣了片刻，好久才反应过来这个由着她欺负的阿拾竟然敢踢她，紧跟着便抱着疼痛的小腿，失声哭喊起来："小贱货你敢打我？和你那傻子娘一般失心疯了不成？我是娘的女儿，亲生女儿！你是什么东西？"

时雍剜她一眼，大步回了屋子，懒得理会。

王氏听到女儿哭喊，跑出来撩开宋香的裙子一看，小腿瘀青一片，不过片刻已然青肿起来："杀千刀的小畜生这是疯了呀，老娘非得把你卖窑子里去才得安生是不是……"

时雍住的是小柴房改的房子，光线很黑。她反闩住门，将王氏的声音隔离在外，将私藏的玉令拿出来，摆在凳子中间，再将白纸铺在玉令上方，用墨条在纸上不轻不重地涂抹。

简单的涂抹后，神奇的现象出来了。白纸上呈现出了玉令的图案，花纹一模一样。时雍满意地看了看图案，翻转一面，依葫芦画瓢将纹路拓了下来。

再出门已是一刻钟后。王氏和宋香堵在门口辱骂,时雍笑了笑,走了。她不是个好人,但女魔头没有兴趣去踩死两只小蚂蚁。

除了玉令,她还有一件事待办——她不会针灸,这就是她假扮阿拾的最大破绽,糊弄赵胤一时容易,一世难。阿拾既然是会针灸的人,那她就去买一副银针,没事就琢磨琢磨。凭她学医多年的经验,认穴不是问题,早晚能扎得赵胤心服口服。

街上行人不绝,商铺林立。时雍无暇多看,直奔良医堂。良医堂的掌柜姓孙,把药馆开在僻静的深宅陋巷也就算了,平日里有客求医也云淡风轻,不论慕名而来的是达官贵人,还是山野草民,都一视同仁。这很合时雍的胃口。

良医堂身处陋巷,门楣朴素,但内堂布置得典雅精致,一个"医香世家"的牌匾挂于正堂,很有几分考究和气派。

赵胤坐在一张瘿木圈椅上,默默品着茶,身姿挺拔笔直,一条腿微微屈起向前,一动不动却给人一种强烈的压迫力。一个头发胡子花白、满脸褶子的老者半蹲在他的腿边,察看他的膝盖,一脸惶然:

"大人这腿,瞧着又严重了?"

"嗯。"赵胤不愿多说,"孙老看看,可还有治?"

孙正业眯起眼睛看了片刻,叹口气坐在对面的杌子上,捋着胡子摇头:"若是永禄爷的懿初皇后还活着,许能有些法子,可惜天不假年……"孙正业摇了摇头,"我老喽,头脑昏聩眼也花,不服老都不行。"

赵胤端茶杯的手,顿了顿:"孙老你都不行,这世上便无人可治了。"

孙正业又低头,看了看他的腿:"前些日子我瞧着是好了些的,想是施针的缘故,何故又……大人,您看,能否请那位小娘子到良医堂来施针,以便老儿在旁一观?"

门外传来一个急促的脚步声,恰好打断了他的话:"爷。"

赵胤将茶杯放在几上:"进来。"

来人是他的贴身长随谢放。他朝孙正业拱手揖礼,又附到赵胤耳边:"阿拾在外面,找孙掌柜的买银针。"

良医堂的掌柜叫孙国栋,是孙正业的长孙。孙家世代为医,孙正业当年更是跟着永禄爷,做到了太医院院判。老头今年八十有九了,还耳聪目明,身体硬朗,是顺天府数得上的长寿之人。只可惜,儿孙资质平庸,孙老一身医术,没一个人能继承。儿孙辈学艺不精,太医院屡考不上,孙家断了御医路,便开了这间良医堂,细水长流地经营。

此刻,孙国栋看着面前的小娘子很是头痛:

"这二十个大钱,当真不能卖。"

"别家最多十五个大钱,二十个钱不亏你。"时雍把钱袋掏出来往柜台上一放,"全部家当就这些,你看着办。"

"这,这……"这不是耍无赖吗?孙国栋拉下脸,"我们良医馆的银针和别家不同,你看看这材质、研磨和光面,就不是一般的货色。二十个大钱,您请别家。"

"我就要你家的。你家的东西好。"别家的时雍看不上,"欠三十个大钱,我写个欠条可好?"

孙国栋脸涨得通红,有些恼怒,只是孙家家训,孙正业要求子孙务必恪守,他不便和一个小娘子纠缠不清:"我都没有说,这银针造法,是宫里传出来的呢,还想二十个大钱买?要便宜货,出门往左——"

孙国栋拂袖就走,可是进入内堂的门帘还没有撩开,便听到他祖父重重的咳嗽声:"一副银针,你就当宝了?既然小娘子喜欢,你卖她便是。"

孙国栋瞪大眼睛,不敢相信:"祖父?"

孙正业不理这个憨头憨脑的孙子,走到时雍面前,拂开搀扶的仆从,朝时雍长长一揖:"家孙无礼,有眼不识泰山。望小娘子宽恕则个。"

时雍看这老者发白如雪,笑起来满脸皱纹,但神清目明,颇有几分仙风道骨的感觉,不由端正姿态,回了一礼:"老丈这么说,倒显得我无礼了。"她瞥一眼孙国栋,笑了起来,"我不知贵号银针如此贵重,见识浅薄,唐突了。也罢,囊中羞涩,便不买了吧。"

孙正业老眼昏花,但脑子清明,这小娘子举止谈吐大方得体,毫无闺阁女儿的忸怩作态,倒有几分潇洒豪迈之气。他便又是一笑:"老儿想请小娘子内室一叙,不知方不方便?"

邀请一个陌生小娘子进内室,自然是不便的,听了祖父这话,孙国栋都傻了。这小娘子有几分颜色,不过穿着打扮不像富贵人家的女儿,难不成祖父老当益壮,这般年纪竟生了春心?

"小娘子若肯,这副银针我便送给你了。"孙正业看她不答,又补充。

时雍一把捞过柜台上的钱袋:"成交。"

孙国栋大惊失色:"祖父,这不妥当……"

孙正业不理这劣孙,对时雍笑出了一脸褶子:"小娘子,请。"

到了内堂门口,时雍眼尖地看到了赵胤的长随谢放,一个激灵。这是被抓了现行?谢放面无表情,上前打了帘子,一副"请君入瓮"的姿态。时雍头皮发麻,却无法退却,只得慢吞吞走在孙正业的后面,磨磨蹭蹭地进去。

淡淡的药香味儿,清雅怡人。赵胤换下了那一袭让人看到就紧张的飞鱼服,一身黑色锦袍,看上去丰神俊朗,风华金贵,周身却散发着冷冽的气息,情性皆凉。时雍将他的神情看在眼里,连忙施礼:"民女给大人请安。"

赵胤将手上茶盏轻放几上:"买银针做什么?"

"练针灸。"话越少,越不容易出错,且阿拾也不是多话之人,时雍斟酌着回答。

赵胤眼波不动,看不出有没有怀疑她:"无乱馆有银针。"

时雍道:"大人身子贵重,民女新想到一个行针的法子,便想先在自个儿身上试好了,再告诉您。"

赵胤冷眼微动:"你祖上传下来的行针法子,竟不如你自己琢磨出来的?"

阿拾的针灸是祖传的吗?宋长贵一个仵作,不像会针灸的人呀!阿拾哪来的"祖上"?

时雍轻咳，恭顺地低头："回大人话，民女见大人的腿疾久不能愈，一到阴雨天便饱受病痛折磨，内心实在难安，便生了些心思。虽不敢说青出于蓝而胜于蓝，但绝不能辱没了祖宗。"

赵胤低低一哼，袍角撩开，屈起的腿自然地伸出来："不必试了。来吧。"

这么随便的吗？好歹是一条人腿，不是猪蹄啊。时雍看到孙正业的仆从递上来的银针，叫苦不迭。一个谎言果然要用百个谎言来圆。是扎呢，还是不扎？要不……随便扎一扎好了？可是，她连基本的行针手法都不懂，有孙老这个内行在旁，一上针不就露馅了吗？不行，不行，不行。诏狱她不想再去。

"大人稍等。"时雍急中生智，情真意切地望向孙正业，"孙老，冒昧相问，可否借个地方盥洗双手？"大都督身子金贵，不洗手不能随便上手摸的啊。她想借机溜出去随便摔断个手什么的，不料，话音刚落，就听赵胤轻轻击掌："谢放，端清水来。"

谢放应道："是。"

赵胤面无表情地望向时雍："用不用加个皂角胰子？"

"不必不必。"时雍按住小腹，"不瞒大人，盥手是假，民女想行个方便是真。"

赵胤端起茶盏，吹水慢饮，眼皮都不抬一下。

时雍憋住气，好不容易把脸憋红了，略带"羞涩"地低头："民女这两日来了癸水，一紧张就更是淋漓不止……容我收拾好自己，再为大人行针可好？"

赵胤手一顿，那口茶似乎是喝不下去了。

但凡有一种可能，时雍也不愿意搞伤自己的手。这只手虽然粗糙了些，贵在修长如笋，尖头细细，再白嫩些也是纤纤玉指了。为了找一个正确的摔跤方式，时雍举着手比画好半天，从侧面横摔，到直体俯摔，分三次完成了掌心、手指和手腕的挫皮伤，可谓煞费苦心。

看着鲜血涌出，她哼声，不多看一眼，慢慢爬起来。正准备回去内堂，旁边突然传来一阵窸窣声。

"谁？"没有人说话，"出来。"时雍加重语气，顾不得手痛，身姿迅捷地扑过去，撩开一层青黑的帘布，将藏在里面的人拖了出来。

"太子殿下？"

小家伙今日没穿华服，就简单穿了件青布衣衫，戴了个滑稽的小帽儿，脸蛋儿看上去还是稚嫩白净，一眼就能看出是个富贵人家的孩子。时雍左右看看，蹲身盯住小家伙的脸："你怎会在这儿？一个人？"

赵云圳嘴巴一瘪，做了个委屈巴巴的表情，不过转瞬又横了起来："你不许出卖我。不然本宫煮了你。"

这动不动就杀人的德性，是哪里学来的？时雍唇角微微翘起："大人不知道你在这里？"

"哼！"赵云圳小脸上有几分得意，"他以为不带我，我就没有办法跟来吗？小看本宫，幼稚。"

"本宫是钻狗洞进来的。"太子爷掷地有声，说得一脸正色。

时雍看他小脸微扬，一副胸有成竹指点江山的样子，默默地冲他竖了个大拇指："失敬。"

"你跪安吧。"小家伙一身骄矜之气，冲她摆摆手，看时雍在笑，又不知想到什么，小脸突然红了红，"肌肤之亲的事，本宫尚未禀明父皇。嬷嬷说，我待再长大些才能有女人。"

时雍耳朵动了动。

小家伙不耐烦了，上手推她："愚蠢的女人，说了你也不懂。赶紧走。不要让阿胤叔看到我，不然你死定了。"

时雍哭笑不得，撩开内堂的帘子方才敛了神色，一副疼痛不堪的模样，左手握住右手，微微抬起，那鲜血真是淋漓不止了，很快便染红了一大片袖子。

"大人……"这娇娇软软一声大人，不知是委屈，还是疼痛，正常人都不忍斥责吧！

"哎呀，这是怎么伤着了？"孙正业连忙叫人，"小顺啊，拿我药箱来。"

叫小顺的仆从一愣。太老爷的药箱，可是从不为普通人打开的。

"还不快去。"孙正业很着急。针灸一门，他潜心研究了数十年，算有小成，可是拿赵胤的腿疾一点办法都没有。这小娘子年纪轻轻便能有此造诣，不仅能缓解腿疾，还能自行琢磨出行针之道，还有她祖上的针灸法……孙正业很有兴趣。

时雍为难地看着赵胤："大人，手伤了，不便再施针。民女对不住您——"

赵胤看向她的手："不能动了？"

"动是能动。"时雍转了转手腕，痛得"嘶"一声，蹙了眉头轻咬下唇，看男人仍然面无表情，显然不会因为她疼痛就心生怜悯，只能找别的借口。

"不过，针灸之事，极是精细，断断出不得差错。"时雍看着孙正业，"孙老最是明白，对不对？"

孙正业捋着白胡子，眯起眼点头："针灸，讲究静和稳。《灵枢·官能》里说，语徐而安静，手巧而心审谛者，可使行针艾。针通经脉，调理血气，若是施针者心浮气躁，手颤如摆，反而有害无益。"

啧！时雍松口气。孙老把她编不出来的话都说了。

"大人。"时雍"楚楚可怜"地看着赵胤，"民女有罪，请大人责罚。"

赵胤冷冷淡淡："你告诉孙老怎么做，他来施针。"

时雍看着孙正业："老爷子岁数不小了吧！尚能行针？"

孙正业受到冒犯，脸一绷，胡子直往上翘："老儿我是孙思邈后人，又得已故太后亲自指点……"

"喔。"时雍说，"那大人的腿，你却无能为力？"

孙正业被呛得吹胡子瞪眼，又反驳不了。时雍低头，态度恭敬："大人，不是民女不肯教，而是祖宗针法，传女……不传男，我虽不才，但祖宗教导，是万万不敢违背的。"

赵胤一言不发，冷冷盯了她好一会儿，从圈椅上站起来，慢慢走近："手伸出来。"

时雍硬着头皮将手伸到他的面前。男女授受不亲，伤口满是鲜血，赵胤应该不会仔细察看才是……念头刚起，不料那赵胤一把抓住她手腕的伤，狠狠地将她拎了起来。

"大人。"时雍皱眉，"你弄痛我了。"

"这几处擦伤，着力均不一致，你是如何做到的？"赵胤的话浅淡轻缓，听上去没有情绪，可入耳却字字冷厉。

"就是脚滑，没踩稳。"时雍后悔没有做得更仔细些，头垂得更低了，然后使了几分力，想把手从赵胤掌中抽离出来。可刚一用力，赵胤就丢开了她的手，害得她跟跄几步，差点摔倒。

"你再摔一次，本座看看。"

可恶，可恶至极！这人什么毛病想看人摔跤？还是说，赵胤其实已经怀疑她的身份了？一股凉气从时雍脚底升起，时雍咬了咬下唇，说得心虚："大人这是何意？我难道愿意摔倒不成？你看我这伤，我也痛的呀。"

时雍和阿拾性子是大不相同的，她妖娆妩媚，有十八般手段来对付男人，然而，偏生她遇上的是赵胤。见她说得可怜，赵胤丝毫不为所动："摔！"

时雍暗叹。早知道拿银针乱扎一通好了，扎死他又不用自己来埋。

"嗷嗷嗷——"这时，背后突然传来一阵狗吠。紧接着冲出来一个小身子，二话不说撞上了时雍。

"阿胤叔，狗，狗，有狗……啊。"

赵云圳天不怕地不怕，就怕狗。他本想藏起来偷听，哪知孙正业家养的狗子嗅到了他的气味，冲上去嗅他。他吓得拔腿就跑，骨碌碌就像个肉团子似的冲了进来，还没扑到赵胤怀里，先把时雍撞了个跟跄，又生生抓扯住她的衣服，方才稳住没有摔倒。这也就罢了，他这般用力过度，直接把时雍藏在身上的白玉令牌给抓扯出来。啪！掉在了地上。

赵云圳小孩子手快，迅速捡起玉令："噫，这是什么？"

时雍脸色微变，伸手去抢。一只手抢在她的前面，将玉令从赵云圳手上抽走，顺便把小屁孩儿也拎了过去："你越发胡闹了。"

"阿胤叔。"赵云圳双脚乱踢乱打，"本宫是太子，你不可以这么对我。"

赵胤沉着脸不说话，把他放下来丢到圈椅上："坐好。"

赵云圳嘴一撇，小脸儿绷起，满是不高兴："等我长大了我要褫了你的官，罚你每天陪我玩。"

赵胤不理他，举起手上的白玉令牌，目光飞快掠过时雍："你从哪里得来的？"

听这语气，他是知晓玉令来历了？时雍没说实话："一个朋友，代为保管。"

"朋友？"赵胤再扫一眼她状若老实的脸，喜怒不辨，"是水洗巷闲云阁的朋友吗？"

时雍有些惊讶，猛地抬头，直视他的眼。他也不避，冷眸如冰："你最好老实交代。"

昨晚时雍从无乩馆翻出来，遇见小丙再带他去找娴娘，其间并不曾碰到什么人，也未曾觉得有人跟踪。不承想，她的行踪竟全在赵胤的掌控之中。时雍有一种被人扒光的感觉："不敢欺瞒大人。这玉……是我偷来的。"

她把昨晚的事情半真半假地告诉赵胤，说得情真意切："民女家贫，没有亲娘照拂，亲爹不疼祖母不爱，后娘又生了弟妹，从此饱受欺凌，姑娘家常用的胭脂水粉都买不起，便一时生了贪念……"

赵胤面无表情看着她，一言不发。时雍被他看得不安，摸了下脸："本是想偷了玉为小丙找到他叔，得一笔酬金。"

这大气儿喘得孙正业都为她感到害怕。赵胤自从掌锦衣卫事以来，比他爹任指挥使的时候辛辣狠绝许多。也是时局不好，凡有锦衣缇骑出动，无不是一番腥风血雨，真真儿是让人闻风丧胆。要是赵胤一失手把这小娘子捏死了，他心心念念的祖传神针，哪里得见？

孙正业重重咳嗽一声："大都督，当务之急，是找到那孩子要紧啦。"旁人是从不敢打断赵胤的，更不敢在他面前随便帮人解围。但孙正业不同，资历辈分在那里，谁都得给他几分脸面。

赵胤哼声，眼神厉厉地盯住时雍："你最好没说谎。"说罢，他拎着赵云圳大步离去。

"阿胤叔啊，痛痛痛。"赵云圳在赵胤的手里又踢又打，奶凶奶凶地吼叫，"你不拿本宫当太子，本宫要治你的罪。"

"你再胡闹——"赵胤停下脚步，"阿黄。"

"汪汪——"狗叫声，孩子的叫声，渐渐远去。

时雍连忙朝孙正业拱手施礼："孙老，告辞了。"

"且慢。"孙正业让小顺打开药箱，态度不可谓不诚，"把伤口处理好再走不迟。"

时雍皱眉："我没钱。"

孙正业笑出一脸褶子，满不在乎地问："老儿有一事不明，想请问小娘子。"

时雍坐回杌子上："您请讲。"

"你为大都督针灸之后，腿疾有明显好转，这几日为何又严重起来？"

因为阿拾死了啊。时雍心里话不敢说，只幽幽叹一口气："许是我为大人的腿疾太过忧思，心神不宁，没行好针吧。"

"针灸一途，确实忌讳气躁。"孙正业点点头，一面为她疗伤一面老生常谈，"待小娘子痊愈，为大都督施针时，老儿可否在旁一观？"

时雍笑了笑。

孙正业被她看得不自在，笑道："放心，老儿绝不偷师学艺。一把年纪了，半截身子都入土的人，儿孙不才，没有一个能成气候的，学了也是无用。老儿只是遗憾呐，老祖宗说，针灸可治百病，只可惜好些神奇的针灸之法都已失传。老儿就是想看看小娘子这祖传神针。"

时雍见他神情严肃，实在不忍心拒绝："我答应你。不过有条件。"

孙正业捋起胡子就是一笑："你说。"

时雍道："您先教我。"

孙正业愣住。

水洗巷张捕快家被人灭门的事，在京师传得沸沸扬扬。

张家女眷验尸时稳婆刘大娘在旁协助，这婆子嘴碎把事都说了出去。门窗完好紧闭，没有搏斗和他杀痕迹，只有一条诡异的死蛇在赤身的小姐身子里。消息传扬出去，百姓听得毛骨悚然，不免又添了些妖魔鬼怪的香艳说法。

有人说张小姐与蛇精相好，又要转嫁刘家二郎，便惹恼了蛇精大人，误了全家性命。有人说是张捕快曾经参与调查时雍案，肯定是时雍余党下的手。也有消息更灵通的人说，是兀良汗人制造的惨案，为的是让大晏京师不安，给朝廷施压。又说，兀良汗新汗王阿木巴图早就想撕毁老汗王和先帝订立的永不相犯的盟约，多年前便派了探子秘密潜入京师，买通关节，将人员布置在京中各处，锦衣卫最近正疯了似的搜查兀良汗耳目。

众说纷纭，京师如同一锅滚烫的沸水，人心惶惶。时雍听了两耳朵有的没的，去水洗巷转了一圈，和娴娘说了几句话，得知小丙已经被赵胤带走，一时也捉摸不透这两人的关系，只叮嘱道："娴姐，若有人来问，你万万不可提及时雍的事。"

"我晓得。"娴娘是个通透之人，看那些人带走小丙的阵势，就知道不是好相与之人。

"乌班主那边，我已知会过了。你若还有什么相托，也可告诉我。"

"没有了。你保重。"时雍谢过娴娘，离开了水洗巷。回家时，她从张捕快家门前经过。来往的官差和围观的人群，还没有散去。时雍驻足片刻，没多停留便回了家。

王氏和宋香、宋鸿都在家里，宋老太和说媒的六姑也在。几个人不知道在说什么，看到时雍回来，就噤了声，用奇怪的眼神盯着她。时雍只当没有看见，直接回房，将那张拓印了玉令图案的白纸拿出来看了许久，又小心翼翼地将这东西用油纸裹了，分两处放好。

外面响起狗叫声，院子里喧闹起来。时雍开门走出去，刚好撞到沈灏带人进来。看见时雍，他二话不说，不留情面地挥手："带走。"

"沈头儿。"周明生同他一道来的，犹豫着不肯上前，"谢再衡那小子铁定是胡说八道诬蔑阿拾，阿拾自小体弱多病，手无缚鸡之力，哪来的力量折断他的手？又哪里来的本事杀张家九口？"

又是谢再衡这狗东西？时雍不闪不躲，一双清冷的眼带了几分笑："沈头，上门拿人，总得有个说法吧？"

沈灏手按腰刀，别开眼不看她："去了衙门，府尹大人自会给你说法。你们都愣着干什么？把人带走。"

"沈头……"周明生嘿嘿发笑，"我拿脑袋担保，阿拾绝对干不出这种伤天害理的事，她平常看到蛇都躲得老远，哪会玩蛇？再说了，阿拾和那张芸儿是闺中姐妹，阿拾的绣帕在张芸儿的手上，也不奇怪吧？"

"周明生你有几颗脑袋？不知此案干系重大？"

沈灏拔刀的速度比说话的速度还快，等周明生那口气落下，锋利的刀子已然架在了脖子上，吓得他"呀"的一声惊叫。

"我跟你走。"时雍拨开沈灏架在周明生脖子上的刀，似笑非笑地一笑，"自己人动什么刀子？周大头，你给我老实点。"

周明生心道，这个阿拾难不成中邪了？都要拿她下狱了，还满不在乎。

时雍散漫地笑了笑，径直走在前面。院子里静默无声。宋家胡同住着的大部分是宋氏本家，隔壁就是阿拾的祖母和大伯小叔一大家子人。因为宋长贵是个仵作，那一大家子人嫌他们晦气，这才单独隔了个小院子，把他们赶到这头，又在中间砌了一堵矮墙，分开居住。

　　矮墙不隔声，更不挡事。这边沈捕头到家拿人，那边就闹腾起来了。

　　时雍走出去，门口已然围了一群人。大伯小叔、三姑四婶、堂兄堂嫂全出来了，一个个脸色复杂地看着她，想看笑话，又怕受她连累。宋老太仗着年纪大，捞起扫帚上去就要打人："这小畜生真是没个管束，看我今儿不打死她。"

　　沈灏皱了皱眉头，伸胳膊挡在时雍面前："官差办案，都闪开。"

　　看他目露凶光，宋老太立刻变出一张满是皱纹的笑脸来："差爷，不晓得我们家这个孽畜是犯了什么事呀？"

　　不待沈灏开口，时雍就板着脸接了话："诛九族的大案，杀了上百个呢。您老回去该吃吃，该喝喝。没多少日子了，别耽误。"

　　扫帚落地。宋老太拔高声音骂人："杀千刀的小畜生，早知今日，当初就不该让你那傻娘进我宋家的门，生出你这么个孽畜，我干甚让你出生啊，早掐死你多好。"

　　宋家胡同围满了人。

　　王氏在院门口哭得呼天抢地，宋氏族人像是翻了天，大多都在骂阿拾，还有她早就不知去向的傻子娘。在王氏进门之前，宋长贵有个傻妻，就是阿拾的娘。仵作是个不体面的贱业，那时宋长贵二十好几了还讨不着媳妇儿，有一次办差捡了个傻子回来，宋家就勉为其难地接受了。

　　傻媳妇脑子虽然不大好，但生得极其貌美，那身段脸面比大户人家的小姐还要精致娇俏。宋长贵很是喜欢，疼得跟心肝宝贝似的，从不让她做粗活，生了阿拾后更是如此，当仙女般捧着。

　　后来有一天，宋长贵办差回来，傻媳妇不见了。宋家人谁也说不出傻娘去了哪里，宋长贵疯了似的到处寻找，三个月不到人就瘦成了一根竹竿。他没了媳妇，阿拾没了娘，半年后由宋老太做主续弦了寡妇王氏，又陆续生了一儿一女。

　　宋长贵最是心疼阿拾，奈何公务繁忙，也不能成日在家守着。天长日久，阿拾在家里也就成了一个碍眼的存在，渐渐与宋长贵也疏远了，变得内向木讷，常常被人欺负。那时候的谢家也住在宋家胡同，而谢再衡是唯一一个会护着阿拾的人。

　　府尹要明日过堂，当夜，时雍被收押在顺天府衙门的大牢里。宋长贵是个古板又正直的人，凡事讲规矩。衙门里不让他见女儿，他便没有来见，只托人给阿拾带话，让她好好待着，大人自会主持公道，便没了音讯。长夜漫漫，狱中阴冷又潮湿。时雍倚在墙上，百无聊赖地按脑袋。好不容易熬到亥初，月上中天，牢门传来声响："阿拾。阿拾。"

　　周明生小声叫着她，高高举起手上的竹篮。他在府衙做了两年捕快，又是个油嘴滑舌的主儿，路子野，混得开，牢里熟人也多，给了司狱司的看守十个大钱，就把酒菜拎了进来："我娘做的，让我拿来给你。"

时雍在脑子里搜索着周明生的娘。那是一个面容和善的妇人，很是同情阿拾："多谢大娘。"

"我娘说你是她看着长大的，不信你会杀人。"周明生将竹篮上的白棉布掀开，把里面的东西端出来——清粥小菜，几片切得薄薄的肉放在上面。周明生咽了口唾沫，递给时雍，"你爹去找府尹大人了，定会给你个说法。你先填饱肚子再说。喏，还有米酒。我娘说了，喝几口好入睡，不会胡思乱想。哼，待你这般好，我怀疑你是不是我娘失散多年的亲闺女。"隔着一道牢门，时雍看着周明生一边忙活一边嘴碎地念叨。

时雍懒懒地叹气："不是红袖招的酒，我不爱喝。"

"我呸。你还嫌弃上了？小爷我想喝都没的喝呢，你还红袖招？你知道红袖招的酒长什么样吗？"

知道，以前常喝。时雍望着屋顶。

周明生缓了缓语气："快来吃。你看，我娘还给你做了肉呢。"现下世道不好，周明生家里半个月不见荤腥了，他老娘平素极是节俭，却特地切了二两肉做菜，他想想有些气不过，眉不是眉、眼不是眼地瞪着时雍，先给自个儿倒了一碗酒下肚，喝完脸都红了，"阿拾你是不是傻？"

时雍挑挑眉，看他发疯。

周明生挠了挠头，一阵叹气："你喜欢姓谢那小子什么？文绉绉的酸样儿，一拳头下去屁都打不出一个。要说长相，他有我长得俊吗？咱衙门里的捕快，哪一个拉出去不比他更像个爷儿？"

时雍看着他竖起的大刀眉，一本正经摇头。

"没你俊。"

"可不？"周明生满意了，盘腿坐在地上，将倒满的米酒递给她一碗，"你说说你，实在嫁不掉，我，我反正也没有娶妻，勉为其难收了你又不是不成。你何必作践自己去招惹他呢？"

时雍按住脑袋："周大头，你家有镜子么？"

周明生一愣："有又怎的，没又怎的？"

时雍翻翻眼皮："多照几回，你就说不出这醉话了。"

周明生大腿一拍，眉横了起来："你敢嫌我？"

时雍吃两口菜，躺回干草上朝他摆了摆手："不送。"

"你，你……"周明生原本有些生气，可是借由灯火仔细看去，发现时雍眉头锁死，脸色苍白，骂人的话又咽了回去，"你这是哪里不舒服？"

入了夜，头就闷痛难忍，时雍后悔白天没让孙正业给把个脉。她慢慢地摆手，弯起眼角瞥他："我不想浪费你的酒菜，带回去跟大娘吃吧。"

"我们家有的是，别废话。快吃！"

周明生看她一动不动，又猜疑地问："阿拾，我怎么感觉你不是太怕？"

"进过诏狱的人，还怕什么？"这话不假。时雍说的是自己，周明生理解的是阿拾。

周明生点点头："这就对了。没杀人怕什么……"

"周大头。"时雍冷不丁坐起来，"你帮我做件事吧。"

周明生被她阴恻恻的样子吓了一跳："怎么？"

时雍朝他勾勾手指，周明生慢慢凑近："什么呀？"

时雍挨着牢门跟他耳语几句，周明生吓得差点没骂娘："宋阿拾，我们何仇何怨，你要让我去送死？"

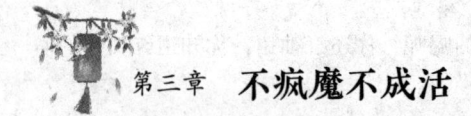

第三章　不疯魔不成活

光启二十二年七月十六的夜晚，没有半点星光。亥正时分，早已宵禁，承天门外灯火肃静，雨点纷纷扬扬铺天而落，将夜色衬得惨淡幽暗。城门在吱呀声里一点一点拉开，一辆镶金嵌宝的黑漆马车缓慢驶出，窗牖隐在灯火里，看不出里面的人影，门前两排侍卫绷直了脊背，低头垂目，大气都不敢出。

"大都督。"一人一马疾驰而来，到了马车跟前，翻身跃下，"无乩馆捉了个细作。"

"知道了。"赵胤手抚着疼痛的膝盖，"去把阿拾叫到无乩馆。"

无乩馆的廊下，几盏孤灯昏黄孤冷，将这所暗巷里的宅子衬得如同一座死气沉沉的坟墓。院子里，传来一个人痛苦的呻吟。赵胤冷着脸，加快脚步。大厅外的柱子上绑着个高大的男人，穿了顺天府衙役的衣服，嘴里塞着布巾出不了声，脑袋来回摆动着，一张脸肿得不见样貌。

"怎么回事？"

"爷，您看。"谢放匆匆上前，将一支羽箭呈上，顺便递上一张明显被扎穿的信纸，"朱九发现那人偷偷往无乩馆内射箭，还把您养在园子里的鹦鹉射、射死了一只。"

冤枉啊！那不是射箭，那是传递消息。

周明生看到赵胤黑漆漆的眼睛，脸都吓绿了，觉得阿拾坑他。刚才他被几个锦衣卫好一顿抽，已是去了半条命，现在这个传闻中心狠手辣的指挥使大人回来了，只怕这条小命今夜就要交待在这儿了。

"呜呜。"周明生嘴巴说不了话，两只眼瞪得像铜铃。

赵胤看他一眼，将信纸展开。上面一个字都没有，画了一个烤架上面穿着十只像鸭又像鸟的东西。

"这是什么？"谢放凑过去看了看，"烤熟的鸭子要飞了？"

"不，我看就是冲爷的鸟来的，画的一箭穿心。"

"爷那是鹦鹉。"谢放瞪了朱九一眼。

朱九摸了摸脖子,小声嘀咕:"反正这小子射死了爷的鸟,没得好活了。"

不,不,不,不是故意的。周明生内心疯狂咆哮,却一个字都说不出,只得呜呜着将脑袋往柱子上撞得咚咚作响。

赵胤合上信纸:"松绑。"

谢放意外地看着他,"爷,这个人深夜射箭,定是不怀好意……"

赵胤面无表情,让人在院子里放了一张舒适的椅子,坐下来手抚膝盖,冷冷看着周明生:"顺天府衙的?"

周明生被重重丢在地上,痛得直抽搐,但好歹嘴获得了自由。他点头如捣蒜:"回大人话。是,是的。"

"谁派你来的?"

周明生张开嘴要说"阿拾",看到赵胤冰冷的眼睛,又改了主意。这人肯定会把他和阿拾一起宰了。他想不通阿拾为什么要把这狗屁不通的"画"送到无乩馆,又是怨又是怕,连头带脖子一起缩了回去,目光惶恐,但态度坚定:"我不是细作,也没人派我来。我,我就是仰慕大都督多时,想来认个门,改日好备足礼品来拜见。"

"仰慕?"谢放和杨斐对视一眼。

仰慕就把大都督的鹦鹉射死了?这小子不是蠢就是坏。依大都督的脾气,不用说,死定了。他们看着赵胤,一副跃跃欲试要整死周明生的样子。不料赵胤将那信纸往掌心一合,摆摆手,阖上眸子:"既然不肯说,滚吧。"

不肯说就滚,说了,就能不滚吗?周明生没听懂,就被两名锦衣卫像丢沙袋似的丢出了无乩馆。

大牢里的时雍还没有入睡,看到他脸肿得像个刚下刀的猪头,很是诧异:"你这是遭贼了?"

"我这是被打的,被他们打的。"周明生摸着肿痛的脸,眼巴巴地看着她,嘴被布巾塞得红肿起来,像含了两根腊肠,一句话含糊不清,凄凄惨惨,"我是来和你告别的。我得罪了锦衣卫就快要死无葬身之地了。可怜我上有老母,下有……下啥也没有。呜!"

"你没把我的画送到无乩馆?"

"送了。"周明生说着抹了抹眼睛,"就是我那箭术太出神入化,一箭就射中了大都督的鸟。"一箭就射中了大都督的鸟?时雍古怪地看着他,周明生哭丧着脸,"不过我没出卖你。你别怕。"

时雍挑眉:"你没说我让你传信?"

周明生坚定地摇头:"我宁死不招,才会被打成这样。"

周明生委屈地摸了摸红肿的脸:"事到如今,我已是想明白了。我死不要紧,就是我娘,你看在她为你做肉的分儿上,在我死后,多照顾她。"

时雍扫他一眼:"你死不了。"

要死的人,出不了无乩馆。可是周明生不明白,他还没有从箭神光环里挣脱出来,

031

一直碎碎念:"阿拾,我家门口的桂花树下,有我藏的五两银子。若我真有个三长两短,你记得把它挖出来,交给我娘。就说儿子不孝,不能再承欢膝下……"

嗡嗡嗡。这人吵个不停。时雍从来没有见过比周明生更啰嗦的男人,还会哭。一个大男人哭哭啼啼,真让她长见识。时雍都听乐了:"你为何不自己挖出来给大娘?"

周明生摇头:"那我还没被锦衣卫暗杀,就被我娘打死了。"

暗杀?就他锦衣卫还用暗杀呢?时雍双手抱头倒下去,躺在干草上:"你死不了。你若真有个不测,桂花树下的银子也甭惦记,我会帮你讨个媳妇儿,请别人帮你生个娃,一年给你烧三炷香。"

"我都要死了,你还在幸灾乐祸?"周明生想到在无乩馆的遭遇,瑟瑟发抖,"他们不是人,不是人。不是人。"

"换点新鲜词儿。"

"他们不是男人,不是男人,不是男人。"

"回去睡吧。"时雍坐起来。

"嗯?"周明生看她无动于衷,怒了,"你这人怎的没心没肺?"

时雍冷冷地瞥了他一眼。

亥时四刻,赵胤房里还掌着灯。门外一群腰佩绣春刀的值夜守卫在巡逻,呼啸的风雨撞击着窗棂,将守卫们整齐的步伐衬得极是整齐。突地,一道匆促的脚步声踩乱了节奏。

"报——"谢放急匆匆打帘子进来,"爷,阿拾被押入顺天府大牢。"

谢放把情况大致说了一遍,赵胤眉头微动,手上的书慢慢合上,丢在桌几上,纹丝不动地坐了片刻,将那张画着鸭子的字条放在烛火上烧掉:"歇了。"

"爷。可是您的腿,得让阿拾来针灸啊。这几日连绵阴雨,您这般熬下去……"

"死不了。"赵胤大步走入里间。明明痛得厉害还能装得像个没事人一样。

谢放看着他的背影,一咬牙:"爷,我现在就去顺天府衙提人……"

"不必。她原该吃些苦头。"赵胤抬手制止,走得更快,身影很快消失在黑漆漆的帘子里。

一股风猛地灌过来,烛火摇曳。门合上了。朱九看看谢放:"爷这是怎么了?"谢放皱皱眉:"兴许是阿拾所做之事,不合爷的心意了吧?"

夜阑风静,不知何时又下起了雨,无乩馆内愈发寂静。

翌日,七月十七。时雍是被牢头丁四叫醒的。

当时她正在做梦,是个弥漫着诡异气氛的怪梦。梦里的人,有些她认识,有些她不认识。但是他们每个人的面孔都呈现出一种死亡般的黑白灰色。梦中的场景转换了几次,潜意识告诉她,那是在张捕快的家里。张捕快和夫人热情地邀请她进去,张芸儿一脸紧张地拉了她去闺房……后来他们,都变成了尸体。

冷不丁睁开眼,看到面前的丁四,时雍仍是没有回过神,看丁四也像个尸体:"丁四哥,有事?"

"府尹大人有令，提你去供招房问话。"

来都来了，审问是免不了的。时雍打个哈欠，那漫不经心的样子把丁四都看笑了。

"我在衙门里做看守十年了，你是头一个睡得这么好的。"

"荣幸荣幸。"时雍朝他拱了拱手，大步走在前面。

都进这里来了，荣幸个什么玩意儿？谁不知道谢再衡是广武侯的未来女婿，这阿拾招惹上他，即使没有张捕快的案子，怕也是不好过了。丁四看着她的背影，摇了摇头。说不准真像那些人所说，阿拾随了她娘，脑子有些傻？

时雍去到供招房，看到了好几个熟面孔。捕头沈灏、府尹徐晋原、推官谭焘、师爷万福都在。人员齐整，看来是个大案。看到她，大人们脸色都不大好看。不过，想必是宋长贵豁出老脸去求了府尹大人，倒也没有太过为难。

几个人轮番问她问题，主要围绕那张绣帕以及她打折谢再衡胳膊的事情。有问有答，时雍说得漫不经心："我打谢再衡，是因为他调戏我。"

"绣帕是我的没错，我也不知道怎么会飞到张家去。我是七月十六响午从谢再衡手上拿回的绣帕，争执时撕了，弃了。而张捕快全家死于七月十五晚上，时辰就对不上。请大人明察。"

徐府尹见她把事情推得一干二净，不悦地拉下脸："谢再衡交代，他不曾见过绣帕。"

时雍冷笑，谢再衡这狗男人是真狗。为了栽赃她，居然矢口否认。他没有见过，那时雍就有嫌疑了。因为那张绣帕是在张芸儿的房里发现的，据沈灏说，张芸儿把绣帕牢牢攥在手里。时雍道："当时只有我与他二人，他不承认，大可让他来与我对质。"

徐府尹和师爷交换个眼神，师爷凑到他耳边低语两句，徐府尹就变了脸色："阿拾，本府问你，七月十五那晚一更到三更之间，你在何处，做了何事？"

问到点子上了。时雍能仗势的时候绝不嘴软："七月十五晚上，我去了无乩馆。"

"无乩馆？"徐府尹的脸又拉下几分，"阿拾，念在你父亲宋长贵在顺天府署当差多年，你也跟了这么些日子，本府给你留了几分颜面，你怎生不识好歹，满口谎言？"

没有人相信赵胤会叫她去。一个天，一个地，怎会有交集？徐晋原那点本就不多的耐心没有了："你还不从实招来？非要本府上刑具吗？"

时雍脑子痛得很，发觉装老实人真是太累了，远不如做女魔头来得痛快："不敢欺骗大人。那夜，大都督差人叫我去无乩馆问话，是为时雍验尸的事。大人若是不信，只管找了大都督来，一问便知。"

供招房里好半晌没有声音，都不可思议地看着时雍。沉思片刻，徐晋原叫了书吏过来："带上本府的拜帖，去锦衣卫找指挥使大人。"书吏点头称是，徐晋原眉头却又皱紧，"不妥不妥。备轿，本府亲自去问。"

见他要走，时雍叫住他："府尹大人，我还有一事相求。"

"何事？"徐晋原回头。

"我想看一看张家人遗体。"时雍道，"我这些年跟着父亲和刘大娘也学了不少，和张芸儿又是闺中姐妹，兴许我能发现什么线索也未可知！"

徐府尹沉默片刻。张家灭门案影响极坏，传出许多鬼神之说。刑部专程派了人来督促，说是宫里也得了信儿，叫他赶紧查明真凶，以安民心。然而现在线索全无，与其焦头烂额，不如死马当活马医："准了。不过，须得沈灏同行。"

时雍松了口气："谢过大人。"

徐晋原是辰初时去的锦衣卫，结果只见到了千户魏州，得了个大都督外出未归的回话。

"魏千户，本府有一事，冒昧相问。"徐府尹虽觉得阿拾的说法荒唐，还是忍不住多了一句嘴，"那日去诏狱为时雍验尸的阿拾，十五那夜，是否被大都督叫去了无乱馆？"

魏州一愣："不瞒大人，我不知情。待我问过大都督，派人给大人回话可好？"

"那劳驾魏千户了。"徐晋原拱了拱手，心中已有定论。即使是赵胤要找阿拾问什么，也不会叫去无乱馆。那是他的私宅，连朝中大臣都不曾得脸被请进去坐一坐，一个小小女差役凭什么？那丫头就是在说谎，害他难堪。徐晋原气冲冲地走出锦衣卫，甩了甩袖子正要上轿，被人叫住。

"府尹大人，请留步。"一个约摸十六七岁的女子站在街边，华服雪肌，一双宫靴粉嫩鲜艳。她的身后，是一辆静静停放的四轮马车。

徐晋原眼皮一跳："小娘子叫我何事？"

那女子微微一笑："我家公主想请大人，借一步说话。"

在京师这地界，一块牌匾落下都能砸出个皇亲国戚。徐晋原做了三年顺天府尹，也算是见过世面的人，可是一看眼前这紫金横架，健马宽轴，车夫也肩阔腰直，威风八面，他便知道这个公主是谁了——今上的大公主怀宁。

徐晋原满脸是笑地迎了上去，端端正正行了个臣下礼："微臣叩见公主殿下。"

"起来吧。"暗青色的车帷轻轻一动，徐府尹鞠着身子不敢抬头直视公主容颜。

帘角掀起，隐隐一截锦袖，赵青菀满意地看着这个岁数一大把的文官对自己恭敬有加的样子，轻哼一声，精致的脸高傲冰冷："此处不便说话，大人上车吧。"

有生之年能上公主座驾，徐晋原战战兢兢。马车徐徐而动，车内宽敞华丽，有淡淡幽香，中间放着一张黄花梨的小几，摆了吃食和茶水。赵青菀自顾自饮着，眼儿斜斜地看着徐晋原，讥诮几乎溢出睫毛。很显然，她对这个正三品的顺天府尹不屑一顾："徐大人手上有桩灭门案，听说凶手抓到了？"

徐晋原被马车里的香味熏得胡子发痒，很想捋一下，生生忍住："多谢殿下挂怀。这案子还没破。"

"人不都抓了吗？徐大人还在等什么？"

眼风扫过来全是笑，可徐晋原愣是觉得骨子里发怵："回殿下的话。那姑娘只是带回衙门来盘问。仵作已然验明，张捕快一家九口死于蛇毒，阿拾一介女流之辈，和张捕快家又无怨无仇，凶犯不会是她。"

"徐大人这是瞧不上女流之辈呢？"赵青菀哼笑一声，眼皮慢悠悠地翻动着，"这么说来，本宫这个女流之辈在徐大人面前也是上不得台面，说话也不管用了？"

徐晋原表情微变，心在这一刻揪紧。他好像明白了什么："恕臣愚钝，殿下的意思是说？"

"本宫什么也没说。"赵青菀冷冷地拖着声音，瞄他一眼，眼角的笑意味深长，"这桩灭门案呀传得沸沸扬扬，父皇病中惊闻，心忧百姓、寝食难安。本宫是个重孝之人，恐父皇多生焦躁，影响龙体康健，这才来询问一下徐大人，何时能破案呀？"

一席话，搬出了当今天子。徐晋原冷汗直流："回殿下话，此案案情复杂，凶手亦是狡猾诡诈，未曾留下半分线索；而阿拾那姑娘是衙门宋仵作家的女儿，性子木讷，胆子极小，不会有这般手段。"

"徐大人呀！"赵青菀慢吞吞打断他，薄薄的指甲从杯盏上划过，冰冷的视线一动不动地盯住他，"人抓到了，案子就破了。百姓的嘴堵住了，大人的差也交了。这不是两全其美的事吗？"慢而带笑的话，说得阴狠无比。

徐晋原不由自主轻颤一下，壮着胆子道："臣实在不解，以公主殿下千金之尊，何苦与这等贱役计较？"

赵青菀哼笑撩眼，目光带着尖厉的寒意："徐大人是说本宫在仗势欺人？"

徐晋原慌不迭地拱手作揖："微臣断然不敢有此等逾矩的想法。只是此案干系重大，刑部这两日也有派人来询，微臣虽是府尹，也不敢一人独断……"

"这还不简单？"赵青菀拿着茶针，在茶盏上慢腾腾地划拉着，一声又一声，摩擦得尖锐刺耳，"徐大人说她是凶手，她就是凶手。只要她招了，文书上画了押，办成铁案，便是三司会审，又如何？徐大人说她杀了人，她就不无辜。"

"殿下……"这是让他屈打成招的意思吗？徐府尹抬袖擦了擦额头，"微臣斗胆一问，殿下对阿拾是不是有什么误会？"他甚至怀疑，怀宁公主说的不是顺天府衙那个一棍子敲不出个响声的贱役阿拾。阿拾怎会有资格得罪公主？

"误会？"赵青菀拔高声线，笑得咬牙切齿，"徐大人是指本宫无事生非，跑到你跟前来误会一个贱婢？还是说本宫眼瞎，识人不清？"

"臣不敢。"徐晋原堂堂三品大员，哪怕紧张得双肩紧绷，该说的话，还是一句都没少，"还望殿下明鉴，府署里三班六房，无数双眼睛盯着臣，若是查无实证就草草了案，怕是不能取信于人。那么多人、那么多嘴，少不得会传出些风言风语……"

"你怕？本宫教你个法子呀！"赵青菀轻笑一声，那表情看上去竟是一种毫无心机的单纯，好像只是捏死一只不起眼的蚂蚁那么简单，"哪个人传出风声，你就割掉哪个人的舌头，让他再也说不出话，不就好了吗？"

徐晋原第一个说不出话来。侍立在赵青菀身边的小宫女，低垂头，也是难掩恐惧。

马车里突然寂静。赵青菀脸蛋儿扬起，甜美地笑着，紧盯徐晋原呆滞的老脸："哎呀，本宫向来不喜为难旁人。徐大人若是当真破不了这案子也无妨，本宫自有办法找一个破得了的人来替徐大人分忧。你说这样可好，徐大人？"

徐晋原脸色煞白，僵在那处。

顺天府大牢。牢头丁四穿了件半旧的圆领皂隶青衣，拎着饭菜，晃晃悠悠地打开牢门。

"吃饭啦。"

时雍抬起头:"沈头有没有说,什么时候带我去验尸?"

验尸?丁四心里直想笑。怕是用不了多久,就得让人来殓她的尸了吧!

"得过了晌午吧?"丁四笑盈盈地说,"吃吧,特地给你加了菜,凉了就不好了。"

时雍"嗯"一声,接过来,没有什么表情。

丁四托着下巴看着低头吃饭的小娘子,心猿意马。刚上头传了话来,府尹大人找到了张家灭门案的新线索,午后便要刑审阿拾。听那口气,是要把这桩案子硬办下来。阿拾这小娘皮,怕是不能活着走出大牢了。

这些个当官的人,一会儿一个主意,他丁四管不着;但大牢这一亩三分地,是他牢头的地盘。一个活生生的小娘子死了怪可惜,临死前供他快活快活,算她积德,下辈子投胎遇个好人家,别再做贱役。

丁四喜好流连烟花之地,手头有些见不得人的脏药。为免阿拾不从闹事,他把药下在了饭菜里,将下面的人都支了出去,准备神不知鬼不觉地办了这事。等阿拾醒转,命都快没了,谁还在意这个?丁四双眼生光,摸了摸嘴巴,在牢门外走来走去,窥视阿拾的反应,有点儿性急。很好,幸亏周明生给了十个大钱托他帮着照顾,这小娘皮并没有察觉出什么,吃得津津有味。

丁四越看越心急,咽了一口唾沫。小娘子低着头,发顶乌黑,一截雪白的脖子从粗布衣里露出来,纤纤细细,仿佛一折就能断,拿筷子的手瘦瘦小小,指甲粉嫩,修剪整齐,吃饭的姿态缓慢雅致,若非她太过安静,又押在大牢,丁四会觉得这姿态是在故意勾引他。

"丁四哥。"时雍抬头,"吃好了。"

丁四看她碗里都吃干净了,笑眯了一双眼:"好吃吗?"

"好吃。"时雍说完,靠在墙上阖上了眼,不知在想什么。丁四把碗筷拿出去放了,坐立不安地等待,而牢房里,那女子整个人裹挟在杂乱的枯草间,没有半点动静。

睡过去了?不是说吃了便淫性大发吗?"阿拾?阿拾!"丁四试着喊了两声,拿钥匙打开门,猥猥琐琐地走进去。靠在墙上的女子没有半丝反应。

"小阿拾……"丁四扭曲狰狞的脸带着淫邪的笑,手朝那张他肖想许久的小脸儿摸了过去——

"啊!"丁四先叫了起来。

时雍紧闭的双眼突然睁开,血红的颜色,直勾勾看着丁四:"算计我?"

平静冷漠的声音,把丁四吓得心脏乱跳:"你怎么会没事?那饭菜你不都吃了吗?"他一声盖过一声,被时雍冷冽的眸子盯得恐慌无比。这是一双什么眼啊,他从来没有见过如此可怕的眼睛,赤红、狠厉,分明在笑着看他,却像有一条毒蛇爬上了后腰,顺着脊背慢慢钻了进去,冰冷地啃噬他的皮肉——而这,来自一个娇滴滴的小娘子,他以为可以随意欺辱的小娘子。

"狗东西,你是反了不成?"丁四心虚慌乱,嘴上不忘逞强,步子却情不自禁地往后退,连声音都变了调,"这是府狱大牢,老子分分钟捏死你信不信?"

时雍逼近，一把掐住丁四的脖子："谁要害我？说！"

"不，不是我，我不知道。"

时雍虎口越捏越紧，双眼赤热。

"阿拾，你不要乱来。"丁四喉头腥甜，一种濒临死亡的痛苦让他瞪圆了双眼，一句话说得结巴，"我说我说，是府尹大人要逼你认罪，一会儿就要动用大刑了。这桩案子你招也得招，不招也得招。姑奶奶，你饶了我吧……就算，就算你杀了我，你也走不出府狱，何不积积德，饶我一命？"

时雍平静地看着他："下的什么药？"

药？丁四一愣，回过神来。既然知道被下了药，那肯定是药物有反应了？丁四低头，看她另一只手在微微颤抖，死死掐着大腿，手背上青筋都露了出来，不由大喜。"阿拾。"丁四阴恻恻地笑，"难受吗？是不是受不了？好妹妹，这药可烈性了，哪怕你是个贞洁烈妇也熬不住的……就算你不死在大人的刑具下，也会暴体而亡。"

时雍眼底颜色更深，那一片红血丝似要燃烧起来。见她如此，分明是药性发作了，丁四又生了几分胆色，伸手去搂她的腰："你看看你，老姑娘了，还没有男人肯要，真是可怜。活一辈子还没尝过男人是什么滋味儿吧？求我啊，求哥哥我成全你，让你死前得个完整？哈哈哈哈。"

铮！金属划空而过，笑声戛然而止！丁四低头一看，一柄腰刀透入他的腹中。鲜血汩汩流了出来，他不可置信地瞪大了双眼，明显感觉到肠道受伤后的疯狂蠕动，还有那血液溅在手背上的温度。眼前女子的脸，平静、冰凉，而他甚至没能看清她是如何拔下他的腰刀。

"你……"丁四瞳孔睁大，拼命抓扯时雍，想要夺刀。

时雍面无表情，刀往前再送入半分。

"快来人啊……救，救命！"

外面吃酒的几个守卒听到呼救声，一口气冲进来好几个。可是，一看眼前的情形，吓得停下脚步，像被人点了穴道似的，一个字都喊不出。

丁四满身是血、抖如筛糠，时雍披头散发、双目阴凉，捏刀的手微微颤抖，那模样像是杀红了眼的刽子手，明明是个瘦小的娘子，却叫人无端害怕。咚！丁四重重倒在地上。

牢门开着，没有上锁。时雍一把扼住门柱，手指头抠向喉咙，哇啦吐了一地。牢狱里安静得可怕，几个守卒好半晌才从恐惧中回过神来："阿拾，你是疯魔了不成？竟敢在府狱里行凶杀人？"

时雍眯起眼，抬袖子抹了抹嘴巴，冷笑着提起腰刀，慢吞吞走向他们："谁挡，谁死。"

徐晋原刚从夫人手上接过一碗黑乎乎的中药准备喝下去，外面就传来一阵呜声呐喊。这是他在府衙里的内宅，平素胥吏小厮们是断断不敢乱闯乱叫的。他正头痛呢，听到那喊声就皱了眉头："谁在外头？给本府掌嘴二十再来回话。"

一个仆从赶紧应是，走出去就骂："大人内宅，吼什么吼？掌嘴二十再来回话。"

"府尹大人，不好了。"那守卒连哭带喊，扑通一声跪趴在地，"府狱里出大事了。"

一听府狱出事，徐晋原这药喝不下去了，夫人的纤纤玉手要来相扶也生烦了，一把推开她就大步出门："怎么回事？"

守卒跪趴在地上，满头满脸都是血，见到他号啕一声："大人！阿拾她疯了，拿了牢头丁四的腰刀，见人就砍，狂性大发，一连伤了我们十数人，眼看就要冲出府狱了。"

"什么？"徐晋原大惊，"你们都是纸糊的吗？不会拦住她？"

"拦了，拦不住。她，她，就是个疯子，我们都挡不住啊。"

"饭桶！一介女流都看不住，要你们何用？"

徐晋原来不及多想，提了提没有穿好的鞋，边走边系衣服："沈灏呢？让沈灏即刻前去拿下凶犯。"

说来徐晋原心底是有几分窃喜的。之前得了怀宁公主的命令，要替她办了阿拾，多少还有点心虚。这下好了，她自己作死，那便不怪他不留情面了。

内宅在府衙最北面，要去府狱得经后堂、二堂和仪门，徐晋原走得匆忙，还不等过仪门，一个衙役就疯子一般冲了进来："报——大人！大人！"

徐晋原正在火头上，一脚踹过去："本府还没落气呢，一个个号什么丧？"

他本以为是阿拾又砍杀了人。不想，那人被他没轻没重地踹了一脚，好半响才喘过气禀报：

"大，大人。锦衣卫来要人了。"

提到锦衣卫，哪怕同属公门中人，心脏也得抖三抖。锦衣卫是皇帝亲军，直属近卫，可自行缉捕、侦讯、行刑、处决，不必经法司审理。但凡与锦衣卫沾边的案子多是酷烈残忍，可谓恶名在外。徐晋原立马整衣相迎，衙役们也噤若寒蝉，大气不敢出。

不过转瞬，魏州便风一般卷了进来："府尹大人辛苦，下官今日奉大都督之命，来提人犯宋阿拾问话。"

徐晋原脸上褪去了血色："阿拾？"

"大人，行个方便？"手持锦衣卫令牌，魏州满脸是笑。

他是北镇抚司里最好打交道的人，可是此刻，徐晋原却觉得这张笑脸比催命的阎王更加可怕了。绝不能让锦衣卫把人提走。怀宁公主那里无法交代也就罢了。府狱出这么大的事，又在这个节骨眼上……他头上乌纱，还要不要了？徐晋原笑道："千户大人，京师案件一向由我顺天府衙经办的。哈哈，本府不知，锦衣卫为何对这种小案也感兴趣了？"

"小案？你何时见过我北镇抚司办小案？"

"难道这案子还有别的隐情不成？"

魏州笑盈盈地看着徐晋原，看上去好说话，但语气却不容置疑："府尹大人，大都督没什么耐心，我得赶紧带了人去复命。不要让下官为难可好？"

徐晋原一颗心凉了半截。不说北直隶这一亩三分地，便是当今天下的王侯将相，谁敢惹锦衣卫？谁又敢惹锦衣卫那位冷心无情的指挥使大人？那是一等一的贵人，也是一等一的狠人啦。徐晋原骑虎难下："千户大人说得有理。那劳驾先去吏舍办个签押文书？"他强自镇定，扭头对师爷说："你去找府丞，招呼好千户大人，我先去办点私事。"

徐晋原拱手朝魏州告了歉，举步出仪门，又回望着吩咐随从："去告诉府丞，务必把魏州给我拦住了。府狱里的事，半句不可声张。"事已至此，他只能先稳住魏州，去府狱把事情摆平再说。

离府狱大门不足五丈，时雍停下了脚步。初秋潮湿的凉风夹着水汽扑面而来，她眯起双眼。沈灏按刀站在门口，背后跟着十来个严阵以待的衙役。

"沈头。"时雍一手提着滴血的腰刀，一只手按着胸口，咬牙冷笑，"这般下作手段，不该是你。"

"你这是怎么了？"沈灏看她面色潮红，神色有异，露出几分关切。

时雍似笑非笑地道："无耻。"

沈灏的表情僵硬在脸上，眉上的刀疤牵动一下，目光从时雍被鲜血和汗水混染的脸上别开："拿下，送到刑具房。"

刑具房是处置那些不听话的囚犯所用。密封的空间里，腥臭气味弥漫，时雍吃下的饭菜虽然吐干净了，但药性仍有残留。这一番混乱厮杀下来，再被几个五大三粗的捕快塞到恐怖黑暗的房间，几乎没了反抗之力。

她盯着沈灏，呼吸困难："沈头，阿拾极为信任你。"她没说我，说的是阿拾。沈灏一言不发，并没有听出什么不同。铐子、脚镣、沉重的枷锁，那铁器碰撞的锒锒声刺耳万分。时雍露出了笑，"想让我认罪，再杀我灭口？伪造成畏罪自杀？"

"只是盘问。"沈灏始终不看她的眼睛。

"盘问？"时雍冷笑。若非得了授意，丁四再大的狗胆，也不敢做那腌臜事。

嗒！嗒！嗒！沉重的脚步声匆匆传来。时雍转过头，看到穿着官服的徐晋原手负身后，神色慌乱地走了进来："招了没有？"

时雍还给他一张冷笑的脸。

徐晋原一怔。他走到被按压在地的时雍面前，弯下腰，低着声音："招了吧，少吃苦头。"

"你在求我？"时雍道。

徐晋原看着她嘲弄的脸，本想哄她几句，唾沫却仿佛粘在了舌头上。罢了。他已经没有选择："看来不动大刑，你是不会招了。来人啦！上拶子——"

时雍半眯眼，一滴汗从睫毛落下来。

拶子是对待女犯常用的刑具，又叫手夹板。用拶子套入手指，再用力收紧，十指能被生生夹断。十指连心，那非人的疼痛一般人都无法承受。徐晋原调任顺天府尹三年，用到拶子的次数屈指可数。刑具房里的人俱是一怔，沈灏更是变了脸色："大人，慎用酷刑——"

他话没说完，徐晋原便冷声打断："沈捕头，恶徒是你亲手擒来，你又心生同情了不成？张捕快是你同僚，再有刚被砍杀的十数人，平素你也常唤一声兄弟。阿拾不无辜！今日便是天王老子来了，她也逃不得这罪责！"

沈灏喉头微紧："大人，阿拾是咱们衙门里的人，此中定有误会……"

徐晋原不愿再浪费时间："我看她就是顽固不化，狡诈奸恶。不动刑，怎么肯招？来人，给本府用刑。"

"是。"高声应和着，两名衙役拿了拶子便套上时雍的手指。尾指粗的麻绳往两边一拉，那拶子发出咯吱咯吱的响声，听上去分外瘆人。沈灏不忍再看，闭上眼将头转向旁边。然而没有他以为的呐喊呼叫，阿拾安静地未发一声。沈灏血液都冻住了。这小女子刚硬如此，骨头竟不输男子。

徐晋原也万万没有想到一个小小女子这般能耐。他坐不住了，抬脚踩上时雍的手背："本府再问你一次，招是不招？招了，能得个好死；不招，那休怪本府无情了！"

时雍冷笑，"府尹大人可知，我这双手，是赵胤的命？"

"满口胡言乱语，我看你真是疯魔了。"锦衣卫就在外面等着，徐晋原不敢耽搁，用力一咬牙，吼得面目狰狞，"给本府用力拶！"

砰！刑具房大门被人踢开。"锦衣亲军都指挥使赵大人到！"魏州冲在最前面，凉风过处，一抹鬼魅般的修长身影在几个锦衣缇骑的簇拥下，举步走了进来。

赵胤？这一刻，徐晋原感觉到了透骨的惊悚。这才是真正的活阎王啊！出任府尹三年，他和锦衣卫打了无数次交道，而赵胤来顺天府衙还是第一次且贵足踏入狱中，能为什么？徐晋原冷汗涔涔地侧过脸，看到时雍赤红的眼底有讥弄的笑。

刑具房里鸦雀无声。

阴森的冷意随着赵胤的目光，在毛孔里渗透。这里的每个人都听过锦衣卫指挥使的辛辣手段，赵胤的名字从他十六岁开始，就与杀戮狠毒捆绑在了一起。赵胤十七岁那年随其父和永禄爷北上，单枪匹刀闯入赫拉部营地，取敌首首级挂于马头的逸事，徐晋原还在大同做官时便已听过。他是个文官，忍不住发怵，头都不敢抬起："不知大都督驾到，有失远迎。还望大都督恕罪。"

"徐大人好大的排场。"赵胤冷冷说罢，又望向魏州："你是越发不会办差了，要个人还得本座亲自过来。"

魏州慌不迭地低头请罪："卑职奉命提人时，被徐大人支去吏舍办签押文书。也怪卑职见识浅薄，竟不知顺天府衙里有这么多规矩，也不懂徐大人为什么对我锦衣卫要办的案子，这么上心。"

徐晋原一听这话，脸都白了。魏州此人看似无害，却泼得好大一盆脏水，这不是暗指他不把大都督放在眼里，私自插手锦衣卫的案子吗？锦衣卫办的案子，除了皇帝交代的，便是涉官案件，恰恰够砍他脑袋。这位爷要是不高兴，觉得他一颗脑袋不够砍，随便罗织个罪名，只怕一家老小都保不住。

"大都督恕罪。"徐晋原双袖一甩，扑通就跪了，"宋阿拾是水洗巷张家灭门惨案的人犯，刚在府狱里又夺了牢头腰刀，砍杀十数人，状若疯癫，下官实不敢将此等凶犯轻易交到魏千户的手上。大都督，下官断无私心啦！"

赵胤一言不发，慢慢走向时雍。仿佛过了一千年，又或是一万年，他那双近乎无尘的皂靴，终于站到时雍的面前："为何不报本座名讳？"

"报了。"时雍缓慢抬起受伤的双手，眼皮似有千斤之重，"夹得更厉害。"

赵胤转头看向徐晋原："徐大人真不怕死？"

徐晋原心慌了，脑子也乱了："大都督明察。此女砍杀我守卒十数人，下官身为府尹，眼皮子底下被杀这么多人，若不给出交代，连累官声不说，往后还有何面目见人？又如何安抚府中守卒和死者亲眷？下官是有迫不得已的苦衷啊！"

赵胤低头，看着时雍的头顶："是吗？"

"不是。"时雍说得有气无力，"牢头丁四受府尹大人指使，在民女饭菜中下药，欲要污我清白。民女若是不夺刀自卫，怕是再也见不到大人了。"她眼巴巴地望着，像个小可怜。

徐晋原双眼睁大，不可思议。刚提刀砍人的时候，凶神恶煞的不是她？蓄意姿态，在赵胤面前装成温驯无辜的弱质女流，是想整死他呀？"疯妇一派……晋原气得手抖，指了指那一柄带血的腰刀，"便是丁四作恶，你砍他也就罢了，不分青红皂白，无故砍杀那么多人，何其恶毒？"

时雍眼皮微垂："民女不知，药效发作起来，就好像不是自己了，拿起刀便砍，砍完什么都不记得。"

好一张利嘴！杀了人，不记得了？徐晋原怒斥："你还敢信口雌黄？大都督，这疯妇砍杀十数人乃众人所见，抵不得赖。若非她顽固阴狠，不肯认罪，我也不会动用大刑。"

"本座没问这个。"

赵胤语气冷淡，徐晋原却汗毛倒竖，脚都软了："大都督，下官执掌顺天府政务多年，便是再胆大包天，也不敢犯职官大忌，指使牢头做出这等腌臜之事！是宋阿拾为了脱罪故意构陷我的呀。"

赵胤望向魏州，魏州会意，领了个锦衣郎出去，很快便拖了丁四进来，砰一声摔在地上。

"大都督，活着，只是昏过去了。"

"泼醒。"赵胤声线冰冷，神色莫测。

刑具房里有现成的冷水，魏州二话不说，在桶里舀上一瓢径直泼到丁四的脸上。

"啊！啊，别杀我，别杀我！"丁四睁开眼，还处于被时雍拿刀捅腹的恐惧之中，虚弱地呻吟着喊叫，浑不知这是哪里。

魏州狠狠踢了他一脚："大胆！大都督面前，发什么癔症？"

丁四不认识赵胤，但锦衣卫的官服他是知道的："大都督饶命，饶了小的。小的给你磕……噗！"一口血从他大张的嘴里吐出来，又从满是血污的领口灌进去。丁四的样子狰狞又恐怖。

"丁四。"徐晋原提醒他，"你且仔细道来，是谁抢你腰刀，砍伤了你，意图逃狱？你别怕，大都督在这里，定会为你做主。"

逃狱？丁四意会出来，这府尹是要把罪责全落到阿拾头上呀："是她。大都督，是这个疯女人，夺我腰刀，想要砍死我……"

"你是该死。"赵胤冷冷道,"身为牢头,被人夺刀,还有何面目活着?"

丁四身子都凉了,大都督大人这话是何意?

魏州轻咳:"丁四。是何人指使你给女犯宋阿拾下药,欲行奸污之事?你且原原本本道来。"

丁四混了十年顺天府狱,也是个老油条子,这话琢磨一下可算是听出味儿来了。锦衣卫要办徐晋原,在罗织他的罪状呢。丁四脑子转得很快,大声求饶道:"小的该死。小的该死,小的迫于府尹大人淫威,不得不给宋阿拾下药,也是被逼的啊……小的家有老小,全靠小的薪俸过日子。府尹大人的命令,小的不得不从啊,请大都督为小的做主……"

赵胤淡淡扭头:"徐大人,你有何话说?"

"丁四一派胡言,诬蔑!这是诬蔑。"

徐晋原感觉到了赵胤要办他的意图。官员指使下药奸污女犯,这不是头上乌纱保不保得住的问题,而是项上人头还留不留得下了。他不明白哪里得罪了赵胤,也不明白赵胤为什么要帮阿拾,但他知道,赵胤若要办他,有没有丁四指证,他认不认罪都不紧要,不仅他救不了自己,便是怀宁公主来了,恐怕也无济于事……更何况,怀宁公主哪会出来袒护他?一旦他招出怀宁,怕是家人也要受连累。这桩祸事,他得自己背了。

"大都督明察。"徐晋原整个姿态都变了,刚还是下级官员对上级官员的礼数,现在已是四肢着地,整个人俯趴到赵胤的面前,声声泣状,"下官只是为了张家灭门案一事,拿了阿拾下狱盘问,又因她砍杀我守卒十数人,这才一气之下动了大刑,从无那等淫污之心,更不会做出这等猪狗不如的事。"

赵胤没有表情,嗓音平静而冷漠:"一介女子,在你府狱砍杀十数人。徐大人,你当本座是三岁小儿?"这不是不信,是不肯信,就是要办他。

徐晋原畏惧锦衣卫到了无以复加的地步。他双股战战,恨不得叫赵胤祖宗:"下官所言句句属实,被宋阿拾砍杀的守卒就在府狱里头,大都督可派人去查。"

赵胤面无表情:"魏州。"

"是。"魏州领命出去了。很快,他又回到了刑具房,"大都督。"他古怪地看了时雍一眼,在赵胤耳边低语了几句,轻咳一声,当众宣布,"经查实,轻伤十八人,重伤一人,无一死亡。"

轻伤十八人,重伤一人,无一死亡?不是说拿刀就砍吗?就算乱砍乱杀,混乱中也会杀死人的呀?无一死亡,她是如何做到的?徐晋原看着时雍,见鬼般不可置信。

"来人!"赵胤半阖眼睛,加重了语气,"把徐晋原带回北镇抚司,仔细盘问。"

一听北镇抚司,徐晋原身子一软,满脸震惊地看着赵胤:"我乃朝廷命官,大都督未得旨具奏,怎可凭一贱役之言,就拿我下狱问罪?"

赵胤手指在膝盖上轻轻叩击着,对上徐晋原恐惧又焦灼的眼:"拿下。"

锦衣卫高声应诺,上前便要拿下徐晋原。

"谁敢动我!"徐晋原眼看脱罪无望,嘶哑着声音做最后的反抗,"本府是朝廷命官,奉旨督办顺天府政务,赵胤你这奸人,我要面呈陛下,治你的罪——"

"啪！"一耳光扇在徐晋原脸上，"狗胆包天，敢辱骂大都督？"

徐晋原彻底疯了。为官多年，他何曾受过这般侮辱？

"赵胤，你独断专行，刚愎自用，随意缉拿朝廷命官，挟私怨行报复……本府必要到御前参你……松开，松开我，我要去见皇上！赵胤，你会遭报应的。"

死到临头，骨头倒是硬起来了？魏州看他头发半白，挣扎叫嚣得脸红脖子粗，都忍不住心疼了。于是上前一脚，生生踢在徐晋原的小腿上，温声劝说："徐大人，大都督听不得吵闹。老实点，少受罪。"

徐晋原瞪着魏州，整个人都垮掉了，目光呆滞而愤怒，翻来覆去都是那几句话："不得好死，你们会不得好死的，赵胤！我要去参你，参你……"

赵胤似是坐得累了，慢慢扶了膝盖站起来，一双刀锋般的眼掠过时雍垂在地上的脑袋。这脑袋黑油油的，毛色光亮，像一只蜷缩的软体小动物，乖顺又老实。哼！赵胤想到刚才魏州的禀报，踢踢她："一并带走。"

时雍没有动弹，安静得好像死过去一样。

赵胤皱眉，蹲身扼住她的肩膀，将她整张脸抬了起来。一张芙蓉小脸像被火烧透了，双目赤红，挟着一束秋水盈盈的波光，直勾勾地看着他，下唇紧咬，嘴角渗出了鲜血，分明在承受滔天的痛苦，她却一言不发。

"大都督，丁四如何发落？"魏州在背后请示。

赵胤将时雍拎起来，丢到屋中唯一的椅子上，拎起一桶冷水，面无表情地从她头顶泼下去。时雍浑身湿透，激灵灵打个冷颤。

赵胤冷着脸走向丁四："解药。"

"没。"丁四瞪着惊恐的双眼，摇头，再摇头，"没，我没有解药。"

"什么药？"赵胤又问。

"是，是，是小的从那倚红楼妈妈手里买来的，说是她们用来对付不听话的姑娘的。"

赵胤勾起唇角，忽然对着他一笑，丁四还没有明白过来，一阵剧痛便从手臂传来。他惊恐地看着自己的血肉飞了出去，而赵胤手上精巧细薄的绣春刀如切豆腐一般，生生插入了他的左肩。

满地鲜血，他惨叫着，舌头都捋不直："大都督，饶命，小的真的没有解药啊，倚红楼的妈妈说，只，只要行了那欢好之事，药便解，解了，大都督饶了小的。小的是证人，小的要活着指证徐大人，小的愿为大都督效犬马之劳……"

赵胤松手。丁四重重软在地上，喉头呜咽，一声都哭不出来。

"留活口。"赵胤转了身，拿绢子擦着手指，"那腌臜玩意儿，阉了。"

丁四目瞪口呆地看着一个锦衣郎走向自己，来不及叫唤，便被破布堵了嘴，接着身下一凉，裤子被生生扒了去。他惊恐无助地摆着头，却阻止不了锦衣卫手起刀落，干净利索地发落了他。

没有哭叫，没有惨痛呼喊，刑具房里安静得一点点细微的声音，就能让人不寒而栗。丁四奄奄一息地被人拖出去，地上只留下一摊污秽和一行弯弯曲曲的血印。

第四章 绵绵阴雨海棠花

无乩馆。

绵绵阴雨将海棠花从墙角伸出的枝条浇得湿漉漉艳丽多娇,透过花格窗下的树影,站着两个端端正正的美人。不知是铜炉的熏香还是她们身上的香甜,将时雍的脑子熏得又晕眩了几分。

这是哪里?她半眯起眼打量。眼前是一个冷清的小院,右边有一口池塘,荷叶连天,一片碧绿,枯萎的莲蓬探出高高的枝秆点缀其间,在风中瑟瑟摆动。赵胤带她来这里,是要干什么?

"爷。"一个美人走过来,打量一眼被谢放和杨斐两人"拎"回来的时雍,"东西备好了,交给我们吧。"

谢放和杨斐交换个眼神,就要把时雍递到她的手上。

"等等。"时雍转头,一张满是酡红的脸面向赵胤,"大人有解药?"

"没有。"赵胤视线落在她干焦的嘴皮上,眸色若有似无地黯了黯。

时雍心颤颤地一跳。虽说她呕吐了大部分药物,但那药的药性极烈,到如今,后背布满汗意,小腹抽痛,生了些麻胀酸软的感觉,嘴巴更是焦渴难耐,烧得她嗓子哑痛,一股热浪如波涛般汹涌而来,再熬下去,怕是不成。

"大人是要亲自帮我解毒?"

小院里古怪地安静着。她中的是什么毒,去了顺天府大牢的人都知道。赵胤把她带回无乩馆,而不是送去锦衣卫,这本就是谢放和杨斐等人缠在心里的问题。这个药没有解药,他们打死都不敢去想大都督会亲自解毒,阿拾却大胆地问了出来!

谢放为她捏了把冷汗,生怕她还没毒发身亡,就被大都督捏死。然而,赵胤脸上却平静得反常:"拎出来吧。"

什么东西拎出来?时雍脑子里天人交战,怀里像揣了一只蠢蠢欲动的小兽,但她没忘自己人犯的身份:"大人要如何发落我?"

赵胤面无表情:"等你活下来再问不迟。"

时雍眼睛半眯不眯:"你不会让我死的吧?"

今日赵胤会亲自去府衙大牢里捞人,出乎时雍的意料。而这也更是证实了阿拾对赵胤的重要性。时雍笑容虚弱无力,但底气十足,一副吃准了赵胤舍不得她死的样子。然而,不等她得意完,便见两个侍卫抬着一个大木桶过来。还没有靠近,一股浓郁的凉气便扑面而来。

"把她丢下去。"赵胤淡淡地说着,一袭织金黑锦袍服在凉风里微微摆动,将他衬得更为冷漠无情,连带这句话都像冰疙瘩似的,将时雍的脑袋砸得清醒了几分。

"你要把我丢到冰桶里?"时雍不可思议地看着他,赵胤漫不经心地坐在廊下的椅子上:"地窖藏冰不多,省着点用。"

"我不!"时雍怕冷,刚那一桶从头浇下来的凉水差点去了她半条命,仇还没报呢,这王八蛋又要把她丢到冰桶里浸泡!

"我宁愿……暴体而亡,也不想冻死。"

赵胤没有什么耐心:"丢下去。"

"是。"谢放过来就要拉她。

"别动我!"时雍冷喝一声,脚下突然一滑,错过了谢放的手臂,"我不用你救。"

谢放一愣。他没有想到这女子被人下了药,又在顺天府大牢里被夹坏了手指,身上还有伤,居然能这么利索地躲开他。这一停顿,节奏便慢了半拍,只能眼睁睁看着她翻越石栏,朝池塘一跃而下。扑通一声,水溅出栏外老高。

"爷!"四下里惊叫一片。几个侍从和婢女吓得不轻。

"她跳下去了?"

"这池塘的水可不浅,淤泥也深,要死人的。"

"快,赶紧捞人。"

一群人冲到栏杆边上,只见落水的女子像一尾鱼,钻入了遮天蔽日的荷叶下,不见了踪影,水面上只冒出几个脏乎乎的气泡。

谢放脱下外套就要下水,却被赵胤制止:"不必管她。"

谢放僵在那里:"爷,阿拾受了伤,会溺死的。"

"她自己选的。"赵胤又道。

今儿仍然是个阴雨天。雨水从青瓦笔直的沟缝里滑下来,滴滴答答,珠帘一般。众人沉默地望着池塘。锦衣卫这些人都是见过风浪的,可这般决绝的女子,少见。

等待是一个漫长的过程。谁也不知时雍在荷塘里泡了多久的冷水,突然听得水响,一颗湿漉漉的脑袋从水面钻了出来,狗子似的左右甩动。她的头发散乱地贴在头皮和肩膀上,将脖子衬得越发修长纤细,苍白的脸上没有表情,湿透的中衣裹着玲珑的身段若隐若现,没有外衫,身披浮泥,但一双眼慵懒深沉,泛了几丝秋水,与这阴雨天气极是相合,如芙蓉出水,潋滟多情。

"我冷。"她直勾勾盯着赵胤。

婧衣看她一眼,内心隐隐生出一丝害怕。这女子衣着粗鄙,分明不打眼,可当她用这样的眼神看人时,竟如此妩媚。婧衣不敢去看赵胤是什么表情,低头走近:"爷,我去给姑娘拿衣服。"

赵胤一言不发地走近池塘,就像没有听到她的话,冷着声音吩咐谢放:"去拿清心露。"

清心露?时雍眨了眨眼,游到栏杆下,攀着一块石头便要往栏杆上爬,奈何身子泡久了着实虚弱,还没爬上来,脚下一滑,就往后倒去。

"呀!"一群人惊叫。

时雍闭上了眼,做好了摔下去的准备。然而,料想中的倒栽入水没有出现。她手臂被人狠狠拽住,腰上一紧,一股大力托住她几乎腾空而起。待她从昏眩中睁眼,连人带一身淤泥和残荷腐臭，齐齐落入了赵胤的怀里。

四周鸦雀无声。时雍闻到赵胤身上那种极带攻击性的气息，冷不丁打了个喷嚏。额头上的水渍淌下，落入赵胤的颈窝。"……多谢大人。"她说得有点心虚。

赵胤沉着的冷脸似乎极为不悦，分明是对她有几分嫌弃，但他也没有丧心病狂地丢下她，而是将她拎起来走向廊下的椅子。

为了保持平衡，时雍自然地圈住他的脖子。这男人高大精实，身子硬得像一块石头似的，握在腰上的手大得仿佛一用力就能折断她，因此时雍并不觉得这样的拥抱很舒服，也没有生出半点暧昧心思，但随侍的婧衣和妩衣两个丫头却惊呆了！爷这是动了心思？

在爷的身边原本有四个丫鬟，都是夫人精挑细选了养起来的。除此，整个无乩馆再没有旁的女子，更别说哪个女子能蒙得恩宠，随侍在侧了。爷平常对她们尚好，但保持着男女之防，并不肯亲近，哪怕明知道她们都是夫人挑选出来侍候他的女人，而婉衣更是因为爬爷的床，被丢去了乡下庄子里种地。

这个叫阿拾的女子，凭什么？一个被时雍理解为"拎"的嫌弃举动，在婧衣和妩衣心里，已掀起了惊涛骇浪。

婧衣年岁最长，在赵胤跟前最得脸，见状低头上前："爷，您衣裳脏了，先回房沐浴更衣吧，姑娘这里我来伺候。"

"她不用伺候。"赵胤解下弄脏的披风，冷着脸丢在时雍身上，"她的命比猫还长。"

这是夸她还是损她？时雍半垂着眼皮瞄他。身子不好受，没有力气，其实她很愿意让小姐姐伺候，但赵胤这人显然没有同情心，任由她湿漉漉坐在那里，直到谢放拿了一个青花瓷瓶过来："爷。"

赵胤拔开塞子，递给她："喝光。"

狠毒！有药不早点拿出来？时雍二话不说，仰头咕噜咕噜灌了一大口："是酒？"喉头又干又涩，她重重咳嗽起来，双眼瞪着赵胤，再顾不得"老老实实"的人设了，"大都督这么喜欢折磨人？"

"不识好歹。"赵胤拂了拂衣袖，转身就走，"洗干净，送到本座房里。"

洗干净，送他房里？人，还是披风？

怀宁殿。

赵青菀听了小太监的耳语，将刚刚簪上的一支镶玉金步摇重重摔在了地上："废物！徐晋原这老东西真是个废物。"她脸上怒气大炽，吓得殿内的太监宫女"扑通扑通"下饺子似的跪下，齐呼："殿下息怒。"

赵青菀死死攥着手绢，一张清丽的脸因那一抹阴云显得狰狞又狠毒："那贱婢果然被赵胤带回了无乩馆？"

小太监不敢抬头："殿下，传信的人还说，锦衣卫在倚红楼里大肆搜查……拿了好几个狎妓的官吏。还有楼里的妈妈，交不出解药，吓得直接从二楼跳下，当场毙命。这事闹得鸡飞狗跳，怕是顺天府都要传遍了。"

"什么？"赵青菀大吃一惊。赵胤竟然为了一个小小的女差役，做到如此地步？掀了京师最大的青楼，逼死了妈妈，砸了店，还拿了人……赵青菀想不通，徐晋原这废物为什么会犯这么愚蠢的错误，下药的事也敢做！这对赵无乩来说，是犯大忌。徐晋原栽他手上便没有活路了，就怕那废物管不住嘴巴，把她供出来，事情就更麻烦了。更可气的是，徐晋原坏她的事不说，现在还把一个被下了药的贱婢送到赵无乩的府上……

"银盏，为本宫梳妆。本宫要面见父皇。"赵青菀抚了抚鬓角，神色不安地坐在铜镜前，梳了头发簪了花，又换上一件崭新的缎面宫装，让侍女去厨房盛了点熬好的汤，捧个小托盘便往乾清宫尽孝去了。还没到地方，赵云圳的身影就鬼鬼祟祟地从甬道里闪了出来。

"云圳。"赵青菀笑盈盈地走过去，"你又要上哪里去？"

赵云圳嘴里含了个蜜枣，斜眼看着她，勾勾手指头，一双星眸狡黠如狐。

"你要说什么？"赵青菀低头把耳朵凑过去，却听到嗤的一声："你管不着，哼。"

说完，赵云圳领着个小太监大摇大摆地走了。赵青菀气得绞紧了手帕，看着赵云圳小小的身影，有气又不敢发。

"太子殿下这个时辰怎么没去读书？"

"陛下病着，娘娘又总是娇惯，最近太子爷是被纵得不像话了。奴婢听说，总往宫外跑。"

"是吗？"赵青菀心头一动，眼里闪过一抹光。

"这贼女子怎么还不醒？"

"会不会是死了？"

"我摸一下还有没有气？"

"放肆！本宫的女人，你也敢摸？"

隐隐的说话声，吵得时雍脑子一阵阵抽痛。她做了好长好长一个噩梦，梦里热得像煎锅里的油，被熬了一遍又一遍，熬得浑身都酥软发汗，方才从混沌中找回一点现实的声音。让她糊涂了好半晌才听出这两个声音是谁——赵云圳和小丙。

"太子殿下……"时雍半睁开眼，看着盘腿坐在她床边的赵云圳，视线慢慢移动，望向抱剑而立怒视着她的小丙，"你俩一直在这儿？"宿醉般的无力感，让她声音听上去沙哑低沉。

赵云圳见她醒了，不高兴地斜着眼，哼一声："你哪来这么大的脸，本宫岂会一直守着你？"

小屁孩，她有这么说吗？时雍忍不住逗他："殿下可曾听过此地无银三百两的故事？难道，你真的关心我？"

"闭嘴！"赵云圳脸一黑，一把就掐住了时雍的脖子，"不许你说。"

小屁孩看着不大点儿，力气却不小。时雍咳嗽两声，赶紧托住他的腰，顺势将他小身子一并拉过来搂在怀里，死死扣住，又笑着在他粉嘟嘟的小脸上掐了一把："殿下饶命，民女再也不敢了。"

"你！"赵云圳看着她搂抱的动作，身子僵硬着，人都傻了，"你竟然冒犯本宫？"

在时雍心里，他只是一个小孩儿。可是赵云圳是当朝太子，从小见到的人，无一不对他恭敬有加，哪个敢这么失礼，对他又搂又抱又捏，还表现得这么亲昵？

"你松手，死丫头，本宫要治你的罪。"

"哦。"时雍一时手痒没忍住，看他小脸都红了，不知是气的还是急的，赶紧敛住表情，装出可怜巴巴的样子，"太子殿下饶命，民女有罪。"

赵云圳哼声，一副老气横秋的样子："看你可怜，本宫这次便饶你不死。"

"那你先起来可好？这样趴着有损殿下的威风。"

赵云圳小脸又红了："死丫头，你——"

"谢殿下不杀之恩。"时雍截住他的话，将他小身子挪开，这才慢条斯理地坐起来，望向怒气未消的小丙，"小子，你对恩人就这态度？"

"恩人？你偷我的玉，我是来找你算账的。"小丙洗了脸换了衣服，模样比时雍那日估算的样子要小两三岁，只是骨架高大，看上去比同龄孩子大些罢了。哄他，不难。

时雍问："大都督是你叔叔？"

"关你什么事？"小丙吼完，又瘪了瘪嘴，"他不是我叔叔，他是我叔叔的儿子。"

"哦。"时雍故作认真地点点头，又朝他眨眼，"你那块玉，是哪里来的，有什么古怪吗？"

小丙神色警惕地看着她，"我为什么要告诉你？"

时雍笑道："你看，若不是为了帮你把玉交到无乩馆，找到你的亲人，我又怎会受这么多折磨……你看我的手？"

她的手已经上过药，缠上了纱布。时雍对这个没有什么印象，也不知道是谁做的，看小丙瞪大眼睛，又道："我请你吃饭，给你安排住处，找好看的姐姐来照顾你，还替你找到了亲人，你不仅不谢我，还一口一句贼女子，忘恩负义！"

小丙被她说得不好意思："那我也不能告诉你。这是秘密。"

"秘密呀！那算了。"要从这小子嘴里挖出玉令的秘密，不太容易。时雍叹口气，虚脱一般倒在床上，直挺挺的，一动不动。

小丙变了脸色，冲过来掐住她的人中："你怎么了？"

赵云圳也趴过来看："是不是要死了？快去叫阿胤叔，要是她被我们玩死了，阿胤叔会责怪的。"

时雍懒洋洋地躺着，听他们俩你一句我一句又喊又叫，扬起了唇角。

听到赵云圳的喊声，小院里很快热闹起来。两个丫头匆匆赶来，婧衣走在前面，与床上的时雍大眼瞪小眼，愣了愣，又看了看太子殿下："姑娘，你没事？"

"有事。"时雍扯了扯身上的衣服，"我想洗个澡。一身汗。"

婧衣看向妩衣："去备水。"

赵云圳愣了好半响，终于回过味来，恼羞成怒地瞪着她："死丫头，你装死骗我？"

时雍朝他莞尔，眼窝里都是笑。赵云圳一张粉嘟嘟的脸绷得像个小大人，咬牙切齿又忍不住脸红:"等你好了,本宫就赐死你。"
一言不合就要杀人,也不知哪里学的。时雍忍不住又逗他:"太子殿下,民女要更衣沐浴了。"
"你,你给本宫等着。"赵云圳逃也似的跑了,顺便拽走一头雾水的小丙。
热水散发着袅袅雾气。
这间屋子背阴,外面又下着雨,比伺候沐浴那两个小丫头的脸还要阴冷。时雍懒洋洋地躺在木桶里,在经历了冰火两重天后,胃里暖烘烘的,身子也暖烘烘的,竟觉得十分舒服。
"姑娘,还要再加水吗?"婧衣问。
时雍想想:"加。"
"婧衣姐。"妩衣比婧衣年纪小,人也单纯,不高兴地哼了一声,"都加四回热水了,再泡下去皮都要泡皱。咱们干吗要这么伺候她?"
婧衣看她一眼:"听姑娘的。"
妩衣没再说话,时雍听着,散漫地闭着眼,懒得动弹。变成阿拾这几天的日子实在是太苦,有美人在侧,热水沐浴熏蒸还能排毒,她何乐而不为?入得锦衣卫,如进生死门。落到锦衣卫大都督手上,无须多想。
咚咚!听到敲门声,妩衣出去了。很快,又一个漂亮的姑娘跟着她进来,手上的紫檀木托盘里有几个药瓶和纱布:"爷听说她醒了,要传她过去问话,姐姐们快着些。"
婧衣问:"爷叫你拿来的药?"
"嗯。爷说,她的手有伤,要仔细些,这药还是昨日孙老爷子留下的呢。"
"是吗?"婧衣怔了片刻,笑道,"婳衣,你把衣架上的衣服拿来,我看姑娘和我骨架子差不多,应当是能穿。"
来人很快取了衣服来,粗声粗气地埋怨:"婧衣姐,这是你今年刚做的新衣服吧,自己还没舍得穿,却给了她?"
婧衣接过,朝她笑了笑,温和地问时雍:"姑娘,你是自己来,还是我——"
时雍不客气地站起来,将受伤的双手高高举起,摆明了让她们侍候的意思。
妩衣、婳衣无语:是个什么身份还不知道呢?竟摆起了谱来?

无乩馆里最大的院子,就是赵胤的居所。
阴雨绵绵的天气,白日里书房也掌着灯,很是肃静。门口几个身穿飞鱼服腰佩绣春刀的侍卫,站得整整齐齐。谢放匆匆进去,只见赵胤一人坐在书案边,正提笔写着什么,面前一摞摞公文摆放有序,几乎堆放了半张桌子。
谢放行礼:"爷,宫里来传信,兀良汗使今日再次要求面见陛下,求娶怀宁公主。陛下没了主意,急召爷入宫商议——"
一滴墨从笔尖滴到白纸上,晕染了一团。"知道了。"赵胤挺直着身子将那行字写完,公文合上,将笔放在笔架上,慢条斯理地坐下来,却没有要动的迹象。

书房骤冷。谢放脊背寒了寒。"去回陛下，就说我稍后过去。"赵胤拿起另一份公文，慢声道，"告诉丁一叔，兀良汗来使一百二十八人，每日里的行踪务必据实上报，不可有疏漏。"

"是，爷。"谢放跟随赵胤有些年了，了解他的性情，哪怕是陛下召见，他不急，谢放也不能替他急。

"小丙的事。"赵胤目光落在一份刚传来的公文上，手指轻轻一抚，突然换了话题，"给丙一回两个字。安好。"

谢放想了想："就两个字？"

赵胤目光注意着手上，回答得漫不经心："一个字都不能多。"

"是。"谢放缄默片刻，就听到门外婧衣娇脆的声音："爷，阿拾带到。"

"让她进来。"赵胤把公文合上，端起已经凉透的茶盏，慢慢饮着，并不抬头看时雍。

时雍进了门，慢吞吞在赵胤对面的椅子上坐了下来："大人，你找我做什么？"

赵胤皱眉看着她。谢放更是见鬼一般盯着这个不知礼数的女子。爷没有赐座，她怎么敢坐？而且，还坐得这般理所当然，姿态如常？

时雍看看谢放，再看赵胤，又看自己身上的衣服，尴尬地扯了扯："我穿了婧衣姐姐的衣服，宽松了些，是不是有点古怪？"

不是衣服古怪，是人古怪。

谢放快给这姑奶奶跪了。这几日她是疯了不成？总能出点差错，和以前的恭顺小心相比，如同换了个人一般，也不知是中了什么邪——他心里为阿拾敲鼓，赵胤却轻轻放下茶盏，不见动怒："好些了吗？"

时雍不客气地打了个喷嚏："幸亏大人的清心露救命，好了许多。"

赵胤心安理得地受了她这恭维，漫不经心地说："一千两银子。"

"什么？"时雍又打个喷嚏，不明所以地看着他。

"清心露，一千两。"

抢劫啊？阿拾在衙门里当差，一年下来年俸不足三两银子，就那么一瓶破酒，他开口就一千两？怪不得人人都说赵胤心狠手辣，这分明就是吃人不吐骨头。

"大都督缺钱？"时雍问。

"不缺。"赵胤淡然道，"本座不愿让人占便宜。"

"那我还给你针灸推拿正骨呢？我跟你算银子没有？"

赵胤看着她："算了。算得清清楚楚。一文不少你的。"

算了？钱呢，阿拾放哪儿了？时雍完全想不起来，为免穿帮，只得"老老实实"地哦了声："最近我手头不宽裕，拿不出银子来。"

"无妨。"赵胤不看她，说得淡然，"欠着。"

这么好说话？时雍刚想道谢，一张欠条便摆在了面前。白纸黑字写得很清楚，要是这债还不上，她便甘愿以身抵债随侍赵胤左右，为他施针治疗——

"大人，上面写的什么？"阿拾是不识字的，时雍装得脑袋发痛。

赵胤端着茶盏轻轻吹了吹水："本座还能卖了你不成？画押吧。"

画押就画押，画了也不认。时雍差不多已经想明白了。从她入狱到被锦衣卫带走这么久的时间，始终不见宋长贵出现，家里还有恶毒后娘、奇葩继妹，这身份其实没有什么可留恋的了。与其跟锦衣卫纠缠不清，不如先想办法离开京师这个是非之地。她一走，这债，赵胤找谁去要？时雍眯起眼拿着字条，倒过来看了好半天，见赵胤面无表情，半点都不心虚，心里暗骂一声老狐狸，懵懂不知地在纸上画了押："我相信大人不会骗我。"

赵胤别开脸，看向怔愣的谢放："给她一杯热茶。"

谢放古怪地看着时雍，将茶放到她面前。没想到，她推开了。

"这个多少钱？"

谢放僵住，赵胤却淡定："这个不用钱。爷赏的。"

时雍不客气地伸手去拿，但是手上有伤，摸了一下又烫又痛，缩回来，看着赵胤："说正事吧。"

"这茶不喝，可惜。"赵胤道。

嗯？有什么特别？时雍手不便，索性拿鼻子去拱了下。很香，但分辨不出是什么香味儿。"谢谢，有劳放哥。"她抬头看着谢放。

谢放心道，明明只有一个主子，凭空又多出来一个。他看赵胤不吭声，默默地帮时雍揭开了茶盖。时雍满意地笑了笑，低头拿嘴去吸。

"好茶。"她伸出舌头舔了舔嘴，满足地叹气，"大人，现在可以说了。"

赵胤不动声色地看她片刻，冷冷哼声："说吧，你是谁？"

时雍身子微僵，只见赵胤目光平静，不知是试探还是知道了什么。"大人，我是阿拾呀！"时雍一脸糊涂的样子，语迟而木然，"您忘记我了？"

"是你忘了。"赵胤漆黑的眼一片冰冷，难辨情绪，"忘了针灸，也忘了本座并不曾付过你银子。"

所以，那一千两和欠条，是赵胤讹诈她的？

这厮真是个邪物！时雍看着赵胤神色莫测的脸，心知这话要是回答不好，便要酿出大祸了："是吗？原来你这么抠门啊？"

时雍脸不红心不跳，完全没有被拆穿谎言的尴尬，装起傻来一脸无辜，坦然自若，"既然大人都看出来了，我也不瞒你，我这脑子是出问题了。"她指指自己的脑袋，半眯起眼，阴恻恻地像在讲鬼故事，"那天我从张芸儿家里出来，就如同鬼上身了一般，也不知怎的，眼前一黑就跌下了池塘，再爬起来后，整个人就不对劲了。"

赵胤看着她不说话。烛火闪烁，他双眼幽冷，如深渊下的潭水，一眼望不穿。

时雍说得越发灵异："就像是死了一回，发生了什么我都不记得，还总忘记一些事情，脑子像被什么妖魔鬼怪主宰了一样，就像昨天在府狱里……若不是你们告诉我，我一个人砍伤了那么多人，我是完全不敢相信的。我一个弱女子，哪有那么大的力气？"

何止力气？每个人都伤痕累累，却不中要害，只痛不死，这不仅需要力气，还得有相当的技巧，心眼子也得够坏够狠。赵胤目光冰冷："轻伤十八人，重伤一人，无一死亡。

051

你是如何做到的？"

"老天爷！我这么可怕？"时雍睁大水汪汪的眼，直勾勾盯住赵胤，"大人，你说我是不是中邪了？"

她倒反问起他来？赵胤哼笑，手指在膝盖上捏了两下："你来。"

时雍看着他："我？"她手指包扎着纱布，昨天才被上过拶刑，还有那一瓶千两银子的高价清心露，醉到她现在还没缓过气来，这得多丧心病狂的人，才能叫她去捏腿？

"嗯？不愿意？"赵胤看过来。

时雍对上了他的眼神，半晌，笑着走过去蹲下，轻轻掀开他的外袍，隔着一层薄软的布料，熟稔地按压着他膝盖的痛点，揉、捏、点、拨。

"能为大都督做事，是民女的福分。"

赵胤想是被按得满意了，半阖着眼懒洋洋躺着，一张脸慢慢平静下来："那日故意摔坏，就为了不给本座针灸？"

时雍在心里问候了一遍他祖宗，不得不接着往下编："不是不想，是不敢。我从那天起，脑子莫名就糊涂起来。我怕把大人的腿扎坏了，不得不出此下策，偷偷去良医堂买银针，想要私下练习，找回记忆。"

赵胤低声："你以为本座会信？"

"大人英明。"时雍语气不紧不慢，"若非亲身经历，我也不信这种鬼怪之事。"

赵胤嗯一声："你是不是想说，杀害张捕快一家九口的事，你也忘记了？"

时雍抬眼，手停下来："原来大人和徐府尹一样，也喜欢无证断案？"

赵胤沉默看她，片刻后突然侧头："谢放，拿给她看。"

"是！"谢放应着，将一份探子的文牒放到时雍的面前。

"我……不识字。"时雍装得很辛苦，眼皮不停地跳。

赵胤看她的目光深了深："念给她听。"

谢放将文牒拿起，念道："七月十四未时许，阿拾前往安济堂购买了药材，酉时左右前往张捕快家。据其后母王氏交代，亥时方回，浑身湿透，形迹古怪。"

他念到此处，瞥一眼时雍："七月十四晚上，你去张家干什么了？"

时雍脑子嗡的一声，思忖片刻才道："张芸儿发疖疮，不敢问医，我帮她买药。"

"是这些药吗？"谢放从文书里抽出一张药方，"野蒺藜、蛇爪果、鱼腥草、金银花、乌韭根、赤上豆……这些药材配上鸡蛋清、面粉、活鲫鱼，正可用于诱蛇。你怕诱蛇之计不成，还配了一瓶红升丹。阿拾，你老实交代，为何要杀害张捕快一家？"

"药方是张芸儿给我的，大人明察。"

赵胤目光冰冷："张芸儿死无对证。你让本座去问死人？"

时雍懒得再给他按了，丢开手站起来，她一脸不悦地望着他："张捕快一家死于七月十五晚上，那时我在无乱馆。什么毒是十四摄入，十五才死，还能让张家九口，整整一天不声不响，不求医不叫人，齐齐坐在屋里等死的？"

赵胤反问："谁说张家九口是七月十五死的？"

时雍不慌不忙看着他,"不是吗?"

"你应该最清楚。"赵胤声音冷淡,强大的威慑力在时雍身体虚弱的时候占尽了便宜。

时雍勉强控制着情绪:"我不清楚。"

赵胤冷冷盯住她,声音没有半分迟疑:"七月十五的死亡时间出自你父亲宋长贵的推断,难保他不是为了择清你的嫌疑,故意误导。"

时雍微微一笑:"大人说这话,可有证据?"

赵胤扫一眼她无辜的小脸,突然拂袖起身,举步走在前面:"谢放,带上她。"

要带她去哪儿?时雍属实有些疲累,出了无乱馆,看到赵胤上了马车,便条件反射地往上钻。还没上踏板,就被杨斐拽了回来:"你还想坐车?"

不坐就不坐,这么凶干什么?时雍跟谢放一起坐在车辕上,一路出了内城,最后发现马车竟然停在了官府的殓房。

"张家九口的尸体,就存放在此。"谢放告诉她。

时雍明白了。这是带她来认罪呢?也罢。从女魔头时雍到顺天府阿拾,她没少和尸体打交道,现在又多了个女嫌犯的身份,绕来绕去,都能用到专业知识,算是女英雄有用武之地。

不过申时许,阴雨便把天空染成黑幕。殓房是个独立的院落,幽静、背阴,四周几无行人和建筑。门口两蓬茂密的芭蕉和竹林,蚊虫鼠蚁蜘蛛网,周遭阴气森森。时雍扇开一只扑上来嗡嗡叫唤的秋蚊子,跟在赵胤背后走进破败的大门,一路都忍不住观察他的腿。膝关节疼成那样,走得还这么稳,要不是她亲眼看过,都不敢相信这位大人有腿疾。这么克制忍耐,早晚得残废了。

"爷。仔细脚下。"谢放和杨斐一左一右,时时刻刻顾着赵胤。院子里积了一摊一摊的水洼,偏生大都督风华金贵,这般走着怎么看都不合适,他俩一个撑伞一个帮他拎衣摆,小意得很。

时雍看了一眼,低头将婧衣这一身过长的裙摆提起来,在腰上简单拴了个死结,冒着雨大步走到最前面。裙子里面有裤子,她并不觉得失礼,可是谢放和杨斐却吓得差点忘了走路。哪有女子这般不注意闺仪的?往常阿拾也不是这般粗陋的人啊!

赵胤眼瞳深了深,没有言语,而时雍早已利索地迈过空荡荡的院子,进入了里间。他微微皱眉,将撑伞的谢放和拎衣的杨斐拂开,举步就走。两个贴身侍卫,你看我,我看你,愣怔半晌紧跟了上去。

里间是收尸的殓房。一排排棺木整齐摆放,木质和花样各有不同,新旧不一,空间安静又阴凉。

最左的棺木边,一个身材瘦削的中年男子弓着身子正在棺中察看着什么,手上戴了一副皮质手套,粗布系腰垂到了地上,皂衣和平顶巾上也沾满了灰尘。最右的棺木边,趴着一条大黑狗,大半身子缩在棺底,一动不动,若不走近都瞧不出来。

时雍往左边走去:"爹。"

宋长贵听到喊声,回头一看。可不是自家闺女么?穿着打扮不见邋遢,除了手指缠着纱布，人很精神，不像动过大刑的样子。

宋长贵的眼圈一下就红了："阿拾。你怎么出来了——"话刚落下，他看到了紧跟着进来的赵胤等人，忙不迭地拍了拍身上的皂衣，朝赵胤行了个大礼："草民宋长贵拜见大人。"他不认识赵胤是谁，单凭那身锦衣卫的军校服饰来辨认出是个大官。

时雍看了他一眼："爹，这位是锦衣卫指挥使，赵胤赵大人。"

宋长贵变了变脸色，跪得更加端正："草民未曾见过贵人清颜，望大人恕罪。"

赵胤慢慢走近："宋仵作在此两天一夜了，可有发现？"

两天一夜？时雍看着宋长贵，又看了看赵胤。宋长贵为了给阿拾申冤，来殓房反复勘验尸体倒是不奇怪，但赵胤竟然对每个人的行踪都了如指掌？这个人比传闻中更为阴沉难测。

"回大人的话，暂时没有别的发现。张捕快一家九口都死于蛇毒，但草民见识浅陋，从未见过这种毒蛇，很是费解。"宋长贵从怀里掏出一条纸，上面画着那条死在张芸儿床上的毒蛇，旁边还有单独描好的蛇身花纹，"大人见多识广，可否帮草民掌个眼？"

宋长贵一直想搞清楚毒蛇的来源，可是能问的人都问遍了，没有半点有用的线索，他便把希望寄托在了赵胤的身上。

谢放站前一步，挡在赵胤面前："给我就行。"

宋长贵断案心切，一时忘了礼数，赶紧认错低头呈上图纸。

赵胤脸上没什么反应，接过来看了片刻，又递给谢放和杨斐。几个人来回传递。谢放摇头："属下不曾见过。"杨斐说："这东西长得怪恶心的，莫不是什么上古邪兽？"谢放哼声："上古邪兽？我看你是话本看多了。"

"那你说是什么蛇？"两个人斗了几句嘴，一转头，看到时雍正在挨个查看张捕快一家九口的尸身。

尸体已然开始腐烂，宋长贵从包里掏出一个陶罐，递给时雍："姜片。"

时雍摇头："不用。"

殓房里充斥着大量的腐臭气体，闻之作呕，熏得人难受。

"爷……"谢放把陶罐递给赵胤。

"不用。"赵胤也拒绝了。他沉着脸走向时雍，看她套上宋长贵的皮手套，在尸体上翻来看去。

殓房静得出奇，风雨却比来时更大了，两幅破败的灰白色窗纱被灌入的狂风高高扬起，带出窗外尖利的啸声，灵异一般恐怖。

"不对。"时雍突然转头，微弱的火光映着她漆黑的眸子，一张苍白的脸满是那肃然正色，"死者尸斑均已扩至全身，进入浸润腐烂期，尸僵也已然缓解。我认为，死亡时间应在三十个时辰以上。"

三十个时辰以上？那死亡时间就不是七月十五，而在更早的七月十四。可是，只有张家人死在十五晚上，她才能自证清白，洗脱嫌疑呀？因为那天晚上她在无乩馆，离开无乩馆后的去处，小丙也可以证明。她这是傻了么？赵胤沉下脸，看向低头不语的宋长贵：

054

"宋仵作，阿拾说得可对？"

宋长贵抬袖子擦了擦额头："回大人话，凡勘验死亡时辰，盖因死者生前饮食喜怒、致死原因、节气和天气等不同而受影响。草民以为，或许，或许，会有些出入。"

"本座是信你的判断，还是信阿拾的呢？"

宋长贵头垂得更低了："大人，阿拾初入仵作行，经验不足……"

"宋仵作。"赵胤冷冷打断他，"为人父母者，为子女计，不足为奇。可你身为衙门仵作，为帮女儿洗脱嫌疑，竟然谎报死亡时间，该当何罪？"

"草民，草民……"宋长贵脸都白了，扑通跪了下来，"大人明察，草民绝无此心……"

"大人！你别逼我父亲。"时雍原本以为宋长贵对阿拾不闻不问，这才一次都没去探狱，心里对他有意见。没想到他在殓房里待了两天，一直在寻找真相，甚至为了阿拾谎报死亡时间。她虽不像阿拾一样对宋长贵有感情，但见赵胤咄咄逼人，仍是不悦，"我父亲自有他的操守，你何苦咄咄逼人。若我们有意骗你，我又何必告诉你真相？"

"因为你赖不掉。"杨斐见不得她对赵胤不恭不敬的样子，拉着脸说，"若不是爷之前就警告你，宋仵作为你弄虚作假，你又怎会如此老实？"

时雍扫他一眼，转头朝赵胤莞尔："大人，我还有一事禀告。"

赵胤目光冷森森的，语气却淡漠："说。"

时雍转身指向其中一口棺材："这个张芸儿，死前怀有身孕。"

怀有身孕？殓房里突然安静。谢放和杨斐看着她不转眼。这个张芸儿只有十六岁，她和米行刘二公子的婚期在八月中旬，还是个黄花大闺女，怎么转眼就身怀有孕了？

赵胤冷脸转向宋长贵："宋仵作，验尸文牒上你为何没有具明，死者张芸儿身怀有孕？"

宋长贵嘴巴抿了抿，脸色苍白地道："回禀大人，此等私密事宜由稳婆刘大娘主理，张芸儿有孕之事，草民并未听刘大娘提及。"

赵胤不说话，只是看着他。宋长贵冷汗淋漓，忍不住腿软："草民所言句句属实，请大人明察。"

赵胤阴凉的目光慢慢转向时雍："你可知张芸儿腹中胎儿，是谁的？"

时雍看他一脸冷漠，故作讶然："难不成是大人的？"

"阿拾！"谢放倒抽凉气，"你休得胡言乱语。"

"那也总不能是我的吧？"时雍瞄赵胤一眼，状似老实地说，"我验个尸，还能验出孩子亲爹是谁？我有这本事，还会由着你们搓圆捏扁么？"

杨斐道："哼！你本事可大了。找个失忆的借口，连爷都敢顶撞！"

谢放也道："你和张芸儿是闺中姐妹，张芸儿有了身孕，能不告诉你是谁的？"

"张芸儿未婚先有孕，能随便往外说吗？"时雍说到这里，又扬了扬唇角，"大人还是怀疑是我杀害了张芸儿？我得多丧心病狂，才能一出手就杀人全家？"

杨斐似乎看她很不顺眼，轻斥道："单凭你在顺天府狱里一人提刀砍杀十数人的狠毒，杀九口算什么？"

啪啪！时雍拍了两下巴掌。

"说得好。你来，我问你。"时雍说着，低头翻了翻张捕快的眼皮，又从宋长贵的随身袋里，拿出一个竹夹子，将张捕快的嘴巴撬开，"张捕快眼瞳散大，口唇紫绀，从死状上来看，确如我爹所说，是中了蛇毒。然而，他身上虽有许多陈旧性伤痕，但和除了张芸儿以外的其他七个人一样，遍体无一新伤，更没有毒蛇啮咬的痕迹。请问杨侍卫，这诱蛇杀人一事，我到底是如何做到的？精准投放，还一次杀九个？"

杨斐被问得尴尬："你杀人，当然有你杀人的办法，我要是知晓，又怎会在这里和你消磨时间？我早已将你拿入大牢了。"

"不懂就闭嘴！"杨斐还想说点什么，时雍突然看过来。

她眼睛生得狭长水润，眼瞳漆黑，睫毛长翘而浓密。以前常常低头不说话，给人一种老实可怜好欺负的感觉。偶尔抿个嘴笑，又显得妩媚多情。可一旦沉下脸，那双眼却满是煞气，冷冰冰吓人。

杨斐把话咽了回去。时雍懒得理会他，再次低头翻尸身。

赵胤眉头微拧："依你之言，张家九口，除张芸儿外，都不是死于蛇毒？"

"我没这么说。"时雍头也不抬，将尸身上的白布拉下来，盖住张捕快那张惊恐万状的脸，转头看着赵胤，"不过，若是大人愿意让我剖开尸体，一探究竟，我或者能找到答案？"

一听这话，赵胤还没有反应，宋长贵先紧张起来。他生怕女儿吃亏，递了个眼色："阿拾休得胡言，你一介女子，何时会剖尸勘验了？"

时雍无辜地看着他："爹，不是你教我的吗？"

"我？"宋长贵被她说愣了，"我何时教过你这个？"

"那日你喝了酒，说咱们是宋慈的后代，自有一套绝活，这剖尸查探便是其中之一。你还说过，若是中了蛇毒而亡，脑内会有渗出性出血，水肿积瘀，五脏六腑亦会有点状出血……"

宋长贵一头雾水："我说的？"

"爹。"时雍走近拉了拉他的袖子，做小女儿姿态，"大都督不是外人，你无须藏技。"

大都督不是外人？大都督怎么就不是外人了？杨斐瞥她一眼，小声说："爷，宋阿拾巧言令色，是为推脱罪责。若非起了歹意，她为什么要在安济堂买诱蛇之物，又买剧毒药物红升丹去张家？"

时雍哼笑，"红升丹外用可治疖疮，你们所言的那几味诱蛇药物，也可以做清热祛火之用。甚至……可以用来落胎。至于鲫鱼，张芸儿若是想要落胎，炖汤不是刚好滋补？怎么到你嘴里，就成杀人的药物了呢？"

众人都看着她。包括宋长贵，一脸讶然。这是阿拾吗？宋长贵有点不敢认自己的女儿了。

"宋仵作。"杨斐怒气冲冲，"你的验尸文牒上，也没有具明张芸儿有疖疮。这一点，我没有记错吧？"

宋长贵垂着眼皮:"恐是蛇毒太过凶猛,以毒攻毒,无意治好了疖疮,也未可知?"

"哼!什么都由着你们父女俩说?有没有疖疮,看一看便清楚。"

杨斐说着,找到张芸儿的尸身,一把掀开白布。"哇!"只看了一眼,他便惊叫着猛地拔出刀来,挡在赵胤面前,"保护大都督!"

冷不丁的喊声,让殓房里突生寒意。谢放鸡皮疙瘩都被他叫出来了:"何事慌张?"

杨斐脸色苍白地看着张芸儿的棺木:"她睁着眼睛,看着我笑。"

第五章　私了

"尸变了?"谢放脊背一寒,拔刀护在赵胤面前。可是,手臂却被重重拨开。

"出息!"赵胤冷斥,一把拂开他,"本座从不信鬼神之说。"

时雍见他寒着脸走向张芸儿的尸体,果然不见一点惧意,唇角掀了掀,轻手轻脚地走到他的背后,故作惊悚地"哇"一声尖叫。

杨斐吓得脸都变了:"怎么了怎么了?"

赵胤哼声,冷冷回头与时雍脸对脸,一双黑眸冷静得可怕:"好玩?"

"不好玩。"

时雍没吓着他,笑着摸摸鼻子,从他肩侧走过去,看向棺中女尸。女尸已经开始腐烂了,有没有疖疮用肉眼是看不出来了,但她脸上的笑容仍很清晰,乍一看还有几分安详满足,确实笑得瘆人。这是一种特殊的尸体痉挛现象。时雍听过,没见过,也解释不来,索性把问题抛给了宋长贵:"不是说,张家九口都死得很惨吗?张芸儿为什么会笑?爹,该不会是她有什么冤屈这才尸变的吧?!"

宋长贵一言难尽地看她一眼,探手将张芸儿的眼皮合上:"人在死后,尸身会有弛缓和尸僵现象。但若是死者头脑有损,身体便不再受脑所控,从而产生尸动。张芸儿是张家九口里,唯一有毒蛇啮齿咬痕的人,恐是毒液入脑,死后尸动。"

杨斐伸脖子斜眼一看,见张芸儿合了眼,又凑过来:

"照你这么说,那张家其余八口,就不是死于蛇毒了?"

"不。"宋长贵说得无比坚定,"草民就可以肯定,九人均死于蛇毒。"

谢放道:"蛇咬死,必会有齿伤。这八个人身上别说齿伤,连伤都没有,这又做何解释?"

宋长贵道:"这一点,草民也是百思不得其解。"

"谁说一定要有啮齿伤呢?"时雍笑了笑,扫向赵胤若有所思的脸,"如果锦衣卫要让一群人身中蛇毒,难不成还每人发一条毒蛇吗?"

大家都看着她。杨斐突然瞪大眼睛。

"我懂了。"见众人望过来。杨斐说得有点得意,"去年京师有一个迷奸案,歹徒便是从窗户吹入毒烟,将闺阁小姐迷晕后再作案的。此案也是如此,只不过,毒烟换成了蛇毒。而这,就是张家九口为什么没有呼救,没有动弹的原因——迷昏了呗。"

"放屁!"时雍没给他留面子,"知道蛇为什么一定要咬到人,人才会中毒吗?"

"你说为什么?"杨斐瞪她。

"毒素须得进入血液,方能发作致死。吸入,不会中毒。"

"哦!"杨斐指着她,"你这么了解,那一定是你干的。"

"四肢发达,头脑简单!"时雍冷冷嗤他一声,脸转向赵胤。"大人,能让蛇毒入体伤人的,不一定是毒蛇,也可能是凶手。凶手利用别的凶器刺伤人,再注入蛇毒,也会有同样的反应。只不过,人死之后,皮肤变色,微小的伤口很难辨别,不过……"她转头,望着宋长贵,"我爹肯定有办法让伤口现形的。对不对?"

宋长贵摇头:"我已清洗过尸身,用葱泥厚敷,醋纸覆盖……未见伤口,这八个人的身上,也没有一处明显的红肿和硬胀。"

这就奇了怪了。那八个人到底怎么死的?时雍愣怔片刻,对赵胤道:"大人,既然如此,只有一个办法了——剖尸。剖尸可以查探死因。"

剖尸不是一件容易的事。虽张家九口都死了,但张氏还有族人,"死无全尸"是大忌讳,族人不肯,会引来是非。不料,赵胤毫不犹豫地点头:"准了。"

"那我静待大人安排。"时雍拱了拱手,又道,"还有一点,我建议大人先传刘大娘,问她为何不报张芸儿有孕之事。还有,一定要查清张芸儿肚子里那个孩子的爹是谁,这也是破案的关键。"

杨斐拉着个脸,不悦地哼声:"你在指挥大都督做事吗?阿拾,你是不是快忘记自己的身份了?"

"我什么身份?"时雍转头看着这蠢货。

"你是嫌犯,说不定你就是凶手……"

杨斐就图个嘴快,哪料话没落下,时雍突然取下皮手套,直接朝他脸上掷过来:"我要是凶手,你早死八百遍了。"

这手套刚刚摸过尸体。杨斐一阵恶心,呸一声,抬刀就挡:"阿拾你找死是不是?"他就想吓吓阿拾,可是,绣春刀柄刚刚抬起,耳边丁零一声,一条黑影突然从棺底跃了出来,疾风般扑上去咬他喉管。上来就是致命攻击!杨斐始料不及,吓得拔刀就砍:"哪来的畜生!"

黑影敏捷地躲过,一口咬在杨斐的胳膊上,嘴里凶狠地咆哮着,又在他刀锋落下时,一个纵身跃到棺材盖上,朝他发出愤怒的嘶叫。

"黑煞?"杨斐捂住受伤的左臂,掉魂一般惊叫。这脸色,比看到张芸儿的微笑更为惊恐,"是黑煞!时雍的狗——"

谢放也变了脸色,迅速拔刀站到赵胤的面前。大概是听到了时雍两个字,那条大黑狗竖起背毛,做出一副防备警惕的动作,喉间发出呜嗷的凶吠。

"这畜生原来躲这儿,宰了它!"四周冷风拂面,冷气森森。杨斐握住绣春刀,慢慢逼近大黑狗，那动作姿态，谨慎得如同对付一个武艺高强的凶徒。

时雍手攥成拳："天下的黑狗都长这个样子，大惊小怪。"

谢放道："是它没错。脖子上那个狗铃铛，我记得。上面有它的名字——黑煞。"

时雍冷笑："就算是时雍的狗又如何？一条可怜的流浪狗而已，主人都死了，何必赶尽杀绝，多积点阴德不好吗？"

杨斐怒视着她："你知道这狗有多凶悍吗？它若可怜，死在它嘴里的人，不可怜吗？谢放，你左，我右。"杨斐说完，一个纵步冲上去，一刀劈在了棺材上。

黑煞相当敏捷，快得像鬼影似的，几个纵跳间又换了一口棺材站立。可是，它没有离开，虎视眈眈地注视着他们，仿佛一只潜伏在黑暗里的凶兽，随时都要攻击。收尸房里阴风阵阵。黑煞不懂花哨的武功，没有漂亮的技巧，只会原始的搏斗。以命搏命，激起浓重的杀气！

时雍冷冷看向赵胤。他一动不动，目光深深浅浅，不下命令，也不阻止。静寂中，大黑咆哮如雷。

"杨斐你去关门！"谢放沉声道，"我来干它。"

时雍舌尖轻轻舔过牙齿，突然骂了一句，就朝大黑冲了上去："你还不快走，人家要关门打狗了。"

"阿拾。"谢放一把拽住她的手腕，"别去，这畜生极是凶狠——"

"松手！"时雍喝道！

"嗷呜！"黑狗喉头低低呜咽，突然盯着她退后两步，一个掉头从洞开的窗户跃了出去。

杨斐正在关门，见状冲过去一看，黑影已窜入了芭蕉林，不见踪影。"跑了？"杨斐气得磨牙，"可惜没能宰了它。"

谢放看着他受伤的胳膊："赶紧包扎一下吧。止血。"

"狗畜生，就盯着我咬。"杨斐越想越气不过。

时雍扬扬眉："谁让你嘴欠。"

"你——"

"闭嘴！"赵胤终于出声。

他呵止了杨斐，朝时雍漫不经心地瞄了一眼，负手走在前面。刚才他一直没有做声，但时雍很清楚，她维护大黑的心思太过明显。哪怕他不说，她也能清楚地察觉到赵胤的怀疑，尤其看过来的那一眼，光芒锐利，暗含杀气。只不过，他再怎么怀疑，也不敢相信时雍就在他眼前吧！

离开殓房的时候，雨停了。时雍落在赵胤身后，边走边想着刚才的事情，突然听到背后传来熟悉的铃铛声。她停下脚步，慢慢回头。

大黑不知道从哪里钻出来了。刚才在殓房里瞧不清它的样子，现在一看，它瘦削而狼狈，见皮不见肉，一身漆黑的狗毛被雨水打湿，一缕一缕粘成了坨状，除了一双凌厉的眼瞳，看上去就像饿了许久的流浪狗一般。

"黑煞又来了！"杨斐吼道。

"怕什么？都快饿死了，还能咬死你？"时雍讽刺。

"这狗真不简单。都瘦成这样了，还能几次三番躲过杨斐的砍杀。"谢放说。

"有些人连狗都不如呗。"时雍嘲道。

"你说谁呢？"杨斐气得夯毛。

"够了！"赵胤冷斥一声，望向站在雨地里的黑狗，"杨斐，回去自领二十军棍。"

"爷！我刚被狗咬了……"

"三十。"

杨斐：大家都是替爷办差的人。他被恶狗咬了，为什么受罚的还是他？

一行人越走越远。

时雍回头看了一眼，大黑也在看她。不知它到底认出她没有，盯着时雍退后两步，猩红的舌头伸出来，舔了舔嘴巴，又将身子缩回殓房门口的芭蕉林下。它太瘦了，皮包着骨头，一点儿肉都没了。

时雍明明记得，大黑是非常健壮的，一顿可以吃下几斤肉，胃口极好。那日雍人园大劫，她被带入诏狱。大黑冲到门口，还曾咬伤过人，再后来被驱赶出去，时雍就再没有见过它。没有想到，它会在殓房。大黑是在找她……的遗体吗？她也很想念大黑，只如今，相见却不能相识。

时雍心里酸涩地想着，默默走向马车。大黑尾巴动了动，往前走几步，远远地掉在后面，并没有靠近。时雍停下，大黑就停下，坐在远处看她。

见状，杨斐嗤一声，低声对谢放说："没想到时雍的狗也是个狗奴才，见到凶狠的女人就怂。"

谢放瞪他："你少说两句吧，没见爷的脸色不好？"

"不好吗？"杨斐挠了挠脑袋，望向赵胤冷漠的背影，嘈了一声，放低声音，"爷今儿是好生奇怪，被阿拾那小丫头糊弄得说什么都信。我跟你说谢放，阿拾这丫头，不简单。你看见哪家小丫头，见到死人眉头都不皱一下的？"

"她干的就是这行，她爹也干这行。"

"连时雍的狗都不咬她，这又怎么说？"

谢放摇摇头，给他个"自行领悟"的眼神，叹气走在前面。

杨斐还是觉得哪里不对，又看一眼时雍，哼了声："早晚我要揪出她的小辫子来。"

时雍是和宋长贵一起回家的。路上，宋长贵几次想张口问点什么，都因时雍板着脸心不在焉而作罢。罢了罢了，女儿不想说的，他就不问。等她放下心结，对他没了芥蒂，自然会告诉他。

父女俩进了胡同，遇到的熟人看到时雍都露出吃惊的表情。

"宋仵作，阿拾这就回来了？"

"托您的福，回来了回来了。"宋长贵是个老好人，见人就拱手作揖，不停地解释，"锦衣卫的老爷查清了，这案子跟我们家阿拾无关，只是带过去问了个话。"

"那就好，那就好。福大命大。"

宋长贵一路敷衍着到家，时雍一句话都没有说。推开院门，一只鞋从里面飞了出来，正好砸中了宋长贵的脑袋。鞋是阿拾的。宋长贵一看，当即黑了脸："你们在干什么？"

王氏和宋香正在院子里清理杂物，在她的料想里，阿拾这次是回不来了，所以，王氏把阿拾的东西清理了出来，好的留着给宋香，破的直接丢掉。这只鞋是宋鸿和宋香闹着玩的时候，丢出来的。看到时雍似笑非笑的脸，王氏大惊失色："你怎么回来了？"

时雍瞥一眼宋长贵，懒懒地说："爹，后娘好像不想我回来呢！"

王氏脸色一变。这小畜生居然学会挑拨离间了？"你说的是什么话？"王氏嗔怒地看她一眼，马上反应过来，笑着在围裙上擦了擦手，"他爹，我和阿香正在帮阿拾整理东西呢，把她那屋的被子、衣服都抱出来晒洗了。这鞋子……破了就不要了，看着晦气。"

宋长贵是个老实人，不愿意家宅不和，看妻子留了面子和台阶，顺着就下了："阿拾，还不快谢谢你娘。"

王氏一副便秘不畅的样子。阿香抬着下巴，摆明了笑话阿拾拿她没办法。

"好呀。"时雍眯起眼笑，"我那屋潮湿，褥子帐子全快发霉了。麻烦你们都拆洗一下吧！哦，门口还有两双鞋，淋了雨发霉了，都一并洗洗。"

宋香睁大眼要骂人，被王氏拉住，警告一眼，不敢再吭声。时雍头也不回地进了房间，懒得多看一眼。

房间被王氏和宋香彻底翻过了，就连阿拾藏在枕头里的几十个铜板都没有放过，全被那娘俩洗了个干净。放衣服的箱子被撬开了，里面空荡荡的，一件衣服也没有了。

时雍笑了笑，合上门，将床底下的一块青砖撬开，刨开上面的浮土，将藏在油纸里的那张描了玉令图案的白纸抽出来，塞在怀里。有些事情，她得早做打算。虽说赵胤信了她的话，甚至准许她以无罪之身回家，但时雍觉得这事不简单。阿拾是赵胤安插在顺天府衙门里的探子，但赵胤对她并不完全放心。那家伙肚子里肯定憋着坏水呢！

时雍刚把青砖恢复原状，宋长贵就来敲门。看到房间里的狼狈，他愣了愣，露出一脸歉意："阿拾，你娘就是小家子气，你别跟她计较。"说着，他回望一眼，从怀里掏出几个大钱塞到时雍手上，"你拿去买件衣裳。偷偷地，别让你娘看见。你短了什么，缺了什么，爹都给你补上。"

时雍看着他老实巴交的一张脸，突然明白阿拾这么聪慧伶俐一个人，为什么会经年累月在这个家里受气了：为了她爹，忍的。

"不用。"时雍把钱塞还给宋长贵，"我出去一趟。"

好不容易缓和的父女关系，瞬间回到冰点，宋长贵满脸失望地看着她："还没吃饭呢，你去哪里？"

时雍头也不回："良医堂。孙老收了我做徒弟。我要去跟他学医。"

在衙门里当差，宋长贵对京师城里的人和事多少有些了解，那良医堂虽然店面不大，又不喜张扬，但平常里常听闻达官贵人们去求医而不得。那医堂里的老神仙听说都快九十高龄了，还精神矍铄，走路稳稳当当。是他要收阿拾做徒弟？

他不信，王氏就更不信了。王氏躲在门外偷听半晌，见时雍出了门，走进来一把将宋长贵身上的钱收走了："你这大姑娘，是越发难管了。那日打我，打阿香，现在又满口胡言乱语。就她，大字不识一个，屁本事没有，学什么医啊？怕是又要给你找事去……"

"你少说两句。"宋长贵对自家女人向来温和。不论是阿拾她娘，还是王氏，他很少说重话。可是，今天看到王氏嫌弃阿拾的样子，他说不出的窝火。"阿拾长大了，你多少给她留点儿脸面，往后你再大一句小一句不分轻重，别怪我翻脸。"

宋长贵气咻咻地出去了。王氏愣怔片刻，嗷一嗓子就冲出去："你说的什么混话，她傻子娘走得早，不是我把她拉扯大的？哦，长大了，不需要我了，就眉不是眉眼不是眼，挑我错处是吧？我这是为了谁，还不为了她能找个好人家？我要是恶毒后娘，早不知道把她丢哪儿淹死了，还轮得到她来打我……"

王氏那张嘴，说起来就没完没了。宋长贵抱着脑袋，坐在门槛上，望着乌沉沉的天空。不知为什么，就想到了那个傻媳妇儿——傻娘从不骂他，又俊，又俏，又会笑。

时雍在良医堂换了手上的伤药，陪孙老说了会儿话，就去车行雇了一辆车，悄无声息地潜回了殓房。可惜，她把殓房里外院落甚至田间地头都找遍了，也没有找到大黑。天已经黑透了。大黑会去哪里呢？

"大黑！"

时雍嗓子嘶哑，不敢喊得太大声，回答她的也只有风声。一时间，时雍心如刀割。

时雍一个人漫无目地地走着，径直走到雍人园对面的廊桥，这才发现不知不觉回到了这里。雍人是指掌宰杀烹饪的人。当初为这座大宅取名的时候，她是多么意气风发！那个时候的她，天真地以为自己已经站在这个时代的顶端，大有可为，大可作为，翻云覆雨、叱咤风云，不在话下。然而，起高楼，宴宾客，楼塌了——也不过短短数年。

一阵风吹来香烛纸钱的味道，还有小女孩娇滴滴的声音："娘亲，为什么我和哥哥不能再去对面园子里玩了？"

"那里有鬼。"

"可是我以前常去，从来没有见过鬼啊。那里的哥哥姐姐对我可好了，会给好多糖果子吃，我从来没有见过那么漂亮的糖果子。"

"嘘！"妇人张望着，又往火盆里添了几张冥纸，"往后不许再说这个事了，知道吗？"

"为什么？月儿不懂。"

"因为那些哥哥姐姐，都变成了鬼。"

"娘亲，你是在给鬼烧纸钱吗？"

风起得更大了，冥纸飞到半空像黑色的蝴蝶。时雍站在廊桥的昏暗角落，看着那母女烧完了纸，慢慢走远，远眺雍人园。雍人园没有一丝火光，黑漆漆沉在星河下，安静如同鬼楼。昔日歌舞欢笑、人声鼎沸的盛况，飘飘荡荡在耳边，恍若隔世。黑暗埋葬了一切。

时雍在桥下站了许久，寻了小路走过去。大门上贴的官府封条已经斑驳变色，油漆脱落腐败，门环也已生锈，到处都是灰尘，显然许久没有人来过了。门前一片荒芜的杂草将昔日的繁华抹去，唯有几枝从墙角伸出的桂花还在黑夜里竞相吐蕊，散发着幽幽的暗香。

"大黑。"时雍压着嗓子。原没有抱希望，不料，角落里嗖地蹿出来一条黑影。坐在一个褪色的破灯笼边上，它望着时雍。

"大黑，过来。"时雍蹲下来朝它招招手，又把包里带来的吃食放在地上，"快来吃，看你都饿成什么样了。"

大黑一动不动，眼瞳在黑暗里极是锐利。时雍也不动，蹲身与它对视。片刻，大黑看她一眼，突然掉头，身影迅速消失在黑暗里。"……大黑？"时雍有点失望，大黑难道认不得她了么？还是她的离开，被大黑看成了遗弃，对她生分了？

时雍在风里站了许久，将吃食放在门边，默默等了许久，叹口气，正准备趁着夜色离开，却见大黑从墙角阴影里飞奔出来，嘴上还叼了一个东西，放到时雍的面前，朝她摇尾巴，双眼亮得惊人。

时雍一怔，低头把那包东西拿起来，一看就呆住了！一锭银子、两颗珠子、三件首饰，还有半张鸳鸯绣帕——正是时雍那日撕毁后丢弃，成为她犯罪证据的绣帕……这一定是当时找不到的那半张了。

时雍惊喜不已："大黑！这东西你哪里来的？"大黑当然回答不出。

时雍招手："你记得我，是不是？"

大黑摇摇尾巴，但不走近，分明还有戒备。

"大黑。来。"时雍又朝它招手。

大黑看了她很久很久，久得时雍以为它再也不会过来了，却见它又摇起了尾巴，一步一步试探着走过来，低头舔她的手心。温热的舌头洗刷着掌心的纹路，时雍内心充盈着快活。她摸了摸大黑的脑袋，大黑温顺地蹭她胳膊，脖子上的铃铛在黑夜里清脆悦耳。

"大黑。"时雍把它脖子钩过来，"你别动。我帮你把铃铛取下来。"

脖子上挂着这个特制的铃铛，大黑就是时雍的狗，是令人闻风色变的黑煞，走到哪里都人人喊打。取了铃铛，它就是一条普通的大黑狗了。

"乖，取了铃铛，往后就没有人再打你了。"时雍把手伸向大黑的脖子，大黑突然嗷呜一声，挣脱开去，退得离她足有三尺远才停下。

"不愿意？"时雍冷森森地看着它。

"不取铃铛，你怎么活下去？"

大黑尾巴垂着，一动不动与她对峙。

"时雍死了，回不来了，死在诏狱，死在一个有玉令的人手中。"时雍看着大黑，缓慢地说，"你得活下去。"

大黑默默站起来，但没有走向时雍，而是往后退去，几乎要与这座荒宅浓重逼仄的阴影融为一体。凉风习习，大黑安静地坐在那一片杂草丛中。四周一点声音都没有。枯败的园子，死去的主人，还有守家的狗。时雍低头，将那半张绣帕拿出来："大黑，帮我一个忙。"

亥初，无乩馆。

大门被敲开时，门房看到一身布衣、戴顶草帽的魁梧男子时，差点没有认出来："老，老爷，您回来了？"

甲一面色微冷，看他一眼便往里走。门房掩好门，不敢做声。在无乩馆，无须通传就能直闯赵胤住处的人，只有他爹了。

甲一进入内院，刚抬手要敲门，门便从里面开了，他面前是谢放尴尬的脸："老爷，大都督请您进去。"

甲一愣怔。儿子翅膀长硬了，竟敢监视他老子了？甲一黑着脸走进去，赵胤为他拉椅子，神色平静，好像并不意外。

一张花梨木的雕花桌几隔着父子两人，同样冰冷的脸，同样没有表情，同样幽冷复杂的目光，如同两张棺材板在互相凝视。谢放拎着茶水在门口徘徊了好几次，探脑袋看了看，终究没有进来。

"你喜欢那个叫阿拾的姑娘？"甲一问。

"我以为你会问徐晋原。"赵胤语气没有半点波澜。

"那就是不喜欢了？"甲一看着他，期待答案，但赵胤面色淡然地斜他一眼，一言不发。叹气！甲一不知该喜，还是该忧，"怀宁这状都告到帝陵，告到宝音长公主面前了。我不得不回来一趟。"

宝音长公主是当今皇帝赵炔的长姐。赵炔年幼时，曾长期跟随长姐宝音一起生活，姐弟俩感情甚笃。他十六岁登基，在位二十年后，其父永禄帝才过世。按说，他从此大权在手，朝中再无人掣肘，可偏偏他十分在意这个长姐，大事小事都愿意听从。

朝臣甚至为此担心过，怕宝音长公主干政。可自光启二十一年，长公主便于帝陵前结庐，为爹娘守孝，再没有踏足京师。甲一便是这时卸任锦衣卫指挥使一职，领着护陵军去的帝陵。一则为永禄帝守陵，二则奉命护长公主安危。

"无乩，你不是任性妄为的人，为一个女子公报私仇，羁押朝廷命官，大开杀戒……总得有些缘由吧？"

"没有。我只杀，不戒。"赵胤眼中无波。

甲一对他的性子不说了若指掌，七八分是知晓的。若这事不涉及怀宁，不涉及当今皇上，不是因为守陵的宝音长公主都来相问了，他根本不会管，更不会漏夜前来。

"无乩啊。"甲一叹声，"你知道锦衣卫办事，多少人盯着？多少人盼着你出点事？"

尤其这个节骨眼儿上，出不得半点差池——"

赵胤眼皮微抬："原来你并不老实。"

"锦衣卫有你多少探子？"赵胤脸色不变，"看来给你通风报信的人，不少。"

"少打马虎眼，我俩到底谁问谁？"甲一哼声，虎着脸，"兀良汗来使的意图你很清楚，说是赐婚，不如说逼婚。长公主的意思……"甲一顿了顿，声音压低，"想必你已经知道。长公主内心不愿与兀良汗为敌。陛下敬重长公主，为了她的想法，连怀宁都愿意牺牲。因此，若非万不得已，你不要轻易挑动这根弦——无乩，谁把这弦拉断，惹下的就是滔天大祸。"

赵胤看他："是长公主让你来传话的？"

"没有。"甲一垂下眼皮，"长公主分得了轻重，什么也没有说。兀良汗来使前两日倒是送了拜帖来，想来看望长公主，再去后山拜祭——那座衣冠冢。长公主拒了，但这两日，我看她心绪不宁，夜灯总是亮到天明。"

话说到此处，传来"笃笃笃"的敲门声。赵胤看着他父亲，应了一声，谢放就低着头匆匆进来了。

"爷。"谢放低声说，"杨斐来消息了。"他刻意压低了声音，但甲一是前任指挥使，耳聪目明，把他的话听得很清楚。阿拾带着那条狗去了水洗巷。

甲一很意外。儿子难道真的在意那个女子？连她带狗这样的小事，都要人禀报？

"知道了。"赵胤朝谢放摆摆手，站起来看着甲一，"父亲，我有事要办。"

这是在撵他？就为去见那个女子？

甲一皱着眉头："无乩，陛下要怀宁公主远嫁，心存愧疚，事事都愿依着她。王公大臣们也希望公主和亲，平息事端，过太平日子。这当前，你何至于为一个女子得罪怀宁，引朝堂非议？朝堂之事，需处处谨慎。一不小心引发战事，你将引来多少祸水和骂名，你可知道？"

赵胤拿起身旁的绣春刀："你当真以为，公主和亲，兀良汗就不闹事了吗？"

甲一提口气："你不同意怀宁和亲？难道是你对她……"

"父亲。如果永禄帝在世，不会用一个女子来换取短暂的安宁。"赵胤说罢，睨他一眼，"从时雍之死，到兀良汗求娶怀宁，你可知是为什么？你以为我接手灭门案，缉拿徐晋原，是为一个女人？"

甲一缄口不言。

"你去看看小丙吧。"赵胤看他一眼，大步走到门口，顿了顿，又回头，神色冷漠地道，"我不主战，但这仗，早晚要打。时雍之死只是一个借口。巴图不要时雍，也不要怀宁，他要的是大晏江山。这一点，长公主殿下心里最好有数。"

"长公主珍视和兀良汗的情分。可惜，兀良汗已不是当日的兀良汗，现在的兀良汗王，也不是和大晏签订永不相犯盟约的阿木古郎，而是阿木古郎的儿子——阿木巴图。"

"巴图想染指大晏山河，已非一日。筹划这么多年，他岂会因公主和亲而放弃？笑话！"

"无乩！"甲一脸色微变。

赵胤已然关上门，走远。

甲一不好猜测，上一辈那些事，这个儿子到底知道多少。自从前年，他把锦衣卫和暗卫"十天干"交到他手上后，赵胤已非他能掌控。现在朝堂上主战主和分成两派，唇枪舌剑。而长公主对兀良汗是有情分，只是这份情义到底重到什么程度，能不能阻止一触即发的战争，谁也不知道。

水洗巷。
时雍从张捕快家门口经过，绕了一圈。大黑走在后面，时雍在前面。她绕，狗也跟着她绕。半刻钟后，时雍从张捕快家后门的池塘边经过，又绕了一圈。大黑走在前面，时雍在后面。

跟踪的杨斐快被她绕晕了。有大黑在，他又不敢跟得太近，只能远远观望着。几个来回下来，也没看懂她在干什么。

赵胤马车一到，杨斐吭哧吭哧好半晌，最后得出个结论："她好像……得了梦行症？"

"梦行症？"谢放看了看赵胤的脸上，沉喝，"你在胡说八道什么？"

杨斐脑袋里全是时雍和黑煞漫无目的走来走去的样子："如果不是梦行症。那她，就是一个傻子啊？那狗……好像也傻了。对，傻了。"

赵胤瞥他一眼，掀帘子要下来。谢放赶紧上前相扶，被他抬手拒绝。

谢放看着他的腿："爷，我去把阿拾叫过来，您坐这里问话便是。"

"不用。"

时雍就立在池塘边，身材纤细，点点波光倒映在她的脸上，水光潋滟中衬出了几分英气，光华耀眼。

"在看什么？"冷不丁入耳的声音有磁性，十分悦耳。

时雍眉间蹙了蹙，对赵胤身上的杀气很敏感，但表情极是平静："在找记忆。"

"找记忆？"赵胤挑眉。

"嗯。我就是掉这水里，失忆的。"时雍指指池中那一处，又转头朝他一笑，将一双眼睛弯成月牙儿，声音缠在舌头，有几分妩媚的味道，"为了你……的腿。"

赵胤眉目不变，不吃这一套："你认识时雍？"

"认识啊。"时雍坦然地看着他，"她全身上下我都认识。你想认识哪一处？"

赵胤沉下脸，瞟她一眼："黑煞为什么跟着你？"

"黑煞？"时雍微微眯起眼睛，左右看了看，哪里还有大黑的影子？这狗子，碰上比它更狗的人就溜了？

时雍眼波流转，笑道："大人是说时雍那条狗吗？它没有跟着我，我看它八成是在找吃的。刚好我在找记忆，便结了伴，免得被歹人跟踪。"

歹人？谢放眼皮猛跳。

"阿拾。"赵胤叫她的名字，那声音像一股丝线系在心头，轻轻一拉便带出些奇怪的情绪。

时雍意味不明地笑："大人，怎么了？"她今夜很古怪！眼神像黏了蜜糖，落在赵胤身上，腻歪歪的。

"我不管你在玩什么把戏。"赵胤冷眼幽深，仿佛要将她的灵魂看穿，"你记住，会针灸是我不杀你的理由，但不是你保命的王牌。"

"哦。"时雍很认真地点头，笑眯眯地看着他说，"大人，你明天来顺天府，我给你一个惊喜。"看他脸色难看，时雍笑了笑，就着受伤包扎的粽子手，在他肩膀上拂了拂，掸掉灰尘一般，声音软而轻，"我听见了。你要杀我。好了，我知道了，天色已晚，大人身子不好，早些回去休息吧，我也回去了。告辞。"时雍施礼，转身就走。

不远处的谢放吓傻了。阿拾这姑娘往常也没这么大的胆子啊，现在不仅敢顶撞爷，还敢勾引爷了？

池塘风大。赵胤原地站了许久。谢放不敢上去，也不敢问，等他身子动了，这才跟上去，小心地低着头："爷，回吧。"

赵胤还没开口，突然传来一声惨叫："……啊！"

谢放拔刀："何事？"

是杨斐的声音："我，我踩到狗屎了。"

谢放的刀收了回去。刀刚入鞘，那家伙又啊了一声。比刚才那一下更为尖细响亮，隐隐还能听到一声屁股着地的闷响："又怎么了？"

杨斐许久才回答："这狗还刨了坑，我崴到脚，坐狗屎上了。谢放，扶，扶我一下？"

赵胤面无表情地拂下衣摆："二十军棍。"

"爷，上次打的还没好。可不可以先欠着？"杨斐死的心都有了，本来想戴罪立功，谁知被一泡狗屎给害了。

"好好想想，为什么挨打。"

一个人连狗都玩不过，确实该打。谢放也觉得这位仁兄挨得不冤。上次是嘴贱，这次是因为腿贱。阿拾和黑煞都走了，他还能踩上去。

"时雍这魔女，人都死了，留条狗都能害死人。"

谢放看杨斐骂骂咧咧，摇了摇头，也有疑惑："是啊！黑煞到张捕快家来干什么呢？又为什么跟着阿拾？"

"我知道了。"杨斐兴奋大叫，顾了屁股就顾不到脸，"爷，是不是阿拾在耍我们？爷，阿拾一定是凶手对不对？"

赵胤看他一眼，上了马车："三十。"

"啊？为何？"

时雍回家时，又是五更天。棉被换了干净的，有皂角的味道，衣服又放回箱子里了。想到王氏气炸的脸，时雍笑笑，累得倒头就睡。

天亮后，宋长贵出了门，王氏就在外面大骂她懒死狗投胎，将门摔得砰砰响。时雍犯困，懒得理她，蒙头大睡，等睡饱了开门一看，院子里东西摔得一片狼藉，宋香坐泥土上哇

067

哇地哭，王氏正拿了扫帚打人。

天降红雨？王氏虽然最疼爱儿子宋鸿，对女儿这种赔钱货少有关爱，但对她自己的亲闺女宋香也是很少下手痛揍的。这是怎么了？时雍抱着双臂倚门上看热闹。听半晌，明白了。

王氏藏在床底下的银子被偷了。知道她银子藏处的，只有宋香和宋鸿。王氏每天起床都会摸一会儿，暖乎乎的喜人，谁知一会儿工夫，就不翼而飞了。把两个小的叫过来一问，宋香说是宋鸿，宋鸿说是宋香，姐弟俩闹了一阵，王氏气不打一处来，抹着眼泪揍女儿："小蹄子你给老娘说清楚！把钱藏哪儿了？"

"娘，我真的没有拿啊。"

宋香抱头鼠窜，被王氏撵得满院跑，看到时雍在那儿笑，指着她吼："娘，是阿拾，一定是阿拾拿的。"

这话王氏不信。阿拾睡死了压根没起，赖不着她。银子是大事，一家人的口粮，这灾荒年口粮断了，一家老小没个活头。

找回银子比赖阿拾打阿拾都重要。她抹一把眼泪，揍宋香更狠了："小蹄子，撒谎精，都怪老娘太纵着你。哪里养来的臭德性？还没有嫁人呢，就和家里离了心，学着人家攒私房钱，还偷起你老娘来了……"

院子里乌烟瘴气。时雍懒得看了，洗了把脸，出了院门。王氏看她不把自己放在眼里，又哭哭啼啼地骂了几句。

雨过天没晴，都晌午了，天仍是阴沉沉的。时雍出了院门就看到缩在墙角的一条狗尾巴。

"出来！"大黑仰个头，吐着长舌头摇尾巴。

"钱呢？"时雍走到它面前。

大黑漆黑的眼瞳泛着晶亮的光泽，尾巴一扫，从墙缝里钻过去。时雍从房子绕过去，见它两只爪子在一棵香樟树下拼命地刨。……这狗不仅会偷钱，还有藏钱的习惯。等它把钱袋刨出来，时雍数了数。几块小碎银子，顶多十两，还有三十来个大钱和一些铜板。

"厉害了你！"这大概是王氏的全部家当，怪不得心痛成那样，对宋香也下得了手。

时雍摸了摸大黑的狗头："一会儿给你买肉吃。"

昨晚大黑从雍人园里拿给她的银子和首饰，时雍早上藏在了床下的青砖下面，这么想想，手头的东西合起来是笔大钱了。有钱好办事。不管是要跑路，还是别的，都好。时雍为了奖励大黑，特地去肉铺搞了点猪肉。大黑吃生肉，时雍找个没人的地方丢给它，叼起来就跑没影了。时雍怀疑，大黑给她钱，就是为了换点吃的。

顺天府大牢里的事，在衙门里不是秘密。时雍从大门进去，每个人见到她都仿佛见了鬼，避之不及。她却笑眯眯地见人就招呼。一直走到胥吏房，她就没见到一个正常脸色的人，只有周明生欢天喜地："阿拾，你怎么来了？"

周明生那日在无乱馆挨了一顿揍，脸上瘀青没散，看上去有些滑稽。

时雍忍不住笑了两声："我自然要来，差还得当嘛。"

砍伤那么多人，还来当差？一群人见鬼般看她。出事那天周明生没在衙门，大牢里的事全是听说的。他看看同僚们的表情，赶紧把时雍拉到外面的院子里。

"他们说的事，都是真的？"

"真的。"时雍道。

周明生退后一点，怪异地看着她："不可能。你这种胆小鬼，敢拿刀砍人？"

时雍懒得理他："沈头呢？"

"还沈头呢？被锦衣卫带走问话去了。你说平常你也没得罪他呀，这么害你，真是活该他倒霉……"周明生啧一声，不满地说，"还有那个刘大娘，看着是个实诚人，哪承想她会隐瞒不报，差点害了宋仵作！"

看来锦衣卫办事效率很高嘛。时雍点头，漫不经心地问："这两日衙门里怎么样？"

"乱呗。"周明生找张椅子坐下，大老爷似的跷个二郎腿，老神在在地说，"山中无老虎，猴子充霸王。现在当家的是府丞马兴旺马大人。你说，这人要走好运，真是挡都挡不住。徐府尹回不来了，府丞大人这位置得往上挪了，四品变三品，啧……"

周明生这人废话是真多。时雍瞥他一眼："你早晚死在这张破嘴上。"

"嘿。"周明生笑着又直起腰，问得神神秘秘，"给我讲讲呗，你和那锦衣卫赵大人是什么关系？"

时雍瞥眼一笑："赵大人，哪个赵大人？"

"还能有哪个赵大人？锦衣卫大都督呗。"周明生一脸谄媚地笑着凑近她，"我可听人讲了，他那日为了你，拳打府尹，怒阉丁四……"

哪是为她啊！时雍懒得反驳，反问周明生，"咱衙门里的案卷都保管在哪里？"

"你干吗？"周明生奇怪地看她。

"我就是想查一查以前有没有类似的案子。"

"蛇。"时雍说得神秘，"你就不想知道那是什么蛇吗？"

"不想。我再也不想听到它。"周明生一身鸡皮疙瘩，作势一抖，斜眉吊眼地望着时雍，"这桩案子锦衣卫接手了，和你也没什么关系，少操点心。"

"怎会没关系？"时雍道："一日不破案，我一日有嫌疑。"

"锦衣卫不都放你回来了吗？"

"你不懂。"时雍话音刚落，外面便响起一阵咚咚的鼓声。

衙役郭大力闯进来："阿拾，谢家人来击鼓鸣冤，告你呢。"

正要找他呢，这就送上门来了？时雍："太好了！"周明生和郭大力看着她神采奕奕的脸，一脸蒙。被人找茬是多值得开心的事，难道说她又要去砍人？

顺天府府尹徐晋原还在锦衣卫大牢，主理案件的人是推官谭煮。

衙门判案有三堂。大堂公开审理断大案，百姓可旁观，三班六房照例站班。二堂相对大堂小一点，审的案子相对较小，限制人观看。而三堂设在内衙里，一般是些家长里

069

短的小事，理刑官不必衣冠整齐、正襟危坐，只是调解纷争。

谢再衡这个案子，谭焘设在内衙。这位推官大人刚到任不久，进士出身，咬文嚼字有些酸腐，但在大事上不含糊。一看是那位扳倒了府尹，砍翻了十数名狱卒，被锦衣卫指挥使带走，又全须全尾从锦衣卫出来的人，心里就准备要偏向和"关爱"一些了。

谢家人请了状师，递了状纸，说谢再衡胳膊折了怕是要落下残疾，请求官府将宋阿拾下狱治罪。

"宋阿拾。"叫这个名字，谭焘眼皮直跳，"谢再衡告你当街行凶，可有此事？"

"有。"时雍道，"回大人，我正准备私了。"

谭焘看她说得轻松，一副浑不在意的样子，又追问："如何私了？"

时雍笑了笑，当着堂上所有人的面，望向默不做声的谢再衡："我想和谢家公子，单独商量。"

宋忤作家的大姑娘喜欢仓储主事谢家的公子，这事从谢再衡出事那日便传扬了出去，许多人都知道。孤男寡女去单独商量？谢家人第一个反对，谢母更是痛恨又怨毒地看着时雍，恨不得撕下她一块肉，为儿子抱不平："你这恶毒贱妇，有什么资格和我儿单独说话？"

时雍道："我怕当众说出来，你会觉得我——更加恶毒。"

"你又要编什么鬼话哄我儿子，宋阿拾，你还要不要脸了，从小一个胡同长大的，你几斤几两有什么心思，别以为我们不知道。别痴心妄想了，这辈子你都别想踏入我谢家的门……"

时雍不理这泼妇，只看着谢再衡："我们单独谈。"

谢再衡走在前面，一只手用纱布吊着，青衣直裰，身形修长，很有几分读书人的文气。时雍悄无声息地走在他后头，一起走到院子一角。谢再衡停下来，慢慢回头看时雍，面容干净清爽，脸上却满是不耐烦。"说吧。怎么私了？"

时雍看他长了一张好脸，替阿拾问了一句："到衙门来告我，是你的意思，还是你家人的意思？"

谢再衡沉默了片刻："我不想和你再有瓜葛。"

"那你还纠缠不清？"时雍冷笑，"是做侯府女婿不顺心意，还是做了什么亏心事，想害我入狱，堵我的嘴啊？"

谢再衡脸色一变："你什么意思？"

时雍走近一步，笑而不语。谢再衡看到她冷气森森的模样，胳膊就隐隐作痛，条件反射往后退："你做什么？"

"你怕什么？我又不吃你。"时雍勾勾嘴角，走得离他足够近了，用只有两人才能听清的声音说，"你以为张芸儿死了，就当真没人知道她肚子里的孩子是谁的了吗？"

谢再衡俊朗的脸瞬间灰白："你休得胡言乱语，张芸儿肚子里的孩子，与我何干？"

时雍一言不发，潋滟的双眸半眯起来，似笑非笑地看着他。

谢再衡惊觉失言，哑了口。

时雍道:"张芸儿一个未出阁的大姑娘,你不奇怪她为什么怀有身孕,而是急着撇清自己?"

"我没有,我不知道,不关我的事。"谢再衡脸上的紧张显而易见。

时雍轻笑,漆黑的眼瞳里闪过嘲弄,眉梢却尽展风情。"是你。"她笃定地说着,从怀里掏出那半张绣帕,"告诉我,我撕掉的鸳鸯绣帕,是怎么跑到张芸儿房里去的?"

"我不知道。"谢再衡连连后退,脸已变了颜色。

时雍默不做声地逼近,一把掐住他的脖子,将他推到凉亭的柱子上,一只手压住他的肩膀,另一只手将他下巴高高抬起,直到他脖子上的筋脉、鼓胀的喉结甚至乱了章法的心跳都清晰可辨,这才笑出了声:"谢再衡,你没有第二次机会。你再迟疑半分,不仅公堂上的人会知道你和张芸儿的关系,广武侯府也会马上得到消息。到时候,你这个乘龙快婿还做不做得成,就不得而知了。"

"阿拾,你饶了我,看在我们多年情分上。"

"行啊,看你表现!"时雍淡淡地笑,"说说你们的事。"

谢再衡在她手肘的压制下,重重喘息着,上气不接下气:"我对不起你,但那日我离开就没回头,属实不知绣帕为何会在张家;到衙门告你,也非我本意,是我娘……"

"你和张芸儿什么时候背着我勾搭上的?"

"没有勾搭!"

"还说没有!我都看到了。"

时雍声音一冷,谢再衡腿就软了。被拧断胳膊的阴影还在,他退无可退,索性把眼一闭:"张芸儿说有了身孕,逼我,逼我娶她。我不同意,她便要死要活,说一尸两命死给我看,让我下半辈子都不得安生……"

果然。时雍目光泛起寒光。一个是阿拾的闺中密友,一个是阿拾从小心仪的男人。"狗男女。"

"阿拾,我是一时糊涂。第一次是她说你约我相见,我才去的……她年纪虽小,却有些手段。我经不住她勾引便犯了大错,但我从来没有喜欢过她,我那时是喜欢你的,是你不肯……"

"闭嘴!"时雍懒得听他这些龌龊事,反身往堂上走。

"阿拾!"谢再衡喊她,"你是……怎么知道的?"

时雍脚步了顿,回头冷冰冰看他一眼,脸上滑过一抹阴凉的笑。

若说是猜的,谢再衡肯定不会信。昨夜她拿到半张绣帕,让大黑来嗅,结果大黑就把她带到了水洗巷张家。由此她推断,那半张绣帕是大黑从张家叼回来的,另外半张被沈灏带回了衙门。可是,这除了证明有人把她丢掉的绣帕又带到凶案现场外,说明不了什么。只是,回到张家,回到阿拾死去的地方,时雍莫名多了些心思。以前的阿拾老实,从来没有怀疑过张芸儿和谢再衡,可时雍是个旁观者,她敏感地察觉出了事情的不对劲儿。哪知谢再衡不经吓,一问就招。

谭秦没有审过这么轻便的案子,讼师也是一脸莫名。两个人去院子里谈了半会儿,回来谢再衡就要撤案，不仅不告阿拾，还不敢抬头看人。

谢家人一看，认定是阿拾又给谢再衡灌了迷魂汤，不依不饶地闹了起来。

"肃静！"谭焘拍响惊堂木，"再咆哮公堂，本官要打板子了。"

谢父是仓储主事，谢家也算官阶人家。见推官这么不给脸，谢母恼羞成怒，口口声声叫喊着顺天府衙不为民做主，是和阿拾有勾结，当场就撒起泼来。正闹得不可开交，内衙大门开了。

"大人，大都督来了！"来传话的人是周明生，挨了揍的身子有疼痛记忆，看到赵胤就浑身难受，额头发汗。

谭焘扶了扶官帽，赶紧从书案下来，迎到门口："下官谭焘叩见指挥使大人。"

赵胤沉默片刻，朝他抬抬手，举步进入内衙。众人齐齐定住，像被点了穴一般。他从中而过，带着一种仿佛天生的杀气，停在时雍面前："这就是你给本座的惊喜？"

寒气逼人！时雍低头看着他束腰的鸾带，拼命擦着眼睛，软绵绵地说："大都督……你可算来了。"

这咬字不清的"大都督"三个字，叫得那叫一个柔情委婉，让原本就在猜测他俩关系的人，不免更多了些香艳的设想。谭焘更是吓出一身冷汗，暗自庆幸刚才没有向着谢家人。要不然，他就是另一个徐晋原了。

堂上鸦雀无声。赵胤望着时雍快垂到胸口的脑袋，眉头皱了起来："惊喜何在？"

冷冰冰的视线从头顶传来，时雍"借势"欺人的戏，演到这里足够了。再演下去，依这位爷的脾气，恐怕得砸。她立马抬起头，用一双揉得通红的眼望着他："张芸儿肚子里孩子的爹，我找到了。"

谢再衡脸色一变。不是说好饶过他吗？

时雍转头，指着他："是谢再衡。"

"我没有。"谢再衡没有想到她会出尔反尔，赵胤一来就把他卖了，吓得腿软，"大人，宋阿拾在胡说八道的，她喜欢我，一心想嫁给我。我不肯同意，她就诬蔑我——张芸儿死、死无对证，哪能她说什么就是什么？"

好一个死无对证。

"谢放，带回去！"赵胤拂了拂衣袖，掉头就走。

这个"惊喜"来得突然，谢放怔了片刻才去拿人。

"大人啦，我儿子是冤枉的……你们不能带走他呀。"谢母这会儿肠子都悔青了。早知如此，何必和宋阿拾纠缠不清？早把儿子带走多好！谢家人又哭又闹，堂上乱成了一锅粥。

谢放不耐烦地皱起眉头："谢夫人，只是带令郎回去问话，即便张芸儿肚子里的孩子是令郎的……只要他与张家血案无关，很快就回来了。"

谢母抱住谢再衡不放，高声哭喊："人都死了！是不是他的哪个说得清？谁知你们会不会屈打成招，草菅人命？我儿就要成亲了，我儿是广武侯的女婿，我儿不能去诏狱啊！"

"敬酒不吃吃罚酒，拖走！"谢放挥挥手，两个锦衣郎一左一右押了谢再衡就走。

"儿啦！我的儿啦！"谢母当场晕死过去。

死去的张芸儿身怀有孕，孩子爹是谢再衡。用不了多久，整个京师都会知道这个消息，侯府也会知道……谢再衡走到门口，脚步停了停，回头深深看了时雍一眼，牙齿紧咬。

时雍半个眼神都不给他，提着裙子从满是怨恨的谢家人身边绕开，看着赵胤的背影追过去："大都督，等等我。"

这一声喊得动情，瞄着谢家人恨透了她又拿她没有办法的样子，连她自己都开始佩服自己了。不过，在堂上装腔作势，无非是仗着赵胤需要她疗伤，不会轻易杀她罢了。正如赵胤所说，在他容忍的范围内，不会掉了小命。但这个限度，时雍并不十分确定。因此，追到门口，见赵胤头也不回地上了马车，她还是有点心虚："大人，我还有要事禀报。"

站在马车下，时雍看着安静的车帷。漆黑的马车静静而立，好一会儿没有动静。时雍腿都站麻了，正想找个台阶下，赵胤冰冷的声音落下："上来说。"

杨斐不情不愿地撩开车帘，望着时雍上去，无声地哼了下。

时雍睨他，瘪嘴。

马车里的摆设与时雍料想的差别不大。清爽，干净，不华丽，但贵气天成，连摆茶水的小几都是金丝楠木，上面雕刻的鹦鹉栩栩如生，散发着淡淡的香气。

"大人，我利用了你。"时雍开门见山，明知绕不过去，索性就不绕了。

"谢再衡负了你。你报复他？"赵胤冷声。

从阿拾的角度说好像确有其事，而这也是时雍最好的借口。她总不能说是为了弄清玉令真相、为了翻转在这个案子里被陷害的命运从而想接近他，或者看到他那张禁欲脸就有占有欲，想要拿下他才这么做吧？时雍想了想："话虽如此，但张芸儿肚子里的孩子确实是谢再衡的。绣帕也不是我带到张家去的，是谢再衡要陷害我。"

"证据？"

"他承认了。这家伙胆小，你一审便招。"

时雍坐得很近，两人中间就隔一个小几。她苍白的脸没什么血色，看不到毛孔，但眼睛亮晶晶的，尤其笑起来的时候，那份笃定和从容，极是耀眼。

赵胤瞥她一眼，往后靠了靠，冷冷问："昨日为何不说？非等他来告你？"

这是怀疑她故意包庇谢再衡，对他还心存爱意？行！虽然时雍并不知道谢家人会来衙门告她，但让赵胤这以为没什么不好。有情有义的弱女子总比无情无义的女魔头，更容易让他卸下防备吧？"大人，是我有眼无珠所托非人。"时雍头微微垂着，笨拙地用受伤的手顺了顺头发，将饱满美好的额头正对着他，"只是，这顺天府衙我怕是待不下去了。他们都怕我，防我，我也没办法再为大人刺探情报……"她适时抬起眼皮，眼瞳水汪汪的，"阿拾已无处可去，大人能不能让我，让我跟在身边？"

赵胤定定看着她，唇角突然勾起："打得好一手算盘。"

"大人，我不吃白饭，我还是有用的。"时雍认真地说，"我从小跟在爹身边，又跟稳婆刘大娘学了好几年，算是半个仵作行人，半个稳婆。对大人会有助益。"

"我不需要仵作，更不生孩子。"

时雍突然有种社畜狗面对上司的无奈。她视线斜下，看向赵胤的膝盖："那大人总需要我为您针灸吧？"

"你是不是忘了？"赵胤冷冷地说，"你已经不会针灸了。"

"我总会想起来的嘛。你看，我昨日还想不起谢再衡和张芸儿的丑事，今日不就想起了？"

时雍说得真切，看他不为所动，忽然又觉得可笑。她真是越活越回去了。居然需要服软来让男人就范。当她还是时雍时，多少男人来讨好？这赵胤——时雍想到她以前和赵胤仅有的几次照面，冷漠地来，冷漠地走。赵胤似乎从来没有给过她多余的一个眼神。这男人是那方面无能？还是情和欲，都压在这张冰冷的容颜下？时雍内心隐隐燃起了一团火。

"顺天府衙，你必须得待下去，"赵胤冷冷的话，打断了时雍的思绪，她眼皮一跳，看过去。他面无表情，"少耍滑头，老实待着。查一查顺天府衙的案卷，有无毒蛇咬死人的案件记载。这蛇，来得古怪。"

一般这种案子，都会由府衙录入。陈年档案里说不准就会有相关的记载。只是时雍没有想到，他居然和她想到了一处。

时雍眨了下眼。"大人，你接手张家灭门案，当真是因为我？"赵胤眼神冷冷扫过来，时雍马上换了一副正经表情，"还是此案另有隐情？远不是一个捕快被灭门那么简单？"

赵胤似乎没有听到她前面那一句软绵绵的话，骄慢地拿起茶盏慢饮："收起你这套小把戏。少问多做。"

但凡有点自知之明，也知道这态度不可能是为她了。时雍当然很清楚这一点。只是，大都督这张脸，让她很有撕碎的欲望。她很想知道，他如果动情、失态、有强烈冲动时，会是什么样子？

马车里光线幽暗，赵胤眉头皱了皱，放下茶盏又看她一眼："时雍的狗，有没有再来找你？"

时雍摇摇头："大人，您为何对时雍一案，如此在意？"

赵胤道："不该打听的事，不要问。"

时雍笑着抿了抿嘴，语气轻松而随意："时雍已经死了，还是众望所归的自尽。一个人人憎恨的祸害罢了，自杀不是给兀良汗人最好的交代吗？大人为何还往自个儿身上揽事？我不懂。"

赵胤双眼微微眯起："你知道什么？"

"我什么都不知道，我只是好奇。时雍死在诏狱，在别人眼里，那就是死在大人手上。而我看大人的表现，似乎又不是这么回事。"

时雍顿了顿，绽开笑容："大人，时雍是你杀的吗？"

二人目光相对，刚入秋的天气似寒冬腊月，突然降温。赵胤上身慢慢前倾，一袭飞鱼服红艳华贵,将他出色的五官衬得俊而不妖,孤冷贵气。而那双盯着她的眼,如狼饮血,杀气逼人:"知道上一个质问我的人,怎么死的吗?"

时雍头皮一阵发麻,眼儿却微微弯起:"大人舍不得杀我。"

赵胤看着她脸上诡异的笑,嘴角扬起,冷眸里杀气更浓,一只手速度极快地扼住她纤细的脖子。

嚓,时雍听到了脖子的脆响。她没有挣扎,笑着抬高下巴,将白皙的脖子完全塞入他的虎口,一动不动,双眼柔和妩媚,又纯净得像是无辜稚童,完全信任地看着他。时间很慢,仿佛经过了一个冬天。赵胤有力的手慢慢松开,收回来时又在她头顶轻轻拍了拍,像时雍拍大黑,语气缓慢:"滚下去。"

马车帘子落下的那一刻,时雍又听到他平静无波的声音:"今日酉时,谢放会来接你。"

时雍在衙门吃了个晌午饭,去找书吏要了案卷来看。

本以为这事会有些难办,想差周明生去的。毕竟她只是个女差役,书吏以前看着她鼻孔朝天,没什么好脸色。哪料,书吏看到她进门,如同见到活祖宗一样,满脸堆着笑。要看什么拿什么,不给半点脸色。朝廷有人果然好办事。时雍在心底默默为大都督点了三炷香感谢,又让周明生帮她抱卷宗。

打开尘封的卷宗时,她手突然一个哆嗦:"完了。"

周明生说:"怎么了?有毒?"

"毒你个头。"时雍瞪他一眼,脑门隐隐犯闷。怎么就无意识地钻了赵胤的陷阱呢?他要调阅顺天府衙的档案,无非一句话的事,要查什么案卷,有的是人帮他找。他却偏偏让她查,她又好死不死地忘记了一件事——阿拾不识字。暴露了?

周明生被时雍那眼神刺得脊背阵阵发寒:"阿拾?"以前的阿拾哪是这样的啊?周明生开始相信那天大牢里砍伤狱卒的人是阿拾了。

"叫什么叫?"时雍缓了缓,冷眸斜斜望着周明生,"查啊!"

"你呢?"周明生气得差点跳起来。

"我不识字。"时雍说得理所当然。

"对哦。"周明生说完,想想更气了,"你不识字还来查案卷,这不是整我吗?"

时雍唇角扬起,缓缓撇嘴:"一个字,你查是不查?"

周明生咬牙:"查。"

偌大个顺天府,想找出一桩两桩毒蛇咬伤的案子并不难,可是从案卷里的记载来看,有银环有白眉有草上飞,就是没有张捕快灭门案的那种蛇。

时雍帮着周明生翻案卷,假借识字的名义翻看着。周明生脑子简单,倒是没有一点怀疑,但是翻了半天也没有找到什么有价值的线索。

"阿拾,你说张捕快一家,不会真是得罪了蛇精吧?"案发那天,周明生是第一批接触到此案的捕快,好奇其实不比时雍少。

"门窗紧闭,没有打斗痕迹,没有他杀痕迹,甚至没有闹出动静。除了那条蛇,没有半点线索——"周明生说到这里,哦一声,神色怪异地看着时雍,"差点忘了,还有你。阿拾,我若不是认识你,也会怀疑你的。我们查访了邻里众人,那两日唯有你一人,去过张家,而张家人又死得这么蹊跷——"

"是。"时雍答得淡然,"我也怀疑自己。"周明生说的是阿拾,她说的也是阿拾。

可是,听她这么说,周明生就笑了:"你这性子,经了这事,倒是好起来了。"

时雍笑笑,不多话。不一会儿,刘大娘回衙门了,径直来找时雍。这老婆子是阿拾的师父,做了大半辈子稳婆,早活成了人精。时雍看她面色,在锦衣卫没吃大亏,站得也稳稳当当的,只是眉目里有些疲累:"阿拾,大娘待你好不好?"

"嗯?"时雍一笑,"有话直说。"

刘大娘布裙荆钗,面涂脂粉,右脸上有颗黑痣,是个有些凶悍的女人。可今日怎么看怎么亲热。

"阿拾啊,这次是大娘糊涂了,不该瞒了你和你爹这事。可我最初也是起的好心啦。老张和我相识多年,我也不想他家好好的姑娘,人都没了,还平白污了名声……"

时雍眼里闪过笑:"不是糊涂,是得了银子,怕引火烧身吧?"

刘大娘被她一呛,厚实的嘴皮嚅动几下,想要发火,又生生忍住,只是尴尬地笑。

按大晏律法,落胎是犯法的,处罚也很重。稳婆行走市井闺阁,常会遇上各家各户的这些糟污事,拿人银子,替人消灾,关上门办事情,一般也不会来查究。若是张芸儿不死,悄悄落胎,这事也无人知晓。可张芸儿死了,刘大娘就怕了。她亲自去为张芸儿验了尸,没敢声张拿方子的事,也没把这事报给仵作宋长贵,想偷偷瞒下来,结果闹到锦衣卫,什么都招了。

"大娘也不瞒你,做咱们这行,不靠这个,哪够一家老小吃喝呀。"

时雍还是笑:"张芸儿那个落胎的方子是你给的?"

刘大娘脸色一变。阿拾以前是个锯嘴葫芦,叫她往东都不会往西,今儿竟拿捏住她不放?看来传言作不得假,她确实和锦衣卫那位大人有点关系。刘大娘将喉头的愤怒生生咽了下去。

"这些事,锦衣卫的大人们都问清楚了。你就别再问我了,丢人!"

"不丢人。"时雍笑着,"大娘能全须全尾地从锦衣卫出来,证明这事就过去了。"

"我能出来,得亏了我的大侄子呀。"刘大娘叹气。

时雍道:"你侄子是谁?"

刘大娘道:"魏州魏千总。他是我娘家的一个远房侄子,这些年但凡有事用得着稳婆,总叫我去,一来二去就熟了些。那日你去诏狱办的差事,原也是我的,只因我不在,沈头才唤了你……"

噢?那就怪不得。

刘大娘摇了摇头:"只是往后,怕也用不着我了。"

时雍嗯一声:"为何?"

能去锦衣卫办差,刘大娘常常引以为傲,走出来底气也足。想到这个,她脸色便有些难看:"你不是大都督的人吗?往后啊,哪里还轮得到我。"

大都督的人?时雍不意外,却故作意外:"大娘别听外面的人胡说八道,我和大都督……才没有呢。"

刘大娘瞪大眼睛,看她娇羞的脸,呆了。她说的"大都督的人",原本指的也只是帮大都督办差的人,不是"大都督的女人",可阿拾这么急急地否认,反倒让她看出点异样来。刘大娘不敢想,不敢信,也抱有侥幸心理。可不到酉时,锦衣卫果然来人接阿拾去办差,没有叫她。

时雍从仪门出去的时候,刚好撞上沈灏。去锦衣卫短短两日,沈灏瘦了一圈,本是个高大威猛的汉子,脸一垮下来,就似脱了形,连眼角的刀疤都深了几分。两人在仪门下脸对脸。

时雍似笑非笑,沈灏眉头皱了皱:"没事了吧?"

"沈头指的是什么?"时雍勾唇,"倚红楼妈妈的追魂散吗?我记得沈头和丁四的关系不错?"

沈灏抿抿嘴,声音沙哑:"那事我不知情。"

时雍凉凉哼声,从他身侧走过去。沈灏掉头看着她的背影,叹口气,按着腰刀往里走。

第六章　时雍的惊人结论

谢放把时雍接到了上次的殓房。除了赵胤,还有杨斐和另外几个侍卫在场,还有魏州带人守在外面,阵仗很大。

这一次,锦衣卫为时雍准备了全套的刀具,比宋长贵手上那些家伙漂亮得多。刀子明亮刺眼,刀身薄透,有种削铁如泥的感觉。时雍戴上新手套,拿起一把刀,在指尖轻轻一抹:"不错。"

看她凝视刀子半天不动,杨斐嘴又欠了:"你赶紧的,别装神弄鬼!"

"铮!"一道清脆的金属碰撞声,时雍手腕一翻,刀子从半空划过,将杨斐左臂半副甲胄削去,吓得他脊背绷紧,差点没尿。

"你干什么?"

"刀好快。"时雍一笑,明明漆黑单纯的眼,看他时却满带杀气,"你来帮我。"

杨斐觉得他有点不敢。可是刚挨了军棍,哪怕谢放悄悄放了水,屁股还痛着呢,大人都没有反对,他就得听这个女魔头的……下意识把阿拾划成"女魔头"的阵营,杨斐自己也吓一跳:"我怎么帮?"

时雍朝他伸手:"夹子。"

杨斐一只手掩着口鼻,一只手递东西,都快被熏死了,却见阿拾半分动容都没有,视线专注在尸体上，浑然忘我。杨斐斜眼一扫，发现大都督也是如此——视线专注在阿拾的脸上。

"刀。"时雍道。

"哦。"

"专心点。"

杨斐瘪了瘪嘴巴。

时雍速度很快，一把刀在她手中仿佛有了灵气，切割角度匪夷所思，剖开的尸体说不出来的工整，手法比他们见过的任何一个仵作都要熟练……可她明明只是一个女差役啊！看来宋长贵是个有本事的人，把女儿教得这样厉害。

在这场静寂的解剖中，时雍没有表情，脸色平静得近乎虔诚，眼窝深处的冷静有着对尸身的敬畏和尊重，可是那漫出眼眶的火焰，又仿佛附着了某种灵魂……杨斐不禁胆寒，若是她用剥尸的手段杀人，又是怎样？

"大人，是中毒。"时雍突然抬头，嗓子有点哑。

杨斐从思绪中被拉回，吓一跳。时雍把刀递过来，他乖乖地接过，动作比自己想象中更为恭敬。

"死亡时间在七月十四一更到三更之间。"时雍重复了之前的判断，说完犹豫一下，欲言又止地看着赵胤，"可是，他们并非死于蛇毒，包括张芸儿。"顿了顿，她抿抿嘴唇，"张芸儿是先中毒，再被蛇咬的。致命死因是毒，不是蛇。"

这个结论令人猝不及防。殓房里冷风阵阵，让人莫名悚惧。只有赵胤面无表情："什么毒？"

时雍深深看一眼冷气逼人的指挥使大人，平静地说："民女学识有限，看不出是什么毒。"

"是吗？"赵胤淡淡看她。

"不敢欺瞒大人。"时雍低头。

"你父亲之前信誓旦旦地保证，张家九口都死于蛇毒。"赵胤看着她，冷哼一声，"野蒺藜、蛇爪果、鱼腥草、金银花、乌韭根、赤上豆……这些药材，如何能让宋仵作误以为是蛇毒？"

"我父亲是个老仵作，经验自是比常人丰富。可人有失足，马有失蹄，难免会有看走眼的时候。"

在面对赵胤时，时雍总会给他几分面子，低头的姿态看上去极为乖顺。

"而且，民女以为，除了药方上注明的药材，应当还有别的毒源。"

"我怎么信你？"赵胤问。

"大人不必信我，只信证据就行。"

时雍眉梢沉了沉，又说："我怀疑张家人不是他杀。"

不是他杀？杨斐瞪大眼睛，看赵胤不说话，吸了吸鼻子里的棉花团，含糊地说："一家九口难道还能全体自杀不成？"

时雍笑了笑，眉眼冷淡，一身傲气藏而不显："我若说是张芸儿自己熬堕胎药，害了一家九口，你们怕是不敢相信吧？"这番论调属实有些荒唐，让人难以置信。

"药方上没有的药？"赵胤想了想，拂袖转身，对门口等候的魏州道："彻查宁济堂。"

时雍站在原地，慢吞吞取下手套，背后冷风拂动，飞鱼服发出咝咝响："别让我发现你撒谎！"

时雍转头，一脸忠厚老实："民女不敢，句句真话。"

赵胤看她片刻，冷着脸走出了殓房。

当夜，锦衣卫彻查宁济堂，掌柜、伙计一共带走了十来个人。张捕快灭门一案，动静似乎越来越大了。顺天府衙里发生的事情也像长了翅膀，传得很快。

府尹徐晋原被锦衣卫揪出几宗大罪：贪墨贿赂，鱼肉百姓，欺君罔上，这随便拎出来一项都是能掉脑袋的大罪，还有谢再衡和张芸儿的丑事，也被添油加醋传得沸沸扬扬，不仅米行刘家知道了，广武侯府也得了信。

反倒是阿拾，传言不多。就连复检剖尸这件事，传到别人耳朵里的也是宋长贵的名字。

宋长贵家的日子，一向过得紧紧巴巴，王氏藏的银子丢了后，更是如此。但王氏亏得了别人的女儿，亏不了自己的儿子。早上时雍起床就看到王氏往宋鸿碗里埋鸡蛋。

年景不好，宋家已好几日不见荤腥，时雍看了一眼那圆滚滚的鸡蛋，放慢了脚步。

"看什么看？你去衙门吃差饭，不比这个好？弟弟吃个蛋，看你眼珠子都要掉下来了。"

王氏的嘴常常不干净，骂起人来声如洪钟，半个胡同都能听见。尤其银子不翼而飞之后，几乎从早骂到晚，连带宋香都不受她待见了，鸡蛋再也吃不着，大气也不敢出。

时雍却是心情很好的样子："我今早在家吃。"

吃吃吃，就知道吃。王氏心里再不高兴，也不敢当着宋长贵慢待阿拾。宋长贵今儿还没有出门，王氏瞪了时雍一眼，便假模假样地让她去摆饭。

这些年王氏的做派，宋长贵不是不知情，是没有办法。清官难断家务事，王氏好歹把阿拾拉扯大了，好模好样地长着，骂几句也没少块肉。为了家宅和睦，他便睁只眼，闭只眼。

一家子坐下来，宋长贵看着三个孩子和脸色青白的妻子，嘴里说不出的苦。"春娘，这年景，苦了你们娘几个。"说着他从怀里掏出钱袋，从桌子上挪到王氏面前，"这个月的工食，我的，连同阿拾的，都在这里面，小心放好，别再丢了。"

他没有责怪王氏丢了银子，也没有因为怀疑宋香偷拿多问一句。他其实是个好丈夫、好父亲，只是本事就这么大。

王氏撇了撇嘴，接过那银钱掂了掂："就这点儿？不是说从衙门借领一些回来买米吗？"

"衙门也没有闲钱，现下管得紧，借领不了。"

"衙门会没钱？你当我是那等好糊弄的人？"

宋长贵看了王氏一眼。"这只是个开头。往后日子怕更是难过。"说着，他叹了口气，"我听人说，兀良汗来使进京，竟要陛下把怀宁公主下嫁他们的新汗王做侧妃……"

"侧妃？"宋家人自然不认识怀宁公主，可大晏公主即使要嫁人，也得是正牌娘子，怎么可以做侧妃？王氏和宋香都呆住了，"他爹，你说这兀良汗是吃了熊心豹子胆了不成？竟提出这种荒唐请求？"

宋长贵摇头，看一眼低头吃饭的时雍："我看是欺我大晏闹灾荒，陛下又因太上皇崩逝伤怀，久病不愈，这才找的借口，指不定就盼着陛下不应呢……"

"那陛下应了？"

"谁知道呢？"

王氏不懂国朝大事，但住在京师，对街巷闲话倒是知道不少："都怪时雍这个贱妇，死了也不肯消停。这是要害死多少人才甘心？"

时雍的身份对京师百姓来说，至今是个谜。有人说她是从西南蛮荒来的妖女，会媚蛊之术，迷了侯爷迷将军，迷了世子迷王爷，惹得几位爷大打出手，为了求娶撕得腥风血雨。也有人说，时雍其实是一个男子。东厂厂督喜好男风，便让他得了意，到处兴风作浪没个管束，这才闹出那么多天怒人怨的事来，活活气病了当今天子。而现在，兀良汗来使进京，开口就说时雍是他们大汗的红颜知己，想要求娶回去做王妃。谁知时雍死了，王妃没有了，使臣竟改口求娶怀宁公主做侧妃。

"这不是打皇上的脸，打大晏的脸吗？"

"他爹，都说是要打仗了，你说这仗打得起来吗？"

多年来战争阴影从来没有离开过，流言蜚语更是不少。可这一次，宋长贵是真的有了危机感，心里没着没落的恐慌。

"怕他们作甚。咱们还有大都督呢。"宋香哼了一声，满脸不在乎。身在京师，天子脚下。哪怕是宋香这样的闺阁女子，也多少知道一些国朝大事，"大都督得永禄爷亲授真传，必能庇佑我大晏子民。"

宋香说起赵胤，满脸都是水润的粉红。前些年，赵胤跟随永禄爷自南边打了胜仗回来，从顺天府长街经过，引万人空巷。宋香也曾去围观，虽隔得太远没看清赵胤清颜，但一颗少女心早已乱了分寸：

"爹，你帮我打听打听，要是大都督身边要人伺候，我甘愿把自己发卖了，给他做奴婢去。"

宋长贵脸一黑，拉得老长，王氏却笑了起来，对宋香偷银子的怨怼少了些：

"他爹，香儿有这样的志气，你便打听着些。在衙门里当了这么多年差，多少有个能说上话的人吧？噫，对了，你不是刚跟锦衣卫做事去了吗？"

"你给我闭嘴。"宋长贵是个温和的男人，很少发脾气。

王氏一愣，当即就委屈得红了眼：

"我又怎么了？香儿今年都十五了，你做爹的不替她打算，我当娘的还不能吗？难道香儿也要像阿拾那样在家做老闺女不成？"

说到阿拾的婚事，宋长贵脸色就难看。他觉得是自己做忤作操贱业连累了妻儿，愧对阿拾的亲娘，愧对阿拾，也愧对王氏和小女儿："老老实实找个好人家才是正经，没有做贵人的本事，少想歪路子。"

"没出息。"王氏看他软了声音，又泼辣起来，"本朝又无规定，王侯将相不能娶民间女子。我香儿生得这么好，怎么就不能做都督夫人了？"

宋长贵看一眼两个女儿。若说长得好，还是阿拾随了她娘，长了个好模子。"不要再想这些有的没的。"宋长贵视线落在那钱袋上，叹口气换话题，"你明日天亮，赶紧地买些米面回来放着……若是还有体己钱，也一并拿出来用了，以后我再补给你。"

"哪还有什么体己钱，也不知被哪个油老鼠偷去了。"王氏摸着钱袋子，瞪了宋香一眼，又唉声叹气，"这点钱，能买多少米？都不够一家子嚼几天……"

宋长贵道："能买多少是多少吧，若真打起来，口粮得先顾着军营，到时候即便能买，怕也不是这个价。"

宋香瘪嘴："爹，你就别操心了。咱大晏有大都督在，谁人敢来找死？"

宋长贵动了动嘴皮子，想说点什么教训女儿，还没出声，时雍就站了起来："我吃饱了。"她转头走了。

宋长贵发现她小脸苍白，似是有些不妥，跟着站起来："阿拾，你是不是身子不爽利？要不要去找郎中……"

"不用，只是有点累。"

时雍进了北面的柴房便将门紧闭，坐在床上。

思索片刻，她正准备把玉令图案拿出来，宋长贵来敲门了："阿拾。"

时雍抬抬眼皮，缩回手："进来。"

门开了，宋长贵看着坐在那里的女儿，眉眼清冷，眼神淡然，一瞬间忽然恍惚，仿佛这个不是阿拾。

"听说你剖尸了？"

"嗯。"

"你说张家九口都不是死于蛇毒？"

"嗯。"

宋长贵沉默片刻："你为何要撒谎？"

时雍抬头看他。这个仵作对他自己的判断看来相当自信。

"事实就是这样呀。"时雍低笑一声，那懒懒的声线落入宋长贵的耳朵里，更觉得与往常的阿拾完全不同。阿拾说话，从来没有这样的清冷婉转。"爹，知道太多秘密，是会掉脑袋的。"

宋长贵看她许久："你是不是看出什么来了？"

时雍垂下眼皮，抿了抿嘴："这蛇不寻常。张家人中毒的方式，也不寻常。"

"什么？"宋长贵一怔。

"我怀疑凶手是死者中的一个。"

宋长贵悚然而立，仿佛是听了什么天方夜谭。

时雍看着他，平静地说："张捕快夫妇、张芸儿的龙凤胎弟妹、张芸儿的哥嫂和两个小侄子，这些人里面，最有可能动手的人是张捕快。"

宋长贵好久没动，张大的嘴都忘了合上："阿拾，你在说什么啊？"他不相信自己的耳朵。张捕快把自己一家九口全杀了？宋长贵宁愿相信是女儿傻了！

时雍示意他走近，压低声音说："你的判断是对的，我剖验后发现，张家人全是中的蛇毒。行凶者以细针蘸毒扎于头部，有头发掩盖，不易发觉。"

"原来如此？"宋长贵倒吸一口气，"细针上的毒液就能致人死亡，那蛇的毒性当是极强？"

时雍点点头："我还有一个发现。那八个未见啮齿伤的人虽说都是头部入针，但七个人的入针位置在百会穴，而张捕快却在囟会穴，你说是为什么？"

宋长贵拧紧眉头，"百会乃头部要穴，是各经脉气会聚之处，百脉之会，贯达全身，施以毒针死得最快，痛苦最小——"

"正是。"时雍赞许地看着宋长贵，"这表明凶徒并不想让张家人死前多吃苦头。除了自家人，谁会如此？"

宋长贵摇摇头，道："若是张捕快行凶，为何他不扎自己百会，也死得舒服些，而是扎了囟会，平白受那么多苦处？"

时雍脸色微凉："或许这就是他想告诉我们的。"

宋长贵眼睛陡然一亮："你是说，张捕快有难言之隐，或受人胁迫，不得不杀死全家，但又不甘心枉死，用这种离奇的死法来警示我们？要我们为他申冤？"

时雍没有做声，一双黑黝黝的眼望着地面。那里有一群蚂蚁在搬家，拼尽全力只求苟活。蝼蚁尚且贪生，人得被逼到什么程度才会如此？

宋长贵看不出她在想什么，又叹了口气："我朝自永禄以来，吏治清明，京师地界不敢说路无穷寇，但有冤能申，有债能偿，张捕快何至于此？"

"爹。"时雍抬头，目光冰冷，"你想想张芸儿的惨状。活蛇入体，钻心噬肺，非常人能忍受。她的死，或许就是他们给张捕快下的最后通牒，杀鸡儆猴——"

宋长贵脸色一变："死不足惧，只恐遭人凌辱。"不怕死，怕折磨。没有哪个男人能眼睁睁看妻儿遭受活蛇入体这等折辱吧？与其惨死，何不给个好死？宋长贵眼睛一闭，手握成拳嚓嚓作响，"何人如此狠毒，逼人诛杀全家！？"

时雍眼皮垂下，不看他愤怒的面孔："你就当什么都不知道吧。锦衣卫在查，他们得出什么结论，就是什么结论。我们小老百姓，过寻常日子就好。"

宋长贵不知该说什么，眼前这个女儿，他看不透。这是阿拾，突然又变得不像阿拾了："阿拾，你是不是有什么瞒着爹？"

"没有。"时雍笑得很甜。

宋长贵绷着脸："欺瞒锦衣卫是要掉脑袋的。"

"所以，你别说出去。"时雍轻轻一笑，"为了我的小命。"

宋长贵默默转头，叹口气往外走。时雍叫住他，从怀里掏出十几个大钱和一些零碎银子："拿去买米。"

阿拾的工食是由宋长贵一并领了交由王氏开支打理的，但平常办差遇到讲究的人家，喜得贵子或殓葬了亲人，会有赏钱，宋长贵便教她攒起来。他怕这闺女嫁不出去，往后他不在了，好歹也有个银钱傍身。如今时雍拿钱出来，宋长贵没怀疑钱的来处，只是看看袋子里的钱，满是心疼："阿拾。"

宋长贵想要说点什么，时雍已经转头上床，放下了帐子："睡个回笼觉。"

时雍晌午时分才起，宋长贵已经不在家了。王氏恨她恨得牙根痒痒，可除了骂几句，又无能为力。那些话翻来覆去没点新意，时雍听多了，不仅不生气，反倒觉得这妇人愚蠢而不自知，很能调剂生活。

"你上哪儿去？"王氏看她要走，果然黑了脸，"你爹让我去买米，我一个人怎么拿得动？"

时雍纳闷地看她："宋香不是人吗？"

王氏被她呛住，嗓子眼儿痒得慌，但宋长贵走前给她银子，说了这是阿拾攒了好些年的，她拿人手短，舌头就没那么利索了。宋香不同，她这两日在家里很没脸，闻言跳着脚就冲过去揍人："小蹄子你说谁不是人呢？"

时雍看得直乐，等她扑上来，身子侧过去，稍稍带一带她的衣袖。宋香一个趔趄，就撞到了王氏身上。

"啊！"宋香惊叫。

"这天杀的！"王氏正是气头上，鼻子撞到了，痛得眼冒金星，抓住鞋拔子就揍人，"我造的什么孽哦，生了你这么个没出息的东西。"

这娘俩在院子里追打得气喘吁吁，等回过头一看，时雍早没了影子。

对宋阿拾还能厚着脸皮回衙门当差，好些人都很惊异。大家紧张、尴尬又害怕，能绕开就绕开她。只有周明生很是开心，看到时雍就拽她过去："大喜事。"

"什么？"时雍侧眼看他，"找到蛇了？"

周明生拉下脸："不要再提这恶心东西。"

"昨夜锦衣卫夜查宁济堂，你猜查到什么了？"周明生是个憋不住话的人，时雍不理他，他马上就把得知的消息竹筒倒豆子般交代了。

"毒药。"周明生半眯着眼，说得诡异又神秘，"一种我大晏没有，兴许来自外邦的毒药。"

锦衣卫查到了？宁济堂真有毒药？啧！时雍咂舌。

周明生喋喋不休："阿拾你真是福大命大，那日你去宁济堂为张芸儿抓的药里，就有这味毒药。据说此药毒性极强，沾上一点就必死无疑。你猜张家九口怎么死的？"

都这么说了，还猜什么？时雍笑笑，配合他："怎么死的？"

周明生夸张地瞪大眼睛："张芸儿煎落胎药，毒性留在柴锅里，把全家给毒死了。"

想不到吧？"

　　时雍摸着下巴，突然一乐。这个赵胤葫芦里卖的什么药？北镇抚司真按她说的把案子破了？

　　"吓住了吧？再给你说一桩高兴事。"周明生耸了耸鼻子，观察她的表情，说得贼兮兮的，"谢再衡要倒大霉了。"

　　时雍一挑眉毛："此话怎讲？"

　　周明生满意地看着她的表情，压着声音，却难掩兴奋："听说张芸儿死前还在纠缠谢再衡。谢再衡这小子为免丑事被广武侯府知晓，影响他和陈小姐的亲事，就买通了宁济堂的伙计，换了药材，原是想神不知鬼不觉地毒死张芸儿。只要张芸儿一死，即使查出她有了身子，也只当是落胎不慎害了性命，谁又知晓那是谁的种？"

　　一个大男人这么嘴碎。时雍瞥他一眼，心里存疑，没吭声。

　　"妙龄女子痴恋负心情郎，一人作孽赔上全家性命。"周明生说得摇头晃脑，最后发出长长一声叹息，"只可惜张捕快，行事光明磊落，一辈子坦荡做人，锄奸扶弱，竟没得个好死……欸，阿拾，阿拾你去哪里？我还没有说完呢！"周明生一头雾水，时雍已去得老远。

　　天青阴雨，茶肆外的布告牌边围满了人，都挤在一起看官府贴的布告。不识字的在问，识字的在念。原来张家九口灭门案，是一桩人伦惨剧。

　　告示上说，张芸儿与人有私，珠胎暗结，私自寻了落胎方子，又怕去抓药时遭人闲话，便骗宋阿拾说得了疖疮，让宋阿拾去宁济堂为她抓药。哪料，宁济堂的伙计受人指使，将掌柜私藏的毒药子乌粉混入药材，酿成大祸。这子乌粉来自外邦，非大晏产物，有剧毒，毒发后的症状与毒蛇咬伤类似。宁济堂掌柜私贩毒物，已被押入大狱问罪，一干涉事人犯也已缉拿归案，待审后裁决。

　　子乌粉是什么东西，许多人都是第一次听说。若不是布告上盖着大大的官印，怕都没人敢信世上会有这么烈性的毒药，用了煎过药的锅都能毒死一家人。

　　"张捕快是个好人啦，养女如此，作孽了。"

　　"这个不肖女毒死全家，当下地狱。"

　　"听说和张小姐有私的男人是谢家公子？谢再衡？"

　　"顺天府都传遍了，还有人不知情？"

　　一部分人在骂张芸儿，一部分人在唾弃谢再衡，还有一部分人在幸灾乐祸——

　　广武侯府的嫡小姐陈香苋是个独女，很得侯爷喜爱。当初陈香苋要下嫁谢再衡惹来不少人眼红，如今这桩婚事成不成还两说，广武侯府没有动静，好事者也在观望。

　　时雍站在喧闹的人群后方，突然发觉后脑勺有一抹细微但恐怖的视线，如芒在背。她条件反射地转头，人群拥挤，不见异样。一个四五岁大的小孩拉了拉她的衣袖。"姐姐，有人叫我给你的。"说完，小孩跑开了。

　　时雍的袖子处，有一张字条："雍人园外廊桥下，要事相商。"字体工整，没有具名。

张家一夜灭门，宋阿拾这个"死而复生"的幸存者，是个变数，对方一定不会轻易放过她。这是绣帕陷害她不成，准备亲自现身？

廊桥下有条河，叫白澈河，不过时雍从不那么叫它。自从她在河对岸修建了雍人园，从此便叫那条河雍河。那时的她有多张狂，如今的她就有多小心。她倒不担心那人知道宋阿拾就是时雍，这才约在这里见面。只是时雍案发，雍人园被抄查后就变成了鬼屋，雍河和廊桥两岸都荒芜下来，方便行事罢了。

廊桥下，有一隐蔽处，时雍走近看见一个青襟大袖、头戴方巾、书生模样的男子在桥下徘徊，略略诧异。难道她猜错了？

看到时雍，那男子愣了愣，似是对时雍的长相有些意外，但脸色变得快，速度也快："阿拾你可算来了！想坏我了。"他热情地唤着，乘时雍不备，张开双臂就抱上来。

"砰！"时雍行动快如疾风，不等那只咸猪手碰到，便一脚踹在那男子的小腹上，然后一只手揪住他头上的方巾，又一拳砸在他脸上。

"啊！"男子吃痛怪叫，再抬头，眼睛已然瘀青红肿。

"快！就在那边——"廊桥上传来一阵脚步声，听上去人数不少，"下贱小蹄子勾了我相公在此相会……"只见一群人在一个粗蛮妇人的带领下，拿着棍棒冲了过来。但是他们显然没有想到桥下会是这等情形，全都愣在那里。

那粗蛮妇人怔愣片刻，惊叫起来："宋阿拾，你个贱妇，你找不着男人嫁不出去，偷汉子偷到我家来了？呸！大家给我打，打死这个不要脸的下流狐媚子……"

"砰！"时雍把那男子转个身，对着屁股就是一脚，把人踹到河里，又提起他的领子拎上来，摔到那妇人面前，故作惊讶地看着她："大嫂子，这个好色轻狂之徒，竟是你相公？你来得好，我正要抓他去见官呢。"

一群拿着棍棒的汉子看着这个彪悍的小姑娘，愣住没吭声。粗蛮妇人一看男人吃了亏，脸都青了："你胡说八道，分明是你托人传信约我相公在此私会，大家看，我这有字条……"她拿了一张字条，四处让人看。

时雍冷笑一声："谁不知我宋阿拾不识字？大嫂子，演这出戏几个银子，大家一起赚啊，要怎么演你说？"

那妇人根本就不听："你不识字，不会托人写吗？大家别听这贱妇耍嘴皮子，给我打。"

"打？"时雍冷淡地看着她，又瞥一眼呛了水还在呕吐的书生，勾勾手指，摆开架势，"来！"

"啪！"那群人还没有扑过来，空中突然响起一声短促的"喊"声，接着一股劲风袭来，一个少年从天而降，飞身挡在时雍面前，几个拳脚的工夫，就把那群乌合之众打得退了下去。

桥上，传来拍巴掌的声音：

"打得好看，打得好看。小丙，再打几个！快，再打几个。"

时雍抬眼，就看到趴在桥上的太子爷赵云圳，手上拿了一个大渔网，一晃一晃的好不自在。赵云圳的背后是两个面无表情的侍卫。而她的面前，小丙冷着脸，右手执剑指着那群拿着棍棒的壮汉，一言不发。

时雍笑了："士别三日，当刮目相看啊。"

最初与小丙的相见，都是他又饿又伤的时候，时雍竟不知小丙功夫如此了得。这不算花哨的拳脚功夫，一看就知不少于十年以上的苦练。时雍的目光，不知不觉转向小丙的腰间。他没有佩戴那块玉令，但整个人已与那日大街上的狼狈不同，锦衣华服，面色红润，显然是个俊气的少年郎。只是在无乩馆被传染了，本就瘦削的一张脸，冷下来像个打手，可怕得很。

"滚。"小丙终于开口，握剑的胳膊纹丝不动。

"你谁啊？你为何要帮这下贱坯子，她偷汉子，勾我相公，还想杀人灭口……"

粗蛮妇人刚开口，桥上的赵云圳就不耐烦地训话了："本……本少爷的女人岂会勾你那等破落户？小丙，给我好好打，把他们狗眼洗干净咯。"

小丙肩背纹丝不动，抬头看他："太……"

"太什么太！给少爷打。"

"是！"小丙受命保护赵云圳，自然唯他马首是瞻。

一阵凌乱的棍棒拳脚看得人眼花缭乱，只见小丙步履轻快地游走于人群之中，没有拔剑却拳拳到肉，打得几个浑身蛮力的汉子哭爹喊娘，东倒西歪。剩下的人，看着，退后，不敢再近身。时雍抱臂看着，目光又深几许。

"少爷！"小丙再次抬头。他显然是不想再打了。然而，赵云圳看得正热闹呢："打。打到他们求饶为止——"

"少爷饶命，小少爷饶命啊！"一群人乌泱泱跪下来，都不用人叫，就开始磕头。他们惧怕的不只是一个小丙，而是赵云圳和他背后的侍卫。这小孩子满眼生光，一副混不吝的纨绔样子，偏生年幼俊美，一看就贵气不凡，随从身手又这等利索，不知是哪个王公大臣家的公子，哪个敢惹？

可是，他们一求饶，赵云圳就不高兴了："谁准你们求饶了？小丙，给少爷打，打到他们不敢求饶为止——"

"少爷。"时雍突然一笑，看向小脸粉嘟嘟的小屁孩儿，突然揪住那个书生模样的男子，拖着他湿漉漉的身子就往桥上走。男子先是一脸茫然，然后看到众人都不动，惊叫着呐喊起来："你要做什么？松手，松手。"

"没天理了！你们这是要杀人啊！"那妇人也冲了过来，被赵云圳的侍卫挡住。

时雍一言不发，将那男子拖到桥上，当着赵云圳的面，"呼"的一声把他拉到桥边上，一只手拎着他领子："说！谁让你来陷害我的？"

书生脸色一白，听到背后白澈河的水流声，一颗心狂跳不止："我，我没有。不是你约我在此相见的吗？"

时雍勾唇，将他往后一推，作势要松手。桥面离水面大约三丈，不算特别高，但白澈河水深，每到夏季都有人下河洗澡被淹死。

书生吓得脸都青了："救，救命啦！光天化日，你们竟，竟敢草菅人命——啊！"他的身体直直往下坠落。谁也没有想到，时雍竟然真的松了手。

"救命！"哭的，叫的，乱成一团。一张渔网从头上落下，一把将书生网住，往上一提，粗绳卡在桥墩上："现在可以说了吧？"

众人看呆了眼。赵云圳看着空空如也的手，再看时雍，小脸更是兴奋莫名。书生死里逃生，尿液失控地从渔网洒下，落在河水滴滴答答，再看桥上小娘子的脸，逆着光莹白莹白的，明明在笑，却仿若鬼魅："我，我说。是谢夫人。我娘子是谢家的厨娘，我们也是没有法子呀，都是讨生活，你大人大量，高抬贵手……"

原来如此。谢家想毁她名节，搞臭她的名声，让她生不如死或者直接去死！时雍冷笑，不耐烦听一个大男人求饶，将绳子递给赵云圳的侍卫："劳驾了。"

侍卫接过绳子正要将书生拉起，赵云圳小眉头一皱，嫌弃地踢他一脚："本少爷让你拉了吗？你拉什么拉，谁让你拉的？"

侍卫被太子爷踢了屁股，手一哆嗦，绳子就松了。

"扑通！"书生像块石头似的重重掉入河里，嘶声惨叫。那妇人瞪大眼睛，哭叫着跑向河边，跪求他们救人。

时雍皱了皱眉头，看赵云圳不为所动，生怕教坏了小孩子，撸起袖管正要下水，桥那头便传来一道冷飕飕的低喝："胡闹！"

时雍侧目。第一次看赵胤骑马，也第一次看到有人把飞鱼服穿得这么俊朗无匹、这么野性有攻击力还这么性感，偏生还配得上"有匪君子，如切如磋，如琢如磨"这般雅致的字句。

赵胤与她打了个照面，眼又撇开："救人。"

"是。"谢放翻身下马，挥手叫身后的侍从，"快，救人！"他一喊，那群壮汉也都动了起来，纷纷奔向河边一个个下饺子似的跳河捞人。

白澈河水深，但水流缓慢。时雍看着众人忙碌，视线漫不经心地落在赵胤身上。小丙那样的玉令，他会不会也有一块？

赵胤回头，目光掠过她的脸，打马走近，只是看着赵云圳："下次再这般胡闹，我便禀了陛下，不让你再出宫。"

"阿胤叔！"赵云圳耍得了狠，也拉得下脸，在赵胤面前秒变乖顺小孩，小模样比谁都要委屈，吸吸小鼻子，嘟起粉扑扑的小嘴巴，拿眼瞄时雍，"是他们欺负我的女人。"

赵胤皱眉："不得胡言乱语！"

"本就如此。"赵云圳昂着小脸，说得大义凛然，"太傅教导我，树德务滋，除恶务本。大丈夫当惩奸除恶，仁爱知礼。我既辱了她的清白，自当对她负责，护她周全。难道我要坐视旁人污辱我妇而不言语，这才是君子之道吗？"

赵胤沉眉："你没有辱她清白，她没有清白。"

"阿胤叔！"赵云圳急了。

087

赵胤面无表情："不学礼,无以立。你不小了,回去多学点规矩。"

赵云圳撇撇小嘴,挺直小身板,瞅着他："非礼之礼,非义之义,大人弗为。阿胤叔,你过分!"

"傲不可长,欲不可纵,志不可满,乐不可极。云圳,你该收敛收敛了。马上给我回去!"

"我不……"

"谢放。"

"每次都谢放谢放——"

"杨斐!"

"谁敢动少爷,少爷就要他狗头。"

侍卫们一个不敢动。赵云圳的脾气都是领教过的,今上唯一的儿子,大晏天下未来的主子,谁敢真去撸他逆鳞?他今儿说宰了你可能宰不了,但他哪天想明白了,也许就诛你九族呢?

赵胤冷哼："云圳,你是不是不听话?"

"我……听话。"赵云圳撇嘴,"但我说得对,为什么要听话?"

"上马。"赵胤突然低喝。

赵云圳揪揪小眉头,奇怪地看着他,时雍也在旁边看热闹,不以为意。哪料赵胤突然策马,在马身经过时雍身边的时候,身子往下一滑,一只长臂伸过来,捞起她横放在马上,径直纵马离去："送少爷回去。违令者,革职查办!"

侍卫们齐刷刷跪一地："是。"太子爷要命,好歹还能苟活几年,毕竟他没有长大。这大都督要命,那可是立等可取啊!

赵云圳不情不愿地被带走了,时雍回头看着那皮孩子,莞尔一笑："可爱。"

当今天下,敢说顽劣太子可爱,看云圳这么杀人放火、随心所欲的行为是可爱的人,赵胤第一次见到。赵胤胳膊微抬,将马上的时雍调整一下坐姿,见她回头,对视一眼,松开胳膊,扯缰绳放缓马步："你叫我来,就为看村妇争风吃醋?"马蹄懒洋洋地嗒嗒作响,他的声音冷漠阴沉。

时雍道："让你来保护我。"

赵胤微微蹙眉,时雍瞄他一眼,又笑："那人转移鸳鸯绣帕设计陷害我不成,肯定贼心不死。我以为有人要杀我。"

"亏心事做多了。"

"我何时亏心了?"

赵胤眼波微动："本座面前,无须装傻。"

时雍哑然。她知道赵胤指的是她剖验张家尸体后认定张家九口都死于药物中毒,而非蛇毒的事情。当然,时雍也没想过能瞒他多久。以赵胤的为人,被骗只能是他心甘情愿被骗。时雍试探着轻笑："大都督明知有异,不还是按张芸儿煎药误杀全家结案了吗?你又比我好到哪儿去?不一样是贪生怕死,不愿惹事?"

"本座和你不一样。"

"哪里不一样？"

"放长线钓大鱼，可有听过？"

"明哲保身，快乐一生可有听过？"

赵胤低头，落在头顶的呼吸明显沉了些许。那只执缰绳的胳膊穿过时雍的腰间，隔着两层衣服仍是不可避免地触碰到她。时雍眼皮乱跳，脊背绷直，不肯承认不自在，懒洋洋地弯着唇角，一副浑不在意的样子。

赵胤坐得比她还要端正，维持着他挺拔执缰的姿势，一动不动，与她的后背留出一个拳头的距离。

"小小年纪，心肠如此歹毒。"

他的声音从秋风中传来，吹在耳朵根，有点冷。不过，十八岁的"老姑娘"被人说小小年纪？时雍嘴角勾出一个愉悦的弧度："大人这话从何说起？"

赵胤道："谢再衡负你，你便让他身败名裂，入狱问罪。张芸儿骗你，你便让她名节尽毁，背上洗刷不清的身后骂名。张捕快无辜枉死，你却不愿为他申冤，说出真相。"

时雍佯做紧张地"呀"一声："大人，民女冤枉！"

赵胤拉下脸。

时雍转过头看他，眼皮垂下：

"越接近真相，越危险。我一个小小女差役，只想活着。"

赵胤冷淡地问："你没有良心吗？"

"良心？"想不到能从大都督嘴里听到这两个字，时雍忍俊不禁，"民女命小，有多大本事干多大的事。"

赵胤看着身前这颗漆黑的脑袋："心思百千，天天装傻。"

"没装，是真傻。"

马蹄踏着乱草丛生的道路，离开官道，走上通往雍人园的路。自时雍出事，这条路少有行人，荒草已高得没了马蹄，小路尽头是结满蜘蛛网的"雍人园"大门，门匾歪歪斜斜地悬挂着，官府的封条早已被风雨败了颜色。

时雍眉尖一拧："大人为何来此？"

赵胤不答，从马鞍里掏出一个油纸包，丢了出去。几块熟肉从油纸包里滚出来。杂草丛中，冒出一颗黑色的脑袋，一双狗眼锐利有神，在薄雾弥漫的草丛里形单影只，瘦削单薄。是大黑。

时雍突然觉得嘴唇发干："你知道它在这儿？"

赵胤手臂收拢，一言不发。大黑坐在那里一动不动地看着他们，片刻后赵胤掉转马头，从破败荒凉的小路，很快走上官道。

"大人原来也是爱狗之士？"时雍没话找话，赵胤却是冷哼："宋阿拾，你想做缩头乌龟，真以为躲得过去？"

时雍看他一眼，沉默。有了以前的教训，时雍如今只想懒散度日，能不出头就不出头。可是，张家灭门案这么草率了结，那些人真的能放过她这个"幸存者"吗？时雍想了想："说来倒有些失望，我以为是他们来找我，这才叫了大人想要揪出人来……不承想是谢夫人。"

赵胤没有声音，不知在想什么。时雍回望，视线和他撞上。赵胤眼瞳漆黑："七月十四那晚，你是怎么从张家活着出来的？"

没活着出来。死了。宋阿拾死了。只是这个秘密不会有人知道了而已。

时雍轻笑一声："大概命不该绝？我就是个有福分的人。你看今日也是如此，若非小丙和太子殿下救我一命，等大都督尊驾来时，我这个柔弱女子，大概已经是一个勾引有妇之夫，偷汉淫贱，被人乱棍打死的下场了。"

柔弱女子？赵胤看了一眼这柔弱女子，突然勒住缰绳："吁——"马儿嘶叫着停下，赵胤的脸在冷风中无波无澜，"下去。"

时雍看了看这空无一人的荒凉所在，唇角上扬："大人做什么？"

赵胤拎着她的腰，就往下丢。时雍挣扎，那柔若无骨的小腰便在男子坚硬的铁臂间辗转。

四野无声，两人也无声。静静地搏斗几个回合，时雍"啪"一声跌落马下，一屁股坐在地上。深吸一口气，时雍咬着下唇，用自认为最美的角度仰头看他："大都督，你这般粗……"

"驾！"赵胤抖动缰绳，大黑马高高尥起蹄子，嘚嘚离去，飞扬起一路尘埃。"粗鲁合适吗？"时雍一个人把话说完，索性盘起腿，双手抱着膝盖坐在路中间，懒洋洋地看着远去的一人一骑，扬起眉梢。有趣。

时雍走到这里，顺路去良医堂找孙正业看手指。拆了纱布，看见已近愈合的伤口又崩了个七七八八，孙正业少不得唠叨几句。时雍知他心急看自己针灸，但笑不语。

在良医堂蹭了个午饭，时雍去肉铺买了一块肉，找个无人的街巷停下来放在路边。大黑果然从角落里冒出来，叼了肉就走。时雍不知赵胤是出于何种目的喂狗，但她知道大黑一定不会吃他的食物。

等到大黑夹起狗尾巴走远，时雍这才慢悠悠走回宋家胡同。不承想，家里出大事了。谢夫人高亢的声音，尖利地从院子里传出来，老远都能听见："这没廉耻的一家子狼心狗肺，恩将仇报，害我谢家，害我儿子。当年，这破落户三餐都糊不了口，来借我米，我哪一次让他们空着手回了？如不是我起个好心，哪来的命害我们一家？宋阿拾欢喜我儿，眼看我儿要娶侯府小姐，便心生嫉恨，买通官吏陷害我儿与张芸儿有私情，污他清名，现下又谄媚锦衣卫的贵人，指我买通宁济堂伙计害了张捕快全家性命。冤啦！冤死了呀。老天爷，你怎不来个雷把这烂舌头的一家子收走啊。宋长贵，你个挨千刀的王八，当谁不知道你找的那个傻娘是带了货来的呀？你当仙女似的供着，连人家的裤头都碰不着。你个老混蛋老色坯，活该帮人白养姑娘十八年！十里八邻都听好了，宋阿拾不是宋长贵的亲闺女，还不知是打哪儿来的下流杂种呢，哈哈哈哈哈！"

王氏本也是个嘴臭的，听了这些话面红耳赤，啐一口，跳起来就骂人。可谢夫人钗斜衣松，手上拿了刀子，涨红了脸皮，显然不是来讲理，而是拼命的。王氏也不敢上前，只能叉着腰和她对呛。

"谢家干出这等没脸没皮的缺德事,怪得着谁?这就是现世报!"王氏是个护短的,她怎么骂阿拾骂宋长贵是她骂,听人家骂阿拾骂宋长贵,她不乐意,"老娘乐意帮人家养闺女,老娘养的闺女个个水灵,干你尿根子事,贼婆娘还不赶快去置办一口好棺材,等着给你儿子收尸!"两个市井妇人拼着嘴劲,听得耳朵发痒,人群嗤笑不止。

　　时雍挤进去。只见谢夫人站在宋家大门,刀架在脖子上,边哭边骂:"我儿清清白白一个读书人,哪里晓得这些作践人的烂事——"

　　谢夫人转头看到时雍。她涨红的脸皮突然怒起,眼冒凶光:"宋阿拾,你逼死我,我儿也不会喜欢你。你污我害我,我活不成了,那就死在你们家,做了鬼来纳你们的性命!"

　　谢夫人还在哀号。外面忽然传来魏州的声音:"让让,让让!锦衣卫办差,奉命捉拿人犯谢氏。"

　　锦衣卫是什么地方,这京师无人不知,诏狱的残酷更是让人骨头发寒。谢夫人脸色一变,拿刀的手抖抖擞擞好几下,突然闭上眼:"儿啊!"一声呜呼,她仰头朝天,泪水滚滚落下,"娘冤啦,我的儿!娘是被宋家人逼死的呀——"

　　噗!冰冷的刀划过脖子,鲜血喷溅而出。叮!刀落地。砰!谢夫人的身子也轰然倒下。热闹变血光,人群突然安静,笑声、议论戛然而止。都以为谢夫人是来找宋家闹事,谁会料到,她竟然真的在宋家大门口抹了脖子?死在家门口,这得多晦气啊!

　　摊上这么晦气的事,围观人群如鸟兽般散开。

　　魏州带着两个锦衣郎走上前,只见谢夫人脖子上的鲜血喷溅不停,他皱眉拿个布巾子捂紧,却是无法止血。

　　"活不成了。"谢夫人嘴皮嗫嚅着还没有落气,瞪大空洞的双眼,在人群里寻找着时雍,最终视线落在她的脸上,"我们谢家……是冤枉的。我做鬼,也不会放过你。"

　　鲜血浸湿了地面,人终归是不行了,很快咽了气。魏州招手叫两个锦衣郎上来拖人,看一眼时雍:"要劳烦你了。"一般女子看着这画面都得吓晕过去,时雍却十分冷静:"不麻烦,我们家就是干这个的。"

　　魏州正准备笑一笑,就听到时雍补充:

　　"帮着善后,有银子拿吗?"

　　魏州无语看着她,迟疑半响:"……有。"

　　话没说完,谢家大郎带着两个小女儿来了,见到浑身鲜血淋漓的谢夫人,几个人号啕大哭,一边叫娘一边叫祖母一边辱骂宋家,乌烟瘴气。魏州略略皱眉,从怀里掏出一块碎银丢给时雍,虎着脸出门牵马大吼:"都散了都散了,死人有什么看的?"

　　谢氏被锦衣卫装入殓尸袋拖走,谢家人也被带走问话,宋家院子的街坊们纷纷围上来问长问短。王氏唉声叹气和他们聊着天,见阿拾一言不发地拿了个铲子,将地上浸血的泥土铲起来,全都堆到一个簸箕里,撇了撇嘴,招呼大家都散了,回来就骂:"你看看你惹的什么好事,人都死到家门口来了……"

　　时雍头也不抬,手脚麻利地铲泥。地上那一摊血迹很快铲干净了。时雍拎着簸箕出去,到门口又回头看王氏："晚上吃什么？"

王氏看着她苍白的小脸，发怔片刻，气得破口大骂：

"你还能吃得下饭？挨千刀的，家门口刚死了人，谢氏又把你骂成这样了，你就不闹心吗？"说她是野种，说她不是宋长贵的女儿，说她阿娘是烂货，谢夫人把什么难听的话都说了，街坊四邻能听的不能听的也都听了，就算不哭鼻子，好歹也得伤心一下吧？还有谢氏，好端端一个人死在家里，当真就不犯堵吗？她倒好，无知无觉。这不是傻子又是什么？

"黄豆芽别每天都炒，嘴吃得没味了。烧开水焯一下凉拌，加点葱蒜，搞两勺酱油，多点滋味。灶台上挂的猪肉切一块，再搁下去油都熏没了，干透了还吃个什么劲？就那么一点点，不要切太厚，免得我一片都吃不着。白菜加个萝卜煮起，放一勺猪油，白水菜也能下个饭。你腌的大头菜差不多可以吃了吧？捞起来再煮两个咸鸭蛋就差不多了。灾荒年，吃简单些。"

王氏好半响没回过神来。这小蹄子是失心疯了吗？居然拿她当丫头婆子使唤，在家里点上菜了？

时雍说完转身就出去了，王氏看看她，再看看低头坐在门槛上出神的宋长贵，突然气不打一处来："你是被刀子锯了嘴吗？人家骂你媳妇儿骂你闺女，你一声不吭，现在倒是装起死相来了？"

宋长贵抬头，目光茫然片刻，一言不发地转身进屋。

"欸他爹！"王氏怔了怔，吓住，"难道谢氏那贼婆骂的是真的？"

王氏心里的滋味很是说不出。有几分涩，又有几分喜。

谢氏骂人难听，可她说宋长贵连傻娘的裤头都没碰着。若当真如此，她的丈夫便只有她一个妇人，阿拾也不是她男人的亲闺女，这自然是喜事。可不是她男人的姑娘，她男人也甘愿帮人家养着闺女，比待自家姑娘还亲，这不是还念着那个傻娘是什么？

王氏一张脸青白不匀，还是去厨房拿了根杆子把挂在梁上的猪肉取了下来。这块肉天天挂在那里，被烟熏成了黑色，望梅止渴这些天，也该让孩子们吃掉了。王氏叹口气，去坛子里摸了两个咸鸭蛋，刚准备洗手，想想，又多摸了一个。然后，大声吆喝着让宋香来烧火做饭。

宋香听了一耳朵阿拾的闲话，正想去隔壁找小姐妹说上几嘴，被她娘一叫，气咻咻地走进来："成日都是我烧火我烧火，我都快成烧火丫头了。你为什么不叫阿拾来烧火做饭？你就嘴上吼得凶，做事偏生是没有叫她的。"

"她做事老娘瞧不上。"王氏说完，眼睛一横，瞪着自家闺女，"你若有阿拾的本事，能给我赚银子回来，老娘当仙女一样把你供着。"

宋香嘟着嘴："谁爱做她那等下贱的活，银子不干净……"

王氏一锅铲敲在她脑袋上："闭上你的嘴，偷老娘银子还没找你算账，你倒嫌弃起银子脏来。"

时雍回来就听到那母女两个拌嘴，顿足片刻，她回屋拿了个东西调头就走。王氏听到动静出门只看到一个背影，火气又上来了："野蹄子你又上哪里去来？"

　　"我有事，不在家吃。"

　　"杀千刀的贱东西，要吃这个那个，转头尥蹶子就走……"

　　"给你省粮食。"

　　王氏拿着锅铲冲上来作势要打，时雍一个转头，指着她的脚："谢夫人就死在那里。"

　　"啊！"王氏惊叫一声，跳着脚跑回屋，"宋长贵——"

　　时雍笑着摇头。她大白天地去闲云阁，娴娘有些意外："贵客，你今日怎有空来了？"

　　时雍朝娴娘使个眼神，到了内堂，这才坐下。

　　"娴姐，我要见乌婵。在这儿。"娴娘愣了愣，明白过来。她开的是饭馆酒楼，人来人往，三教九流什么食客都有，说起来不安全，但仔细想，其实这里最安全。

　　"好嘞，贵客。"娴娘会意，叫了伙计过来，"你把这位贵客带到楼上雅间，我去采办点干货，很快回来。"

　　伙计纳闷。老板娘从良后便不喜抛头露面，采办什么货物都叫伙计们去，这急匆匆怎的就要出门？

　　"小二哥，有劳了。"时雍弯唇轻笑一声，伙计便回过神来，照老板娘说的往楼上带路，"贵客，这边请。"娴娘亲自去请，时雍相信乌婵很快就会过来。

　　小二端来茶水果点，殷勤地招待。时雍随便点了几个小菜，又要了一壶果酒，懒洋洋地吃喝着。等了约摸小半个时辰，楼道上便传来急促的脚步声。娴娘推开门，堆满了笑："就是这位贵客。"

　　她的背后，站着一脸不悦的乌婵："你找我？"

　　"瘦了！"时雍瞥她一眼就忍不住乐，笑着转脸对娴娘说："娴姐，我和她单独说几句。行个方便。"

　　娴娘愣了愣，堆着笑点头出去："省得省得，你且放心，我让朱魁在门外守着，苍蝇都飞不进来。"

　　门合上。乌婵挑高眉头，眼下有明显的乌青和眼袋，但看时雍的神情很是不屑，身形虽是清减了几分，但那股子傲娇泼辣劲儿却一点不少："你谁啊？少在姑奶奶面前装神弄鬼。"

　　时雍眼波微动，轻笑："我以为上次娴娘来找你，你就应当知道了。"

　　乌婵抿住嘴看她片刻，不冷不热地喊了一声："遇上几个吃白食的不是稀奇事，那点银钱我还不看在眼里，帮你付了又如何？"

　　"乌大妞。"时雍突然打断她，目光冰冷，"你从没想过，我也许是故人吗？"

　　乌婵面部表情急剧变化："不可能。"

　　"你左胸有红色月牙痣，小腹有黑色胎记。没错吧？"乌婵退后一步，突然拔剑上前，剑尖直指时雍的咽喉。"说！你到底是谁？"

看着她赤红的眼，时雍一根手指轻轻拨开剑尖："大黑！"轻盈的声音刚出口，大黑的脑袋便从桌子底下钻了出来，吐着舌头坐在时雍的身边，双眼黑亮有神，水汪汪的像两颗黑珍珠烁烁生光，狗脸却凛然防备，一动不动地盯着乌婵，仿佛随时准备攻击。

砰！长剑落地，乌婵嘴唇微微发抖，呼吸都变得粗重起来。

"不认得这只狗？"时雍慵懒地靠在椅子上，手拿热茶，轻抿看她。

"你到底是谁？"

乌婵个子很高，体态微胖，但皮肤白皙，双眼乌黑漆亮，眉眼间锋芒毕露，从小到大在戏班里习惯了，说话方式与别个不同，带了点腔调，字字清晰又锐利。

时雍笑了笑，她从怀里掏出一支玉钗。这是从大黑丢给她的包裹里拿的，也是时雍的信物。当着乌婵的面，时雍把玉钗一折两段，从中抽出一张字条，递给乌婵。"我是时雍的结义姐妹，也是她的殓尸人。"她最终还是选择了这种更容易让乌婵接受的解释，"时雍死前把大黑和她的身后事宜，都托付给了我。"

乌婵半信半疑，与时雍对视良久，盯着她不放："你既然得了她的嘱咐，为何现在才来？"

时雍沉默。本想平淡度日，不再给旧友惹麻烦，谁知时势不饶人！接二连三发生的事，让时雍有种不祥的预感，往后怕会永无宁日。

"这里说话不方便，我们长话短说。"时雍提起茶壶斟了一盏，递到她手里，语速清晰而缓慢。

"我找你，是想请你帮我办三件事。"

乌婵接过茶，不喝，只是看着她，双眼通红。

时雍说："第一，查查这种蛇。"她把宋长贵绘制的毒蛇图纸放在桌上，神情严肃，"第二，打听打听这样的玉令。"她又将拓印的玉令图案放在上面，"第三，帮我查一下宋家胡同宋作的傻妻，去了哪里。记住，三件事都要秘密进行，宁可打听不到，也不可让人知晓。"

看她说话的神态，乌婵双眼亮了些许："你查这些做什么？"

"这个你不必知晓。"时雍皱眉，"这些事，知道得越少越好。"

乌婵哼笑："既然你和阿时有结义之情，她又把大黑和身后事都托付给了你，我们就是自己人，你不必与我这般见外。"说罢，看时雍沉默，乌婵慢慢坐到她的对面，一双眼睛微微眯起，"阿时不会自杀的。这事没人管，我偏不信邪，一定要查个水落石出。你如何想？"

她双眼动也不动地盯着时雍。火辣辣的，像有什么黏液粘在脸上。时雍眼前一片空茫，仿佛被那一日雍人园的鲜血迷了眼，好半晌没说话，明明热茶入腹时已暖和的身子，渐渐凉下。

天气阴冷，光线明灭。乌婵眼睛微抬，忽然问："你可知晓？楚王要娶妃了。定国大将军陈家的嫡长女，陈红玉。"

时雍好半晌没动："是吗？"

定国大将军是武职,陈宗昶还有个世袭爵位——定国公。陈宗昶与当今皇上赵炔同岁,打小就是太子伴读,在赵炔十六岁登基为帝前,两人形影不离,一同习文练武,好得跟一个人似的。赵炔登基后,陈宗昶封定国大将军,手握重兵,权倾朝野,虽说后来不知为何与皇帝有了龃龉,自请去戍边,多年不回京师,但定国公府一门荣耀,二十多年来可谓长盛不衰。陈红玉美貌聪慧,文武双全,素有贤名,哪个男儿不想娶她?

　　"权贵联姻罢了。楚王娶定国公家的嫡女,很合适。"时雍淡淡说。

　　乌婵看她神态轻松,眉头不由拧起:"阿时死前,不曾提到楚王吗?"

　　时雍垂下眼皮:"不曾。"

　　乌婵仿佛松了口气:"那她是放下了。"

　　"嗯?"时雍别开眼,看向窗外,"下雨了。"

　　乌婵愣了愣,顺着她的视线望出去,像是突然想到什么似的:"我该走了。"

　　捡起地上的长剑,她看时雍一动没动,又瞥一眼她脚边那只凶神恶煞的狗:"今夜你来乌家班后院。我等你。"

　　同一时间,雍人园。

　　杨斐下马在草丛中寻找着,很快将赵胤丢的那几块肉找了出来,拎高给赵胤看:"大都督!找到了,在这里。"

　　赵胤脸色微垮,谢放下意识绷紧脊背。"狗是靠什么来判定食物的?"

　　听到爷的询问,谢放认真想了片刻,摸不着头脑:

　　"鼻子?我小时候在老家养了一条狗,可傻,谁给吃的都啃。饿不饿都啃,喂不饱的狗就是说它了,后来被药死了。"

　　赵胤瞥他一眼,"那黑煞为何不吃本座的投喂,偏吃阿拾的?是何道理?"

　　谢放皱起眉,正寻思怎么回答,杨斐拿着肉过来了:"爷,属下知道。"

　　赵胤抬抬下颌,示意他说。

　　杨斐笑盈盈地道:"我看阿拾喂的是生肉,大抵黑煞这狗东西,是不吃熟肉的。要不,咱们下次换生的试试?"

　　赵胤马匹往前走两步,杨斐便下意识地退后,挨过军棍的屁股凉飕飕发冷。

　　"说得好。"赵胤看着他,"这肉,爷赏你了。"杨斐低头看看那肉,无语。

　　跨院的园子里,养着两只金刚鹦鹉。赵胤刚到,鹦鹉便叫了起来:"参见大都督!参见大都督——"

　　赵胤看它们一眼,径直穿过跨院进入甲一的房间。这两日,甲一安置在这里,并没有外出访友,可今日赵胤正准备去请安,就见他穿戴整齐,似是出门的样子。

　　赵胤在房门口站着:"你要回皇陵?"

　　这是盼着他走呢?甲一哼声。扫他一眼,视线挪在他沾了泥的鞋:"水洗巷的灭门案,结了?"

　　赵胤停顿片刻,慢慢走进来,站到甲一的面前:

"结了。"

他身形挺拔，身量极长，这般甲胄披风，头戴无翅幞头，气宇轩昂，看上去竟是比他还要高出半寸。甲一拧起的眉头松开，不安地叹口气："为何如此草率？"

赵胤漠然道："兀良汗使者还在京师。事情必须尽快平息下去，以免造成百姓恐慌。大战在即，不可多生事端。"

大战在即？甲一沉默片刻，手指微攥："这一仗，你当真认为非打不可？"

赵胤冷哼："兀良汗狼子野心，窥伺我中原已非一日。这四十年来，他们歼并了漠北草原上数个游牧部落，逼得北狄哈萨尔一退再退，未踏足中原，无非是因为阿木古郎有严令以及忌惮永禄帝的威名罢了。"他顿了顿，眼睛不眨地盯住甲一，"父亲以为，阿木巴图会错过眼下这个良机？"

甲一哑然，看着他双眼里的锐利之色，良久，重重一叹："你大了。为父说不过你。京中诸事，务必三思而后行。这趟回来，我还有一件事情要办。"

赵胤道："何事？"

甲一不答，沉默片刻忽然问："孙正业怎么样？"

赵胤道："孙老还好。"

甲一点点头，踌躇着说："近日长公主旧疾复发，身子不大爽利，我这次回来准备接孙老去皇陵为殿下问诊。"

长公主守陵至今，寸步不出，便是有病，也不肯回京。

甲一说起来，也是无奈："殿下这性子，谁也没有办法。我等下过去接了孙老就走。兀良汗的事，愿能早日解决。有他们在大晏一日，长公主便一日不得安宁。"

赵胤沉默不语，把甲一送到门口："父亲慢走。"

甲一戴上斗笠，准备上马，又停下脚步，走到儿子跟前，在他肩膀上重重拍了拍："切勿轻举妄动。"

夜深人静。

乌家班后院，几株桂花树上米粒大的金桂吐着幽然的芬香，花瓣儿夹裹着夜色传来几声咿咿呀呀的轻唱。

"他每有人爱为娼妓。有人爱作次妻。干家的落取些虚名利。买虚的看取些羊羔利。嫁人的见放着傍州例。他正是南头做了北头开。东行不见西行例。"

乌婵的娘原是京师最有名的优伶，曾因一出《救风尘》名动京师，后来被某个官家少爷看中，少爷买下她娘，许以婚配盟誓，在外面置了房屋养着。乌婵她娘真心爱慕少爷，没名没分便为他生下女儿。可是，她娘至死都没能了却心愿，莫说嫁与少爷做夫人，连少爷的名讳都是假的。斯人一去，黄鹤不见。乌婵的娘死后，她便带着乌家班辗转唱戏，直到遇到时雍，去雍人园唱第一次戏——

"进来吧。"乌婵看到时雍，收了剑放在门边，推开门。时雍以前来过乌家班，熟门熟路。两人对视一眼，没有多话。乌婵把她带到一个存放戏服道具的杂物间，径直走到最里面，拨开一层堆放的戏服，对着墙面轻拍几下。

"谁？"里面的人问。

"故人来了。"乌婵沉声。

时雍眼皮一跳，很快便看到那墙壁从中分开，一条通往地下室的石阶露了出来。

"啪！"乌婵点燃油灯，拎在手上，朝时雍偏了偏头，"请进。"

时雍看着那条通往地下的路，沉默许久才迈开步子。一个修长的人影站在石阶的中间，身穿玄衣，一头白发，看到时雍，他俊美的脸似乎凝固了，一动不动。时雍也看着他，慢慢走近，眼睛幽幽冷冷："燕穆？你没死？"

她停下。男子见她叫出自己的名字，心里的疑惑稍稍落下，一双利剑般的眸子转为柔和，微笑着看她："我没死。云度、南倾也还活着。就是……云度的眼睛瞎了，南倾腿伤了。而我，一夜白了头。"

时雍呼吸一窒。乌婵看他眼神炽热，内心有些激动："人多嘴杂，咱们下去再说吧。"

燕穆错开身子，靠着潮湿的墙壁长身而立，一张俊朗的面容因为长久不见光，在灯火下苍白清瘦："云度，南倾。还不快过来见过主子的义妹。"

两个俊美的少年郎，从地下室昏暗的灯火中出来。一个坐在轮椅上，一个扶着轮椅。坐在轮椅上的是南倾，他在那日的厮杀中被砍断了一条腿筋，错过了治疗时机，那条腿便废了。扶轮椅的是云度，也是那日伤了眼，从此不见光明。

两个都是翩翩少年郎，个顶个的姿色过人。站在一处赏心悦目，那伤残与缺陷似乎都成了让人心疼的美。

"当真是主子的义妹？"云度眼睛上蒙着白色的纱布，一袭白衣翩然惹人，温柔的声音里带了些颤抖。

燕穆看着时雍，眼睛里有审视和不解，但嘴唇上扬，只是轻笑："能告诉我，这是为什么吗？"

"说来，可能你们不信——"时雍把诏狱里殓尸的事情半真半假地说了，又把一些只有自己和他们才会知晓的往事说了出来。

几个人均是怔怔地看着她，虽然觉得时雍在诏狱里结拜姐妹和叮嘱后事有些离奇，仍然是选择了相信。

"你既是主子的义妹，那往后，也就是我们的主子了。"

"自己人不用客气。"时雍抬手阻止他们的拜见，冷眼扫了扫这个见不到光的地下室，不解地问，"你们怎会在此？"原本以为已经离世的人居然好好活着，她有些想不明白。

燕穆淡淡道："那日雍人园血战，我和云度、南倾一起被锦衣卫捉拿入狱，逃过一劫，没有葬身大火。等我们出来，雍人园……尸横遍地，已是一片废墟。"说到此，他微微哽咽，"说来，是锦衣卫救了我等一命。"

时雍呼吸微促："你们是怎么逃出来的？"

燕穆道："说来好笑，那日夜审后，几个看守的锦衣卫吃醉了酒，牢门忘了上锁。后来我左思右想，都觉得此事有诈，怕是他们布的局，所以一直不敢动作，直到听闻主子的死讯。"燕穆眼里闪过一道暗芒,"若非主子死在诏狱,我都要以为是赵胤故意放我等离去了。"

事情变化太快,时雍有点头痛:"你们今后有什么打算?"

"雍人园死去的兄弟我都想办法安葬了。就是至今没有找到主子的尸身。我想先找到她,让她入土为安。再往后……在乌家班里混着,再伺机为主子报仇。"

时雍心里一动:"你要怎么报仇?"

燕穆说:"主子生前留下的商号银楼,明里的都被官府抄了,暗里的都还好好经营着。咱们雍人园虽不敢说富可敌国,让他们做几场噩梦倒也足够。如今兀良汗和南晏大战在即,我等……"

"慢着。"时雍看他一眼,"不可冲动。此事,当从长计议。"

燕穆眼角弯了起来:"既然主子把身后事托付给了你,我们自然唯你马首是瞻。"

时雍掐了掐手心,头有点晕:"容我想想。"

"下月初八便是楚王大婚。这是主子头一个容不得的事情。"燕穆说到这里,手心紧紧一攥,"我等会儿在乌家班等你消息。"

时雍没看他的脸,胡乱点了点头。

出去的时候,是乌婵陪着她,燕穆没有送出来。这里离宋家胡同有点远,乌婵执意为时雍叫马车。时雍怕引起不必要的麻烦,说什么都不肯,乌婵突然急了眼:"时雍。你当真要和我生分了吗?"

时雍心下微惊,看着她。乌婵脸上一片平静,慢慢走近:"是你,对不对?是你回来了?"时雍不说话。

乌婵突然张开双臂,狠狠抱紧她,又哭又笑:"傻子。这世上,知道我左胸有月牙痣,小腹有胎记的人,除了我娘,只有你。"

"乌大姐……"时雍欲言又止,千言万语不知从何说起。

"嘘!不用解释。"乌婵抿嘴轻笑,"你只须记得,无论你变成了什么样子,我和大黑一样,总能认得出你就是了。"

巡夜的士兵高举火把走过皇城大街,更夫举着梆子行走在诏狱后街的小巷。"梆!"路上没有行人,静悄悄的,偶有几声销金窝里传出的嬉笑,或是哪个醉鬼赌鬼打骂妇人的怪叫,穿透了夜色。

赵胤刚下马,一辆马车就驶了过来:"阿胤!"乌骓马配鎏金鞍,香车没到,那风姿香意便如同早春的花树,踏风而来。

赵胤安静看着那人,待他撩开车帘,拱手施礼:"楚王殿下深夜到此,不知有何贵干?"

楚王赵焕华袍鸾带,一撩衣摆从马车跳下,轻笑一声,疲累般打个呵欠:"本王刚从醉红楼吃了酒出来,顺便来要个人。"

骏马喷了个响鼻,赵胤皱眉:"何人?"

他客气里暗藏疏离冷漠,赵焕似乎并不介意,看一眼诏狱门口值守的锦衣卫,打个哈哈笑开："外面风大，进去再说，进去再说。"

赵焕熟稔地走近，伸臂搭在赵胤的肩膀上，有点市井浪子勾肩搭背的模样。赵胤皱眉看他一眼。赵焕又缩回手，啧了声，将双手负在身后，大摇大摆地走在前面。

时雍藏在对面的一个黑暗角落，身子紧伏在地，将两人的互动看得清清楚楚，但直到那两个颀长的身影隐于大门，她也没有表情。一丝夜风拂来，她手指深深抓入泥地。

诏狱大门的两个锦衣卫一动也不动。他们不动，时雍也不动。好一会儿，其中一个锦衣卫搓搓手，走向另一个，低头聊着什么。时雍眯了眯眼，在黑暗的保护下，潜到诏狱的围墙下，抬头望了望高大坚固的墙壁，她将系在腰间的三爪锚钩取下，轻轻一甩。叮！锚钩钩住了墙，等两名锦衣卫走过来查看情况，时雍已利索地攀爬上去，收好三爪锚钩，潜入了院子。

"你听到响了吗？"

"没有。"

"嘶，那可能是我听错了。"

时雍屏紧呼吸，听着外面那两人的对话，许久没动。夜色下的诏狱，几盏孤灯将树影照得如同鬼影，阴森森的。

时雍目光炯炯地看着，心跳得厉害。她原以为燕穆他们都已经死在雍人园那一场大劫之中，那她就好好做宋阿拾，让往事归零。谁知他们不仅活着，还在想办法为她报仇。时雍无法坐视不管。那么，有些事她就必须弄清楚。

诏狱大牢的甬道，冷风迎面。赵焕不适地打个喷嚏，看着赵胤发笑："徐晋原招了吗？"

赵胤转头："殿下向来不问政事，为何要他？"

"受人所托，你就别问那么多了。"赵焕笑着又来搂他肩膀，"阿胤，卖我个人情。回头请你醉红楼吃酒——"

赵胤慢条斯理地将他的手拉开，冷声道："殿下有功夫管这些闲事，不如多进宫陪陪陛下。"

赵焕挑了挑眉，似笑非笑："皇兄吉人自有天相，想来用不了几日便可大好了。"

赵胤说："陛下龙体抱恙已有数月。"

"是呀！"赵焕突然拉下脸，"那大都督是不是应当考虑……把太医院那帮没用的老东西拉来挨个杀头？"

赵胤沉着脸看他，一言不发。

"玩笑玩笑。"赵焕立马又恢复了笑容，"你又不是不知，本王在皇兄眼里素来就是担不得大事的人，还是少去烦他了，免得他看到我病得更重。要是气出个好歹，那本王罪过就大了。"说着，他笑盈盈地拍拍赵胤肩膀，"有都督大人这样的肱股之臣照料皇兄，本王就不必操心了。哈哈哈。"

赵焕笑着走在前面，见赵胤仍然不说话，又停下脚步，与他并排而行："听说皇兄打算把怀宁那丫头许配给兀良汗的蛮子做侧妃？"

赵胤淡淡看他一眼："殿下消息灵通。"

听他语焉不详，赵焕似笑非笑地问："你真就舍得？阿胤，好歹你们——"

"殿下。"赵胤打断他，加重了语气，"公主和亲是国事，殿下若有疑问，可进宫找陛下，微臣不方便多嘴。"

赵焕一惊，看着他冰冷的脸，又不以为意地笑了笑："行，那你说说，徐晋原那老家伙，你准备如何处置？"

"若他能招出幕后主使，便饶他全家。"

饶他全家，不饶他么？楚王低笑一声："阿胤，你也太不近人情了。多大点事？我听说你那个丫头也没有被人糟蹋，更没酿成大祸。徐晋原为官多年，素有清名，要是折在诏狱里，到时候，那些言官怕是又要去皇兄面前叨叨你了——"

赵胤面不改色："我是大晏的臣子，不是言官家的。陛下许我独断诏狱之权，我自当尽心。"

关押徐晋原的牢舍近了。听到脚步声，徐晋原骂声更大："你娘咧赵胤，无耻之辈，你私设公堂，戮辱朝廷命官，我要面圣，我要去金銮殿上参你，我要肏你祖宗……"他这些天在诏狱里吃了些苦头，嘴也没有闲着，把赵胤祖宗十八代骂了个狗血淋头。

赵焕在外面听着，咳了声："你便由着他骂？"

赵胤不答，推门进去，将怔愣的魏州拨开，从旁边的刑具架上拿起一根木棍，在手里击打两下试了试，又放回去，俯身拎起一根浑身带刺的铁棍，一言不发地走到徐晋原面前。

"你，你要做什么？"刚才魏州夜审，徐晋原知他性子温软好说话，骂得嘴都干裂了，如今看到赵胤杀神一般冷冰冰走过来，那满是尖刺的铁棍更是让他肝胆俱寒。

赵胤脸色淡漠，漆黑的眼瞳满是阴冷的杀气，将他精致的眉目勾勒得如同从地狱而来的死神。

徐晋原脸色刷白，倒吸一口凉气："赵胤，你敢！"话未落下，铁棍在空中甩了个暗黑的弧度，重重地落在他身上。

"啊！"徐晋原避无可避，痛得嘶吼尖叫，嘴一张，吐出一口鲜血，褴褛的衣衫再也遮不住身上那一条条血淋淋的伤口，"士可杀不可辱。赵胤，你有种就杀了老夫！杀了我啊！"

徐晋原骨头挺硬，嘴角滴血，还是没有管住嘴，咬牙怒视赵胤骂个不停。鲜血滴滴答答往下淌。血腥味冲鼻而起。

赵胤嘴角微抿，收回铁棍摊手上看了看，突然转头递给赵焕："殿下试试？"

赵焕好似被吓住，连忙摆手："阿胤你开什么玩笑？我不行我不行，杀只鸡我都害怕。"

赵胤眉梢轻扬，淡淡开口："你不是受人之托？这都不敢，如何杀人灭口？"

"我？误会啊！"赵焕脸色变了变，又笑了起来。

而刑架上的徐晋原听了这话双眼猛瞪，看看赵胤，又看看赵焕，像是突然明白了什么似的，呸出一口鲜血。

"老夫，老夫从未吐过一字……"

赵胤脸色微霁，将铁棍交到魏州手上，慵懒地整理一下身上的衣服，冷声说："本座先走一步。你听楚王殿下吩咐便是。"

魏州看他一眼，低头："卑职领命。"

赵胤淡淡道："老匹夫既不肯招，留着也是无用。"

见他说完就走，赵焕坐不住了，抬手叫他："阿胤，你这不是为难我吗？我只是来找你要人的。你这是——"

赵胤回头，慢条斯理地笑："人交给你了。"

时雍避开夜灯和守卫，就着黑暗的掩护摸入了诏狱的正房。这是锦衣卫将校上官们的办公之处，此时正安静地坐落在夜色中。

时雍贴着墙根慢慢走近，将耳朵贴上门缝。一点声音都没有。她四周看看，慢慢推开门，闪身入内，又转身把门关严。

屋内一片黑暗。她的心如同擂鼓，跳得很快。这是诏狱，是即将揭开的谜团。安静的空气里有一丝淡淡的香味，透出一种诡异的氛围，不同寻常。

时雍从怀里掏出火折子，轻轻吹亮，蹑手蹑脚地走到案桌，就着那微弱的光线，翻动文书、抽屉，没有放过一处。不对。时雍深深吸了口气。这清冽的香味怎的那般熟悉？

时雍举高火折子，将光照的范围扩大。空无一人。幽冷的房间，阴森而静寂。火光闪烁，时雍身子突然僵硬，低头看到地上有双男人的脚。一个人静静站在她的背后："你好大胆子，诏狱也敢闯。"

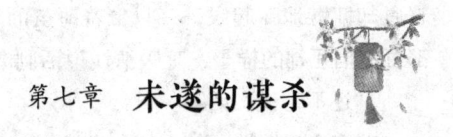

第七章　未遂的谋杀

时雍转头，看到赵胤在火光下冰冷如鬼魅般的俊脸，火折子差点掉了："大人——"话卡在喉间。脖子上的绣春刀，让她不得不闭嘴。

赵胤手臂一展，拿过她的火折子将熘烛点亮。时雍一动不动，视线没有离开那闪着寒光的刀身，直到背后的男子山一般压下来，将她圈在书案和他的胸膛之间："你来这里，意欲何为？"

做坏事当场被逮到，哪怕是时雍也无法镇定："大人，我是来……""来"半晌也找不着好的借口，她转过身子，定定看着赵胤，下唇一咬，做出一副小女儿的娇态来，"来找你。小女子心悦大人，又难以启齿，就想偷偷送上信物，以解相思。"说着，她眼盯绣春刀，手伸到腰间，解下早已戴旧的荷包，摊在手心，"大人你看……"

赵胤不动声色，拎起那荷包看一眼，啪一声丢了老远，悠长的声音在静谧中听着阴凉又嘲弄："下次说谎，看着本座的眼睛。"

时雍不知如何作答，索性丧气地放弃了，眼一闭，一副任凭处置的样子："大人不信小女子一片真情，那就悉听尊便吧。"

赵胤嘴角勾出一个弧度，几乎就要失笑："你当真以为本座不会杀你？"

绣春刀离脖子更近了几分，似乎就要入肉。时雍睁开眼，看着他："杀吧。大人不解我一片真心，活着也是无趣，不如死了算了。"说得这么顺口又深情，她也没料到。果然刀架脖子上容易突破底线……

只是，赵胤脸上不见半分动容，定定看她片刻，从腰间掏出一个小瓷瓶，倒出一粒不知是什么东西的丹药，递给她："吃下去。"

乌黑的小丸子，散发着浓浓的药香。

"这是什么？"

"表明你对本座的真心。"

真心是假的，药却是真的呀。时雍哪敢随便吃乱七八糟的药？她皱着眉："大人，我最怕吃药了。"

赵胤居高临下，双眼如一潭冷冽秋水，深邃得看不穿。突然，他掌心一握，铮一声，收刀入鞘。就在时雍以为他要放弃这荒唐的想法时，一只手猛地勒住她的后背，将她压在书案上，又狠狠掐住她的下颔，将那粒药丸强行喂入她的嘴里。呼吸吃紧，咕一声！时雍被迫咽下。一股暖流从咽喉直冲胃部，她惊得身子一片冰冷："你给我吃的是什么？"

"问心丹。"

"做什么用？"

"忠诚药，真话药，听话药。"

不就是控制人的毒药吗？卑鄙无耻下流。时雍瞪着他，脖子上的血管都鼓了出来。赵胤却慵懒地眯起眼，一只带着薄茧的手指，一点一点刮过她的下巴和脖子，仿佛随时都可能掐死她的样子，呼吸清浅说话刺激，挠得她又惊又怕，又酸又麻。

"还不肯说实话吗？"

时雍心里咒骂，伸手抠向喉咙。

"别浪费力气。"赵胤缓缓坐到书案后的椅子上，轻拂袍角，眼神淡淡地看她，那华贵阴冷的身影，带着浓重的杀气，声音更是无情，"说！你来这里做什么？！"

时雍干呕不止。

"本座耐心不多。从灭门案幸存者到夜入乌家班，再潜到诏狱。宋阿拾，你身上到底藏着什么秘密？"赵胤低声说着，平淡得很，可是那气息掠过耳际，时雍却像大冬天被人泼了一瓢冷水，从头凉到脚。

赵胤到底有多少探子？这京师城里，有什么事情是他不知道的吗？不过，他的话倒是让时雍开启了新思路。她想到了娴娘,把娴娘对她的感情照搬了过来:"还是瞒不过大人。我说,我这么做,是为了时雍。"

赵胤眯着眼打量她,不说话。

时雍看不出他的情绪,身子往后靠,后背抵着书案:"时雍对我有恩,我不想她死得不明不白。那晚我为时雍验尸,发现她脖子上除了上吊的勒痕,还有掐印。我判断,她是先被人掐脖子晕死过去,再挂上去伪装自杀的……"

"那日问你,为何不说实话?"

"不敢。"时雍半真半假地说,"诏狱是大人您的地盘。若非大人授意,谁敢杀他?"

"你怀疑我。"赵胤说。

"嗯。"时雍看他面色冷漠,又莞尔一笑,"不过,现在不怀疑了。"

"是吗?"赵胤手指把弄着案桌上的一份公文,拿起来看看,又冷笑着丢回去,拆穿她的谎言,"不怀疑,为何夜探诏狱?"

他语气里暗藏的杀气足够让人害怕,时雍却笑了:"来这里,也不一定是怀疑大都督您啊!锦衣卫上上下下这么多人,要让一个女犯神不知鬼不觉地死去,谁都有嫌疑……"

赵胤瞥着她,忽然冷笑一声:"宋阿拾,本座竟是不知,你有这等本事,在锦衣卫的眼皮子底下来去自如?"

时雍轻咳:"大人过誉,也没那么大本事,不然,又怎会被大人抓个正着?说来还是大人最为厉害呢。"

这马屁拍得言不由衷。时雍见他神色缓和,心知保住了小命,赵胤暂时没有杀她的打算,语气又轻松了不少:"大人,我都说清楚了,解药呢?"

赵胤懒洋洋地看她:"没有解药。你只要听话,便不会有事。"

这是什么神奇的上古神药?时雍觉得赵胤可能是在讹诈她,又不敢轻易涉险:"我对大人本就一心一意,只是大人不信。"

赵胤轻嗤:"你想为时雍翻案?"

时雍察言观色地道:"只是心底存疑,不想她无辜枉死。"

赵胤挑了下眉:"她何时无辜了?"

时雍淡淡道:"她虽是做错了一些事情,但未必出于本心,况且她救过我,我看她不是那种心存恶念的女魔头。"顿了顿,时雍忽然问,"大人,莫非与她有仇?"

"没有。"

"那是有情?"

赵胤冷眼看她:"没有。"

时雍问:"那大人为何如此在意她的事情?"

赵胤双眼漆黑漠然,一丝波动都没有:"有人敢在本座的地盘上耍手段,自然要查清。"

"哦。"时雍点点头。这个解释合情合理,只是赵胤的为人,并不习惯解释吧!为什么要解释?心虚吗?以前时雍的倾慕者很多,难不成赵胤也是其中一个?想到这里,时雍笑了起来。不可能。谁都会倾慕她,赵胤不会。

103

"大都督！"深寂的夜色里传来魏州的喊声，听上去有些慌张，"大都督您在里面吗？"大门被咚咚拍响。

房里的火光骗不了人。若是魏州看到他俩深夜在此，会怎么想？时雍饶有兴趣地盯着赵胤。

赵胤朝时雍使个眼色，示意她去屏风后面藏起来。时雍眨眼，假装看不懂。

魏州半晌没听到声音，推门进来。冷风拂过的瞬间，赵胤拖过时雍一把塞到书案下方，按住她的脑袋，拍了拍，镇定如常地问魏州："何事慌张？"

书案下空间狭小，时雍蹲在他的腿边，动弹不得，脸颊贴着他的袍服，隐隐有清冽浅淡的花香滑过鼻端。那上好的丝缎面料将她一张脸蹭得火辣辣的，不知是难受，还是心猿意马。

赵胤此人是好是坏暂且不论，那长相实在是太过英俊。有大丈夫气概又不缺俊美和精致，尤其这般紧贴在他腿下，那一身练武之人才有的强健肌肉仿佛一块隔着袍服的铁器，很是让人窒息。

时雍心乱，想也不想，就下嘴。她想看赵胤失态、变脸或者暴跳如雷是什么样子，甚至恶毒地希望他在魏州面前丢脸。结果，还没咬到他的腿，一只有力的手就盖过来，像长了眼睛似的，捏住她的脸。

"徐晋原招了？"赵胤语气淡定从容，冷冷扫着魏州，一点没有心虚的感觉，"还是楚王殿下又耍威风了？"

魏州低垂着眼，拱手道："徐晋原是招了。可卑职要说的不是这个。"顿了顿，魏州抬头，尴尬地看着赵胤："是，是楚王殿下在大门口被狗咬了。"

赵胤道："竟有此事？"

魏州扯了扯嘴角，不知是在笑，还是同情，表情很是怪异扭曲："那时雍的狗真是成了精的。不知何时躲在大门外，楚王刚翻身上马，那畜生便嗖地蹿上去，张口就咬，咬了就跑。"

赵胤问："伤得重吗？"

魏州皱眉说："不知。卑职看到是出了血的，可殿下说要回府找医官，不让卑职查看伤势。这眼看殿下就要大婚了，冷不丁被咬伤了腿……"

赵胤打断："狗呢？"

"跑了。一群侍卫在巷子里包抄着追半天，还是让它溜了。"

魏州对那条狗是真心欣赏和叹服。人生在世，谁不想有一条这般忠诚的狗呢？

"不知黑煞，为何专挑了楚王去咬？"

对于魏州的疑问，赵胤没有回答，只是问："徐晋原怎么说？"

魏州轻笑："如大都督所料，那老匹夫说是怀宁公主指使，拿了他全家老小的性命要挟，他不敢不从。当着楚王殿下的面招供的，怀宁公主也抵赖不了，总不能说是楚王殿下逼供吧？"说到这里，魏州对赵胤更是钦佩不已。

楚王殿下找上门来想要息事宁人，不承想却刚好被大都督利用，成了证人。魏州有点小兴奋，还想再说点什么，絮叨着没有要离开的意思。赵胤皱了皱眉，按住那颗蠢蠢欲动的脑袋，不耐地摆了摆手："退下吧。"

魏州一愣："是。"他拱手退下。

时雍脑袋上的大掌离开，她终于得以探出头来呼吸一口新鲜空气。

"明日，你去楚王府送药。"

冰冷的声音刷过脸颊，时雍火热的面孔，瞬间冷却："大人这是何意？"

赵胤一脸漠然，漆黑的眼底波澜不显："楚王在诏狱门口被狗咬伤，本座得尽点心意。"

"为何是我去送药？"

"问心丹。"赵胤看着她紧绷的面孔，俊美的脸上突然浮起一丝捉摸不透的笑，"你忠诚。"

忠诚你大爷的裹脚布。时雍心里诅咒着，顿时觉得吃入胃里的丹药在翻江倒海，热浪滔天，她捂着胃，一脸漆黑地看着他："捉弄人很有趣吗？大都督既有这量产的问心丹，还会缺忠诚的人？"

赵胤道："不是想知道时雍怎么死的？"

时雍脊背突然僵硬："大人怀疑是楚王？"

赵胤嘴角抿出一丝几不可察的弧度："本座怀疑任何人。"

雍人园被血洗的前一晚，时雍和赵焕曾经见过一面。那时，时雍还不知道她会被官府抄家入狱，更不知道刑令已然下达。赵焕是第一个知晓的人，她以为与赵焕的休戚相关其实是一厢情愿。是赵焕约她相见的，那天晚上他的眼睛里满是阴郁，也满是爱意。后来时雍想过很多次也想不明白，那到底是不舍，还是愧疚？

"这么晚找我来，可是有话要说？"

"没有。就是想看看你，想得心里慌。"

"我是不是很好看？"

"是。看一辈子也看不腻。"

"那你早些把我娶回家藏起来，便可以每天得见了。"

"好。你等我。"

"看上去不是迫不及待的样子呢？"

赵焕笑着逗她："要不你今晚就睡在这里？别回去了。"

"我呸！没名没分，你想得可真美。"

那一刻赵焕眼中有股炽烈的火焰，仿佛就要燃烧起来，很是动情，然而只有那一瞬，很快又恢复了平静，执了她的手说："只盼我们来日长长久久，白头偕老，子孙满堂。雍儿，只要一想到我老去时，还有你在身边，我便什么都不怕了。"

时雍笑着说："放心吧，我不会离开你。哪怕我死，也会拉着你一起下地狱的。"

下地狱的日子没有等太久。时雍被投入诏狱的时候，刚开始还盼着赵焕会来看她。他是当今皇帝的亲弟弟，即使不能保她出狱，看她是做得到的。可是她等来的是赵焕即

105

将迎娶定国公嫡女陈红玉的消息。冰冷的大牢,他一次没来。

时雍昨夜吃了"问心丹",整晚睡不安宁,做了半宿的噩梦,脑子本就有些困顿晕眩,再一次来到久违的楚王府,竟有种恍若隔世的不真切感。这一次,她不再是被楚王眷恋宠爱的时雍,而是大都督派来送药的宋阿拾。

楚王被时雍的狗咬伤了,天刚破晓,楚王府门口已是门庭若市,马车停得满满当当,都是来送医送药送礼送问候的。

时雍刚下马车,就看到了被王府长史迎入门的陈红玉。

陈家是皇亲国戚,陈红玉的祖母是太祖爷亲封的菁华公主。陈红玉继承了菁华公主的温婉贤静,桃腮泛红,檀口粉嫩,若非熟悉的人,绝对看不出这女子有一身好武艺。

"殿下的伤,可有好些?"陈红玉问长史庞淞。

庞淞是赵焕跟前最得宠的人,人称"神算子"。他一身宽大锦袍,腰缠玉带,胖是胖了点,但自恃有才,为人素来高傲。时雍以前觉得这人深不可测,有几分风骨,可是到了陈红玉面前,他鞠着腰赔着笑,竟是难得一见的奴相:"劳姑娘记挂,殿下伤势并无大碍,就是惦念着下月的婚仪,怕落了伤受影响⋯⋯"

陈红玉的小脸在晨曦初起的阳光里有几分小女儿的羞涩,微微转头就看到了被小厮领过来的时雍。不认识,但她还是好教养地点了点头。

小厮见状,赶紧上前:"长史大人,这位是无乱馆派来送药的宋姑娘。"

无乱馆三个字一出,庞淞脸上的表情好看了些。

"快请进吧。"

"是。"

时雍也朝陈红玉回以一笑,在小厮带领下进了王府。

楚王府后院。阳光将院中成排的银杏树照得金灿灿耀眼,入了秋,叶子都黄了,风一吹直往下掉。赵焕坐在窗前看着满地的金黄,一动不动。

医官蹲在他的腿边,正在为他上药。这位王爷是永禄爷的幺子,素来荒唐邪肆,随性而为,但胜在挺拔修长,容色俊美,琴棋书画样样精通,若非行事放浪形骸,不拘礼数,当真是好一表人才。

"那畜生是她教唆来的吧?狗就是狗,若非有人教唆,怎会守着本王,盯着本王来咬?就像看到仇人似的,眼珠子都绿了。"

医官闻言吓了一跳,抬头看王爷盯着银杏树直了眼,轻咳一声,说得很是委婉:"殿下勿要思虑太甚。时雍⋯⋯她已经死了。那狗恐是看到殿下气势不凡,被吓住了,一个慌神就胡乱下口⋯⋯"

赵焕摇头:"万一她没死呢?她说过,她不是常人,她有那么多本事⋯⋯"

医官不知道能说什么。殿下这是发癔症了吧?昨夜从诏狱回来,就坐在这里,不眠不休,不吃不喝,说些奇奇怪怪的话。

"笃笃！"门被敲响，庞淞得令进来，走到赵焕的身侧，小声道："殿下，各家各府都派了人送了礼来问候。东厂娄公公和锦衣卫大都督也派了人来。还有，定国公府陈大姑娘亲自来探病了，殿下要不要见一见？"

赵焕皱着眉头，显然是不悦。但很快，他便摆了摆手："都叫到偏殿，本王马上过去。"

时雍在偏殿外面与陈红玉打了个照面。陈红玉走路娉婷，自有一股轻婉之气。时雍停下脚步，让陈红玉走在前头。过一会儿，她才慢慢举步进去。

偏殿里，都在向楚王问安献礼，陈红玉被庞淞安排坐在赵焕的下首。两人虽未完婚，却已然是王府主母的待遇。时雍安静地走上去，将从赵胤那里拿来的伤药呈上："昨夜之事，大都督很是愧疚不安，令奴婢务必将药送到殿下面前，亲自向殿下致歉请罪。"

真那般愧疚，就亲自来了，而不是派一个婢女。赵焕嘴角淡淡勾了勾，抬抬下巴让下人收下东西，客套地笑道："大都督有心了。来人，看赏。"

做跑腿的下人最盼望的事情，就是能得到主家赏赐。可是，哪怕时雍想装，也很难装出一副受宠若惊的样子："谢殿下。"

她平淡的反应，让赵焕有些意外。几乎是下意识地，他好像想到了什么，拧眉说："你叫什么名字？"

时雍淡淡道："奴婢姓宋。"

赵焕恍然大悟般，口无遮拦地大笑起来："你就是那个大闹顺天府，得宠于赵无乩的神奇女子了。哈哈，万万想不到，阿胤竟是好这一口。"

相比于陈红玉这种风姿卓雅的女子，时雍如今这身子过于单薄，虽是十八的年岁了，因为瘦弱却像是没有长开，小脸苍白，身子纤细，不仅是赵焕，在场的众人似乎也是没有料到，她竟是那个扳倒顺天府尹徐晋原的女子——至于她和赵胤的传闻，除了赵焕敢调侃，其他人是不敢的，甚至也不太信。毕竟赵胤是个不近女色的怪物，哪会突然就转了性子？

四面八方全是探究的视线，时雍半垂头，淡淡道："是大都督抬爱了。"

赵焕点点头："不错。长得虽说清淡了一些，却也进退有度，难怪。来人，赏本王的九花冰露一坛，带回去和阿胤共饮。"

时雍福身："谢殿下。"

赵焕摆摆手，时雍站到边上去等着领赏，而赵焕不理旁人，只是转头温和地和陈红玉说起了话。他声音很小，不知说了什么，陈红玉就害羞地低下了头，脸上飞起一片红霞，引来他爽朗的大笑。

"入秋风凉，你得仔细着身子。我昨年秋狩时猎来的红狐皮，特地让宫里的绣娘给你做了一件皮袄，很是好看。一会儿你一并带走，早晚起风时也可御个寒。"

昨年，红狐？时雍心头像被人剜了一刀。

为了猎那头红狐，她摔入猎洞，擦破了脸，腰痛了半月才好。那时赵焕心肝宝贝地唤着，说要为她做一件皮袄。如今皮袄是做成了，却暖了另外一个女子。

秋色清凉。楚王府靠近库房的院落，银杏叶落了满地。门楣上挂着一块黑漆的匾额，上头的字已然被涂抹，但两侧的楹联还在："一鸣垂衣裳，再鸣致时雍。"

两个小丫头在院外扫落叶，时雍跟着管库房的吴典宝走过来，就听到她们在说笑议论：

"殿下布置这院子时，是何等宠爱？还以为等她进了王府，咱们能讨个吉利，升一等丫头，谁知还是做杂役的命。"

"再得宠爱，还不是说杀就杀了。殿下但凡对她有三分真心，还救不得一个女子么？我早看出来了，她就不是个有福分的人，谁沾谁倒霉。"

"你可听说了？殿下大婚后就要去东昌府就藩了。也不知会带哪些人去？"

"我看王妃是个面慈心善的主子，等王妃进了门，我们去求求她，机灵点……"

说话声戛然而止。丫头看到吴典宝，吓得脸都白了。

吴典宝啐一口："又在作死！成日里嚼殿下的舌根子，连未过门的王妃都算计上了，我看是要把你们发卖了才肯消停。"

两个丫头脚一软，跪了，拼命求饶。有外人在，吴典宝也不想纠缠，骂一声"滚"，便转头和颜悦色地对时雍说："姑娘稍等片刻，我取了酒就来。"

时雍微笑："典宝请自便。"

吴典宝去了库房，两个丫头拿了扫帚也避开了。时雍一个人站在院门外，望着被涂抹过的匾额。不久以前，上面有两个赤金的大字——时雍。他说："时雍至，天下太平。"这是为她准备的院子，如今早已荒凉下来，堆了杂物，做了库房。真的会是他动的手吗？

时雍勾起一侧嘴角，后退两步，正准备转身，就与捧了红狐皮袄出来的丫头撞上。

一个丫头是楚王府的大丫头，叫春俏，时雍见过。一个是陈红玉的丫头，瞧着眼生，但那嚣张的气焰隔着空气也能感受得来。"哪来的野丫头在这里挡道？也不看看这是什么地方，是你可以随便乱闯的吗？"

春俏乜斜着眼睛看时雍："你哪家的？"

一般大户人家的丫头，穿的衣裳面料和裁剪也都比普通人好一些，楚王府和国公府这样的人家就更不必提了，一个个体体面面。而时雍不同，她是仵作的女儿，本就是操贱业的人家，虽是帮赵胤做事，但她不算赵胤府上的丫头，穿着自家的半旧衣裳，一看穿着就比人家矮上一截。

时雍没有回答。她看一眼那件红狐皮袄，突然伸出手："是挺好看。"那时她还曾想过，穿上这衣裳是何等美貌呢。

"放肆！"陈红玉的小丫头脸色一变，不可置信地看着她，一副受了侮辱的表情，在她看来，时雍这样的女子不要说碰，连看一下这件红狐皮袄都是对她们家小姐的亵渎，"小蹄子你是疯魔了不成？你配摸吗？"

时雍一笑，又捏了捏："真暖和。"

"你疯了！"丫头连连后退几步，避开时雍。

"哪家不要脸的小蹄子不知天高地厚？殿下送给王妃的衣裳是你这等粗鄙丫头能碰

108

的吗？"春俏气骂一句，扬手要扇人耳光。

时雍沉眉，一把抓住春俏的手。春俏没想到她手劲这么大，疼得直叫唤："你是猪油蒙了心吗？胆敢在王府撒野。松手，你松手。痛！"

时雍脸上没有半点表情，只是暗自用力。春俏痛得眼泪都下来，看她如此狂妄，恨得牙根痒痒又挣脱不了，便叫喊起来："来人啦，救命！"

陈红玉就是这时进来的。丫头看到自家主子，哇一声就哭了："小姐救我，她，她欺负人。"

陈红玉脸色沉了沉，随即走过来："这位姑娘，你先放手。"

时雍冷冷看着她，不动声色。

陈红玉眼神暗了暗，脸色有点不悦，但这是在楚王府里，她仍是耐着性子没有发火："我知你是大都督的人，我给大都督几分面子，你也给我几分薄面。放人！"

时雍道："我若是不放呢？"

陈红玉变了脸，沉不住气了："我是看大都督的面子才和你好好说话，姑娘最好学聪明一点儿。"说罢，她见时雍眼神锐利，表情淡然，似乎对她不以为意，恍悟般扬了扬眉梢，笑容有几分诡异，"你不会当真以为……我们会相信你是赵胤的女人吧？你要仗势欺人，也需看看这是什么地方，你面前是什么人。"

时雍翘起嘴角："我是赵胤的女人你很生气？"

她竟敢直呼赵胤名字？陈红玉稍感意外。眼前不自觉浮起赵胤那张冷冰冰的脸，再看面前单薄得风都能刮走的小女子，陈红玉自己先笑起来："给你几分颜色，你还当真开起了染坊。"她说着突然一顿，似笑非笑道："有个关于赵胤的秘密，你想知道吗？"

时雍从陈红玉的脸上看不出什么名堂，抬了抬眉，面无表情地松开了春俏的手。春俏痛得抽气，陈红玉看她一眼，摆手让她们几个走远一些，又朝时雍走近两步："赵胤出生那日，天降异象，有荧惑守心，还有星孛袭月。道常大和尚批他八字，说他是灾星临世，受七世诅咒，若不化解，必会引来天下大乱，而他本人也会暴毙而亡……你猜大和尚的化解之法是什么？"

道常大和尚？这是一个声名远播的得道高僧。他最大的功绩不是算命算国运，而是曾经辅佐先帝爷靖难，登基为帝。

陈红玉扑哧一声："道常大和尚说，受诅咒的灾星，终其一生不可与女子同房，否则必遭横祸，害人害己——"

星孛即彗星，荧惑是火星。据说这两种天相都代表了灾祸，可时雍此刻听来，却只是想笑。因为她根本不信道常这样的得道高僧，会胡诌出这种不靠谱的化解之法："这是你从哪个话本里看来的？"

陈红玉笑了笑："我是不是胡说，你心里有数。赵胤可曾碰你？不曾吧。他不仅不会碰你，也不会碰任何一个女子。"

时雍反问："楚王殿下碰你了么？"

陈红玉脸色一变："你以为我会像那等卑贱女子一般，不得名分就与男子厮混不成？"

109

这是在说她吗？时雍淡淡一笑："难说了。毕竟大都督的秘闻，陈小姐竟然知道得如此清楚。"

"你……"陈红玉到底年岁不大，世家小姐的尊贵受到挑衅，当即怒气冲天，"你道我为何是殿下的命定姻缘？道常大和尚在殿下出生那日便掐算过，我便是解他灾噩的那个人。我当然能知晓！"

时雍挑眉："又和殿下有什么关系？"

陈红玉抿了抿唇，盯她片刻，忽而冷笑，"不是自称赵胤的女人吗？不是仗势欺人吗？难道你不知道他和殿下是同一天出生的？"

同一天出生？怪不得赵胤一出生就被先帝爷赐了姓，还时常随其父亲进宫，待在先帝爷身边，得他手把手的教导，渊源竟是如此。

"怪力乱神。"时雍知道陈红玉不爱听什么，便偏说什么，"陈小姐不会真信吧？"

陈红玉从小便相信她与赵焕是命定姻缘，怎会不信？在赵焕荒唐放荡的那些年，她眼睁睁看赵焕把时雍宠上了天，也是靠着道常和尚批的这条姻缘坚守着初心，又怎能不信？看到时雍微翘的嘴角满是讥讽，陈红玉涨红了脸，突然恼羞成怒："你是在挑衅我吗？"

"告辞，陈小姐！"时雍不冷不热地瞥了陈红玉一眼，掉头就走。

"你站住！"陈红玉被她的不屑刺激到了，娇喝一声，抽出随身佩剑，横在胸前，盯着时雍，"听说你武艺高强，在顺天府狱里以一己之力杀伤十数狱卒？敢和我比画吗？"

"我不会。"陈红玉武功了得，颇有乃父之风。而时雍会的是搏斗，是招招见血、以命搏命的生死较量，不是这种能分出胜负的花把戏，"我出手，就见血。陈小姐这漂亮的脸蛋，我舍不得。"时雍吹声口哨，拨开陈红玉的剑，"打打杀杀，不美了。"

陈红玉气得呼吸都急了，然而，她来不及说话，一条黑影便不知从哪个犄角旮旯纵掠而过，没有扑她，而是直接朝捧着红狐皮袄的丫头扑上去。

"黑煞！"春俏尖声大叫，"王妃小心，是黑煞！这狗东西熟悉这里，竟又让它溜了进来。"

陈红玉变了脸。熟悉这里……连时雍的狗都熟悉这里。陈红玉顾不得和人置气了，举剑就去杀狗："孽畜，今日饶不得你。"

黑煞是听到时雍的口哨蹿出来的。这狗真像通了人性一样，不咬人，拖了丫头怀里的红狐皮袄就跑，叼起来像对待敌人似的，嘴里凶狠地咆哮，咬住皮袄拼命甩头。陈红玉冲过去，它又拖着皮袄跑开。那精工制作的华贵袄子，本是极其金贵的东西，可是入了狗嘴，一阵糟蹋很快就不成样子了。

陈红玉急得眼睛都红了："畜生，我跟你拼了。"

她冲上去杀狗，前殿的人听到动静也呼啦啦地赶了过来。走在最前面的正是被狗咬伤了腿走路一瘸一拐的赵焕。

仇"人"见面，分外眼红。赵焕看到黑煞，脸就沉了："抓住它。"

一群侍卫围了上去。尖叫声此起彼伏，大黑的吼声越发凄厉。院门被堵住，关门打狗，大黑跑不掉了。

时雍见状，冲上去从陈红玉手上夺过宝剑，二话不说就朝大黑冲了过去："狗东西，我宰了你。"她手挽个剑花，追上去就一阵乱捅乱砍，嘴上喊着杀狗，一剑剑却是朝侍卫胡乱砍杀。混乱中，骂声四起。

赵焕微微变脸，走近两步，舔了舔牙床，悠悠地笑了声："要活的。本王要亲自宰了它，剥它的皮，抽它的筋，炖它的肉。"

众侍卫心道：这狗本就凶悍，殿下要活的？这不是要我们的命吗？

院子里人仰马翻，狼藉一片，树木花草被冲得横七竖八。在时雍的"乱剑"下，侍卫乱了阵形，大黑乘机丢下皮袄，嗖一下从门洞钻了出去，不见踪迹。

众侍卫：活口。活倒是活了，狗也跑了。

时雍看大黑跑得没了影子，冷着脸回来，手一挽，剑身朝下，毕恭毕敬地将剑呈给陈红玉："陈小姐，有劳了。"

陈红玉看着剑，瞪着她，气得说不出话。

时雍说得一本正经："为了殿下和陈小姐的安危，僭越了。"

陈红玉吸口气，收回剑，不悦地哼了声，到底还是没有骂人。这是楚王府，不是她的国公府，她不能失了体面。只是，一想到被时雍的狗毁了狐袄，便是心疼难当，气得几乎要背过气去。可是，面对赵焕，她红着眼却不敢吐出真实的难堪：

"是红玉没有护好衣服，有负殿下的心意。"

"无事。赶明儿我再帮你做一件便是。"

赵焕温柔地安抚着她，眼睛却越过她，落在低头垂目老实而立的时雍身上。一副诚惶诚恐的样子，几丝头发散落在耳侧，一截脖子雪白雪白的几若透明，巴掌大的小脸儿白皙干净，未施脂粉却我见犹怜。瞧着是个眼生的人。为何，她拿剑胡乱挥舞那几下，却那般熟悉？

赵焕越过陈红玉，慢慢走近："抬起头来。"一股馥郁的香气随他衣袍摆动而冲入鼻端，时雍的视线从他的靴尖上掠过，慢慢抬头，直视着他。

"宋阿拾？"赵焕唇形凉薄，眉眼轮廓极其凌厉，收起了在陈红玉面前那一副温柔笑脸，此刻的他目光很是可怕。

"殿下有何吩咐？"时雍以为要责问她刚才的行为。不料，赵焕却问："本王在哪里见过你？"

时雍拧眉："偏殿，刚才。"

"是吗？"赵焕微微眯起眼，眼神里恍若做梦一般有刹那的迷茫，看着这张陌生的脸蛋，脑子里却是另外一张脸，重合，分开，又重合……

"殿下。"陈红玉走近，拉了拉他的衣袖，"吴典宝把九花冰露拿来了。"

赵焕回神，唔一声，回头温柔地看着陈红玉，又轻轻拉起她的手，仔细检查："那畜生有没有伤到你？"

陈红玉腼腆地摇头。赵焕拍拍她白皙的手背，再看时雍时已换了情绪。"黑煞是跟

111

本王过不去,此事和阿胤无关,你回去替我告诉他,不必介怀。倒是徐晋原的案子……"顿了顿,他又叹气摆手,"算了,你自去吧,本王自会找他。"

时雍眼眸里不见一丝情绪:"是。奴婢告退。"

赵焕深深看她一眼,再次摆手。

陈红玉知晓他是个风流浪荡的主儿,要不也不会与时雍那等狐媚子鬼混,如今见他和这女子多说几句,心便有些紧,大着胆子拉他的胳膊:"殿下,我头有些晕。"

赵焕笑着搂紧她的腰身,往怀里一带:"去屋里歇歇。青红,还愣着干什么,还不快来扶着你家主子?"

时雍出了王府,找到杨斐便急匆匆上了车:"无凡馆,快着些。"她着急去找赵胤。

从昨夜开始身子就有些不舒服,在楚王府时转移了注意力尚且能够忍受。这走出来冷风一吹,整个人虚脱一般,上了马车更觉浑身冒汗,腹中疼痛难忍。她怀疑是赵胤喂的那粒"问心丹"起了药性,心里骂着人,脸色也极是难看。

驾车的是杨斐。本来送药是他的活儿,被时雍抢了,他就像被人抢走宠爱一样,很不高兴,再听时雍冷冰冰的语气,更是把车驾得慢条斯理,一颠一晃。时雍腹中绞痛,擦了擦额头的冷汗,恨不得将手上的九花冰露直接从杨斐的后脑勺砸过去:"快点!"

杨斐哼声:"小爷的主子只有一个。你凭啥命令我?"

"我给你机会了。"

"这样吧,你唤一声杨大哥,我便——"

话没说完,只觉得背后冷风一扫,时雍突然隔着帘子,在他背心狠狠踹了一脚。杨斐始料不及,没有坐稳,咚声飞出去,跌翻在地上:"宋阿拾!"

杨斐大吼一声,眼前黑影闪过。一只狗爪子疾风般扫过他的脸颊,狗蹄子踩在他的裆中间,借了力嗖一下跃上马车。

"啊!"杨斐捂住裤裆,痛得冷汗淋漓,整个人都蜷缩了起来,"畜生,老子宰了你!"

时雍瞥他一眼,执了马缰一抖:"驾——"马车绝尘而去。

杨斐又痛又丢人,见周围有人看来,又哼声站起来拍拍屁股,扩胸踢腿:"走路!舒服。"

时雍闯入无凡馆时,赵胤刚从净房出来,沐过浴的身子清香淡淡,头发半干,外袍轻敞,未系玉带,一时间春色满溢,看花了时雍的眼,只觉得腹中那股子绞痛的热浪更为汹涌了几分。

"大都督。"时雍没心情"赏景",黑着脸把九花冰露往桌上一杵,朝他摊开手,"解药!"

赵胤漠然看她,微拢衣襟:"什么解药?"

"问心丹。"时雍因为疼痛嘴唇发白,但目光凛冽,一股子内敛的杀气荡在眉目间,一字一字与平常木讷老实的样子大不相同,"大都督若不肯交解药,别怪我不念旧情了。"

威胁他来了?赵胤一双冷眼半开半阖,微弯的唇角几有笑要溢出来:"本座说,没有解药。"

"嗯？"时雍冷笑，攥拳慢慢走近他，"大人想控制我，让我痛，让我生不如死，那不如今日就同归于尽吧。"说罢，时雍突然捞起桌上的九花冰露瓶重重朝赵胤掷过去，在赵胤侧身避开时，一个飞旋踢就地滚身，抽出他的绣春刀，朝他飞扑过去。

赵胤视线一凛，掌风横扫，厉色道："放下。"

"解药拿来。"时雍毫不示弱，一把薄刃舞得虎虎生风。

两人在房中你来我往，将桌椅弄得横七竖八，很快惊动了侍卫。

谢放一脚踢开房门，看到这情形，惊恐一瞪，随即拔刀："保护大都督！"一群侍卫从各个方向如天兵一般嗖嗖赶到，窗户大门洞开，将时雍团团围在中间，刀、剑、弓箭，齐齐指着她的头。

时雍冷笑，举刀刺向赵胤，却被他反手一挡，连人带刀被狠狠推开三尺。绣春刀真是锋利，擦着赵胤的脸颊滑过去，砰一声砍断了椅子扶手。

"阿拾，你在做什么？"谢放想要护住赵胤，可是不得命令，又不敢对她下杀手，一时间又惊又怒。

时雍一脚踢翻那张残椅，再次挥刀扑向赵胤，一副拼命的打法。天光映着赵胤冷冰的脸。他没有武器，衣袍半开，行动却不见狼狈，与她缠斗时袍袖翻飞，英俊冷冽的面孔下，年轻精壮的躯体若隐若现，肩宽臂长，颈腰有力，走位潇洒又风骚……看得人竟是别有一番滋味儿。

贴身搏斗，侍卫们不敢靠太近，时雍占了这个便宜，始终缠着他打。在一群锦衣卫注视下，她如孤胆英雄，打得酣畅淋漓。突地，一股热流从下腹涌出，熟悉的感觉让她惊觉不对。来癸水了？要丢脸！时雍一时脸颊绯红，一张条凳掷过去，连忙后退几步，后背靠紧墙壁："停！我想，可能是有些误会。"

"误会？"谢放向来稳重的脸都气得龟裂了，"阿拾，你知不知道你在做什么？"这是要丢脑袋的啊！

时雍被突如其来的月事搞得措手不及，也明白过来她以为的"吃了问心丹中毒"，其实只是痛经而已。就这么找上来跟人拼命，她略尴尬："大人，今日是我不对。改日再来告歉，先走一步。"

她收起绣春刀，看赵胤棺材板脸不做声，拱了拱手，蹲下去乖乖把刀放好，然后默默地后退着离开。癸水来了，万一露了馅，那不如让她死在这里好了。

"宋阿拾。"赵胤捡起绣春刀，慢慢走向时雍，衣袂在冷风中飞扬，那颀长的身姿如阎王般逼近，"本座看了皇历，今日是个黄道吉日，宜同归于尽。"

时雍深吸一口气，脸颊莫名暴红："我刚才突然被鬼附身了，邪门得很……"

"无妨。"赵胤慢慢擦拭绣春刀，"本座帮你治治。"

薄薄的刀身从脖子掠过，冷风激得时雍一身的鸡皮疙瘩。有那么一瞬，她觉得赵胤是当真要杀她的。可是，绣春刀飞掠过去，他却挽了个漂亮的剑花，稳稳收入鞘中。

"朱九。叫医官。"

时雍一惊："大人，不用。"

"或是你想请神婆驱邪？"赵胤看着她苍白的小脸上隐隐浮现的冷汗，沉着一张脸，一脚将椅子踢到她的身边，"坐下。"一本正经地发狠，明明做的是好事偏生教人这么生气。

时雍此刻腹中如若刀绞，眼冒金星，直觉这月事来得不正常，若走出无乩馆晕在路边被人捡到，大抵会更是丢脸。她坐下，半晌没吭声。

众侍卫也是被吓得掉了魂，安静不动。自大都督执掌锦衣卫以来，这是第一个对他动刀子还活着喘气，且得了赐座的人。

"都下去。"赵胤挥退众侍卫，冷脸问时雍。

"哪里痛？"

"肚子。"时雍本想说是中毒，可想了想，还是老老实实恢复了阿拾的人设保平安，"癸水来了。"

"你一月几次？"那日在良医堂她便说是癸水来了，这次又是，时雍想想自己都受不了。

"这次是真的。"

赵胤淡淡扫她一眼，转头让人叫来婧衣，吩咐道："找身干净衣服，让厨房熬些糖水。"

婧衣瞄一眼稳稳坐在椅子上的时雍，低垂着头："是。爷。"

时雍完全没有预料到能享受到贵客般的对待。不过仔细一想，赵胤不是什么好人，素来以狠辣变态著称，这般待她当然是不想她死，毕竟他那条半残的腿，还得靠她针灸呢。

两人坐在屋子里，赵胤是个沉得住气的人，时雍对着这么个闷葫芦，心下因为疼痛又烦乱，将去楚王府的事简要地说了下，便无话可说了。

等待的时间过得极是漫长。赵胤自行整理衣袍，并不叫下人，也没有看时雍，但时雍却觉得身边仿佛有一头吃人的野兽，毛孔都张开了。

好在，没一会儿，谢放就敲门进来了。他行色匆匆，看了时雍一眼，凑近赵胤耳语。

无乩馆后院。

一个衙役打扮的年轻男子低头穿过廊亭，不住地东张西望，周明生回头拉他一把，小声道："管好你的眼睛，没事少瞅瞅。"

这衙役不过十八九岁的年纪，个子矮小，细眉细眼，差服穿在他身上空荡荡的显得过于宽大，与人高马大的周明生站在一处，更是显得弱小可怜："周大哥，锦衣卫不会胡乱，胡乱杀人吧？"

周明生看一眼前面带路的锦衣侍卫，想到那日挨的打，肩膀都绷了起来，话却说得很大气："你把知道的事情老实禀报就是，谁会打你？锦衣卫……又不是不讲理。"

这话他说得亏心。上次来传信白挨一顿打，周明生觉得锦衣卫就是不讲理。今儿个要不是于昌这厮求到他跟前说了一堆好话，又把他夸成了虎胆，他也不会硬着头皮再闯龙潭。

哪知道，刚被叫进屋子就看到坐在椅子上一脸苍白容色憔悴的阿拾，再一看地上翻倒的桌椅和碎掉的瓷瓶，周明生吓一跳，头皮都麻了起来。

拜见了大都督，他悄悄缩到时雍身边："你又犯啥事了？"

"想点我好。"时雍轻飘飘说，有气无力。

"不会又要挨打吧。"周明生咕哝一句，老实地站在她边上，低声说，"一会儿要是大都督责罚，你帮着我点。我屁股还没好透，挨不住。"

亏他长了一身腱子肉，却是个纸老虎。时雍瞥他一眼，一声不吭。

那头，一个杂扫的婆子进来，将地上的瓷器扫走，桌椅归位，地上的酒液也擦干净了。

这头，于昌已经在谢放的询问下，战战兢兢地说起来："师父死前有一日办差回来，脸色很是难看，匆匆拉我去了衙门，却又不和我说是什么事，让我守在门口，他独自进去。出来时，我问他发生何事，他说……"于昌欲言又止，见赵胤皱了眉头，又道，"我原以为会在这衙门里干到干不动了为止。现下看来，是不行了。阿昌啊，做捕快呢，也不用多么大的本事，但心思得正，心里要装着黑白，装着是非……"

于昌叹了一口气，模仿着张捕快的语气："也罢。该歇歇了。往后你小子好好干，别丢师父的脸。"

"我问师父要做什么，师父说，他要辞了捕快的差事，带全家老小回青州老家去养老。我那时就寻思，师父的女儿八月初就要完婚了，怎会说走就走呢？"

赵胤道："你没问？"

他一说话，于昌脊背上就惊起一层冷汗："问了。师父的话很是奇怪。"

"如何奇怪？"

"师父说，别问他了，话只能说到这份儿上……这大晏江山原以为是固若金汤，如今看，终究是不成了。"

最后这话算是大逆不道，于昌说得支支吾吾，但见赵胤未动声色，仍是一字一句将张来富生前的话学了个遍："师父说这话的第二日便没来当差，过后我才知道，他那天晚上就死在家了。"

"为何现在才来禀报？"

于昌抬袖擦了擦额上的汗，头都不敢抬起："小的不敢。小的觉着师父是枉死……个中定有内幕，小的怕惹祸上身，和师父一样下场。"说到这里，于昌看一眼周明生，"这几日，小的心里始终落不下，今儿找周大哥悄悄说起。周大哥说大都督是个心明眼亮的人，定会为师父做主，也不会为难小的，小的这才敢来。"

周明生心道：别扯我啊，小子。心明眼亮的人，上次可是把我屁股都揍开花了。

赵胤许久没有说话，于昌双脚便不自觉地打起战来，连带着周明生也紧张，生怕触了霉头。倒是时雍，捂着肚子一言不发，不知在想什么，但看着是不怎么怕的。周明生越发佩服阿拾，又往她身边挪了挪，寻思真要挨打，就拿她挡一挡。

这时，小丙气喘吁吁地跑了进来："不得了啦，院子里来了只狗，把大都督的鹦鹉叼走了。"

狗？一听是狗，时雍心里就有种不祥的预感。赵胤养的鹦鹉都是宝贝，品种名贵，

115

调教得又好,上次周明生射死一只差点去了半条命,现在若是黑煞再叼走一只……时雍顾不得肚子疼痛,飞快地冲了出去。

怕什么来什么,大黑果然在院子里,嘴里叼着一只咕咕乱叫着"杀人啦杀人啦"的鹦鹉,上蹿下跳,正跟一群锦衣卫绕圈子。几名锦衣侍卫手执弓箭,瞄准大黑,就等赵胤一声令下就要动手。

骂的、叫的、撵的、围的、堵的,院子里的人越来越多,大黑越来越难躲避追逐。时雍想不通大黑为什么会来冒犯赵胤的鹦鹉——它不是不懂事的狗,对小动物也并不残忍,甚至可以说是一只疼爱小动物的好狗。

"大都督。"杨斐今儿刚被大黑踩了裆,火正没处撒,眼看机会来了,立马请命,"这狗交给我了。"

"杀了它,楚王那边也有个交代。"

"围起来,别让这畜生溜了。"

时雍一听,肚子痛得更是厉害,但她生怕大黑吃亏,手臂一张就挡在前面:"这狗又没有咬死鹦鹉,还不知道是什么情况呢,怎么能不问青红皂白就杀狗?"

"杀狗还分青红皂白?"杨斐一副"你在逗我"的表情,接过同伴手上的弓箭,摆了摆头,"你让开。误伤了别怪我。"

"大都督还没说话呢,你就给狗定罪了?"时雍急得声音都变了。这么多人,她身子又不舒服,怕护不住大黑。可杨斐这厮就像老天派来和她作对的一样,无论她怎么拦,那箭就指着大黑。

一时间,院子里鸡飞狗跳。赵胤冷眼看了半响,慢慢从人群中间走上前。他平常最疼那几只鹦鹉,众人都觉得今天黑煞犯傻跑入无乩馆,算是日子到头,非死不可了。哪料,他扫了众人一眼,冷冷抬手:"武器都收了。"

众人面面相觑。刀剑入鞘,弓收弦住。所有的视线都落在赵胤的脸上,就连那叼着鹦鹉奔跑的大黑都停了下来,站在一块假山石上歪头看他。只有鹦鹉还在叫"杀人啦杀人啦!"

赵胤道:"放了它,饶你不死。"

众人心道:跟狗讲道理?讲得通?

大黑低头,默默张开嘴巴。那鹦鹉扑腾着翅膀就飞上树梢,像是也吓得不轻,抖抖羽毛,叫唤不停。

"大都督。"杨斐突然叫了起来,"死了,这里死了一只鹦鹉。"

时雍皱着眉头,慢吞吞走过去,只见杨斐从院子的花丛里捡起一只鹦鹉,拎了起来:"天啦,这畜生咬死了爷最喜欢的醉女!"

醉女?给鹦鹉取这样的名字,是大都督为了弥补某些生理上的不满足吗?时雍诡异地想到了陈红玉的那些话,暗戳戳看了赵胤一眼,被他冷眼一扫,收回视线,又变成了老实人阿拾。

"大人,醉女不是大黑咬死的。是被药死的。"说着,她又指了指那只从狗嘴里逃生,吓得瑟瑟发抖的鹦鹉,"若我没猜错,大黑叼那只鹦鹉,是为救它。"

话音一落,人群传来嘘声。一只恶狗会去救一只鹦鹉?这是在说什么天方夜谭?

"理由?"赵胤平平淡淡地看着她,不见喜怒。

时雍笑了下,在鹦鹉死的花丛里捡起一块破碎的瓷片,里面还有没有倒尽的酒液:"大人,请看。这个有毒。"

这不是楚王赏的九花冰露吗?刚才被时雍打碎,杂扫婆子拿来放在院子里,和别的垃圾放在一起,还没有来得及处理。鹦鹉啄了酒液中毒?酒,为什么有毒?

初秋的阳光渐渐暗下。一场突如其来的"狗咬鹦鹉"闹剧,变成一场未遂的谋杀。

医官来得正好,赵胤让他检查残留的酒液:"看看是什么毒?"

时雍见那医官拿了银针去戳,不见变黑,又皱着眉头一阵忙活,慢条斯理地说:"不用看了,我来回答你。"

视线全部盯住她。时雍身子不舒服,话说得缓慢无力,看赵胤时眼睛却带着诡秘的笑意:"子乌粉。"

子乌粉?赵胤猛地拉下脸,盯住她。

时雍似笑非笑:"不过,下毒的人是谁?酒是在楚王府就被下毒了,还是到了无乱馆再被人下毒的?施毒者想毒死的人,究竟是谁?这个就需要大都督去查了。"但可以确定的是,若非时雍一时生气,将酒瓶砸碎,说不定死的就不是鹦鹉了。

虚惊一场。谢放毫不吝啬地夸赞:"今日幸亏阿拾机智,摔了酒瓶。"

时雍微微一笑,看着大黑,对赵胤说:"放它走。"赵胤皱眉看她。时雍道:"它救了你的鹦鹉。"

顺着时雍的目光,赵胤注视着伸长舌头累得直哈气的大黑狗,微微沉下眼皮,一张冷脸不见半丝情绪:"杀了。"

杀了?时雍冷声:"失信于狗,你还做不做人了?"骂完,她把心一横,整个人朝他扑过去。

院子里这么多锦衣卫,单打独斗她当然不是对手,时雍想做的只是掩护大黑逃跑,有了楚王府的经验,她准备依法效仿。然而,刚夺下一名侍卫的刀,手臂一麻,"哐当"一声,刀就落了地。时雍愤怒转头,看着神不知鬼不觉摸到她背后的赵胤。

"杨斐,给黑煞拿肉吃。"冷冷吩咐完,赵胤面无表情地将时雍一把拽过来,扣在掌心像对待囚犯似的,直接拖回屋子。

让他去拿肉喂狗?爷怎么不干脆把他宰了喂狗?恨恨地看着站在假山石上凶神恶煞的大黑,杨斐死的心都有了。"狗东西!"杨斐冲大黑招手,"过来。过来吃肉。"

"嗷呜……汪!"

杨斐龇牙:"你再咬我,我宰了你。"

大黑也龇牙:"汪!汪汪汪!"

杨斐回头看一眼,急了:"嘘,狗祖宗,你再叫,只能吃我的肉了。"

"汪汪!"

117

杨斐蹲下身，一张脸堆满了笑，亲切得他自己都起鸡皮疙瘩："狗祖宗，你来啊，我们去厨房吃肉了，来啊，来。"他又是招手又是吐舌头，试图与大黑达成共识。然而，大黑十分高冷，懒得理他的样子，眼看院子里的侍卫们都散了，慢慢往后退去。"喂，肉你都不吃了吗？"杨斐直起身想追过去，哪料，大黑退后几步借了力，一个疾冲就扑向他。"啊——"杨斐惊叫。大黑掠过他的身子，顺势给了他一个"回手掏"，一溜烟跑远。

内室。

赵胤把时雍拖进去，丢开手："去喝。"

红糖水热气腾腾，就放在桌子上，旁边侍立着婧衣。妫衣已经准备好了换洗的衣物和姑娘家的用品，正等着她去沐浴。

时雍一脸疑问地看着赵胤，本想问问他为什么对她这么好，可是一看赵胤手握绣春刀，一副高贵冷淡拒绝交谈的模样，立刻收回了即将出口的话。

红糖水"咕咚咕咚"几口就喝下去。至于沐浴么？时雍转头看着赵胤。实在受不得大都督这副生人勿近的冰块脸，时雍很想撕碎他的表情，因此，莞尔一笑，一把抽掉头上的发簪，甩了甩头，黑发轻垂，薄衫微宽，娇娇软软地问他："大人，是想看奴家沐浴，还是想让奴家伺候你……"

砰！大门重重关上。赵胤修长的身影从窗户外走过去，宽袖轻袍一道剪影，很快消失不见。时雍目光幽幽一闪，回头看婧衣，嘴角上扬，勾勒出一抹冷淡的笑："又要麻烦二位姐姐了。"

妫衣拉着脸，不高兴地哼声："你自己去洗，大家都是卑贱身，还想着谁伺候你不成？"

"妫衣！"婧衣不悦地看她一眼，又笑着对时雍道，"姑娘跟我来吧，我给姑娘准备了新到的香膏胰子，你且试一试味道，要是喜欢，可以带些回去用。"

徐晋原供出怀宁公主的事情，不知怎么就传了出去。

次日上午，赵胤进宫找皇帝议事，怀宁得到消息，吓得魂都飞了。她唤了银盏更衣，匆匆赶到坤宁宫，进殿就开始哭诉："母后救我。"

"这是怎么回事？快快起来说话。"当今皇后姓张，是太祖孝恭皇后的本家，当今皇帝的继后，刚册封没几年，膝下尚未有所出。怀宁和赵云圳都不是她的亲生孩子。

张皇后素有贤名，大度宽容，连最挑剔的臣子都赞她有孝恭皇后之风，不仅将后宫诸事打理得妥妥帖帖，对赵炔膝下的几个孩儿都视如己出，对太子赵云圳更是宠溺入骨，捧在掌心里像宝一样。说来，张皇后比赵青蔻也大不了几岁，但言词间颇有长辈的姿态。

"怀宁，你别尽着哭呀，说话呀，傻丫头。"

"母后，父皇这次饶不了我咯。"怀宁抽泣不已。

今上对子女并不纵容，赵云圳只是一个例外。因为，赵云圳不仅是皇帝唯一的儿子，将来要继承大统，他也是皇帝元配萧皇后唯一的子嗣。今上对萧皇后唯情所衷，奈何，萧皇后死得早，后来，皇帝虽然也纳妃继后，对后宫之事却不热衷。这么多年，皇帝膝下子女也就寥寥几位，后宫嫔妃少得宠幸，便是张皇后也是如此。

赵云圳嚣张，做错事不会受罚，怀宁却不敢心存妄想。她的母亲只是萧皇后的一个侍女，本就是使了些卑劣的手段才爬上了龙床，她在皇帝那里也向来没有脸面，怎敢期望父皇像对赵云圳那般待她？

赵青菀期期艾艾地说了事情始末，张皇后皱了皱眉，缓缓叹息道："本宫以为你和阿胤是有些情分的……"

赵青菀哭得更厉害了："母后，你救救我。救救我。"

张皇后看她小脸惨白，显然是吓得不轻，摇头浅浅一笑："傻丫头，不论是和亲还是这件事，本宫便是想帮你，也无能为力。你求到我头上，不如去皇陵，求你皇姑……"

怀宁一怔，抬起头。

"皇姑素来疼你，你怎就想不到去看看她？"

张皇后支了招，又轻轻地抿了抿唇："去吧，去皇姑面前，好好哭。"

赵青菀看着她笑盈盈的脸，抹了抹泪，像是豁然开朗一般，朝皇后深深一福："多谢母后指点。"

张皇后淡淡道："本宫膝下没有子嗣，也是无奈。"说到这里，她突然将手放在小腹处，微笑看看赵青菀，"若是这一胎得个皇儿，或许能在你父皇跟前多得几分脸面。"

赵青菀惊喜地问："母后有孕了？"

"嘘。"张皇后轻巧巧地笑道，"小声些，还不出三月呢，不可声张。"

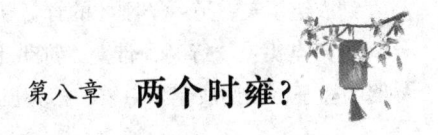

第八章　两个时雍？

沐浴更衣出来，时雍神清气爽。

桌子上有婧衣准备好的茶水糕点和果子，看上去比市面上卖的精致了许多。

时雍捋高袖口，坐下来慢悠悠地吃。酥黄的皮炸得焦脆，里头裹着软糯的熟芋，一口咬下去，层次分明，整个口腔都被安慰到了。还有一种她叫不出名字的饼，上面撒着白糖末、松仁和胡桃仁，酥、脆、甜却不腻："雪翻夜钵裁成玉，春化寒酥剪作金。"

妩衣走出净房就看到时雍坐得端端正正，眼睛半闭不闭，一副慵懒自在的样子，见鬼般看她半晌，急眼了："这是婧衣姐姐为爷准备的糕点，你怎么能吃？"

时雍又拿起一块："是吗？"

妩衣气得口不择言："你是瞎吗？别人家的东西，怎么能说吃就吃？"

时雍面不改色："你没说不能吃。没说不能吃，那它长得像吃的，当然就是能吃。"

"强盗说辞！"妩衣小脸都涨红了。

时雍不看她，拿起一个蜜饯芙蓉饼咬一口："这个黏牙，做得不好。"

妩衣见她没脸没皮，气得磨牙："我要去告诉爷，让他把你叉出去。"

时雍笑："你要有这本事，就不会在我这儿龇牙了。"

"你——"妩衣已是气得说不出话，刚好婧衣从净房收拾了东西出来，她上去就跺脚哭诉。

婧衣也有些讶然。这女子是把她当无乩馆的主母了吗？爷是最不喜欢这种女子的，不懂规矩，心性高，一门心思往他跟前凑。当初婉衣就是这般没有分寸，被撵去庄子的。

婧衣笑了笑，说妩衣："你急什么？姑娘饿了，喜欢吃就吃。一会儿我再给爷做。"

时雍已经吃饱了，闻言愣了下，拭了拭嘴角："原来真不是给我准备的呀？"

看她问得老实，婧衣摇头失笑："爷吩咐灶上做的。"

不是说是婧衣做的吗？怎么又是吩咐灶上做的了？"哦。"时雍一脸恍悟的样子，把剩下的糕点推过去，"对不住二位姐姐。我这……幸好只吃了一半。剩下的这些给你们家主子端去吧。我得回家去了。"

"谁要吃你剩的？"妩衣骂个不停。

谢放刚好进门，见状愣了愣，连忙拱手告歉："二位姐姐，是我没有交代清楚。这些糕点，本就是爷让我为阿拾准备的。她今日办差有功，爷赏她的。"

办差有功是指她把楚王府闹得鸡犬不宁吗？时雍笑了笑，回头看着呆若木鸡的妩衣，一副腼腆的老实样。"既是爷为我准备的，那还烦请二位姐姐，帮我把剩下的包起来吧！我拿回去孝敬我爹！"

妩衣深深吸气。无耻！这女子简直是不要脸皮了。妩衣脸都气白了，恨不得扑上来撕了时雍的脸。

婧衣笑了笑，道："刚才的香膏胰子，姑娘要觉着好，也给你带点？"

时雍点头："行啊，带上，都带上。"她起身拍拍袖子，就像完全看不见妩衣快要气哭的样子，朝谢放莞尔一笑，抬头挺胸负手而出。

周明生和于昌在前院子里，一边拿果饼吃，一边看杨斐在那儿比画。

"我告诉你们，我不是好惹的。"杨斐一声大喝，像表演杂技似的，在满地落叶的院子里舞刀，花木簌簌抖动，叶片被刀锋扫下，四零八落。

周明生将果饼塞到嘴里，双手拍得啪啪作响，拍完又塞嘴里啃："好！好。杨大哥好功夫。"

看于昌傻头傻脑不吭声，周明生眼一斜，责怪地瞪他一下。于昌看着他眼睛，也跟着拍手："好，好，好功夫。"

杨斐哼声，越发得意，看着两个衙役崇拜的眼神，舞得虎虎生风。

"杨大哥武艺高强。"

"高强！"于昌附和。

"好一招金雁横空。"

"金雁横空。"

120

"霸气，气吞山河！"

"吞山河！"

时雍走过去，问周明生："吃饱了吗？走了。"

周明生看到她，重重点头，拍拍手上的饼渣，咧开嘴，笑着问杨斐："杨大哥，剩下这些果饼，还有那块肉……我可以拿走吗？"

果饼和生肉是杨斐从厨房找出来喂大黑的，只是大黑不知道跑哪儿去了，他却被周明生拉住，一番吹捧诚心求教。他一时飘飘然就亮了几招，结果东西放在旁边，果饼被周明生和于昌吃了一大半，现在连肉都想拎走？

杨斐收刀："还是你们顺天府衙厉害。"

于昌看看周明生，把果饼放回去。周明生则是满脸堆笑："多谢，多谢！于昌，拿上啊，跟杨大哥客气什么？"

杨斐摇了摇头："连狗吃的都不肯放过。"

周明生说得理所当然："我帮狗吃也一样。"

"兄弟。"杨斐拍拍他肩膀，又看看懒洋洋的时雍，竖起大拇指，"敬你是条汉子。"

走出无乩馆，周明生回头看看高耸的大门，挠了挠头，问时雍："他为什么敬我？"

时雍冷眼看他，不说话。周明生啧声："阿拾，我近来可是又英俊了不少？"时雍走得很快，不理他。周明生转头问于昌："我是不是……"

"周大哥。"于昌道，"你可怜可怜小弟——实在说不出口啊！"

一行三人说说笑笑，刚拐过街口，就看到坐在路中间的大黑。于昌一脸紧张："黑狗。"

周明生扳过时雍的肩膀："那狗又来了。"

时雍拍开他："狗你都怕？"

"它不是普通的狗啊。"周明生摊开手心，从嘴里吐出一枚果核，"瞧我收拾它。"他拿了果核甩出去，大黑一动不动。周明生见状缩回来："我是不怕狗，可这狗它太凶了。"

时雍鄙视地看他："大黑。过来。"

周明生瞪大一双眼睛，看傻了："阿拾？它为什么会听你的？"

时雍不说话，接过周明生拎出来的生肉，等大黑走近，拍了拍它的头，丢给它："看把你瘦得。多吃点！"

"欸阿拾？……"周明生一脸惊愕，拉下脸，"我也很瘦。"

时雍不看他，视线落在大黑的身上。这两日，狗子身子骨似乎长了点肉，不像那天在殓房看到那枯瘦如柴的样子了。时雍一副老母亲的样子，欣慰地摸大黑的头。

大黑眼睛一抬，吓得周明生和于昌连忙倒退几步。狗都护食，不咬人的狗都不能在吃东西的时候去摸，何况是一头恶犬？可是大黑喉咙里低低咆哮一下，不仅没有动嘴咬时雍，还亲近地用头蹭了蹭她……

"吓死我了，吓死我了。"周明生掌心在胸膛上重重拍几下，贱兮兮地笑，"阿拾，从今日起，你是我大哥。"

时雍喂饱了黑煞，回宋家胡同的时候，顺路去了趟早市。又到响午，早市的摊位好多都收了，开着的也歇了在吃饭。来去路上有认识阿拾的人，看到时雍过来都避得远了点，不认识的则热情地招呼她买东西，然后就会收到旁人的警告：

"这是宋家大姑娘，衙门里收尸那个，刘大娘的徒弟。"

"那天我看她拖起谢夫人的尸体，如是拖猪羊一般，哎哟，可是吓坏人。"

"张捕快家灭门那夜，她也在……张家人都死了，她活下来了，你们说这叫什么事？"

"八字大，命硬。"

"绕着走，绕着走。"

时雍恍若未闻，去肉铺里一次割了两斤肉，买了点红糖生姜，绕路去周明生家，将一斤肉留下，剩下的拎了回去，将无乩馆包回来的果脯糕点递了两块给宋鸿，剩下的东西全部交给拎着扫帚出来要打人的王氏。

"哪来的？"王氏有点愣。

"办差得的赏。"时雍说完，又反问，"你拿扫帚做什么？"

王氏嘴角扯了几下，将扫帚丢在地上："我？扫地，扫地。"

时雍大步进屋："我爹没回来？"

"哼！"说到他，王氏就气，"自从那日谢氏胡说八道一通，你爹就跟掉了魂儿似的，早早就走，天黑才回。问他，一声不吭，不知道在做么子事。这个家啊，老娘是操持不下去了……"王氏怨气很多，说着就开始骂宋长贵。

时雍在屋角里捡了一根草绳递给她："晚上他回来，你把他绑床上，好好审问。"

王氏眼睛都直了："呸呸呸！小蹄子这说的是什么大逆不道的话？有你这么对爹的吗？"

时雍眼皮都懒得抬起，放下草绳："我买了红糖，一会儿你给我熬一碗红糖水。我来事了，动不得，别叫我烧火做饭。"

王氏愣住了。时雍回屋躺床上好一会儿，才听得王氏在外面破口大骂："失心疯的小蹄子，哪学来的毛病，使唤老娘顺手了是吧？一个两个讨人嫌的东西……"

王氏骂骂咧咧，可这是一斤肉，还有那些果脯糕点长得过于金贵，她都没有见过，还有香膏胰子。这些东西平常王氏哪里舍得买，一样一样看着，她又是喜欢又是心疼，又忍不住骂："买这些得花多少个钱啦，浪费呀，不会算计着过日子……"

时雍有点累，望着帐底，听着王氏的骂声，竟像是催眠曲一般，很快进入了梦乡。再醒过来已经是晚上，天早已黑透，她躺了整整一个下午，王氏没有叫她，但当她饿着肚皮起来时，发现红糖水熬好了温在鼎锅里，大铁锅的蒸格上留着饭菜，灶膛埋着没熄的炭火。一摸，饭菜还是温的。

时雍端起来吃了两口，听到刨门的声音。她拉开门一看，是脑袋上顶着干草的大黑。

"又去哪里野了？"时雍伸手把大黑头上的干草拎下来，"身子还没有恢复，你别逞能，哪天死在外头，我懒得给你收尸。"

大黑眼巴巴望着她，不叫，不动，好一会儿，见时雍埋头吃饭，它突然咧开嘴，跃起来叼住时雍的袖子就往外拖。"干什么？我还没吃饱，不陪你玩。"时雍拍它的头。

122

大黑不为所动，执拗地要拖她走。时雍心下微微一沉，将碗筷放在灶台上，跟着大黑走了出去。

水洗巷。

张家院子背后是一口池塘，这里本就潮湿，如今没了人住，更是阴森泛寒，再起一点风，人从外面经过，浑身发毛，感觉背后有人在追似的，嗖嗖作响。最近水洗巷的人都绕着张家宅子走，大黑为什么带她来这里？时雍哼声，在大黑脑门上一敲："又坑我？"

若是往常，大黑肯定会抬起两只前脚往她身上蹭，顺便跟她亲热。可是今天没有，大黑不管不顾地冲向张家的大门，对着门就撞了上去。吱呀一声。门开了。一股幽风，扑面而来。

时雍看到张家的梁上吊了个人，头挂在一根垂下的草绳里，微暗的光线中，只见他穿着衙役的差服，因为个子瘦小，差服在他身上空荡荡地晃悠，一只鞋子掉了，光着脚，一只脚穿着黑色的靴子，双眼瞪得大大的，眼珠几乎要从眼眶里瞪出来。最可怕的是那一根舌头……长长地伸在外面，很是恐怖。是于昌？

于昌为何会死在张捕快家的阴宅？时雍望着那具尸体，心如乱麻。潮冷的空气扑面而来，血腥而诡异。一股不知道从哪里刮来的阴风，把半开的门板刮得砰砰作响。

"大黑。走。"时雍没有靠近于昌的尸体，隔着一丈左右看了片刻，掉头就走。

"嗒！"一道细微的响动从头顶传来。时雍想也没想，飞快地闪身后退。

砰！一块瓦片砸在她站立的地方，一个黑衣蒙面人速度极快地从房顶掠下，伴随着大黑尖利的狂叫，黑衣人手执长剑将时雍截住，上手就刺。

时雍左突右避，黑衣人没有扎中她，长剑在地面上摩擦出"铮——"的一声嗡鸣。一击不中，他卷土再来，招招直刺要害，骠悍无比。时雍没有武器，有的只是……一条狗。

在时雍躲闪避剑的时候，大黑神勇地扑上去撕咬，喉间咆哮不停。可是黑衣人的身手显然比大黑以前对付的那些人更为了得，一柄长剑虚实交替，行云流水般，堪堪从大黑腿上扫过。若非大黑跃得足够高，狗腿可就没了。

"大黑！"时雍从地上捡起一根破竹竿冲上去，"走！躲开！"

她不想大黑受伤，大黑显然也想护主。狗子身子小，移动速度快，丝毫不惧黑衣人的剑锋利刃，冲上去找准角度就上嘴。大黑甚是聪慧，刚才差点吃亏，已不再轻敌，配合时雍专咬黑衣人的破绽。黑衣人有武器在手，应付一个时雍或一条狗绰绰有余，可是一人一狗配合默契，他就没那么容易讨好了。

夜深人静，狗叫声尖利刺耳，传得很远。张家附近就有人居住，水洗巷的住户很快被吵醒。有开门的，有推窗的，有询问的……

黑衣人长剑破空，"当"一声刺来。时雍冷不丁对上他的眼，心里悚然一惊。这双眼在哪里见过？诏狱大牢——七月十四，她"死"的那个夜晚。

"你——"时雍话没说完，黑衣人突然虚晃一招，转身就走。

"哪里跑？"时雍就着被砍断的竹竿，挑向黑衣人的下盘，大黑反应也快，一爪子

123

就挠了过去。黑衣人似被挠中，横剑一挡，侧过身子，靴子后滑几步。

"大黑，漂亮！"时雍低喝一声，追了上去，黑衣人却不接她的招，扬剑挑向大黑。

这个动作阴狠又利落，从退到挑，虚虚实实，不见半分拖泥带水的犹豫，一看就是高手的打法。他明显不想恋战，乘时雍和大黑避让剑芒，一个飞身跃起，将剑刺向檐下的梁柱，只听得铮一声响，他借力抓住屋檐，蹿上房顶，很快消失在夜色中。

"快看，是阿拾？"杨斐的声音划破了夜色。接着，是周明生突兀又高昂的喊声："于昌死了。我们来迟了一步。"

张捕快家门口，只有时雍一人，还有大黑一狗。周明生语气极是懊恼："阿拾，你怎么会在这里？"

时雍看他一眼，转而对杨斐说："人刚从房顶逃了。去追吧。"

杨斐看到了昌的尸体，脸都绿了，瞪了她一眼，挥手招呼几名锦衣卫："包抄！"奔跑的脚步急促而凌乱，一群人很快走远。

时雍安静站在原地，一言不发。周明生觉得眼前画面有点恐怖，嗖一下蹿到时雍身边："你为何深夜在此？"

时雍反问："你为何也深夜在此？"

周明生左右看了看，不敢直视于昌还挂在梁上的尸体，声音急切又紧张："入夜后，于昌他娘来我家，问我于昌是不是跟我一处。我说他晌午就回去了，他娘说，他擦黑的时候又走了，说是突然想起个什么事情……"他顿了顿，害怕地看了于昌一眼，"我就想到，他要说的话，多半是今日找大都督的那件事，就答应他娘去无乩馆帮他找。"

时雍奇怪地问："那怎么会想到来这里找？"

周明生挠了挠头："是啊，很奇怪。杨斐禀报了大都督，过了一会儿，杨斐就带我来这儿了。"

时雍沉了沉眼，周明生又道："我觉得大都督很邪门，他好似什么事都知道……"

哼！时雍心里啐了一声。不就是有个情报网吗？不仅打探人，连狗都跟踪，还有什么是他不知道的？锦衣卫的情报能力这么强，时雍以前确实没有料到，因此，她怀疑赵胤除了有皇帝的支持外，暗地里应该还有一批人，这些人在默默帮他做事，监视百官，掌控时局，要不他怎么翻手为云覆手为雨的？

丁零丁零！一种仿佛大黑脖子上的铃铛般清脆的声音，突然从屋后响起。时雍拍一下大黑的脑袋："走，看热闹去。"

院子里风很大，吹得竹林发出恐怖的啸声，听上去有些惊悚，周明生看时雍要走，紧跟而上。

时雍道："就你这胆子怎么做捕快的？"

"要不是为了那点银子，我做什么捕快？"周明生振振有词，又小心翼翼地抱着双臂，"咋这么瘆人呢，阿拾，不会有鬼吧？"

时雍嗤笑，走了几步没见大黑动弹，回过头——

"噼啪！"天空突然劈下一道雷电，白晃晃刺了时雍的眼。

在大黑的狂吠声中，只见一道白影慢慢从张家阴宅的房顶升起来。长发覆面，白衣飘摆，在雷电打出的光亮里，背对着她，背对着光，一件单薄的白袍宽大得让她看上去极是清瘦。看不见脸，但那种由心底泛起的寒冷和恐惧几乎刹那传遍了全身。

"鬼！"周明生惊叫一声，猛地抓住时雍的袖子。

时雍吓了一跳，以为自己眼花了，慢慢朝女鬼走过去。

"阿拾！"周明生吓得脸色惨白一片，紧紧拖住时雍的袖子，不让她过去，"鬼，有鬼！"

冷风幽幽吹过，隐隐有女子的哭声从房顶传过来，破风而入带了颤意。时雍恍惚一下，惊觉脊背被冷汗打湿："你是谁？有种滚下来，别装神弄鬼。"

大黑还在狂叫。女鬼手臂慢慢下垂。

"噼啪！"第二道雷电劈来，女鬼掩面的白色大袖缓缓拉开，露出一张白若纸片的面孔，眼巴巴地看着她，在电光的映衬下苍白又恐怖。

时雍定睛一看，脑袋嗡的一声，几欲晕厥。女鬼恐怖扭曲的面孔，与她长得一模一样；更准确说，是以前的时雍，而不是顶着宋阿拾面孔的时雍。

"你是谁？"时雍再次厉声发问。

"嗷！嗷嗷嗷！"大黑跟着狂叫不止。

女鬼慢慢抬起手臂，朝大黑招手，一张僵硬的面孔慢慢变化，突然朝时雍硬生生拉出一个笑容，比哭还恐怖。时雍喉间一紧，仿佛被棉花堵住。是"女鬼"当真长得像她，还是跟她一样易容乔装？若是后者，事情就复杂了。时雍不是时雍，像时雍的不是时雍，不像时雍的是时雍。

"有鬼！"

"有鬼啊！"

"有鬼！"

四周传来密集的喊声，水洗巷被吵醒的老百姓看到了张家房顶上的白衣女鬼，惊叫声、狗叫声、孩子的啼哭声，将动静闹得很大。

"大黑——"时雍撑住太阳穴，想喊，喉咙竟沙哑无比。她抬起脚步，虚浮一下，差点没站稳。一只手伸过来，堪堪扶住她的腰。那灼人的幽香熟悉又清雅，时雍在混沌中找到一丝清明。"大都督，你怎么来了？"她下意识地问。

"要下雨了。"

下雨了跟来这里有什么关系吗？时雍脑袋胀痛，反应不过来，赵胤也不解释，看着她苍白的面孔："女鬼在哪里？"

时雍再一次看向房顶，空无一人。一阵风吹过去，张家的门窗被大风吹得砰砰作响，满满阴寒之气。

赵胤一来，水洗巷就热闹开了。

锦衣卫将张捕快家的房子围了个水泄不通，院子里的火把将潮湿的阴宅照得通天亮。

125

有了官府的人，那些关门闭户的老百姓都涌了过来。

有了光，有了人，阴森恐怖的气氛被打破。时雍缓口气，仿佛这才重新活过来。只是，如同水里刚打捞起来的一般，浑身湿透。院门口围满了水洗巷的百姓，议论纷纷：

"又死一个，水洗巷是不是被诅咒了啊？"

"当真是吓死个人。"

"这几日夜里，你们可有听见一个女子的哭声？"

"怕不是张家姑娘回来索命了。"

"挂梁上那小子是老张的徒弟于昌吧？看着眼熟……"

周明生刚才差点被白衣女鬼吓尿了裤裆，这会子人多起来，他胆也大了，走到人群前面就挥手："锦衣卫大都督在此办案，不得喧哗。都散了散了，有什么好看的？"

周明生人高马大，腰挎大刀，典型的衙役形象，尤其这一副狐假虎威的模样更是吓人。人群一听是锦衣卫办案，还有大都督在场，短暂的紧张和安静后，爆发出一阵震动天地的跪地磕头声："大都督救命啊！"

"官老爷，你一定要给水洗巷的百姓做主啊。"

"自从张捕快家出了事，这水洗巷整日不得安宁。"

"一到晚间就有厉鬼使坏，老张家附近这几户都搬走了。我们住得远，也是天黑都不敢出门了……"

他们一人一句，有些是添油加醋杜撰出来的，有些是夸大其词，以求得到官府的重视。谁也不愿意与一个闹鬼的凶宅毗邻，老百姓好不容易得见锦衣卫上官，自是竭尽全力地寻求解决的法子。

天下着雨，路面早已湿透，那些人却是浑然不觉，跪在地上，一遍遍地磕头。

"谁是里长？"赵胤突然开口。他面无表情地站在那里，满身冷意。人群的目光齐刷刷落在后面一个瘦干的老头身上。

老头子六十来岁，在赵胤逼人的目光下走出人群，两条腿都在打战："大，大人，老头子我，我是里长。"

"你来说。"赵胤一动不动，什么也没做，冷冷三个字刚出口，里长就哆嗦一下跪了下去："大人饶命。"

朱九横刀低喝："没人要你命，好好和大都督说话。"

"是，是是。"老头子一连说了几个是，把水洗巷闹鬼的事大体说了一下。与百姓们七嘴八舌说的那些话差不多，只是更为具体，例如家里的狗无端狂叫，养的鸡也夜不安宁，婴孩夜夜啼哭，池塘里的鱼隔三差五地翻肚，不少人听到有女子夜间呜咽……他们把一切都归咎于闹鬼，最后，里长甚至下了断言："那个女鬼不是张家的姑娘，而是，是时雍。"

时雍一听，扬了扬眉："你认识时雍？"

里长摆了摆头："小儿曾在楚，楚王府当差，见过时雍的模样，他不会认错——"

人群一听说是时雍，面面相觑半晌，更是吓得脸色青白，对赵胤叩拜不止：

"大都督，救救我们的命啊，女魔头又出来作恶了。"

"求大都督给老百姓一个安生吧。时雍不除，这日子没法过了。"

"张捕快一家死得蹊跷，我们早就怀疑，是时雍的鬼魂出来害人……"

赵胤听着，半晌没有说话。

时雍看着他肃冷的脸，面无表情。跪在地上的人群也是惶惶不安，都不知道这位传闻中的活阎王会怎么做，不敢动，不敢起，忐忑地等待着，在寂静中汗毛倒竖。

冷寂片刻，赵胤平静地说："本座定会捉住这只恶鬼。"

人群又是千恩万谢。

"报——"火光烁烁闪动，杨斐带着两个侍卫返回，抱剑拱手，"爷，没有看到人。"

赵胤没有作声，看了时雍一眼，朝举火把的侍卫使了个眼色，径直朝于昌的尸体走去。有了他打头，一群人都跟过去想看个究竟。

时雍见状："等一下。"赵胤回头看来，她沉着眉，"保护好现场。若现场遭到破坏，很多痕迹便没有了。"这个时代没有痕迹鉴定的工具，但是必要的保护措施还是有一定的作用。

赵胤抬手阻止了侍卫跟随，眼神定在时雍脸上："你跟我去。"

"嗯。"时雍没有多说，跟在他的背后。

夜风吹过来，将于昌身上宽松的衣服吹得一摇一摆，空荡荡的。一个瘦小的人悬挂在那里，尸体似乎也在跟着晃荡。火光照着于昌的脸，白惨惨的，舌头长长吐出来，很是恐怖。

时雍站在尸体前方，许久没动。赵胤问："可有看出什么？"

时雍转头，眼皮微眨："吊死的。"

脖子就挂在麻绳上，有眼睛的人都能看出是吊死的，还用她说吗？杨斐不服气地哼一声："你能不能说点我们看不到的？"

时雍嘴角掀了掀："他杀。"

"你怎么看出来的？"

"喏。"时雍抬头，努了努嘴，"尸体挂在梁上，脚底离地至少三尺，地上没有椅子凳子，他还能飞上去将脖子套绳子上自缢不成？"时雍说完顿了顿，眼底有阴影闪过，"当然，如果当真有鬼作恶，算我没说。"

赵胤目光微凉，看着她问："你信鬼神之说？"

时雍没有马上回答。当看到那张与以前的她一模一样的面孔后，她再想想自己如今这副模样，觉得自己和鬼其实也没有什么区别了。

赵胤扫过她苍白的脸，回头命令："叫仵作。"

宋长贵大半夜被叫过来，验了尸，又陪着勘验了现场，说法与时雍一致：于昌确实是吊死的，只是，张家门窗完好，门锁没有撬动的痕迹，那么，于昌是怎么进去房子里再把自己悬挂到梁上的？如果找不出凶手，这一切，除了女鬼作恶，似乎解释不清了。

杨斐瞅着时雍，又看一眼缩在角落里的那只恶犬："爷，有句话不知当讲不当讲。"

赵胤冷声："不知就闭嘴。"

杨斐被噎住。片刻，他轻咳一下，抱剑拱手，低下头，"黑衣人只有阿拾一人见过，她大可以撒谎。"

时雍皱眉："你看不到打斗的痕迹吗？"

"痕迹可以伪装。"杨斐眼皮一翻，就是不信她，"你还是先向爷交代清楚，大晚上为何会来水洗巷吧？"

原本张捕快一家的死，就与她有牵绊。不说杨斐，连时雍自己都怀疑自己。

"我说是狗带我来的，你信吗？"

杨斐冷哼一声："你这嘴可有一句真话？"

时雍勾唇："大黑只是说不出，但大黑一定是看见了什么，才会来叫我。"

"时雍的狗，为何与你亲近？"杨斐步步紧逼，见赵胤不说话，又挑眉喷了一声，"难不成你让爷去审问一只狗，谁是凶手不成？"

"不用。"时雍冷声说着，指了指房顶，"黑衣人曾在房顶潜藏，'女鬼'也出现在屋顶，肯定会留下痕迹。"

从一户人家借了梯子，时雍爬到刚才黑衣人躲藏和潜逃的房顶。可是，放眼一望，湿漉漉光洁一片，哪来什么痕迹？这雨下得不是时候，洗刷了现场，要如何证明？

杨斐在下面吼："怎么愣住？痕迹呢？在哪里？"

没人相信她能找出痕迹，都觉得她只是说大话或者在遮掩什么，就连宋长贵也揪起了眉头："阿拾，你下来！"时雍没有说话，慢慢从梯子上爬下来。

杨斐哼声，一脸怀疑地看着她："编不出来了吧？阿拾，你最好老实交代——"

时雍冷冷剜他一眼，转头看着赵胤："我要火把，镜子。"

这个原理其实非常简单，利用光反射来勘查脚印。在火把和镜面的反光下，光线照射角度一变，瓦片上几个凌乱的脚印出现在众人眼前。只是在淅沥的雨水下，已然不太清晰。

"纸！"时雍又叫。这一次，虽然不知道她要干吗，杨斐却听话，很快去里长家里拿了几张白纸过来。时雍把白纸覆盖在脚印上，雨水浸湿的脚印很快拓在了纸上。鞋底纹路不清晰，但鞋的长短大小，却可以做初步判断。

"是个男人。"杨斐第一次喊起来。

时雍不理会他，在房顶上拓了好几个脚印进行比对："是同样的鞋底。"

朱九举着火把，看她做这些很惊奇："阿拾真能干，你怎会懂得这些？"

时雍看一眼默不做声的宋长贵："我爹教我的。"

宋长贵眼皮跳了跳，与她盈盈带笑的眼神对视片刻，没有吭声。

朱九忍不住叹服："宋仵作实在是屈才了呀。"

"这么说，就是同一个男人留下的脚印。那女鬼呢？"杨斐的疑惑常与旁人不同，他摸着下巴问，"房顶上为什么没有女鬼的脚印？那女鬼……"

就是真的鬼了？时雍看他一眼，将拓印的白纸交给宋长贵："爹，你怎么看？"

宋长贵沉吟片刻："永禄十三年，顺天府出过一桩案子，是大脚穿小鞋作案。这……乍然看去像是同样大小的脚印，但未必是同一人。只是，这雨下得不是时候，看不到更具体的了。"

这种事情，时雍不愿出风头，把功劳全推给宋长贵："爹说得有理。女儿受教了。"

朱九笑道："宋仵作好记性，二十多年前的事情都记得？"

宋长贵被夸得不自在，赧然地笑："那一年长公主出嫁，我刚到衙门办差，自是记忆深刻。"

几个人探讨着案情，到底有没有女鬼，仍然说不分明。但于昌不会无缘无故跑到水洗巷来上吊自杀，他离家前对他娘说的刚想起的重要事情是什么，如今也成了一个谜团。

"于昌是不是知道了什么秘密，或者想起了凶手，因此被人灭口的？"杨斐很喜欢提问，可是，没有人回答他。因为这个问题，大家心底都清楚。以他白日去无乩馆说的那些话来看，他的死与张捕快灭门案是有联系的。

黑暗笼罩着这所宅子。附近几户人家都搬走了，此刻甚是寂静。时雍见赵胤站在檐角看池塘不作声，慢慢走过去，靠近他，故作亲近："大都督如今不会再怀疑我了吧？"

意料之中，赵胤面无表情地退后一步，与她拉开距离："你想听实话？"

时雍嗯一声："是。"

"你仍有可疑。"

赵胤顿了顿，看时雍一脸委屈的模样，冷不丁换了话题："针灸可有想起？"

时雍懒洋洋瞄他一眼："这就是我问你为什么来，你说要下雨了的原因？"

赵胤眼睛微眯，没有否认："不然？"

时雍哼笑："我以为大人是得知快要下雨，心疼我身子不爽利，特地为我拿了伞来，没想到竟是这般凉薄，只为利用我……"她语气轻松，调侃得十分自然，就好像她和赵胤本就可以这般自在地玩笑一般。

宋长贵却吓了个透心凉，差一点就要跪下请罪。杨斐也是恨得牙痒痒，厌她没有自知之明……偏偏，赵胤淡定地抬手，拿过侍卫撑在他头顶的伞，递给时雍。在众人的惊愕中，他拂了拂披风，负手走在前面："回府！"

从水洗巷回家，已是夜半。

时雍跟着宋长贵，一路都在寻找大黑的踪迹。刚才狗子自己跑走了，时雍担心它没个好去处。宋长贵见她心神不宁，便压住了心头的疑惑，一直到家门口收了伞，他才转过头，重重咳嗽两声："我没有教过你那些。"

时雍皱了皱眉头，一脸茫然："没有吗？"

宋长贵说："没有。"

"不可能。爹未教我，我怎会得知这等技巧？"时雍歪了歪头，做出一副努力思考的样子，"一定是爹喝醉的时候说的话，不记得了。"

宋长贵没有别的爱好，就喜欢吃几杯小酒，尤其办差回来时，不论多晚，他一个人就几颗花生米也能闷头喝上几杯。看女儿说得认真，宋长贵回忆片刻，也模糊起来："可是，爹也不知道这些个，怎会告诉你？"

时雍推门进去，笑了起来："爹，是祖宗托梦也说不定？这世上的怪事多着呢，横竖也不是坏事，以后人人都知道顺天府有个了不起的宋仵作，一双慧眼，断尽天下案，不好吗？"

宋长贵被她夸得失笑，又呼哧呼哧地咳嗽起来："你这丫头，最近倒是变了性子，如此甚好，甚好。"

时雍莞尔："那爹快去叫你媳妇儿给你打洗脚水，洗洗早些睡。"

王氏在房门后偷听，眼皮一跳，刚气得想骂人，就听到宋长贵说："阿拾，你怎不问我？"

时雍说："问什么？"

宋长贵眉头打结："那天谢氏说的话，你……没听进心里去吗？"

听他这么说，再结合他这两日的反应，时雍大抵明白了，她可能真不是宋长贵的亲生女儿："听见了。你是我爹，就是我爹呀，想那么多干吗。爹，你不困，我困了。我去睡了。"

看她笑眯眯的样子，好像当真没往心里去，宋长贵长长松口气，一颗心落了下去。

时雍掉头，王氏推门出来，白眼珠子瞪了宋长贵一眼，哼声去了灶房，不仅给宋长贵打了热水，时雍也有幸得了一盆。王氏敲门将热水桶放在门口，没好气地训："那么大的姑娘了，不洗脚就上床，老娘是造的什么孽养了你这么个邋遢货。起来，洗了再睡。"

时雍只是换了双鞋子，她把踩了雨水的靴子拎出来，放在王氏面前："我这两日身子不爽利，多有不便。有劳了。"

王氏气得跳起来就去拿扫帚，时雍拎了水就进屋锁门。"小蹄子这是疯了，使唤老娘一套一套的。"

时雍不知赵胤那日灌她吃的"问心丹"是什么药丸，只觉得这次月事来势汹汹，腹痛不止。连续两日她都没有出门，在床上"躺尸"，听王氏骂人。第三日，她实在忍不住，收拾收拾去了良医堂向孙正业请安，顺便让他把脉开方。

孙正业一探她脉象，惊了惊："你可是吃了问心丹？"

时雍一听："师父，你也知道？"

这声师父来得猝不及防，孙正业差点咬到舌头："谁是你师父？"

"你呀。"时雍面不改色，"不是说好你先教我学医，我再为你演示针灸？可不许抵赖。"时雍本就是好学之人，求学若渴。如今有现成的师父，她自然要学起来。

孙正业狐疑："你为何要学？"

"技多不压身嘛。"时雍不肯让他把话题扯远，"师父，问心丹是怎么回事？"

"这个嘛……"孙正业目光变得怪异地一闪，忘了反驳时雍的称呼，捋着白胡子摇摇头，一本正经地说，"这是一种极为珍贵的药物，又被称为忠诚药、真话药、听话药——"

时雍一听，乐了："世上当真有如此神药？"

"自是。"孙正业捋着白胡子，看她一眼，眼神有些混浊，却很有点道骨仙风的样子，"服下此药，须得忠顺主人，若不忠不服不听话还撒谎背心离义，将会经脉尽断、七窍流血、浑身溃烂，死状极惨。因此，问心丹又有一名，叫试忠药。"

时雍眼角瞥一眼里屋。静谧如常。一条大黄狗趴在地上打盹，毛皮油光水滑，一看就养得很好。时雍手指漫不经心地在膝盖上敲了敲，微微眯眼，神神秘秘地问："那师父，你能不能告诉我，问心丹都使用了什么药材？"

孙正业看这女娃老老实实的样子，心中滋味很是复杂，皱了皱眉头："我若知晓，何不自己炼些丹药让你服下，你就告诉我那针灸之法了？不过，看你这般，此药大抵有活血之效……"

"哦。"时雍茫然问，"可有解药？"

"唉！"孙正业缓缓摇头，"凡是背心，必以死偿，终生不可违也。"

时雍想了片刻，轻飘飘瞥一眼里屋："那我往后岂不是要绝对忠诚于大都督？不背心，不离弃，生生世世与他在一起？"这话听上去有些怪异，是下属对上官，是奴仆对主子，偏又有些不对。

孙正业咀嚼着话头，看她小脸惶恐，一副被吓呆的样子，捋了捋胡子，尴尬一笑，又压住了心里的怪异，对这女娃子多生出几分好感："这般说也没错。"

时雍懒洋洋一笑，脸上如冰雪消融，璀璨夺目："他既要我陪着他，我便陪着他就是。"

孙正业看她如此上道，老怀欣慰，眯起眼不住点头："不谈这个，你且和我说说，你那针灸之法是如何学得，可有什么说法？"

"师父。"时雍似笑似嗔，"咱们不是讲好，由师父先教吗？徒儿对师父医术仰慕已久，早就渴学不已。"

孙正业九十高龄，看着这么单纯无害又好看的女娃子，这么崇拜地看着自己，竟是无法再拒。于是，孙正业给时雍开了药，又让伙计去抓了、煎了，服下了，等她身子舒服了些，还额外送了些滋补的药材让她拎回去。

时雍千恩万谢地走了："徒儿必不辜负师父栽培，踏实求学。"

孙正业这辈子最大的遗憾就是儿孙资质平庸，看她这般，心里头突然涌起几分感动。他一把年纪了，说走也就走了，痴迷医学一辈子，总得给后人留下些什么才好。原本只是随口应付，此刻，他竟真的生出一丝念想来，再看时雍更是顺眼多了，拄着拐杖将她送到门口，等她人影消失在街口，这才慢吞吞地由徒孙陪着回到内室。

"大都督，你看老儿说得可好？"内室就两个人，谢放持刀守在门口，赵胤坐在里面的一张躺椅上，两只腿泡在热气腾腾的中药桶里，腿上搭着薄毯，中药随着蒸汽涌出，药材的味道充斥着房间。

闻言，赵胤眼皮微抬，拢了拢衣襟："孙老，你被她骗了。"

骗了？怎么可能？

孙正业年岁渐长，性子却愈发孩子气，对赵胤的话很不以为然，偷偷翻了个白眼：

"我看那丫头是被唬住了，一个老实人家的老实孩子，傻傻呆呆的，我说什么她都信，还说往后要好好忠顺于您，不离心，不背弃，生生世世与你在一起……"

赵胤鼻间微微一哼："分明是占本座的便宜。"

孙正业很不服气："大都督为何下此结论？"

赵胤阖着眼沉默了许久："她没有告诉你是从我这里服下的问心丹，却说要忠顺于我，那便是试探你。你二话不说就入了套。"顿了顿，他睁开眼，面无表情地看着孙正业，黑眸里带了一丝少见的笑，"她来找你问诊，可付了诊金？"

"她都要拜我为师了，家境又不好，我怎好收她诊金？"

"白吃白拿，还莫名做了关门弟子。"赵胤摇摇头，"孙老，你又入一套。"

孙正业本不肯信，仔细想想，又觉得赵胤说得有道理。那女娃子乖是乖巧，可是除了一张嘴，属实是什么都没有付出就白吃白拿了，还哄得他收了徒，还一不小心把大都督出卖了。孙正业捋胡子的动作没那么自在了。愣了半晌，他轻咳一下掩饰尴尬，又问赵胤："那大都督以为，问心丹一事，她信了吗？"

"信。"赵胤瞥他一眼，冷冷道，"信此药有活血之用。"

这跟没信有何区别？孙正业唉一声，重重在腿上拍了下："她下次再来糊弄我，看我打断她的狗腿。竟敢骗我。"

赵胤将双脚从中药桶中抬起，谢放见状，赶紧将备好的一条巾子拿过去，蹲身要为他擦拭。"我来。"赵胤从谢放手上接过，有一搭没一搭地擦着水渍。

孙正业看着他红肿的膝盖，皱起眉头："这阴雨天，大都督属实遭罪了。"

赵胤脸上没什么变化，扫他一眼："你看她是否当真忘了针灸之法？"

孙正业想了想："应当是。虽说此女狡诈，但若非忘记，定然不敢欺瞒大都督。"

赵胤哼声："未必。"

孙正业额角突突一抖。难道她是刻意撒谎，不为大都督治疗？这女娃子当真有这般胆识，敢在阎王殿里戏弄阎王爷？孙正业不敢信，可是看赵胤的样子，分明是笃定了她就是一个坑蒙拐骗的家伙。既如此，为何又不惩罚她，而是由着她恣意妄为？

"一个人好端端的怎么说忘记就忘记了呢？"谢放在旁边插了一嘴，"大都督，你可有发现？自打那日去给时雍验尸，阿拾就像变了个人？"

赵胤没有说话。这个何须谢放来说？但凡见过阿拾的人，都这样认为。

"难道，她是被时雍的鬼魂附身了不成？"谢放做出一个大胆的设想，说出来却把自己吓住了，"若不然，黑煞为何只肯亲近她，听她的话，吃她的东西？又为何……有那么多人说见到了时雍的鬼魂？而阿拾，每次都恰好出现在凶案现场？"

赵胤擦拭的手微微一顿，好半晌，漫不经心地丢开巾子："不可妄论神鬼。"

谢放低头："是。"

赵胤的视线落在孙正业的脸上："孙老，我今日来，有一事相询。"

孙正业还在想被时雍下套的事，闻言，摆摆手叹气："大都督但问无妨。"

赵胤淡淡道："广武侯府与陛下有何渊源？"

"广武侯？"孙正业愣了愣，正经了脸，又开始习惯地捋胡子，"此事说来话长。"他摇摇头，叹息一声，"如今的广武侯陈淮是宗祠袭爵，实际上，原本老广武侯这一脉是没有儿子的。当年的广武侯陈景是永禄爷的左膀右臂，智勇双全，敕封宣武将军，少年时便跟随永禄爷左右，鞍前马后，南征北战，又追随永禄爷靖难，立下汗马功劳。哪料，永禄爷刚刚登基，广武侯本该封妻荫子，享富贵荣华，却自请领兵南下平乱，不慎在通宁误入叛将耿三友圈套，夫妻双双尽忠殉国了。"

赵胤点头。孙正业叹道："这一段典故，史书有载，大都督应当知情。只是个中还有个秘闻，大多人不知，陈淮并非陈景的亲生儿子，是永禄爷为免广武侯一脉绝嗣，从陈氏宗亲中选了一位子侄辈，也就是陈淮过续到广武侯陈景名下。"

赵胤道："原来如此。"

孙正业不解地道："大都督为何问起广武侯？"

赵胤沉吟："广武侯请旨要人。"

"那个谢家小儿？"

没想到孙正业这么大岁数，还知这些街头闲事，赵胤看他一眼，嗯一声："罢了。随他去。"

谢再衡所犯之事，可大可小，论罪也不及入大刑，既是广武侯亲自请旨要人，赵胤卖他一个人情也未尝不可。实际上，自打谢再衡出事，广武侯府嫌丢人，对此是闭口不提的，恨不得没有这门姻亲，更不会想到要把身陷诏狱的谢再衡捞出来。

不过，陈淮的女儿陈香苋却不这么想。她对谢再衡像中了邪一般，天天在家寻死觅活地逼父亲，甚至闹出"已是谢再衡的人了，不能嫁他，唯有一死"这样的笑话。陈淮逼不得已，勉强应了她。可是，陈淮却有一个要求：谢再衡要娶陈香苋，必须入赘陈家。

很不幸，陈淮继承了宗族叔伯陈景的爵位，娶了无数个小妾，女儿生了一堆，偏生就没有生出一个儿子来，眼看也要走到绝嗣的地步，便想要招婿添丁。陈香苋是广武侯嫡女，也是陈淮最疼爱的女儿。而谢再衡在顺天府也算是一个有名的才子，长得一表人才，若非私德有亏，闹出人命，也非今日这般不堪。陈淮虽不喜谢再衡与张芸儿的烂事，觉得丢人，但若是谢再衡愿意入赘，他觉得也可行。

哪料，谢再衡一听这个，就断然拒绝了："宁肯死在诏狱，也绝不入赘。"

谢再衡发完狠话的第二日，便从诏狱出来了。想来是没少在诏狱里吃苦，他下巴尖了，肤色黑了，颔下胡髭冒出老长，一张瘦削的脸颊让颧骨拉高，少了书生儒雅气，眼神却添了几分凌厉，变化不小。

谢家正在办丧事，幺儿回来，一家人抱头痛哭。此番变故，对谢家来说，也算是遭了噩运。谢再衡那个做仓储主事的父亲谢炀，中年丧妻，抱着失而复得的儿子，又哭又笑，老泪纵横："入赘侯门，当真是委屈我儿了。"

谢再衡犹豫了下:"只要能为母报仇,儿不委屈。"

"行之,是父亲对不住你……"

谢再衡松开谢炀,退后两步,拂开袍角,重重跪下,深深一拜:

"儿不孝,枉读圣贤书,令家门受辱,母亲也因我含冤惨死。如今入赘侯府,难免为世人唾弃,说我是贪生怕死、攀附权贵的无能鼠辈,又让父亲难堪。成婚后,儿亦不能常在父亲大人跟前尽孝,当真是白白生养我一回,还请父亲大人责罚……"

谢炀看儿子跪伏面前,早已是红了双眼:"你起来。"看谢再衡不动,谢炀伸手将他托起,双目坚定地看着他,"这一切,都非我儿的错。是宋阿拾,是锦衣卫——行之,你且仔细听好,如今陛下将五军和锦衣卫事皆交由赵胤,由他节制军事,断诏狱,可谓风光无二。我谢家纵有冤屈,也得隐忍以待时机。"

谢再衡看着他爹,目光切切,点头。

谢炀又道:"但广武侯府和陛下是自家人,我儿此去,大有可为……"

"自家人?"谢再衡懵然不懂。

谢炀道:"你岳丈大人的长姊是通宁公主陈岚。通宁公主是上一代广武侯陈景的独女,自小养在宫中,和宝音长公主亲如姐妹,和当今陛下及大将军陈宗昶青梅竹马,一同长大,情分颇深,这就是多年来,广武侯能伫立不倒的缘故。"

"怪不得……"陈淮能一句话就把他从诏狱捞出来。

"让我儿入赘侯府,是父亲无能,父亲有愧。可圣人有云,大丈夫能屈能伸,攀附高门又如何,高门又岂是人人可攀的?我儿走上了这条路,便要认清形势……假以时日位极人臣,今日所受羞辱便不是辱,来日一切问题也可迎刃而解。"

谢再衡再次作揖拜下:"儿子受教。"

谢炀道:"还有一事为父要嘱咐你,锦衣卫在各处密布暗桩、探子,赵胤根基更是深厚。你往后更得小心谨慎,勿出头,勿行险,不论是锦衣卫还是宋家,先按下别去招惹。为父相信,终有一日,定能雪今日之仇——"

一阵冷风吹过来,时雍打了个喷嚏。"谁在念我?"她摸了摸火热的耳朵,觉得身上有了寒意。从良医堂回来,她就窝回了房间。

外间,宋老太又来了,和王氏坐在一起纳鞋底絮叨家常,宋香在描花样子,学那闺阁小姐绣双面绣,宋鸿拿了个竹蜻蜓满院子跑,一头一脸的汗。

宋老太不喜欢王氏这个儿媳,但好歹是自己选回来的,王氏干活又是一把好手,不仅把小家打理得井井有条,赶上大院有什么事了,不管灶房还是待客,宋老太另外的两个儿媳都指望不上,就王氏一个能折腾出名堂,里里外外都能应付。而且,这婆媳俩都尖酸刻薄,凑到一起很能说话。

今日宋老太过来,拿了一堆帮小孙子做的鞋底,多半是要塞给王氏做的。王氏也不推,这些年,她一直在挣面子,为宋长贵,为她这个续弦,生怕大院那边说她不行,不如阿拾的娘,明知吃亏,还是打肿了脸充胖子。

婆媳俩说着说着,又提到阿拾的婚事。宋老太对阿拾是十分不满:"那贱蹄子又在屋里躺尸？"

　　王氏看一眼紧闭的房门："可不么，身子不爽利，没去衙门。"

　　"哼。你也由着她？"

　　"不由着能如何，我又不是她亲娘，骂得重了打得狠了，难免落个不是……"

　　"我呸！"宋老太一张脸极是憎恶地瞪一眼，"要我说，赶紧找户人家处理了得了，收了彩礼，往后你管她如何？又不是我们宋家的种，好吃好喝地养这么大，已是大善，还由着她作死不成……"

　　王氏还没开口，门开了。时雍走出来，背着光，也瞧不清她的面色："娘，我晌午要吃盐煎猪肉、喝鲫鱼汤，还想吃你腌的咸鸭蛋。"

　　这一声娘喊得亲热，王氏愣住。时雍咂咂嘴，似在回味，看王氏僵着脸不作声，又从怀里掏出一块银子塞到王氏手上："这是我去楚王府办差，大都督赏的银子，你拿着花。"一句话带出两个当朝权贵，吓得王氏觉得银子无比烫手，半声都吭不出来。

　　而宋老太大惊失色，手上的针将手指扎出了血珠，这才回过神来，盯着王氏手心的银子不眨眼。银子，这么大的银子……这死丫头随随便便就给出来了？

　　王氏被婆母盯着，不自在地将银子纳入怀里，鞋底放下，解围裙换鞋："娘，我去买鱼买肉，你留下来吃饭。"

　　宋老太不高不兴地哼了声，没有说话。

　　王氏将午餐做得丰盛，宋长贵当差去了，没有回家。她给丈夫留了些菜，其他家里能拿得出的，全都搬上桌子了。宋鸿咽着唾沫，欢呼不止；宋香嫉妒地瞪了时雍一眼，可最近被她娘揍过几次，老实了很多，闷头吃饭。

　　时雍愉快地用完餐，回屋继续躺尸去了。好一会儿，听到宋老太在外面大叫腹痛，急吼吼地跑茅厕去了，她蒙头怪笑起来。

　　拜了个师父，还没有学会怎么用中医救人，但怎么让人腹泻拉肚倒是容易。体谅宋老太年岁大了，时雍在她碗中下的巴豆粉分量不大，也就拉上几天而已。她美滋滋地想，做老实人果然舒坦多了！

　　水洗巷闹鬼的事，越传越远，越传越可怕。传到最后，好像人人都见过时雍的鬼魂一样。有办法搬走的人家，早早就搬走了；没办法搬走的，未等天黑就关门，又是烧香又是拜佛，门口又挂镜子又贴符，能搞的都搞了，可女鬼一事，始终没有消停，人们描述得绘声绘色，有鼻子有眼的，就连水洗巷刚过世的一个老太婆，还有一个难产而死的小媳妇，孽债都算到了时雍头上。以至于三岁小孩，一听说"时雍来了"，都吓得再不敢哭啼，老实闭嘴。

　　时雍从未有想过，自己有一天会成为"镇宅邪物"，听多了，甚觉可笑。

　　锦衣卫那边没有动静，案子也没有后续，时雍猜不透赵胤有什么布局，倒是顺天府衙这边顶不住压力，在府丞马兴旺的安排下，衙役们每日里忙着"捉鬼"，安抚民心，奔波了起来。

　　时雍在衙门办差，但与衙役又有不同，无事的时候，不用去点卯。有闲时，她便

135

跟着孙正业学医，听老爷子讲典故逸事，也甚是得趣。就这般混了好几日，到了七月三十。

那天晌午，她刚去良医堂，准备混个午饭吃，就看到门口备了马车，孙正业裹着皮袄出来，正在打点行装。时雍有些诧异："师父，这是要出门？"

孙正业看到了她，眼前突然一亮："你过来，过来。"

这老顽童又要整她么？时雍笑盈盈地走近："可是有赏给徒儿？"

"赏你个头。"孙正业拐杖敲她脑袋，雪白的眉毛抖了抖，眯起眼问她，"你做过稳婆？"

稳婆？时雍应声："算是吧。"

孙正业沉着眉头想了想："那你回去收拾收拾，跟我出去个三五日。"

时雍惊异："去哪？"

孙正业拉下脸："不得多问，去了自有安排。"

时雍又回头看了看良医堂门口黑帷鞍的车驾，越看越觉得不同寻常。就连赵胤这样的人要找孙正业看病，都得怜他年岁亲自上门，何方神圣能让老爷子亲自上门去不可？

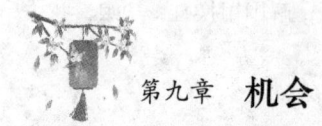

第九章　机会

时雍以前听说过宝音长公主"陵前结庐、为爹娘守陵，不复外出"的传言，但她以为宝音以长公主之尊"结庐"，那"庐"即使不是金碧辉煌，也应当是高大华丽的宫殿房舍。哪知道，"庐"是真的"庐"。一座朴素简陋的院舍坐落在先帝皇陵的主峰山脚，地方虽大，但与普通民宅并无两样。

马车停在院门口，看到远近的菜畦桑柳，袅袅的炊烟，时雍对尚未见面的长公主便有了几分好感。天生尊荣却甘愿扎根土壤，和山林鸟兽度日，一日复一日，如非看透世事命运，哪能做到？

孙正业年岁大了，来时马车虽慢，仍是不免颠簸，宝音长公主的贴身嬷嬷何姑姑亲自将他和随从引到客房："老祖仙先休息一晚，待明日再去请脉不迟。"

"那不成，不成。"孙正业急忙摆手，"不去拜见殿下，老儿哪里睡得着？"

何姑姑笑道："长公主说，井庐没有尊卑，来的都是客人。老神仙，公主的脾气你又不是不知道，不用较这个真，让你歇着你便好好歇着，膳食自有准备，舒心住下便是。"

孙正业只得叹息点头。

井庐饭菜清淡，但做得十分精致，一看就知厨子是精心选派的。时雍照顾孙正业用完晚膳，也是有点伤脑筋："师父，长公主……是要生孩子吗？"

孙正业正在喝茶，闻言噗一声喷了出来，胡子上都溅了茶水，气得一双眼睛瞪着时雍，咳嗽不止。

时雍赶紧拿巾子给他擦拭："别急，别急，你老人家慢慢喝呀，又没人和你抢。"

136

孙正业吸了一口气，平复了心情："这种大逆不道的话，慎言。"

"我不是在师父您跟前说的吗？旁人又听不见。不懂就问，若非生孩子，师父为什么问我是不是稳婆？这里又没死人。"

孙正业后悔收这个徒弟了，生怕被气得早死："那日甲老板带我来为长公主瞧病，我开了方子。昨日井庐又托人来带信，说是殿下的病起色不大。我这就寻思干脆过来住上三五日，多请几次脉，以便调整药方，让你来煎药看火，也更为放心。"

煎药看火？啊？难道不是传授医术？时雍歪着头看他，一脸无辜。

孙正业捋了捋胡子，见她不吭声，又一副高深莫测的样子："还有一个，我瞧着长公主恐有妇人病。你是我徒儿，殿下若肯让你检查，必定更能对症下药。"

再好的医术也须对症，单靠望闻问切，确实容易造成失误。时雍明白孙正业的意思，可是长公主万金之躯，肯让她检查吗？这个时代的妇女大多封建保守，时雍觉得够呛。

饭后孙正业就要歇了，他叮嘱时雍不要乱跑，尤其不得去后山。说这话时老人家神情十分凝重，就好像那后山是什么封印禁地一般。这更添了时雍的好奇。

长公主的"井庐"充满了神秘色彩，但时雍还不想死，并不想去挑战禁地。

她被安排在西厢房，这房舍庭前种植的不是花草，而是菜。天没有黑透，时雍不想睡，就去菜园里走走，四处转悠转悠。空气清新，四野安静，偶有虫鸣鸟语。时雍盘腿坐在菜园子中间，闭上眼睛，觉得整个人都沉寂下来，放松而满足。一块泥土破空而来，截断了风，砸在时雍的裙摆上。

时雍睁开眼，只见对面房顶上坐着一人。此刻夜幕渐临，而他白衣胜雪，腰系长剑，手拿酒壶，仰头喝一口，似笑非笑地看她。

时雍冷哼："你是何人？为何掷我？"

一道带着酒气的笑声，低雅随性，从房顶传来："你扰我清净，我为何不能掷你？"

时雍拍了拍裙脚，从菜园中间慢慢走向他："下来！"

"想打我？上来呀。"男子与她目光一碰，慢悠悠笑开，眼神深邃，姿态高贵极有风姿。时雍心里咯噔一下，发现自己很吃这种美男撩人的一套，怪不得当初的赵焕能迷惑她。倒是赵胤那个冷漠的变态，可惜了一张好脸、一副好身材，半点不解风情，跟谁都像是杀父仇人一样，很难让人爱得起来；即使想爱，也得摸摸脖子上的脑袋长得稳不稳，有几条命去爱。

"不下来是吧？"时雍闲得无聊，左右看了看，弯腰捡了几块泥土在手里，试了试力度，直接朝他砸了过去。

男子低叫一声，捂住胸口："美人砸中了我的心，这是……意欲何为？"

调戏她？时雍呵声，二话不说便冷着脸继续砸。

一块、两块、三块，男子躲了几次，大概也怕惊动了井庐的主人，笑着啧一声，朝时雍挤了挤眼："美人盼我下来，我便下来陪你也罢。"一袭白衣从房顶飞下，衣袂飘然而动，不过眨眼间，便长身玉立于时雍眼前，双眼带笑。

"长夜漫漫，陪我喝一杯？"他将酒瓶递给时雍。

时雍问："是不是刚才的泥巴块头太小？"说罢，她低头捡起一块石头，作势要砸他。

男子一看就笑了，眼中波光荡漾，俊脸如花："这么凶，可就不美了。"

"等你含笑九泉，有的是美人。"

男子愣了愣，敛住笑意，一本正经地说，"我叫白马扶舟，你叫什么名字？"

白马扶舟？这名字属实怪异。不过这人一身白衣，长相俊美，确实也称得上白马王子。时雍抬了抬眉梢，剜他一眼，一言不发地转身走了。白马扶舟诧异地看着少女窈窕的背影，心底仿佛被什么东西撞了一下，无声一笑。

山中寂静，这一晚时雍睡得很踏实，次日被孙正业的随从钟鸣叫醒，这才知道得去向长公主请安了。得见传说中的天颜，时雍有些期待。

师徒二人收拾妥当，时雍陪孙正业走出院子，看到昨日的菜园，想到了那个白衣男子，将这事告诉了孙正业："我不会闯祸了吧，师父？"

孙正业额头青筋轻跳，怪异地看着她："你以为呢？"

"想是不会。"

孙正业咬牙，拿拐杖捶她："那是长公主的养子，跟亲儿子没区别。"

"养子？"时雍有些奇怪，"长公主何时来的养子？"

"此事说来话长，以后有机会再慢慢告诉你。"孙正业摇了摇头，"我这一把老骨头，你可千万别给我折腾散了。"

长公主没有亲生儿子，却有个养子，时雍是没有想到的，更没有想到进了长公主的寝殿会看到宿敌赵青菀。

今日的怀宁公主罗裙珠钗，妆容精致，打扮得华贵又俏丽，可是站在一身素衣未施粉黛、已经年过四十的宝音长公主身边，竟被衬比得如同一个端茶倒水的小丫头，气度全无，原本的美，都成了艳俗。

时雍怔住。宝音长公主竟是如此绝色？明珠雨润，龙漾浅舟，目有波光怡静如禅，虽有憔悴却不减半分颜色，这凤姿高华是岁月留下的痕迹，亦是皇家女该有的雍容气度。时雍为赵青菀可惜了，却心甘情愿地随着孙正业拜了宝音。

"起来吧。"宝音抬了抬手，"赐座。"

孙正业在宝音旁边的杌子上为她请脉，时雍不坐，安安静静地侍立旁边。

宝音微笑道："若非何姑姑坚持，实在不必劳驾孙爷爷大老远跑这一趟。我这都是老毛病了，每到季节便要难受些日子的。"

"殿下。"孙正业从宝音腕上收回手，嘴皮动了动，"老儿有个不情之请。"他说着，抬头看一眼站在边上的时雍，"这是老儿新收的小徒弟，叫宋阿拾，是个妥帖的人，老儿想让她先为殿下检查身子，再辨证论治……"

"皇姑不可！"赵青菀不待孙正业把话说完，就尖声打断，"一介贱民，怎配检查长公主的身子？孙老，我看你是老糊涂了。"

时雍眼皮都没抬，懒洋洋斜了一眼怀宁。在孙正业已然表明这是他徒儿的情况下，怀宁这声"贱民"说得极是不合时宜，打的不仅是孙正业的脸，还有宝音的脸，这不是自己找不痛快么？

"没有规矩。"宝音语气有些不快，可是赵青菀还在委屈中无法自拔，嘟着嘴巴，眼含水雾："姑母，这女子就是一个骗子……"

时雍琢磨着这味儿，连忙诚惶诚恐地上前，朝宝音轻轻福身：

"长公主殿下，民女虽说出身微贱，自幼受阿爹教养，又得师父垂怜，授业解惑。身为女子，民女不求好前程，没有大出息，只愿清清白白做人，骗子一词是万万担不得的。请怀宁公主收回这话，不然，民女无颜见家父，更枉为师父的徒儿，今日怕是……活不成了。"她自称微贱，扯上孙正业，便是料准了宝音看不惯这种欺压之事。

可惜，怀宁白活了这些年，往常又嫌弃皇陵湿冷，不爱来探望皇姑母，对宝音的性子还不如刚见面的时雍了解。时雍这一番说辞，看上去唯唯诺诺，却是字字逼她道歉，分明是以退为进，偏偏她还一脸惶恐，装的是可怜又坚强，委屈又畏惧。怀宁看她如此，气得怒火中烧，对她痛恨之极，哪顾得看宝音什么表情？

"你个贱妇反咬一口，你是什么身份，我姑母又是什么身份？你在这大放厥词，是料定我姑母心善不会罚你是不是？我告诉你，这里不是无乩馆，没得赵胤护你……"

"怀宁！"宝音听不下去了，"住嘴！"

怀宁大惊失色。她不明白，分明她才是委屈的那个，为什么姑母会训斥她，这胳膊肘往外弯，还当她是亲侄女吗？转头，赵青菀委屈巴巴看着宝音："姑母，你别听她巧言令色。此女牙尖嘴利，惯会哄骗人……"

宝音皱了皱眉头，已隐忍到极点，一字一顿："怀宁，你先下去。"

下去？怀宁瞪大湿漉漉的双眼，不敢置信地看着她："姑母不肯为青菀做主，却帮着外人欺负我？青菀当真不是赵家人了吗？父皇逼我和亲巴图，要将我远嫁，皇姑母你又如此待我……"

"下去！"宝音低喝，将茶盏重重掷在地上。砰一声，四分五裂。宝音年少时性子极为野烈，也就这几年才收敛起来。

见状，怀宁心里一抖，双手绞着手绢，狠狠瞪了时雍一眼，跺脚下去了。她的侍女也慌不迭地跟上去。

殿内清静下来。时雍一脸无辜的样子，双眼水汪汪地看着宝音："殿下，民女是不是得罪公主了？"

宝音摆摆手，放柔声音："怀宁这孩子被教养坏了，你不要跟她一般见识。阿拾啊，本宫很好奇，看你小小年纪，当真如孙爷爷所说，会针灸之术，还会看妇人之病？"

原来孙正业已经把她的本事吹出去了，这老头。时雍硬着头皮，低头道："略会些皮毛，算不得本事。"

宝音笑了起来："是个有分寸的孩子。你随我进来吧。"

说罢，她将手搭在何姑姑的手背，缓缓从椅中站起，往内室娉婷而去，只留下时雍和孙正业二人。

139

时雍看一眼孙正业，有些怔愣，这就同意了让她检查身子？都说宝音长公主是大晏朝最尊贵的女子，宫里也有妇科圣手、医婆医女，她竟是随意就信任了一个"略会皮毛"的陌生人？

　　内室是宝音长公主的寝殿，与她的衣着一般，清净、朴素，找不到半分皇家的富丽堂皇。倒是几个大书架上摆放了各种各样的书籍，比时雍见过的任何一个书局的书都要丰富，没有一件多余的摆设，却高雅脱俗，满是氤氲的书香之气。

　　时雍由衷叹服："殿下好多书啊！"

　　宝音微笑："你识得字的？"

　　时雍本想说是，想了想，又羞涩地摇头："跟着阿爹粗略识得几个，不通经义。"

　　宝音道："要有喜欢的书，拿去看吧。"

　　这么轻易就送书？时雍调头看一眼宝音亲和的笑容："多谢殿下。"

　　"开始吧。"宝音张开双臂，让何姑姑替自己宽衣解带，比时雍料想中的更为配合，甚至比普通人更懂得怎么配合大夫。她躺在床上，身上盖了一床薄被，看时雍发愣，又含笑从床头拿起本书，慢慢翻阅，不去看她，免得她紧张。时雍洗手上前："殿下若有不适，就告诉民女。"

　　"先母在世时，亦是个有好本事的医者，孙爷爷都服她呢。"宝音语气平缓，说完幽幽叹息一声，"只可惜本宫没有天分，资质平庸，没有学得先母半分本事。但我尊重医者，你且放宽心，不必害怕。"

　　时雍轻轻一笑。这真是她见过的最好相处的公主了，和话本里那个"千里走单骑，一人独赴漠北、任性妄为"的宝音压根不像一个人。果然话本里都是瞎编的，污人名声。

　　时雍静下心来，为宝音细心检查。

　　内殿很安静，宝音在翻书，平静淡然，只有何姑姑在旁边看得紧张不已。等待的时间格外漫长。过了好一会儿，时雍站起来，又在宝音腹部做压痛测试，等确定了痛点，这才站起来："殿下，夜尿可频？"

　　宝音皱眉："近日有些频繁。"

　　"可有见血？"

　　"未曾。"

　　时雍点点头，似乎在思索，脸色变幻莫测。

　　早有丫头端了清水进来，让时雍净手，为公主洁身。

　　何姑姑看她行事与别的医婆和医女不同，小声问："是有什么不妥吗？"

　　时雍看一眼脸色恬淡的宝音，莞尔道："殿下元气不固，气血皆虚，导致经络失调，带下清冷量多。痛则不通，通则不痛，腹痛皆由此而起。但民女瞧着问题不大，待我禀明师父，对症开了方子，几帖药下去，想是就慢慢好起来了。"

　　其实就是妇科炎症，很多女性都会得的病，时雍好不容易才想出来这番说辞。说罢，她大着胆子又说了一句："井庐身处山间，寒湿潮冷，极易邪湿入体。长公主殿下应当多出门晒太阳，多亲近阳光，切勿闭门不出，忧思过甚。"

宝音一愣，随即笑了起来："你是不是和嬷嬷串通好，变着法儿来劝我？"

这个真没有，时雍刚想说不敢，就见何姑姑松了一口气，看她也和颜悦色了几分："老奴的话殿下不听，大夫的话，总该要听了吧？"

宝音笑着摇了摇头，突然吩咐何姑姑："嬷嬷，去把我书架上那几本针灸的书拿出来。"

何姑姑依言照做。

时雍听着，却是没有想到，这几本书是宝音赏给她的："你远道而来为我瞧病，我没有什么东西给你，这几本书已闲置许久，便留给你做个纪念吧。"

那几本小册子被何姑姑捧在手上，看上去书面已然发黄，边角有磨损的痕迹，想来是曾经被人经常翻阅的。可是宝音又说她不通医理，那这是何人之物？时雍好奇心顿起，却不敢当真去拿："为殿下诊治是民女的荣幸，况且只是略尽绵薄之力，愧不敢受……"

"拿着吧。"宝音坐起，淡淡道，"这是我妹妹看过的，如今……也是用不着了。"

她的妹妹？时雍记得先帝只得宝音一个女儿啊！

宝音抬抬眼，似乎看出她的困惑，微微一笑："本宫的义妹，通宁公主陈岚。她会些医理，比本宫有天分。家母在世时，她跟在身边学得很好的，常得家母夸赞。只是，身处宫中没有可医治的对象，无非是打发一下无聊的时光罢了。"说到过世的母亲，宝音脸上有刹那荡起的光晕，看着温暖又潮湿。

通宁公主陈岚，那不是广武侯的长姊吗？原来有这等渊源。时雍又有些惊讶，但皇家的事，她不方便问得太多，礼貌地向宝音行了一礼，低头接过那几本目前她压根就看不懂的针灸医书，千恩万谢。可是，从长公主的寝殿出来，面对孙正业的询问时，她却有些犯难了。刚才检查，她发现了一个长公主的秘密，不知当不当告诉孙正业：永禄十三年大婚的宝音长公主，竟是处子。谁敢相信？

"可有看出什么？"孙正业见她发呆，眉毛胡子都皱了起来。

时雍缓了一口气，将长公主的症状仔细说了一下，那秘密到了嘴边还是咽了回去。这是公主隐私，又有送书的情分，她不应当让外人知晓，哪怕对方是孙正业。

"甚好，甚好。"孙正业又开始捋他的白胡子，等时雍说完，他的方子已然写成，直接交到她的手上，"你亲自去抓药，亲自熬制。学医之前，先学会熬药。"

时雍："是。"

皇陵地处偏僻的山麓，但因为有长公主殿下结庐在此，又有护陵军常驻，因此，护陵卫所在地就有一个药局，抓药很是方便。

何姑姑派了一个叫素玉的小丫头陪着时雍同去。那小丫头看上去很机灵，姐姐长姐姐短地叫着，亦步亦趋地跟着时雍，很明显也是得了何姑姑的嘱咐，要盯住她抓药煎药的，只可惜年岁不大，什么都写在脸上。

时雍暗自好笑，并不回避她。抓了药，二人说说笑笑地往回走。马车行至半路，离井庐约摸还有一里地突然停下。

"怎么不走了？"素玉不高兴地呵斥车夫。

车夫没有回答。

时雍心里一沉，抓住素玉的手刚要蹿出去，就见那车夫撩开了帘子。一把明晃晃的刀，映着车夫一脸的阴笑："往哪儿走？"

换人了——不是送她们抓药的那个人。

"你是何人？"素玉倒吸一口气，涨红了小脸。她是长公主身边的丫头，平素是有几分厉害的，可是车夫毫不理会，只是望着她阴森森地笑。

"兄弟们，都出来吧！"

树林里嗖嗖响动，十几个黑衣蒙面大汉蹿了出来，个个带了武器，将马车团团围住。素玉哪里见过这阵仗，吓得惊叫一声，往时雍的背后躲。

"别怕。"时雍护住她，拨开车夫的钢刀，慢慢从马车下来，平静地望着周围的人，"你们若是求财，大可不必动刀动枪，我们身上的银子都给你们。"若只有她自己，不妨一搏，可是带着个小丫头，时雍怕伤了她，并无胜算，打算认栽给钱，等离开这里，再叫护陵军来抓人。

然而，黑衣头目对她掏出的银子并不感兴趣。冷冷地笑着，他一言不发地盯了时雍片刻，挥手大喊："上！不留活口。"

不留活口？时雍心里一惊，一脚踹飞第一个扑上前的黑衣人，拖住素玉就跑。那群人似乎没料到时雍有这等身手，愣了片刻，已让她跑得远了，更是恼羞成怒，紧跟着追了上去："快！"

"别让她们跑了。"

这里离井庐约摸一里半，前方是一个山坳，呼呼的山风吹过，天色似乎暗沉下来。

时雍心里盘算，跑出山坳呼救，守军应该就能听到，她们也就能逃掉了。可是素玉在长公主身边养娇了，跑不了几步就双腿发软，气喘吁吁，哪怕时雍极力拖住她奔跑，也是不成。

"阿拾姐姐！"素玉红了眼，惊乱地喊叫，"你跑，别管我。"

察觉到她要松手，时雍微微诧异。小小女子竟有这般骨气，为了不拖累别人，性命都不顾了。

说话间，一群黑衣人已经追了上来，两个人要全身而退显然不可能了。时雍回头看了一眼，抬手在素玉背心推了一把：

"往前跑，别回头。"

"阿拾姐姐——"

"滚！别影响我杀人。"

时雍横在路中间，为她断后，冷眼看着扑上来的黑衣人，裙子往上一掀，直接扎在腰上，漠然低喝："你们要杀的人是我，就冲我来，别为难一个小姑娘。"

时雍这么喊，只是想拖住他们的脚步，让素玉顺利逃脱。可是，她显然估算错了这些人的意图。他们压根儿就没有想让素玉逃走的打算。

黑衣头目大喝一声："一个都别放过。"

眼看他飞也似的朝素玉冲过去，时雍急忙阻止，夺下一人手中长剑，"当"一声，将刺向素玉后背的剑身别开，又拖住素玉的身子转了两圈才稳住脚步。

"娘的！小娘们有劲儿，给老子杀！"

素玉吓得两股战战，一看就不是能逃走的人。时雍被迫无奈，只能把她护在身后，一边打一边退，与黑衣人纠缠打斗。

她走位方式诡异，招招往咽喉、心脏、小腹等要害而去，打法与常人极是不同。交手几个回合，黑衣头目震惊于她的反击能力，终于收起了轻视之心，但对于久久不能将两个小丫头斩于剑下很是不悦，浑身戾气："都他娘的利索点，连个小娘们都奈何不得，要你们何用？"

时雍一言不发，目光如炬。若拼力道，她不如这些身强力壮的男子，但她身子灵活，出招又快又狠，唯一的掣肘就是素玉。

这小姑娘吓得身子哆嗦着，牙齿磨得咯吱直响，躲在时雍的背后寸步不离，让时雍很难放开手脚。而黑衣人却无丝毫忌惮，存心要她们死，这般混斗下来，不出片刻时雍二人已然被围到了官道边上，退路全无。

素玉小脸满是泪水，嘴唇吓得乌紫，脸色苍白："阿拾姐姐，你杀出去，你跑，别再管我了。"

"闭嘴！"时雍额头浮出一层薄汗，脸色极是难看，咬牙硬撑着，"这是皇陵地界，哪个狗胆包天的东西能在这里杀人灭口，还想全身而退？跑不掉，那就鱼死网破好了。"她声音很大，说给素玉听，也说给黑衣人听。

他们一开始也是存心想速战速决，只是没有料到时雍这么能打而已。可是，再这么拖下去，肯定会被人发现，到时候谁也别想跑。黑衣头目一听这话，剑身一转："闪开，老子来。"他拨开两个随从，大吼一声杀向时雍。不料，背后却传来一阵嘲讽的笑声："属实是好大的狗胆，竟敢在长公主的地盘上杀人。"

时雍余光一扫，只见一名白衣公子站在山腰巨石上，懒洋洋地笑着，飘然若仙。在他的笑声里，一股冷冷的劲风夹着寒光破空而来，时雍面前的两个黑衣人应声倒地。

"小心，这小子放暗箭。"

白马扶舟低笑一声，几个纵跃，雪白的身影已飞落而下。在刀光剑影辉映的寒光里，他挡在时雍身前，嘻笑抽出腰间软剑，与时雍上下翻飞的剑身交杂一起，抵御黑衣人暴风骤雨般的进攻。

黑衣头目眼看形势不妙，咬牙孤注一掷："兄弟们，不是你死就是我亡，大家上。"

咆哮声、怒吼声此起彼伏，竟让他们带出了一波气势来。黑衣人聚集一起如排山倒海一般朝时雍和白马扶舟压过来，几丈之内，一群人杀得昏天黑地，连天色似乎都暗淡下来。林中光线越发昏暗。

正在这时，密林间响起一道尖锐的啸声，仿佛出自哨子，又仿佛出自厉鬼之口，盖过了刀剑和吆喝，尖利刺耳，听上去极是瘆人。死去的人，陈尸地上，鲜血顺着道路往下淌。

低沉的天空黑压压如同暴风雨之前，将天地笼罩得如地狱一般。啸声越发尖利。不仅时雍，黑衣人也在四处张望。

"何人装神弄鬼？出来！"

一道白影突然从幽暗的密林间掠起，及腰的长发蓬松凌乱，大半覆在面部，依稀可见苍白的五官，一身过于宽大的白袍将她瘦削的身子衬得枯瘦如柴，两幅广袖在风中低垂飘动，发出尖利又疯狂的笑声，形如厉鬼。

"鬼！""有鬼！"黑衣人率先喊出声来。

时雍的惊讶不亚于他们。因为"这只鬼"与那晚她在水洗巷看到的一模一样。即便被长发挡住了大半面孔，那张她熟悉得不能再熟悉的脸，还是隐隐有些相似。是"时雍的鬼魂"？

"啊！啊！"一道突如其来的凄厉惨叫，打断了时雍。她回头，看到素玉变得惊恐而扭曲的脸，神色一凛："素玉？你怎么了？"

素玉双眼几乎要瞪出眼眶，明明看着她的脸，却似乎是认不出来了，整个人如同疯癫一般，疯狂地叫着扯落头上的钗环，又在身上抓扯着，将衣衫抓得凌乱不堪，在时雍试图阻止她时，突然扑上来缠住时雍，张嘴就咬。

众人倒抽一口凉气。黑衣人也是第一次见到这般场面，一个个面面相觑，忘了杀人，都呆呆看着发疯的素玉和那个仿佛悬挂在树梢上的"女鬼"，愣愣不知所措。

而这般僵持不过转瞬，人群里再次爆发出一声怪叫。这疯病就像会传染似的，很快波及黑衣人，人群里混乱一片，尖叫声声，很快疯了好几个。素玉疯了，只会咬人，而这些黑衣人会武，他们一疯，战斗力和刚才就浑然不同。

眼看几个黑衣人如同僵尸一般红着眼满身鬼气地朝白马扶舟杀上去，时雍不再和素玉纠缠，抬手砍在素玉后颈，将她打晕在地，提剑上去和白马扶舟并肩战斗。

"你快走！这些人疯了。"

白马扶舟沉着脸："走不掉了。"

时雍道："你就一人，没有救兵？"

白马扶舟道："杀人何须救兵？"

自恋狂，这都什么时候了？时雍冷着脸，判断着局势，骇然发现这些黑衣人就像集体中邪了一般。不再怕死，甚至不怕痛。刀砍在他们身上，血流如注却浑然不觉，任凭刀光剑芒杀上来，也要冲上来与他们同归于尽。

"邪门了！"时雍连杀两人，黑衣人不仅不后退，反而越来越疯狂，越围越近，就像吃了兴奋剂一样，战斗力越来越强。

"见鬼！"白马扶舟也低骂一声，"退！"

一道寒光闪过，时雍退后两步，突然甩了甩头。脑子里混沌般嗡声一响，闪过一些模糊不清的画面，呼入肺里的空气怎么都不够，心绪不宁，胃气涌动，呼吸越发不畅，身上好像有一股强大的力量想要夺去她的神志。

时雍突然意识到什么，转头看白马扶舟。只见他俊目里一片猩红，脸上突生的邪妄神色也与刚才略有不同。时雍心浮气躁，意识到他也有些不好，深吸一口气，勉强控制着自己："你快走，搬救兵。有人试图控制我们。"

"一起走。看他们能奈我何。"白马扶舟一只手抓住时雍的胳膊，一只手执剑突围，身若游龙、剑若惊鸿，矫健异常。

奈何这群不怕死的黑衣人，仿若没有生命的死肉，对他凌厉的剑招毫不畏惧，行尸走肉一般围上来，嘴里尖利地叫嚷，一声高过一声，脸上是如同鬼魅的苍白凄冷，大白天看着他们，竟觉得阴风惨惨，泛骨的凉。

"先杀了她——"电光石火间，时雍猛地掉头，冷冷盯住那"女鬼"的方向。这一切都是"女鬼"在作怪。若是不把这个东西拿下，他们做什么都是徒劳。想到这儿，时雍咬牙提剑，对白马扶舟道："你挡住他们，我去捉鬼——"

话音未落，就被白马扶舟抓住了手腕。时雍转头："你做什么？"

白马扶舟道："我去。"

那个女鬼既然能控制这些人，肯定比这些人更为了得。白马扶舟指了指倒在地上的素玉："你护住她，我很快回来。"

白马扶舟行动很快，转身一个飞跃便要过去。不料，他身形刚刚一动，密林里的女鬼白袍微翻，哈哈大笑着突然往后急掠出去，不过转瞬就消失在了眼前。大白天就这般飞走了？若非有鬼，那此人轻功当是出神入化了！

时雍惊惧未落，一阵马蹄声从井庐的方向破空而来，不过转眼就出了山坳。

"弃剑不杀！"一声厉喝，带着阴冷的杀气，随着马蹄，踏破了惊慌和森森鬼气。只见官道上一群身着飞鱼服的锦衣缇骑策马而来，个个如狼似虎，马蹄不过转瞬就将黑衣人的阵形冲散。

军容整齐的锦衣卫中间，一骑黑衣稳坐马上，长长的披风被山风吹得高高扬起，四野呼啸尖叫，喧嚣中唯他一人沉寂，面色冷漠，字字如刀：

"留活口。"

看到赵胤，时雍有一点劫后余生的欣慰，可是转瞬又有些心惊。她怀疑，"女鬼"是看到锦衣卫，知道赵胤来了，这才"逃跑"的。和水洗巷那次一样，"女鬼"根本不和赵胤打照面，却屡屡出现在她面前。到底是谁要害她？一个小小差役挖谁家祖坟了吗？这般不得安生。

锦衣卫下场，战局突变。

时雍看着高踞马上的赵胤，来不及说什么，那一股不可抑止的戾气冲天而起，仿佛顺着血液流窜在五脏六腑，无法控制。她紧紧握剑，指甲掐入了肉里，仍然不能抗拒这种夺魂般的力量，眼前金星闪动，脑子里掠过一幕一幕画面。那种天翻地覆的感觉，如灵魂出窍一般惊心动魄，眼前的一切反而变得模糊又不真实——

如何举起的剑，她已不知。那不是她，她仿佛成了一个傀儡，尖利地叫了一声，像一只受惊的厉鬼，脑子空白一片，剑身已然朝白马扶舟刺了过去。白马扶舟身形一晃，肩膀中剑，愣了愣还没有反应过来，时雍已经抽剑，第二次向他攻击。

145

她形如鬼魅，速度比那些黑衣人更快。白马扶舟不防她有变，又离她很近，根本来不及闪躲。

"你疯了！"他大吼着，侧身准备用手臂挡住时雍的利剑。这时，一道绣春刀的光影突然破空而至，"当"一声刺中了时雍的长剑，将她的剑身削成两段，其中一道弹出去扎入了泥土，另一半被时雍握在手里，踉跄后退几步，又一次朝他刺了过来。

她疯了，像那些黑衣人一样。

赵胤一马当先，收回绣春刀，稳稳朝时雍刺去。刀身碰剑芒，时雍虎口一麻，握不住剑，"当"一声，长剑脱手落地。

"赵大人，别杀她。"白马扶舟低喝一声。

赵胤冷着脸转头，看他受伤的肩膀鲜血淋漓，不停往下淌，冷哼一声："管好你自己。"对面的女子似乎认不得他们了，手上的剑掉了，又在地上的尸体上捡起一把，一言不发就杀过来。

"宋阿拾！"赵胤格挡住她的攻击，将她逼退两步，伸手扼住她的手腕，"阿拾，醒来。"

时雍一脸苍白地瞪住他，怔了怔，挥剑斩向他的手腕。

"大都督！"谢放见状，大吼一声。

赵胤没有松手，只是拿刀荡开了时雍的剑身，可这般近的距离，他的胳膊仍是不免被长剑划出一道长长的口子。

看到涌出的鲜血，杨斐心疼得大声叫喊，时雍却像是看不见，一脸麻木，接着就要砍第二刀。"驾！"杨斐策马撞过来，挥刀就砍，"大都督，她疯了！别再手下留情，她要杀你……"

赵胤面无表情，格开杨斐，一个反手夺了时雍的剑，狠狠将她拎起来横放马上，解下身上的披风，像缠粽子似的紧紧裹住她。

时雍激烈挣扎，又叫又吼。赵胤似是烦了，黑着脸用绣春刀啪啪两下打在她的臀上："把人都带回去。"

杨斐傻了。谢放惊了。白马扶舟捂住受伤的肩膀，愣了。这是赵胤？四周陷入一片死寂。

黑衣人死的死，伤的伤，被抓的被抓。战斗已经停止，官道上血肉横飞，只剩那一群被捆起来的黑衣人在厉鬼般尖叫。为免打扰长公主清净，赵胤没有带人去井庐，而是将其全部押回了守陵军的卫所。甲一长年守在这里，看到赵胤带回一群嘴里发着怪异叫声的黑衣人，马背上还驮了个狂躁的女子，当即吃惊不已："发生什么事了？"

赵胤看他一眼，声音平淡至极："父亲，你可知皇陵闹鬼？"

闹鬼？甲一皱着眉头："你在说什么？青天白日不要亵渎神灵。这是帝陵。"

赵胤哼声，没有一丝情绪波动："带进去，用冷水给我泼醒，问一问鬼从何来。"

杨斐走过来，看了看他马上的时雍："爷，这个……阿拾要不要泼醒？"

赵胤冷冷看他一眼，翻身下马，随手将时雍用力拖下来，直接摔在地上："本座亲自泼。"

井庐。

赵青菀还在里屋吃茶,就听到大宫女银盏匆忙的脚步声:"公主,公主……"

赵青菀神色微变,沉了声音:"慌什么慌?是天塌了吗?"

银盏收了收脚步,却压不住心里的恐慌,看赵青菀的时候,双眼悚然:"出大事了。"

赵青菀慢悠悠道:"这天底下,哪里都会出大事,长公主的井庐却是出不了。别大惊小怪,说吧,死了没有?"

"死,死了。"银盏脸上褪去颜色,"卢统领的人,死了好几个。卢统领也被抓了。"

"什么?"赵青菀像听了个笑话,尖细的手指紧握茶盏,"卢鸿元是个什么废物,两个弱女子都杀不了,还被人抓了?"

银盏垂下头,咬了咬嘴唇道:"是那贱人命好。碰上扶舟公子,而后,而后又好巧不巧遇到大都督上山……"

赵胤来了?呵!在赵胤那里哪有什么巧合?无非是他愿不愿意救人罢了。怀宁心上像被人捅了一刀。愣了愣,她重重瘫在椅子上:"你说,卢鸿元会不会出卖本宫?"

"公主……"银盏紧张地抬起头,望了望门口,紧张地压着声音道,"奴婢听人说,卢统领带去的人见鬼了,全都疯了,连那个宋阿拾……也疯了。不仅砍伤了扶舟公子,还伤了大都督……"

"疯了?"赵青菀吃惊地看着她,脸色变了好几次,很快,哈哈大笑起来,"疯得好,疯得好。人在哪里?本宫要看疯子去。"

银盏道:"扶舟公子刚刚回来。那宋阿拾被大都督带去守陵军了。"

"什么?"赵青菀猛地站起来,妒火攻心,一把将几上的茶盏拂到地上,"这个贱人。"

时雍度过了一段漫长得没有任何记忆的时光。

烈火焚心,暗巷幽灵,噩梦般的场景反复交替。等她再次从这个真实的世界悠悠转醒,发现自己在一个灯火昏暗的空间里。

潮湿的雾气氤氲笼罩,拇指粗的铁链紧束着她的手脚,她躺在地上,被人摆成一个"大"字,衣裳早已湿透,从头到脚,热汗淋漓,像一只蒸锅里的螃蟹,熟透了。

"大都督?"时雍目光涣散片刻,就看到雾气里的背影。那人刚好回头,眼神在潮湿的空气中相撞。时雍微微打个寒战,从他冷漠的脸上捕捉到什么,顿时惊住,"我怎么了?"

"又失忆了?"赵胤道。

得,嘲讽她。时雍想了想,脑子还真是一片空白。她四周看了看,视线慢慢落到赵胤受伤的胳膊上,摇摇晕沉沉的头:"我睡了多久?"

"一天一夜。"赵胤补充道,"不是睡,是发疯。"

发疯?时雍依稀记得失去意识前的事情,尴尬一笑:"抱歉!都想不起来了。"

赵胤清冷的眸子微微阖起:"那你再躺着想一会儿。"

石板又硬又潮湿,空气里满是硫黄的味道,脊背被硌得发痛,谁愿意再躺一会儿?

时雍本想嗔他几句，或是撒个娇求个舒服，但是赵大人那张清冷的脸实在太让她生气，她恨不能撕碎了听个响："捉不住女鬼，就欺负我，这可不是大丈夫作风。"

这么激他，时雍原以为他会生气。可赵胤面不改色，慢慢走过来，居高临下地看她："本座欺负你？"

"不是欺负我，干吗用铁链锁住我？"

"不锁住你，房子都让你拆了。"

她疯得有那么厉害吗？那"女鬼"到底何方妖孽？竟这么歹毒，能控人心神，连她都中招。时雍脊背凉涔涔的，身子发冷，垂眸沉默。

赵胤问："现在清醒了吗？"

此刻的指挥使大人衣袍松缓，黑发未束，胳膊上的伤痕在微挽的袖底若隐若现，没有干透的水渍在他身上泛着一层香艳的反光，看得时雍口干舌燥，像被人丢在了一锅滚水里，越发觉得呼吸吃紧。她不知道之前发生了什么，会让他俩这个样子，只是从赵胤的表情来看，她可能没干什么好事。

"清醒了。"时雍抿了抿唇，乌黑的眼望着他，"劳驾，帮我松绑。"

赵胤没有回答，安静地往前走，脚尖挪到她的身边这才停下，慢慢蹲身，一把扼住她的下巴，抬高面对他："求我啊？"

求他？时雍看到他受伤的胳膊和疑似有抓痕的脖子和锁骨，心虚片刻。"好……我求你……松开……"时雍嘴不利索，好不容易才说完这句话。

赵胤看她片刻，一点点收回手，将捆她的铁链解开，过程面无表情，动作极是生硬，仿佛她是一具没有生命的死尸，那铁链扯得时雍骨头生痛："痛！你轻点。"赵胤不为所动。

真狠。怜香惜玉这词，大都督怕没学过。时雍暗暗咬了咬牙，等松了绑站起来，脚下一个踉跄，身子猛地扑出去，双手往前狠狠一推。

"呀！"她原本想借机报复一下，让赵胤摔个跟头狼狈狼狈，一解心头之气，顺便撕裂他那张没有表情的棺材脸，看看他狼狈时是什么模样。哪料赵胤反应极快，一把扯住她的袖子往前一带。扑通！两个人齐齐往下倒去。水花四溅。

时雍这才发现，屋子中间是一个水池，或者说是一个人工砌成的大浴缸，里面的水温居然是热的，如同温泉一般熨帖着肌肤，让她激灵灵打了个颤。"大人。"时雍吃了一口水，刚喊出声，眼睛猛地瞪大，哑了。浑身湿透的指挥使大人，站在她的面前，衣袍湿淋淋地紧贴身子，修长的腿，劲瘦的腰，原始而野性的男性线条，震得她几乎失神，呼吸瞬间被夺走。

"你还没疯够？"

赵胤的脸上并没有时雍期待的冷静龟裂或者出离愤怒。他的表情平静而漠然，只有滚烫的气息从唇角飘出来时，带着狠意与热气，像个活着的正常人，喷在时雍脸上，烫得她耳根发红。

"我又不是故意的，我是个老实人……"

赵胤嘴角微抿："杀人如麻的老实人？"

杀人如麻？这几个字让时雍有刹那的怔愣，很快又反应过来，赵胤指的是她之前杀黑衣人，而不是知道了她就是时雍。"我只是身不由己，你不是都看到了？我和他们都中邪了，我哪会知道……"时雍说得柔和而轻软，苍白的脸上一丝血色都无，那落汤鸡的模样着实楚楚可怜，是个男人都会生出几分怜惜。可是，时雍怀疑赵胤恐怕不是个男人。

他无视女子娇媚，不留情面地松开手，时雍扑通一声就跌坐水里，狼狈又无助地将池水荡出一圈圈涟漪。而赵胤站在她面前，一身湿衣裹着他健壮颀长的身子，那里的轮廓看得格外清晰。还有，那一道被时雍划伤的口子，泛着猩红的颜色，重新渗出了血水，看得时雍眼皮一跳："大人的伤，没有处理吗？"

赵胤掩一下袍子，不理会她的问题："当真要我把你丢到诏狱，才肯交代吗？"

交代什么？时雍受不了他。明明面前有一个湿漉漉的美人活色生香地跟他说话，偏生在他的眼里，她连一坨死肉都不如，只会拿她当凶手对待。丢人，失败！

时雍朝他一笑："行啊，我说。大人靠近一些。"

赵胤冷着脸看她片刻，慢慢往前，面孔冷硬得仿佛一个没有感情的机器人。这个样子的他，时雍找不出任何言语来形容。这么好看，又这么可恶。

"大人认为，我和这个案子有什么关系？"时雍似笑非笑地看着他，声线娇软，表情却冷淡，那眼底生出的冷光让赵胤原本要说的话卡在喉头，再出口，也只剩一句冷哼。

"你不是宋阿拾。"

"大人英明。"

"你到底是谁？"

时雍突然甩了甩头，发上的水珠跟着荡出去，甩了赵胤一脸，在他冷眼剜来的瞬间，时雍又低低一笑："想知道？你求我啊。"

赵胤手掌微微一收，攥成拳头。

这是想掐她又忍住了吗？时雍看着他那张冰山一般冷漠的脸，突然心生恶念。

很奇怪。赵焕风流倜傥，她喜欢；但一起招猫逗狗，玩乐谈情，她却不曾生出旖旎心思。谢再衡清和温润，风度翩翩，她却看得恶心，只想扇他的脸。白马扶舟玉树临风，她心思会动，但就如同隔着云雾看画里美人，不想亵玩。而赵胤不同，让她恨得心火焚燃，五脏六腑都积着气，明明想撕碎他那张不近人情的脸，又忍不住想调戏他，想看这张冰山脸崩裂，甚至想看他动情会是何等神仙模样。时雍承认自己不是好女人。以前不是，现在也不是。但对男人有这种近乎荒唐的情绪，是第一次。

"大人。"时雍嗓音略哑，笑起来时，翘起的唇角有淡淡的揶揄，"我也是鬼，是会吸男子魂魄的女鬼。"

赵胤眉头微沉："宋阿拾，我没有耐心——"

他的话说到一半戛然而止，因为他的嘴被堵住了。

时雍冷不丁扑上去，狠狠啃上他凉薄的唇，激烈、火热，如飞蛾扑火，如强盗抢亲，不管不顾，不给赵胤任何反应的机会。

水雾湿透了时雍的衣裳、长发，她如同刚从水里打捞出来的一般，额头布满的水珠在无声的纠缠中静静下淌。燥热的空气被点燃，回应时雍的是赵胤铁钳般的大手，将她腰身死死掐住。他身上的冷气铺天盖地席卷而来，掐得时雍浑身无力，几乎瘫软在他身上，喘不过气。

赵胤十分厌恶投怀送抱的女子，更厌恶和旁人有身体接触，不论男女。时雍觉得自己这般冒犯到他，怕是很难全身而退。哪料，赵胤一只手将她胳膊狠狠别到背后，稍稍把她拖离身体，夹杂在潮湿空气里的低斥却十分克制："门外有人，你发什么疯？"

听了这话，时雍差点笑出声来。没人就可以发疯了吗？看着赵胤深不见底的眼睛，她忽然觉得与他相贴的身子有些热，原本的紧张在他近乎沙哑的训斥里，竟是放松下来，眼轻轻一眨："那我们小声些，不让人听见？"时雍说完，又踮脚凑上去。

这次没那么容易了，赵胤一只手就把她扯开。"宋阿拾！"他拔高了声音，冷冽刺骨。时雍怀疑他想杀了自己，于是，嘴一瘪，装傻充愣地望着他："你要觉得吃亏，咬回来好了。"

时雍噘起嘴，一脸无辜懵懂的模样，好像完全不明白自己做的事意味着什么。只见赵胤那双漆黑的眼睛，由冰冷变得深邃，从满带着寒气到渐渐收敛，出口的话平静得如千年寒冰，无一点波澜："你怎不知羞？"

"羞是什么？大人教教我？"

"宋阿拾！"

逆着光，他眉目清俊却不真切，时雍很难描绘他此刻的神色，只是那面孔像是有毒，让她鬼使神差般又抬手摸向他乌缎般的长发，像摸老虎屁股似的，惶恐又刺激："听人说，大人不近女色，还有高僧批过八字，此生不得亲近女子，否则便会引来横祸……"

赵胤脸色微变，一把抓住时雍的胳膊，猛地将她拽到身前。时雍猝不及防，身子重重撞到他的身上："从哪儿听的？"

时雍轻轻一笑："看来是确有其事了？大人，你相信这么荒谬的事情吗？"

赵胤似乎对此事格外敏感，绷着脸，身子僵硬得如同一块石头。他冷冷盯住时雍的眼睛，沉默片刻："在我身边，你最好老实点，别存有不该有的心思；否则，后果你承担不起。"

混杂着香胰子和男子气息的风扑向时雍的脸，扫荡着她脸上细小的绒毛，麻麻酥酥的。她头皮一紧，忽然乐了："大人以为我有什么心思？"

赵胤瞥她一眼并不说话，一脸"我就知道你想勾引我"的清冷孤高。时雍眼神往身上扫过，忍不住笑："我本是不敢对大人存什么心思的。还不是大人使坏么？一会儿清心露，一会儿问心丹。我喝了大人的酒，吃了大人的药，那就是大人的人呀。问心丹那么厉害，我可不想七窍流血、肠穿肚烂而死。所以，此生我是要跟大人不离不弃的……"

她嘴上说得娇滴滴，眼睛却不停瞄赵胤的表情，完全是戏谑着当笑话在说。哪料赵胤却突然转身，用力握住她的双肩，往后重重一推，似乎看不到她的后背撞在了池边砖石上，眼睛里席卷的火焰转为冷冽的坚冰："再靠近本座，宰了你。"

时雍石化片刻，直起腰又笑了："大人是想灭口吗？是不是怕被人知晓，锦衣卫指挥使，竟被一个小小女差役轻薄了？"

哪壶不开提哪壶，时雍也觉得自己极其作死，可是，看大都督变脸的样子实在是太欢乐了啊。时雍看他冷脸无情，又笑："大人，我刚才亲近了你，是不是很快就要遇上横祸了？"

赵胤幽幽的黑眸泛着冷光，未束的长发垂在脸侧，那腾腾的杀气几乎肉眼可见："你真不怕死？"

时雍微微一笑："大人舍不得杀我的。"

赵胤一声不吭地走近，把她逼到池边，一把掐住她的脖子，整个人暗影似的笼罩着她，微微用力。

"咳咳咳！"时雍眼皮微抬，"我刚刚想起那针灸之法，大人就要杀我……"

赵胤胳膊一僵，冷眸几乎定在她的笑脸上。

时雍见他明明生气又闷不作声面无表情，心里越发觉得逗他很欢乐："大人，你要不要试试看，掐死了我，你会不会后悔呢？"

"你当真想起了？"赵胤问。

"血海、梁丘，阳陵泉，运五分，行九阳，提针再由深到浅。足三里、昆仑穴，先七分，行六阴，深浅得宜病自愈。"

赵胤目光暗沉，盯住她微微低头，似要把眼前这个女子看清。

"我不仅想起了针灸之法，我还想起了张捕快家灭门那天晚上，发生了什么。还有那个女鬼，我也有法子帮大人抓住她。"时雍唇角微扬，仰头看他，"大人，还舍得杀我吗？"

两个人靠得极近，从腰到腿几乎密不透风地贴在一起，肩膀不到半拳的距离。时雍似笑非笑地说完，发现赵胤久久不动，忽然察觉到气氛有些不对。两层薄薄的衣衫根本就挡不住他身上那咄咄逼人的变化："死罪可免，活罪难逃！"

时雍惊觉那沉甸甸的"杀气"指向自己，脸颊微热，正想退开，一个人猛地推门而入，带起的冷风将墙上的灯火一拂，衬得赵胤的脸如若阎王。

"爷，卢鸿元他——"谢放的话卡在喉咙里，看着浴池里纠缠的两人，惊讶得说不出话。

四周死一般寂静。时雍近距离感受着，几乎能听到某人狂烈的心跳。是被她气的，又或是撩的。时雍觉得这次他可能当真会宰了她。

"你们先说正事。我回避，回避。"时雍拉住赵胤的手，小心翼翼将脖子从他的虎口里拖出来，甩了甩湿漉漉的头发，缩回水池准备再泡一下。

赵胤却不想让她舒服，一把将她从水底拽出来，冷着脸丢到岸边，蹭得铁链铮铮有声。

时雍打了个寒颤，以为他又要将她捆起来。不料，从头上砸下来的是一件披风："等下再收拾你。"

赵胤说完，拢了拢衣袍，冷冷盯住谢放："快说！"

磅礴的凉气冲自己而来，谢放有点无辜。他以为是自己打断了爷的"好事"，触霉头了，正眼都不敢去看裹在披风里露出一颗脑袋似笑非笑的时雍，清了清嗓子，动作非常小心，行礼都紧张："爷，有两件要事禀报。一是卢鸿元咬舌自尽，没死成，但舌头伤了，说不出话。二是京城快马来报，昨夜徐晋原死在诏狱，仵作认为是自杀，与时雍的死如出一辙。魏千户说，昨夜三更时分，有更夫看到时雍的鬼魂，出现在诏狱附近。"

又是那个"女鬼"？一阵风来，油灯差点被吹灭。室内陷入短暂的寂静。时雍看向赵胤，只听他道："回京。"

赵胤来守陵卫是以"探望父亲"的名义，停留一日，眼看天快黑了却匆匆返京，行事如此诡谲是瞒不过甲一的。

随从在打点行装，甲一把赵胤叫到书房："说吧，你是不是看上那个女娃娃了？对她有兴趣？"

赵胤眼波清冷："没有。"

"那你为何？"

"我对她身上的秘密有兴趣。"

甲一沉吟片刻，看儿子无意说私事，眉梢几不可察地挑了下："徐晋原、卢鸿元这两人，是否与怀宁公主有瓜葛？"

赵胤嗯一声，面无表情。甲一看他如此，叹一口气："怀宁公主如今在井庐，成日里大门不出二门不迈，只等陛下旨意一到便要和亲兀良汗。此事，便不要再节外生枝了，也不必再教陛下操心。"

赵胤一时未答，手指轻敲着膝盖，不知在想些什么。

对这个儿子，甲一素来是一半交流一半靠猜，从来弄不懂他内心里在想些什么，接下来又会做什么。赵胤极有主见，打小性子就古怪，从不与人交心，把事情告诉他这个父亲，多半是知会，而不是商量。

甲一对他只有无奈。若非当年道常和尚的那些话，甲一倒是希望他身边有个知冷知热的女子，体贴他照顾他，让他多些人情世故的热乎气，而不是一年年地活成一尊高山雪雕，与人保持千里之距，孤冷一人。

父子俩沉默相对，茶水冷却，行囊已然打点妥当。甲一随了赵胤出来，远远看到准备钻入马车的时雍，皱了皱眉头："把她叫来，我问几句话。"

赵胤脚步微缓，看他一眼："不必。"说罢，拂袖大步走远。

时雍其实是见过那位前任指挥使大人的。在她心底，甲一和赵胤其实是一类人。手段辛辣，腹黑狠毒，即便甲一已经卸任，她仍是小心翼翼。片刻后，赵胤上了她乘坐的马车，看到她，稍稍皱了皱眉，坐到另一边。

"驾！"马车徐徐，马蹄声声。时雍撩开车帘好奇地张望，突然看到守陵军押解着那一行黑衣人，不知要去什么地方。

漆黑的铁链拖在身上，凌乱的脚步和瑟瑟发抖的身子，压抑，沉闷，四周寂静，黑点渐渐远去，消失，风送来呜咽。

时雍问："这些人要怎么处置？"

赵胤双眼冷冷睁开："杀了。"

杀了？时雍头皮一麻，看他面无表情，又轻笑一声，别开了眼，分明是不信。

赵胤也不解释，眼神森然冷漠："张捕快家灭门那晚，发生了什么？"

果然说出了那话，就逃不开审问了。时雍淡淡一笑："那天晚上我去给张芸儿送药，无意间听到一句话。"顿了顿，她敛住表情，用惊恐的目光看着赵胤，小声说："张捕快问：我一家九口，一个都不能留吗？我保证他们什么都不知道。那个人说：一个都不能留，凡是知道此事的人，全部都得死。"

"那人是谁？"赵胤问。

时雍摇头，眉头蹙起，似在回忆："我当时吓住了，放下药就匆匆向张芸儿辞行，还没有走出屋子就被人从后面打晕。等我醒来，就泡在池塘里。"时雍看他一眼，"我想，那人应当就是凌辱张芸儿，逼迫张捕快杀害全家的凶手。我的死……不，我没死，我出事是因为偷听了他们的对话。而张捕快的死，是知晓了什么秘密。"

再次停顿。时雍身子前倾，低声说："于昌想必也是因此才引来了杀身之祸。凶手此前或许并没有注意到张捕快这个小徒弟。可是，于昌找到周明生，再由周明生引荐，到无乩馆面见了大人。凶手怕事情败露，一不做二不休，索性杀他灭口。"

赵胤看她的目光越发深冷："依你之见，女鬼与此案可有相干？"

"有。"时雍说得斩钉截铁，"若无相干，何必装神弄鬼去水洗巷吓人？"

赵胤眼神一闪："在你看来，女鬼去水洗巷所为何事？"

"找东西。"时雍淡淡一笑，目光里笃定的自信，焕发出别样的神采，"张捕快是个老捕快了，他能用特殊的死亡方式来提醒我们案子的不同寻常，想必也会想法子留下凶手的罪证。凶手忌惮这个，放心不下，这才扮成女鬼到处寻找。"

"那女鬼出现在天寿山，又为何事？"

"这就简单了。"时雍懒洋洋将双腿摆了个舒服的位置，踢到赵胤的袍角，抱歉一笑，但并没有收回来，而是慵懒地道，"我这个侥幸从水洗巷活着回来的人，也是凶手的目标之一。凶手想我死，又不愿再生事端，毕竟在凶手眼里，我是大都督的女人。"

说到这儿，她朝赵胤眨了眨眼。见他面僵冷硬，不为所动，又叹息一声："其二，我怀疑凶手如此煞费苦心，是为了——嫁祸怀宁。"

赵胤眼一眯，定定看她。

"说嫁祸不完全妥当。"时雍修长的手指搓了搓鼻侧，弯唇浅笑，"怀宁公主醋海生波，找徐晋元要我的命，又差了那群黑衣人来了结我。说来也是她自个儿横插一脚，凶手这才顺水推舟，干脆杀了徐晋原，再让女鬼闹个乌烟瘴气，把所有事情全推到怀宁公主身上，让她背这口黑锅。"

徐晋元在诏狱招出自己是受怀宁公主指使，然后就自杀了。卢鸿元咬了舌，但那群黑衣人还有活口，他不招，早晚会有人招。现在徐晋原一死，黑衣人再一指认，赵青菀是跳到黄河也洗不清"杀人灭口"的嫌疑了。只是，赵胤没有想到，宋阿拾会把这桩桩件件的事情分析得如此透彻，而且，她怎会知道，徐晋原和卢鸿元的背后是怀宁？

"这些，是谁告诉你的？"

听他突然发问，时雍愣了愣才反应过来，她刚才说的那些话太容易让人怀疑了。毕竟现下的女子大多不识字，更别说分析案情了。时雍沉默一秒："没人告诉我，我自个儿猜的。事情摆在面前，动动脑子就知道了。"

头上阴影盖下来，时雍看到都督大人往她这边倾了倾身子，黑色的衣袍带着深深的压迫感，让人喘不过气："懂得不少，谁教你的？"

时雍低头："我爹。"

宋长贵？赵胤冷冷看她，沉默以对。

时雍道："我爹会的本事可多了，只是做了件作，操贱业，活多钱少，屈才罢了。"

赵胤冷冷扫过她苍白的小脸，慢慢直起身子，阖起眼不再看她。

时雍见他无意交谈，而她刚才对他说那些话时，他也没有表现出半点意外，心里也就明白了。其实人家根本就没有怀疑过他的老情人赵青菀是杀人凶手，倒是她自作多情了。

刚想到这里，时雍脑子里突然掠过一个画面……那一群被铁链拖走的黑衣人。不对！赵胤没骗她，他是真的要杀了他们。黑衣人跟她一样中了毒、中了邪，昏迷后醒来，能招的应该都招了，已经没有任何价值。赵胤这么做，是灭口，为了帮赵青菀灭口！胸口一闷，血腥气充斥脑海。时雍咂摸下嘴，觉得这狗男人真的好狗啊！

赵胤突然睁开眼，手抬了抬，又落下："你在骂我？"

时雍吓一跳："哪有？我都没出声。"

"心里。"赵胤冷冷看她片刻，双手放在膝盖上，坐得端端正正，很快阖上眼，如同老僧入定一般沉入了他的自我世界。

时雍心惊肉跳，没再吭声。等了许久，见赵胤一动不动，她打个喷嚏，将赵胤身边搭在膝盖上的那张毯子一点一点拖过来，慢慢地、慢慢地转移到自己身上，紧紧裹着，然后舒服地合上了眼。就在时雍昏昏欲睡，正准备做个美梦的时候，身上的毯子突然不翼而飞。她激灵一下睁开眼，撞入一双漆黑冰凉的眼睛里。

杀气笼罩马车，她打了个喷嚏。狠！和女人抢毯子，赵胤当真毫无人性。时雍心里唾弃他，脸上却老实得紧："我冷。以为大人不需要，就想借用借用……"话没说完，一只有力的大手突然拽住她的胳膊，时雍来不及反应，人已经跌坐在地上。更准确地说，是跌坐在赵胤的脚边。

"大人？"时雍仰起头，还没有看清赵胤的脸，眼前黑影一闪，那条毯子从头落下，将她整个人盖住。可怜的她，坐在地板上，像条小狗似的，想要取暖，就只能靠着他的猪蹄。时雍真想砍了这只讨厌的腿。

"不老实，本座宰了你。"

时雍觉得这人有些可怕！算了，山中秋凉，降温时实在太冷："民女老实，可太老实了。"

一路安静。

马车到达井庐时天色已暗沉下来。

时雍下车的时候，发现谢放、杨斐和朱九几个近卫看她的眼神都有点古怪，似乎和之前不一样了。是坐了大都督的马车，让他们另眼相看啦？时雍并不排斥狐假虎威，能仗势欺人那就更好不过了。她笑笑，负手进门。

赵胤去给宝音长公主请安，时雍准备先回去换身衣服，再去找孙正业说明情况。哪料，刚到西厢房的檐下，就听到嗤的一声轻笑。时雍左右看了看，没见到人。猛一抬头，果然看到一个白衣翩然、精致俊美的男子懒洋洋坐在房顶上，薄情的双眼微微弯起，似有星光。这是什么毛病？

时雍看着白马扶舟："屋顶上有黄金吗？"

白马扶舟不答，似笑非笑地反问："你和赵无乩什么关系？"很温和的语气，却带着某种不容抗拒的张狂和质疑。

时雍："我为什么要告诉你？"

白马扶舟道："你欠我一条命。"

时雍笑："你命丢哪儿？我帮你找？"

白马扶舟轻摩着他受伤的肩膀，皱眉眼巴巴看她："你昨日伤了我。"

时雍"哦"一声，点头："下来，我帮你治。"

"我缺医少药吗？用你治？"白马扶舟轻哼一声，身子突然从屋脊滑下来，像一片落叶，轻盈飘逸，直接落到时雍的面前，动作行云流水，很是好看。

时雍速度极快地避开，退后两步，盯着他："那你要我如何？"

白马扶舟盯了她一会儿，看得她心浮气躁了，他才轻轻缓缓地哼一声："带我去捉鬼。"

带？他几岁？时雍怀疑他脑子有点不清楚。不料，白马扶舟诡异一笑"别让赵胤发现，我们偷偷的。"

在井庐简单用过晚膳，天已彻底黑了下来。

对于赵胤要带时雍回京，孙正业没有意外也没有反对，只是他的行程没变，还是准备在井庐小住几日，照顾长公主的身子。

得知赵胤到了井庐，赵青菀大抵是心虚，反常地没有出现，连晚膳都是在房里用的。赵胤也没有就卢鸿元和徐晋原的事询问她，只是饭后，长公主叫了赵胤去内室说话。

井庐门外，车马已准备就绪。时雍辞别了老孙头出来，没有看到白马扶舟的身影，稍稍放了些心。为了一个还没有搞清楚身份的男子，她可不敢去捋大都督的虎须。因此，白马扶舟的提议被她断然拒绝了，欠人情是一回事，自己的命是另一回事。

夜晚的风，幽凉冷冽。时雍穿了件厚袄子，有些臃肿，出了门照常爬上赵胤的马车。杨斐瞪她一眼，似乎很不高兴，但是没有赶她，哼声走开了。时雍找了个舒服的位置坐下。

长公主面见赵胤的时间似乎格外地久，时雍等得都快睡着了，赵胤还没有出来。

一行人安静地等待着，风越发大了，吹得林子里的枯树如同哽咽，呜呜作响。

时雍动了动僵硬的胳膊，正想下车活动一下，突然听到被风送来的一段歌声："关山故梦呀，奴也有个家，桂花竹影做篱笆。胖娃娃，胖娃娃，哭了叫声阿娘呀………怎敌他，怎敌他，血肉骨头酿成酒，拆了篱笆杀了她……"是个女子的声音，沙哑，低暗，

155

很古怪的调子，并不完全听得清楚词儿，但在这样安静的夜里，调子和词意都让时雍听得很不舒服，诡异的歌声好像一股寒流顺着汗毛钻入血肉骨头，再一层层被剥开的感觉，阴冷、恐怖，让她头皮发麻，浑身冰冷。

时雍后背泛凉，手指伸出去钩住帘子，一点一点慢慢撩开，寻找那个如同诅咒一般的声音："关山故梦呀，奴也有个家，桂花竹影做篱笆。胖娃娃，胖娃娃，哭了叫声阿娘呀……"

没有人。井庐门口只有风声和灯笼散发的幽幽火光。几个侍卫也都竖起了汗毛，相视一眼，谢放的手按在腰刀上。

"听到了吗？"

"有人在唱歌。"

"这歌，令人毛骨悚然！"

"声音好像是从井庐传来的。奇怪，哪个胆大包天的人，胆敢在长公主的地方唱个不停，也没人去阻止吗？"

"那可不一定。"杨斐抬头看向黑压压的天空，"最近不是老闹鬼吗？鬼的声音，也许只有你我听得见？"杨斐压低嗓子玩笑，说得有点瘆人。

谢放瞪他一眼："别胡说八道，一会儿爷出来又得整治你。"

杨斐最近挨了两次军棍，疼痛记忆很明显，他赶紧闭嘴。

"怎敌他？怎敌他？拆了篱笆杀了她……"歌声往外飘，时雍静静坐在马车上，看着旷夜里的大门出神。

"也许真的是鬼。"冷不丁一道低浅的声音从背后传来，吓得时雍头皮炸裂，回头却没有看到人。

"在这儿。"肩膀被人拍了一下，时雍汗毛都竖了起来，再转头，看到一张苍白的脸出现在马车帘子后面。

"白马扶舟，你……"

"嘘。"白马扶舟看了眼时雍的表情，笑得双眼弯起，眼底满是星辰，"说好的，我们偷偷的。"

时雍咬牙："你要干什么？"

"和你们一起回京呀。"

白马扶舟说得理所当然，那笑容在暗夜里带着一种难以言说的幽冷。可能是歌声太应景，时雍看他这身仆役打扮，竟瞧出一身的鸡皮疙瘩。

扑！帘子合上，白马扶舟隐去了。同一时刻，井庐大门洞开，赵胤从里面出来，送他的人是何姑姑。歌声没有停，两人脸上的表情却十分平静，就好像完全没有听见一般。

时雍定睛看过去，脊背突然僵硬。只见敞开的大门里面，赵胤和何姑姑的后面，站着一个披头散发的女子。

月光下，女子踩着细碎轻盈的步子而来，面对大门翩翩起舞，乌黑的长发垂到腿边，与夜色融为一体，单薄的衣裙在风里飘飘荡荡，嘴里一直在重复那首歌，一边唱一边比。

在唱到"拆了篱笆杀了她"时,她长长的水袖抛向空中,婀娜的身段原地几个旋转,哈哈大笑起来。

赵胤脚下没停,面不改色地走向马车。何姑姑送到门口,却是转回去了,一边训斥匆匆赶来的两个小丫头,一边又走过去,低头好生地哄着那个女子,急急忙忙地把人带走了。

时雍听不清他们说了什么,只觉得这井庐,处处透着古怪。

嘎吱一声,赵胤钻进马车,时雍嗅到一种幽冷清冽的淡香,压迫十足地飘过来。她揉了揉鼻子,有自知之明地缩到角落。她在黑暗里,赵胤看她一眼,坐了下来。

马车徐徐驶入夜色,离井庐越来越远。黑暗里能听到呼啸的风声、马蹄的嘚嘚声,还有杨斐和朱九聊天的声音,但马车里面却陷入了一种古怪的沉默。时雍以为赵胤会问什么,可这位大人真是沉得住气,就好像没她这个人似的。

"大人。"时雍打破沉默,"你可知唱歌的女子是谁?"

赵胤睁开眼,借着微弱的光线,时雍看见他神仙般俊朗的脸上是一副被打扰的冷漠表情。

"你想知道?"

"对。"时雍很认真地点头。

赵胤表情平静:"坐过来。"

如此慎重?时雍略微紧张,慢慢挪到他的身边,却不敢同他平起平坐,只侧坐一点,屏紧呼吸望着他,等待下文。

赵胤抬手,在她额头重重一敲。

"哎哟。"时雍摸头,怒视他,"干什么?"

赵胤看她生气的样子,面不改色:"与己无关的闲事,勿视勿问。"

"那你打我干什么?"

"长记性。"

混蛋!时雍白他一眼,缩回去坐下。本想告诉他白马扶舟之事,因这一记"暴打",也懒得多嘴了。神仙打架,关她凡人什么事?

路上两人没有交谈,气氛安静得可怕。时雍发现赵胤这人真是古怪,她蜷缩在马车里,换了无数个姿势仍然觉得浑身不自在,而他自从上了车,居然维持着同一个姿势,一直到城门边上。

天还没亮,城门紧闭。守城军士高声喝问:"何人叫门?"

谢放从侍卫手上拿过火把,抬头看向城楼:"锦衣卫大都督座驾,劳烦。"

紧闭的城门哐哐打开了,马车从中驶过,守卫将士分列两侧,低头向赵胤行礼问安。赵胤终于动了动,慢慢坐到时雍这一侧,撩开帘子看向守城的将领:

"李将军辛苦。"

"大都督言重了,末将职责所在。"李将军看到赵胤冰冷的脸,也看到了坐在他身侧满脸不悦的女子。

时雍就露了半张脸，但足够让人惊悚了。大都督向来独来独往，这深更半夜回城，车里竟然有一个女子？看来传闻果然不假！众人腹诽却不敢声张。赵胤眼帘微抬，默默扫一眼，放下帘子。

"在想什么？"他冷不丁地发问，让时雍有些意外。

她淡淡道："我知道大人需要一个女子来撑门面，告诉别人自己其实也还行。我也很乐意为大人效劳，但是往后我用得着大人的地方，借您名头行个方便，还望大人也如我今日一般海量，不要计较才是。"

时雍觉得"其实也还行"这句话，但凡是个男人都受不了，可赵胤这人真不是一般的修养，眼神复杂地看她一眼，竟是不怒不躁，面不改色。

"你不是已经做了？"

"嗯？"时雍不解地看他，"什么？"

"利用本座，带白马扶舟回京。"

时雍神色一变。见赵胤没有生气，她原想解释的话也觉得没必要解释了，在心里暗骂一句，脸上柔柔轻笑："有什么事是瞒得过大都督的吗？"

"没有。"

还真是相当自信呢。时雍哼一声，斜斜睨他懒得再说话。

马车在诏狱停下，魏州等在门口。

一行人凌晨到此有些兴师动众，这个季节，寒气逼人，时雍下了马车搓搓手，沉默地跟在赵胤身后，可是走了没几步，原本速度极快的他脚下突然一顿。时雍没注意，直接撞到他的背上。

这是走的什么路？时雍心里正骂，一只手伸过来，赵胤拉了她过去，将披风解下系在她身上，随即望向藏在随从里的白马扶舟："还不出来，是想进诏狱长住吗？"

第十章　诏狱内鬼

当场抓包，这就很难看了。时雍无语地转头，刚好看到白马扶舟从人群里走出来，白衣少年换了衣服，仍不减半分清俊艳美。只是，当白马扶舟从人群中间走过，发现赵胤所有的侍卫都视他如无物，没有因他突然出现露出半点意外时……他暗哼一声。赵胤此人果然比狐狸还狡猾，敢情在逗他玩呢？

"这一路，有劳大都督了。"白马扶舟行了个揖礼，端端正正，慢慢悠悠，而赵胤面无表情，玄衣如墨，五步开外也能感受到他冰山般冷冽的气场："长公主准你回京了吗？"

白马扶舟抬眼直视他，眼角笑得弯了起来："若是准了，我又何苦劳烦你？"

赵胤冷声："为何蹚这浑水？"

"好奇。"白马扶舟笑眼瞄向时雍，"近来发生的事情，越发有趣了。井庐如此冷清，哪有京师热闹？我便回来瞧瞧。"

赵胤冷眼看他，没有说话。白马扶舟也不吭声，只是笑。看这二位同样挺拔的男子相对而立，时雍觉得这画风转得有些诡异，偏偏他们一句话不多说，又无从窥探什么。

时雍拢了拢肩膀上的披风，嗅着那股子若有似无的淡香，眼神也下意识瞄向了赵胤的侧脸。他没有注意她，看白马扶舟的神色极是专注和冷漠，再出口的话，已隐隐有警告之意："朝廷正是多事之秋，你还是少生心思的好。"

听他话里藏刀，白马扶舟也不甘示弱："多谢大都督提点，我也就瞧个热闹。"他忽而一笑，上前两步望定赵胤，压低声音道，"即便我回东厂，也不会与奸佞同流。我自问不是好人，但长公主之恩也是要报答的。"

赵胤冷冷看他片刻，似是无意再理会他，漠然转向时雍："走了。"

这么熟稔亲近的语气，很容易让人误会他们之间有什么苟且。时雍心里一跳，顿时觉得身上这件披风暖和是暖和，但莫名沉重了几分。

"大都督再会。"背后传来白马扶舟漫不经心的声音，听得时雍脊背微绷。刚才白马扶舟有提到东厂，时雍不知他与东厂是什么关系，但是直觉告诉她，这两个男人之间的关系并不那么融洽，即使不是仇敌，也是各怀鬼胎，互相防备着。往后京师，只怕更热闹了。

徐晋原是吊死在诏狱的。来验尸的人是宋长贵，魏州专程叫人去请了他来，事件办得妥当，勘验文书上也写得清楚明白。

在赵胤看文书的时候，时雍走到了关押徐晋原的牢舍，现场实地走了走。

当日，她差一点死在顺天府府狱，全是因为徐晋原。但细想，时雍对徐府尹并没有太大的怨气。周明生曾说，他是个不错的官吏，对下属对百姓也算尽心，只是身在官场，许多事情身不由己。若非怀宁胁迫，他也不会为难她一个小女子。如今徐晋原丢了性命，虽是罪有应得，但也不应该死得不明不白。

牢里终日有人看守，据悉当晚无外人进出，监舍里也未见异常。徐晋原除了"见鬼"自缢，几乎没有别的死亡可能。可是，从于昌到徐晋原，个个都吊死自缢，又太过巧合。

"大都督，我怀疑，有内鬼。"

第一个被怀疑的人，便是牢头屠勇。

这位仁兄昨夜在诏狱当值，可是事发后被揪出来，却不肯承认当夜在诏狱。魏州问他去向，他又说不清楚，教魏州好一顿收拾。

屠勇被带进来时，已是鼻青脸肿，双眼乌青，再看到赵胤冷飕飕的脸，他瑟瑟发抖，扑通一声跪地上，拼命地痛哭流涕叫冤枉。

赵胤面无表情地坐下，没有说话。

魏州拱手道："大都督，昨夜当值的几个狱卒都表示看到屠勇进了牢舍，凌晨时分才离开。可这厮死活不认，说是偷偷溜出去吃酒了，又不肯交代哪里吃酒。"顿了顿，魏州犹豫一下，又道，"卑职审问几个狱卒时，无意得知一个事情——原来在时雍死前，屠勇曾带了好酒好菜进来，要给时雍，虽说没有吃上，但此事极是可疑。"他道，"没有女鬼，也必定有内鬼。"

时雍心里咯噔一下，扭头看过去。火光映在赵胤的脸上，冷漠而平静："本座面前，你还不交代吗？"

屠勇的脑袋在地上快要撞出坑了，鼻涕泡都哭了出来，却是死咬着下唇，只摇头痛哭却不开口。

在诏狱当过差的人，没人不知赵胤的手段。他拒不交代，定是有隐情了。

魏州踢了一脚屠勇的屁股，警告他："大都督跟前还不招，屠老狗你当真不要命了？"

看得出来，魏州揍他，也是护他。毕竟平常多有交情，如非必要他也不愿下狠手。时雍扭头看向赵胤的侧脸，猜他会怎么处置。不料，他沉吟片刻却是摆手："都退下。"

众人微愣，却没犹豫，陆续退了下去，包括魏州，只有时雍留了下来。

赵胤没有看她，冷冷对屠勇道："可以说了。"

四个字淡然且平静，可个中威仪却教人头皮发麻。屠勇整个身子趴在地上，好一会儿，脑门才慢慢从地面抬起，看着赵胤："大都督饶命，小人不是内鬼，昨夜当真不在诏狱，也不晓得刘三他们几个为何一口咬定看到了小人。小人有罪，不该在轮值时偷懒，但小人属实是冤枉的啊！"

赵胤眼皮低垂："不在诏狱，你去了哪里？"

"小人，小人不能说，大都督恕罪。"屠勇重重磕头，脑门上鲜血横流。

赵胤斜睨他一眼，铮的一声，绣春刀突然离鞘，没人看清他是怎么出招的，只见寒光掠过，锋利的刀芒已然落在屠勇的脖子上："本座不问第二次。"

"大都督……"屠勇抖抖索索，重重喘着气，好半响才咽了口唾沫，"小人说。"

屠勇今年三十有二，有一房妻室，生得粗壮敦实。他老娘以为这样的媳妇好生养，哪晓得娶妻多年一直无所出，加上夫妻关系本就不睦，他便渐渐生了外心。

"昨夜，小人那相好约我过去，小人寻思狱中人多，大半夜也出不了事，便偷偷去了。她做茶煮饭，备了酒肴，小人一时兴起，便多吃了几杯，回家倒头便睡。待出了事，小人才如梦初醒。"

赵胤皱眉："为何魏州问你不答？"

"小人自知有罪，开脱不了。但此事与小人那相好无关。她虽不是良家出身，但不是歪缠的妇人，小人不愿牵连她——"说到此，屠勇又朝赵胤连连磕头。"求大都督怜恤，小人甘愿受罚，但此事与她绝无相干。"

时雍道："看不出你还挺深情。屠勇，你可知晓，如今她是唯一能证明你昨夜不在诏狱的人？"

抬头看一眼时雍，屠勇愣了愣，看大都督没有阻止她询问，脸上露出几分窘迫来："自她从了良，我与她便如兄妹般相处，不曾，不曾有私。昨夜也只是吃了酒便返家了，

160

没有留宿。"

从良？时雍心里隐隐有个不好的猜测。该不会……他就是那个给她送酒菜的牢头？

"水洗巷闲云阁的老板娘，是你相好？"赵胤不带一丝感情的声音，打破了时雍的侥幸，也瓦解了屠勇的防线。

"大都督……"屠勇瞪大惊恐的双眼，不敢置信。时雍亦然。锦衣卫有情报网，赵胤能知道上上下下无数人的隐私不足为奇。奇就奇在，他的脑容量得多大，才能对每个人了若指掌，信口道来？

两人怵然无语。

冷风幽幽，室内陷入了短暂的沉默。赵胤一脸平静，冷漠的眼瞳笃定而无情地扫过来："来人！将闲云阁的老板娘带来问话。"时雍头皮微微发麻。

火光辉映，诏狱寒冷刺骨。时雍站在赵胤的身边，他身量极高，即便是坐下也能挡住从甬道吹来的风。但是没有用，挡了风，挡不住冷，因为那凉意正是从他身上散发出来的。时雍看不到他的脸色，却把跪在地上的屠勇看了个清楚。

害怕吗？不止。

恐惧布满了屠勇的脸。嘴唇、眉毛、肩膀，每一处似乎都在抖动，又被他死死压在颤抖的舌下。锦衣卫对"内鬼"的处置到底有多可怕？等待娴娘到来的这个间隙，时雍看着屠勇的恐惧，想起了当年第一次见到赵胤的情景。

那时候，刚从甲一手上接任指挥使的赵胤，在这个复杂神秘的权力机构里，并不像现在那么让人信服。有一个叔辈的指挥同知自恃资历高有功劳，数次违抗他的命令，甚至当众冒犯他、嘲笑他……

说来奇妙，时雍第一次见到赵胤，他就在杀那个人。一只手肘抵过去，咔嚓一声，那个指挥同知脖子响了下，众目睽睽之下，一刀毙命。车水马龙的街头陡然安静，赵胤满身是血地转头，嘴角冷冷上扬。时雍打马经过，正对上他看来的眼。两人相距有十来丈，时雍甚至看不清他的脸，却在那冲天的血光中感觉到了他眼底的凉意和浑身的杀气。

后来，她听说那个人的尸体在诏狱大门挂了整整三天，震慑了锦衣卫上下。不只如此，赵胤还为他定了八条大罪，亲自带兵抄了他的家，老老小小数十口，男的充军流放，女的为娼为奴……可谓狠到极点，手段酷烈。

偏生赵胤此人性情冷淡，无欲无求，做事又极是谨慎小心，滴水不漏，所以上任以来虽说在朝堂上得罪了无数权贵，却没人能找到他的破绽，除了暗地里作法扎小人诅咒他，怕是毫无办法。想想他的手段，时雍担心起娴姐的安危来。

"拿着。"胡思乱想的时候，赵胤的声音传过来让时雍怵了怵。

她看过去，一盏热茶被他修长的手指托着，干净的指甲盖竟是透明粉润的，格外好看。这双手，怎么看也不应当长在一个杀人不眨眼的活阎王身上。时雍默默接过，冰冷的手指有了暖意，情绪松缓了些。有那么一瞬，她竟然荒谬地觉得——赵胤看穿了她心里所想，让她端着茶盏是为了给她暖手。这想法，真是荒唐！

同娴娘一起被带进来的人，还有自称见到"时雍鬼魂"的更夫和几个昨夜当值的狱卒。

看到时雍也在这里，娴娘愣了愣，别开脸只当不识，娇滴滴地跪在屠勇身边，楚楚可怜地向赵胤讨饶："大人，是奴家叫屠勇来闲云阁的，他吃酒到四更才走，奴家可以作证。"

她的说辞与几个狱卒截然相反。狱卒们纷纷指认屠勇不仅在诏狱，而且还去了徐晋原的牢舍。她却说，屠勇整夜都在闲云阁。

几个狱卒一听，也慌了，纷纷跪下来求饶："大都督，她在撒谎。我几个难不成还会认错屠勇？这小妇人分明是为了给屠勇脱罪，他两个是相好，她的话信不得呀。"

"大人明鉴，奴家敢对天起誓，若有半句虚言，天打雷劈不得好死……"娴娘私窠出身，说话娇娇软软，即使是面对男子发誓，脸上还是难掩羞涩媚态，如鸳鸯拨水，听得人耳朵发痒。

赵胤问："你为何单单昨夜叫他去？"

娴娘垂下头，巾子揾了揾眼角："奴家本非良家，虽说如今做了正经生意，还是有登徒子上门，打奴家的主意……"

一个美貌的女子独自开店，又有做私窠的经历，难免会被登徒子骚扰。近几日有几个外地口音的男子更是屡屡上门找事，让娴娘陪酒就罢了，竟想赖着不走。娴娘实在受不得，这才叫了屠勇过来，假称是她的男人。屠勇在诏狱当差，普通人见了也得掂量点儿，娴娘想以绝后患，却不知屠勇当值，更不知会闹出这么大的事，害了他。

"大人，全是奴家不晓事，灌了他的酒，误了差事。你要罚就罚我吧，他是个好人啦……"娴娘哭哭啼啼，看得屠勇心疼又难过，也是不停地向赵胤求饶，言词间倒没有顾及自己，只怕牵连到她。

时雍看赵胤面色冷淡，没有半点怜悯心，清了清嗓子，把话岔开："你们可有看到白衣女鬼？"

屠勇摇头，只道喝多了，什么都没有瞧到。娴娘也是泪蒙蒙地摇头称没有看到。几个狱卒也一样。只有那个更夫，对"见鬼"一事言之凿凿，当着赵胤的面，描述得绘声绘色。从他的说辞来看，与时雍在水洗巷和天寿山见到的"白衣女鬼"，一般无二。

"此事有蹊跷。"时雍看了娴娘一眼，从赵胤的身侧绕过来，站在他的面前，对他端端正正行了礼，平静地说，"大人，我与娴姐是旧识，我信她，不会说谎。"

她拿小丙的玉令时，赵胤就知道她与娴娘有交情。他虽没问，心里一定存疑，与其让他去想，不如直接挑明。

"想必大人与我一样，也相信几位狱卒大哥的话。那么，问题来了，若是娴姐与几位狱卒大哥都没有说谎，是不是就表示，昨夜三更时分，在诏狱和闲云阁，同时出现了两个屠勇？而更夫大哥，也几乎在同一时刻，见到了白衣女鬼在诏狱附近？"

赵胤慢慢翻动手上文书，眼皮微抬："没有人说谎？你是想告诉本座，当真有鬼？"

"有。"时雍平静地看着他，"我向大人保证过，要替你捉住这只鬼。只要捉住了她，这些问题就迎刃而解了。"

赵胤："想好了？"

"想好了。"

"依你。"

赵胤慢慢站起来，看了看屠勇和娴娘这对野鸳鸯："押下去。"

"大都督。"屠勇重重磕头，"求您放过娴娘，她是无辜的呀！"

"闭嘴！"赵胤抬手打断他。眼神却凉凉地落到时雍的脸上，"待水落石出，自有定论。"

时雍这时才明白，他刚才问那句"想好了"是什么意思。敢情此人深夜把娴娘带入诏狱，压根儿就没有想从娴娘嘴里听出什么"真相"——在双方各执一词的时候，真相是无法证实的。他真正的目的，是逼她出手，兑现捉鬼的承诺，更有甚者，逼出她更多的秘密。这哪是审问他们？分明是在对付她呀！

时雍再看赵胤时，神色已然不同。此人冷漠腹黑又狠毒，肚子里不知藏了多少算计人的弯弯绕。等此事一了，定要远离他，走得远远的，免得一不小心脑袋被他拧了下来还浑然不知。这一夜，时雍觉得自己这"女魔头"白做了。

从诏狱回去的路上，天已经亮开，她生无可恋地走着，闻着路边摊贩的早餐烟火气，肚子咕咕叫，这才想起自己许久没吃东西了。好惨！

时雍咽一口唾沫，左右看看，钻入一个无人的巷道，撮拢嘴唇，吹了一个响亮的口哨。不过片刻，大黑就披着一身湿漉漉的夜露，从远处朝她奔跑过来，拼命摇着尾巴往她身上扑，喉间呜咽有声，极是欢快。

时雍不知狗子是打哪里来的，看它身上皮毛都湿了，拉着袖子为它擦了擦，又轻轻抱住它的大脑袋，怜爱地顺了顺毛："饿了吧？走。我们去找吃的。"

大黑跳起来扑她的腿，嗷嗷有声，狗脸上满是兴奋。

时雍笑着看它："这两日去了天寿山，也没见着你，是不是饿肚子了？往后你别离开我了，就跟在我身边。"

大黑也不知有没有听懂，拼命摇尾巴。这些日子，只要时雍召唤，大黑就会出来，可是它总会适时地离开她，不在外人面前表现得与她格外亲近，时雍觉得狗子是为了保护她。"时雍的狗""黑煞"，像两个烙在它身上的烙印，让大黑与时雍一样成为了人们的公敌。大黑不跟着她，是怕牵连到她。时雍不知怎的，又想到了屠勇和娴娘："你别怕。我如今投靠了锦衣卫大都督，便是要堂堂正正地养你。只要我是赵胤的人，你看哪个不怕死的敢说三道四？"

大黑吐着大舌头，就像听懂似的，扑到她腿上撒欢。时雍养它那么久，对它的情绪极是了解，见状微微一笑："等我们帮他破了这桩案子，就远走高飞，找一个没人认识你的地方，快快活活的……"

咕咕！肚子又不合时宜地叫了。时雍抱歉地看了大黑一眼："我身上没钱，你随我回家去取钱，然后我们去买肉吃。"

大黑耳朵动了动，抬起脑袋看她片刻，摇摇尾巴，身子一扭突然跑远。时雍唤它两声，大黑没有理会，很快消失不见。这狗子！时雍笑着扭头，神色微微一变。

墙角有衣摆晃动，一瞬即逝。不知是哪路神仙？时雍眉头一扬，只当看不到，选了人多的大路继续往家走。

不一会儿，大黑气喘吁吁地回来了。嘴里叼着一只鹦鹉，献宝似的奔向她。时雍一看到鹦鹉就条件反射地竖起了汗毛："大黑，这东西你打哪儿弄来的？"

鹦鹉已经死了，大黑低头乖乖地将死鹦鹉放到时雍的面前，又退开两步，摇着尾巴讨好地看着她。见她不动，大黑扑上去，将鹦鹉的鸟毛扯下两根，然后仰着头，狗脸上竟有几分显摆的得意。

"你……让我吃？"时雍试探地问。

大黑尾巴摇得更欢快了，舌头淌出来全是口水，仿佛在说："妈妈，你看我都舍不得吃，全给你了，我是不是很孝顺？"时雍歪了歪头，对上大黑的视线，确定它当真是这个意思后，有些哭笑不得。她家狗儿子是从哪里观察出来她喜欢吃鹦鹉的？

时雍弯腰摸它脑袋："我不吃，你吃。"大黑欢快地嗷呜一声，扑上去叼走鹦鹉，转瞬又消失在时雍面前。

时雍不管它，径直回家。刚到宋家胡同，狗子不知又从哪里钻了出来，狗嘴上还挂了一丝没有擦干净的血迹，给时雍叼来一个精致的绣花荷包，放在地上，就跑远了。

时雍看着它高高翘起的狗尾巴，打开荷包，看到里面的银子，脑子嗡的一声。没想到，如今的她竟然沦落到靠一只狗来养活。

无乩馆。

杨斐将后院的鹦鹉数了无数次，紧张得呼吸都重了。"谢放！"他大声叫着，跳着脚蹦到谢放面前，双手撑着他的肩膀，喘着大气，话都说不利索，"爷新养的娇凤，没，没了。"

谢放刚洗了澡出来，见状来不及擦头发，连忙跟他一起去后院："怎么回事？"

数来数去，鹦鹉确实少了一只，正是赵胤的新宠。杨斐吓得脊背冒汗："我去的时候这鸟就没了，不是我放飞的啊。"顿了顿，杨斐转眼四处张望，"你有没有看到黑煞？会不会又是这畜生来害我？"

谢放斜他一眼："畜生没那么记仇。"

"也是。"杨斐摸了摸脑仁，挨军棍都挨怕了，嘴瘪着，可怜巴巴地看着谢放，"哥，你得救我。"

谢放看他一眼："我去和爷说。"

"不要——爷会揍我的。"杨斐拖住他，那脸皱起来，就差号啕大哭了，"我怎么就这么倒霉啊，轮到我喂鸟，它就逃走了。"

谢放用力将手臂挣脱出来："跟爷说，是我不小心放走的。"说完他大步离开。

杨斐站直身子，长长舒了一口气，捏了捏假哭时皱酸的脸，笑得一脸灿烂："傻子。"

走过长长的亭廊，谢放在走进赵胤内室的时候，心里也没有把握。相比于总是闯祸的杨斐，赵胤对他很宽容，谢放跟在他身边有四五年了，从来没有受过处罚。可今日……推开门一股浓重的凉意就压过来，谢放心里收紧，眼皮都重了不少，不敢抬头看他。

"爷，娇凤被我不小心……放走了。"他说得艰难，单膝跪下去，等待处罚。

赵胤单手拿着一卷书，天光打在他身上，面容看不真切："杨斐呢？"

谢放道："今日我替他喂鹦鹉……"

"嗯。"赵胤面无表情，声音一点起伏都没有，"回头让杨斐自领二十军棍。"

谢放怔住，猛地抬头："爷——"

赵胤抬手制止，表示不愿再听："去传阿拾。"

谢放狠狠掐紧手指，看赵胤翻着书一言不发，心知杨斐这一顿打是挨定了，一面自责一面试图揽责："属下知道什么事都瞒不过爷的眼睛，但替罪之事不怪杨斐，是我主动帮他请罪的。若爷要罚，就罚我吧，属下愿帮杨斐领受二十军棍……"

赵胤搭在书上的手指微微一顿，慢慢抬头看向谢放，视线深邃得令谢放深深垂下头，不敢再抬起。静止好久，那本书突然飞了过来，直接砸在谢放的头顶："杨斐屡教不改。你再帮他争辩，本座便重重罚他。"

谢放垂着头，不去摸被书擦破的额头，也不再为杨斐求情，只是直挺挺地跪在地上，固执、刚硬，一言不发。

良久，赵胤挪开眼，手慢慢放在膝盖上："罢了。饶这狗东西一次，去传阿拾。"

时雍睡了个饱觉，醒来已是午后。

大都督召见早有所料，她打着呵欠就去了无乱馆。临走前，她从床底下"刨"出几块碎银，其中一块给了王氏，在她复杂的眼神注视下，从容地出了门，去肉铺买了一块肉喂给大黑。

那个绣花荷包里的钱，时雍没有动。不义之财不可取。时雍寻思，回头叫大黑去还了。

无乱馆一如既往地宁静，今日天气尚好，白云高远，阳光从亮瓦落下，衬得端坐的赵胤丰神俊冷，眼瞳漆黑如墨，如若神门中人。如非时雍深知他的狠辣手段，恐怕很难将这般美男子与杀人不眨眼的锦衣卫大都督相对应。

"来了？"

时雍迎上他居高临下的冷眼，福了福身。

"不知大人叫民女来，所为何事？"

赵胤看她一眼："又装傻？"

语气不善呢！时雍望向侍立的谢放和杨斐。只见杨斐面白如纸，谢放低着头，一动不动。内室安静得有些诡异。时雍莫名想到大黑吃掉的鹦鹉，轻咳一下，回避赵胤扫来的冷眼，平静地道："大人叫我来，是为了捉鬼之事吧？我今晨回家，为此思虑良久，辗转难眠——不过，真让我想出个法子来。"

赵胤嗯声，示意她继续说。

时雍淡然一笑："我细捋了近日发生的几桩案子，想了个详尽的捉鬼之计。只是，此事说来复杂，三言两语怕是说不清楚……"

赵胤看她片刻，朝她招手。时雍愣了愣，走到他面前，赵胤再看向谢放："笔墨。"

165

谢放和杨斐一左一右在案几上铺好纸笔和砚台，然后退开。

看这阵势，时雍微微一愣："大人，这是做什么？"

赵胤道："说不清，那就写下来。"

写？时雍脸颊僵了僵："民女不识字，哪里会写？"

"本座教你。"赵胤低沉的声音刚出口，时雍便觉得手腕一紧。

她扭头不解地看着赵胤，他面无表情，往她手里塞了一支毛笔，而后掌心慢慢下移，捉住她握笔的手，牢牢控住，修长的身子从背后圈住她，气息笼罩上来，温热的呼吸落在她的头顶："写。"

赵胤身着轻软常服，半薄的衣衫紧贴后背，脖颈被他双臂绕过时隐隐摩擦，时雍汗毛都竖起来，手指更是动弹不得，几乎在他身前僵硬成了石头，如何能写字？

"大人，不如我来说，你来写？"赵胤不说话，时雍离他太近，近得她可以感觉到他温热的呼吸在头顶盘旋时激起的阵阵寒意，幽凉又沉郁。时雍人都快要酥掉了。这是逼她呀。

"行吧。"时雍斜脸看着他，脸上挂了淡淡笑意，"既然大人喜欢教，那我就好好学。"

时雍一只手被他捉住，另一只手还是自由的。她可不是被男人捉了手就紧张害羞慌乱地瘫在人家怀里脸红心跳的女子。"女魔头"这事虽来得冤枉，可也不是白来的。时雍个子比赵胤矮很多，侧着身子手肘往后，便可以轻易蹭到他的腰下。"大人，是这么写吗？"她右手握笔不动，左手肘倒是比画起来，透过薄软的衣襟在他腰下画着不知所谓的形状，一双漆黑的眼睛如耀眼的宝石，火辣辣地看着他，略有嘲意。

赵胤僵硬地立着，盯住她一动不动。时雍瞄他，眼底笑意没有散尽："大人，我写得好不好？"

"别动！"赵胤呼吸一沉，扣住她的手加了把劲。

"痛。"时雍皱眉，"你松手我就不动。"时雍听到他呼吸微紧，带了几分烦躁，但面上却不显，平静而冷漠的表情仿佛是要把她丢出去或者砍脑袋。

"宋阿拾。"他的头低下来，"你想做什么？"

"大人说我在做什么？"

时雍轻轻笑着，并不怯他的威胁，手肘故意蹭他，眼角弯起飞他一眼，只一瞬，只见他眼中冷意闪过，手指骨快要被他捏散架了。

"我有没有警告过你，别搞小动作？"

"那大人准备怎么处置我？"时雍一本正经地掂量着他的话，半真半假地叹，"说来我冒犯大人的事情可不止这一桩呢。我还骗了大人，咬了大人，亲了大人。"

时雍这话软绵绵的，像是无奈，又像玩笑，手肘却加了些力量，温香软玉相贴，就隔着两层衣物，即使赵胤是圣人，怕也平静不了吧？

赵胤沉默片刻，胳膊僵硬地松开她的手，低下头靠近她的脸："玩得欢喜吗？"

玩？这个字，好像有点妙。时雍眉头跳了跳："不必这么说，也没玩……"

"玩够了，就好好写。"赵胤将毛笔丢在她面前，侧身走开。

时雍盯着他挺拔的后背，微微挪动脚步重新站到书案前：“还是男人么？活该独身一辈子，道常大和尚算得可太准了。”

她小声咕哝，并不认为赵胤能听清，可是赵胤还真就听见了，警告地看着她：“你这张嘴，若是没有别的用，本座让人给你缝起来。”

“有呀。”时雍朝他眨眼，“作用可多呢，会咬人，还会……”

赵胤盯住她，目光忽闪。时雍本想羞辱他那天的事，可话说一半，看到他那眼神，心里一跳，莫名觉得此事可能没那么简单。臭男人该不会想到别的了吧？这什么眼神？

赵胤抿抿唇角，冷哼，缓缓坐下：“写。”

时雍差点气得背过气去。怎么有被反撩的感觉？

“我写。”时雍认命地咬牙，“我写还不成吗？”

两个人在书案后的小动作，谢放和杨斐没有近前，也看不太清，虽觉得语气有些不对头，但谁也没胆窥视大都督的隐私，听到时雍说"写好了"，两人这才好奇地张望。啊这？时雍写不好毛笔字，如此一来，倒也不用假装文盲，那一个个扭曲的字体蚯蚓似的落在白纸上，谁看都知道她是一个没读几天书的人。爷怕是要走眼了！谢放想。

时雍眼皮懒洋洋抬起，自暴自弃地丢下笔：“大人请看。”

三人的目光都落在赵胤身上。然而，赵胤一眼都没去看那张纸，一记冷漠的眼神杀淡淡扫过来：“准了。”

时雍诧异地扬眉：“大人都没有看过我写的什么，就准了？”

“不用看，本座信你。”

不是，她都不信自己，赵胤准备信什么？时雍低头看着纸上胡改的几行诗句：“半夜有鬼来敲门，阿拾写字欲断魂。我劝大人少抖擞，大人对我吼又吼。他既不与阿拾便，我便由他发疯癫。”

确定？不看了？那鬼还捉不捉了！？时雍拿不好的眼神看他。

赵胤仿若未察，慵懒地躺到窗边的软椅上，拿起一本书，指节轻轻敲着膝盖：“去拿银针。”

怪不得，原来是腿痛了啊？时雍脑门一突。完了！真正的考验来了。那日时雍说想起怎么针灸，倒也不假，在天寿山中了那诡异的"鬼毒"后，她昏昏沉沉中确实想起很多，甚至想起了宋阿拾为赵胤针灸的过程。

可是，她毕竟没有真正地施过针，哪怕知道行针之法，却没有亲手扎过人。想和做是两回事，更何况要扎的人是赵胤？万一扎错了，他会不会把她脑袋拧下来挂城墙上？

“不必紧张。”赵胤看着她，眸底清亮冷淡，似乎已洞悉一切。

时雍激灵一下，硬着头皮取了针过来：“大人，请宽衣。”

这个时节，京师已是凉寒，哪怕是内室，穿着也不少，这般着装，时雍要施针属实不便。说话时，她真没有存半分别的心思，可赵胤从书里抬头，看她那一眼，却把她撩拨得心里毛刺刺的，怪别扭。干吗这么看她？时雍脸颊有点烧，心跳得厉害。

谢放过来帮赵胤宽衣，时雍站在身边没动，呼吸有些不均匀。

他宽衣解带，脱去外袍，只着中衣，肩膀上又特地披了件毛皮大氅，待腿部露在眼前时，时雍看着他变形的膝盖，不由震惊。可以想象此人承受着怎样极致的痛楚，可是，他并没有表现出半点和正常人不同的地方，连走路都是笔挺刚直，不曾有半分颤抖犹豫。对自己都这么狠的人，对旁人当然也狠。

"没见过？"赵胤双眼漆黑不见底，深邃得让人心颤。

时雍收敛情绪，半蹲下来："大人有用止痛药吗？"

赵胤紧阖着眼："不曾。"

时雍冰冷的手触上那红肿变形的膝盖，按压一下："哪里最痛？"

赵胤的眉头皱了起来，没有睁眼，额际却有轻微的颤动。时雍知道这种关节疼痛时的难受，碰不到，摸不到，那疼痛就嵌在骨头里，如万蚁钻心，却捉之不得，很难去描述那种煎熬。

"你忍忍。"时雍深吸一口气，先在他膝盖上慢慢按压，一则是为了让他舒服，减少疼痛，二则是寻找穴位，以便确认施针之处。

"血海。"赵胤突然道。

"嗯？"时雍不解地抬头。

"你右手食指下，血海穴。中指往右移一寸，是阳陵穴。"

时雍怀疑赵胤不是人。这才是鬼吧？分明就是看穿了她。可明知她认穴不准，却敢把腿交到她手上。该说这位爷"虎"，还是该同情他死马当成活马医？时雍张了张嘴，眼皮垂下，先于三金穴周围点刺放血，再取梁丘、血海、关元、曲池、足三里，在赵胤的配合指导下试了一遍。扎完针，她一脑门儿的冷汗，起身叫谢放拿来艾灸，在他膝上灸了一刻钟。

"可有好些？"她心惊肉跳地问。

赵胤眉头略略松开，眯起眼："不错。"

呼！时雍松了一口气。

从宝音长公主那里得来的针灸书籍，时雍本来没有兴趣去看，可这日从无乩馆回去，她倒是好生钻研了一番。脑子有数，手上有书，心里有底，竟是让她咂摸出趣味，一直看到深夜方休。

次日，杨斐准时出现在宋家胡同，带时雍去复验徐晋原和于昌的尸体。出门的时候，时雍特地四下看了看。

"瞅啥？"杨斐问。

"你老实说，大都督有没有跟踪我？"

嗤！杨斐笑了："自作多情。"

时雍看着他："那就是见鬼。我感觉有人跟着我，要杀我……"

杨斐身子往后一仰，怪异地看着她的表情，笑不出来了："你这样子，就鬼里鬼气的。"

时雍扯了扯嘴角，僵硬着身子往前走两步，猛一个回头，阴冷冷地笑："走快一点，有人急着投胎呢。"

于昌尸体已经入棺，准备下葬。听说要复验，于家人哭闹一回，死活不肯，后来谢放给了十两银子，这才重新开启棺材。

本是一桩小事，却出乎时雍意料。赵胤手底下这帮人，不应当拔刀威胁人家才是吗？居然给银子息事宁人？难以置信。

这次复验，宋长贵也过来了。时雍凡事都问他，得到他准确的回答才动手，就好像真的是宋长贵指导她一般。宋长贵很是纳闷。自家闺女这些稀奇古怪的法子，偏说是他酒后教的。这让宋长贵老怀疑自己是不是脑子坏了，或是酒后被鬼怪附体。

复验结论一致，宋长贵的勘验很准确。于昌和徐晋原的死因都是绳索压迫颈部引起的窒息性死亡，但问题是，他们脚下无凳，虚吊空中，怎么把脖子挂到绳子上去的？这足以证明不是自杀。

"可此事大为蹊跷。"宋长贵摸着下巴，摇了摇头，"凶手若想伪造死者自杀来为自己脱罪，那多加一条凳子并非难事，为何偏偏留下这个破绽，引人怀疑？"

杨斐道："是行事不慎？或是来不及？"

"不对。"时雍望他一眼，"凶手留下破绽，是为了让人们往白衣女鬼身上去想，造成闹鬼的恐慌。事实上，凶手从未想过要脱罪。"

杨斐瞥她一眼，哼声："没想过脱罪是何意？难不成，凶手成心想让我们捉住，好吃诏狱里的窝窝头？"

时雍懒洋洋看他，说得漫不经心："因为在凶手眼里，锦衣卫全是像你这样的蠢货。凶手根本就不信你们有本事找出他来，哪里会想要脱罪？"

这话就伤自尊了。杨斐脸一黑，扬起眉毛要炸。谢放拉他一把，岔开话题："照阿拾的说法，凶手当真是自信呢？"

时雍摇头："不仅自信，还狂妄。不仅你我，他连大都督都没有放在眼里；否则，也不会再一再二在锦衣卫眼皮子底下动手了。"

"你认为，时雍的死、于昌的死、徐晋原的死，都是一人所为？"

"还有张捕快一家的命案，想必他也脱不了干系。"

杨斐倒抽一口气："谁有这么大的本事？敢藐视大都督？"

时雍道："锦衣卫可能真有内鬼。据我推测，此人对锦衣卫相当熟悉，对你们的行事和安排，亦是了若指掌。"

谢放和杨斐脊背一凉，如同被人盯住后颈似的，激灵打了个颤，对视一眼，都想在对方的眼睛里寻找答案——

"等老子揪出人来，非得拧断他脑袋不可。"杨斐咬牙发着狠，时雍低低一笑，冷不丁转头，眯眼走近他："说不定，你的一举一动，都在人家的眼皮子底下呢。你想查他，他正冷眼看着你卖蠢……"

"宋阿拾！"杨斐头都气炸了，"你别仗着爷宠你，就为所欲为！"

时雍似笑非笑地扫视他一眼："爷宠我，我就是可以为所欲为呀。"

"你别欺人太甚！"杨斐脑门上青筋突突乱跳，手扶在腰刀上，咬牙切齿，分明是气到了极点。

谢放皱眉拉他，正要圆场，就见时雍笑了。

"大黑？你怎么来了——"她话音未落，杨斐突然蹦了起来，转头四处张望："那畜生在哪里？"

时雍哈哈大笑。

徐晋原的死，因"女鬼"一事传得神乎其神，官府没有公告，但民间几乎已经有了定论。他们说女鬼就是死在诏狱的时雍，说她坏事做得太多，黑白无常拘不走，阎王爷不敢收，她魂魄便没有归处，投不了胎，到处害人。甚至，有人硬抠了时雍、于昌、张捕快、徐晋原之间的恩怨情仇，编得比话本还要精彩。本是多事之秋，再添女鬼的香艳事，京师上空如笼罩着一层拨不开的乌云，人心惶惶。

时雍听了传闻笑不可止，周明生却叹气："你是好了，有大都督撑腰，不用去衙门当班。你是不知道，我们这些捕快，最近抓鬼都快把自个儿抓成鬼。我现在看谁都像鬼！阿拾转头，哥看看你是不是鬼？"

周明生说着将脸伸到时雍面前来，时雍一巴掌扣在他脑袋上，推开："沈头呢，他没说什么？"

"奇怪。"周明生直起身子，斜起眼睥她，"你猜沈头在干啥？他也跟你一样，打起了那些案宗卷录的主意，这两日吃喝都在衙门，日日夜夜地翻看。"

"是吗？"时雍眯起眼，思考着。

周明生没她那么复杂的脑子，歪着头又"喂"了一声："阿拾，你要不要带哥哥一把？"

"怎么带？"时雍没好气看他。

"嘿。"周明生站直身子，握拳摆了个威风的动作，"你说那飞鱼服穿在我身上，俊不俊？"

时雍懒洋洋叹气，拖住他的后领子："走吧，孩子，别做梦了。"

"干吗去？"周明生边走边后退。

"捉鬼。"

周明生一惊："你有法子？"时雍但笑不语。

时雍和周明生在外面吃过饭，又去衙门里转了一圈。没有见到沈灏，倒是得知了徐晋原案子的后续。府丞马兴旺升任顺天府尹的旨意到了，阖府上下都在准备为新任府尹祝贺，死去的徐晋原似乎被抛到了脑后，没有人再提及。

诏狱也有消息。屠勇被收监了，娴娘无罪，也没有受到责罚。

时雍去接她的时候，她头发略显凌乱，衣衫却干净整洁，显然在里面没有受什么苦处。只是，整个人神情倦怠，两只眼睛红肿青黑，一脸涩意。时雍知她是个重情重义的人，受人恩，就要报。她对屠勇未必有男女情爱，但若是屠勇因她而死，恐怕她此生都会不好受。

"娴姐，我送你回去。"

"等等。"娴娘在门口等了许久，一直等到魏州出现，匆匆从荷包里掏出一锭银子，左右看看，偷摸摸地靠近，往他手里塞。

"千户大人……"

"这是做甚？"魏州吓一跳，被小娘子白嫩嫩的手抠住手掌，面红耳赤地后退两步，这才看清是银子。

"使不得，使不得。"他皱眉推开。

"千户大人。你帮帮我，帮帮屠大哥。"娴娘哽着嗓子，话没说完，泪水就已经下来了，"屠大哥是个好人，他当晚确实在闲云阁，不可能去诏狱杀人……"

魏州叹口气："实话告诉你吧，屠勇……怕是活不成了。大都督已然下了命令，要斩首示众。还有那个自称见到女鬼的更夫，也因妖言惑众被笞了二十。你能全须全尾地活着出去，已是万幸，别再想旁的事了。"

"妖言惑众？千户大人，不是说女鬼杀人吗？这事真和屠大哥没有关系呀！"

"没有女鬼。你别再妄言。"魏州推开她的银子，朝一旁的时雍笑了笑，转身走远。

"阿拾……"娴娘期盼的眼转向时雍，"你和那位贵人是不是相熟？你能不能帮我去求个情……要多少银子都成，我把闲云阁卖了都成，屠大哥万万不能死啊！"

时雍一声未吭，扶着哭哭啼啼的娴娘回到闲云阁，意外发现乌婵也在。她的身边，坐着一个黑色劲装，头戴斗笠的清瘦男子，鬓边几缕白发，目光却沉静清亮："燕穆？乌婵？你们怎么来了？"

燕穆原是雍人园大总管，时雍的头号心腹，这般公然出现极是敏感。

"坐下说。"时雍先把娴娘送回房，反身关好门，坐下来倒了杯茶，一饮而尽，"可是我上回拜托的事，有结果了？"

燕穆摇了摇头："只是，发现个很有意思的事情。"

时雍从闲云阁回到家，已是晌午，王氏正在淘米做饭，宋香不情不愿地坐在灶膛前生火，宋鸿在房里折小棍摆图案。

宋香看到时雍就一肚子气，小声骂了一句："尾巴翘天上了。饭也不做，衣也不洗，我倒成了她的使唤丫头了。"

王氏瞪过来，她扁嘴，哼声。宋鸿却是眼睛一亮，打心眼里开心地冲过来，抱住时雍的双腿："大姐姐，你有没有给我带糖果呀？上次那个糖果好甜，我还想吃。"

"就知道吃。"时雍敲他脑门，"看你嘴都漏风了，还管不住。"

宋鸿正到换牙的年龄，也懂得了害羞，闻言连忙双手捂住嘴巴，可怜巴巴看着她。

换以前，阿拾要敢这么对宋鸿，王氏肯定要数落一通，宋香也不会客气。可今天，母女两个闷头做事，谁也没吱声。

时雍挑了挑眉，见王氏正准备将米下锅，拉着宋鸿的手道："别做饭了。"

王氏一愣，抬头看她："不做饭吃啥？"

"带你们下馆子去。玉河街新开张的得月楼，听说酒菜好得不得了，咱们去撮一顿。"

"你说什么？"王氏尖声问，以为自己耳朵听岔了。前阵子锅都揭不开的一家子，居然要去下馆子，还是有名的得月楼？这小蹄子莫不是中邪了？

时雍看她一脸震惊的样子，给她一个"不缺钱"的眼神，从怀里掏出两封银子，足足有六十两放在灶台上。这是从燕穆手上拿的。雍人园暗里的产业都还在，燕穆来了，时雍自然不缺钱。她淡淡看一眼王氏，挑眉失笑："没见过银子？"

"我的天爷。"王氏含在嘴里那口气终于吐出来，震惊得瞪大眼睛。宋香也从灶膛前站了起来，一脸不可思议，就连淘气的宋鸿也吓得呆住了，"哪里来的银子？小蹄子我告诉你，可千万别给老娘惹出什么官司来。"

时雍不咸不淡地看着王氏："大都督给的。"

扯虎皮做大旗这一招十分好使，大都督的名头也好用，时雍用了一次又一次，乐此不疲。看王氏直愣愣盯着自己，一脸不肯相信的样子，又是淡淡一哂："银子归你管。我往后还会得更多，现下只有两个要求。"

王氏咽了口唾沫："什么？"

时雍道："一、我要养它。"

"大黑！"她一唤，大黑便从灶房的门边挤了出来，好像刚钻过灰，一头一脑灰扑扑的，摇尾歪头，看上去倒是憨态可掬。王氏和宋香也认不出这是时雍的狗，没那么害怕。

"还有呢？"宋香接嘴。

时雍懒得看她，淡淡一笑，目光幽深："陪我下馆子，花银子。"

宋长贵刚落屋就被王氏拽住，桌上没饭，灶房没有烟火气，整个家里显得有些不同寻常。他刚想开口，王氏就结结巴巴地说了原委，然后推他进屋去换衣裳。八成新的衣裳都有一身，平常是过年才拿出来穿的，冷不丁从箱底翻出来，上面全是折痕路子。

宋家一行五人欢天喜地地到了得月楼，点菜的时候，看时雍一口气点了十八个菜，王氏眼睛都直了。

"小蹄子你这是闹哪样？"她心疼钱，那两封银子还没揣暖和呢，她舍不得拿出来。

时雍瞥她一眼："我付账。"

王氏傻了。她看向宋长贵，眼睛里满是疑惑。他家阿拾是有几分姿色的，近日又总往锦衣卫跑，该不会是……这没名没分的可千万别搞出事来！

王氏惶惶不安，见店小二盯着他一家子瞧，咽了咽唾沫，摆出几分讨好，一脸僵笑："那个，小二哥，吃不掉的可以……可以带走吧？"

店小二的眼神果然有几分鄙夷，扫了王氏一眼，目光突然落到时雍脚下的大黑身上。大黑很乖，在桌子底下趴着没动，可是小二就像看到了什么怪兽似的，惊一声："进得月楼怎么能带狗？出去！赶紧把这个畜生带出去。"

"骂谁畜生呢？"时雍眯起眼看小二，朝他勾手，"你过来，重新说一遍，我没听清。"

小二也是欺软怕硬，见时雍皮笑肉不笑的样子，身形一顿，语气已软了几分："我没有骂人，我是说狗。"他再次指向桌下的大黑，"本店不许带狗进食。"

"人吃得，狗怎么就吃不得了？"时雍一笑，"我点的十八个菜，有八个菜都是喂狗的呢。"

小二脸色一变，正不知道说什么，掌柜的过来了，看了看时雍一行人的着装，脸上维持着僵硬的笑意，但已然有些不客气了。

"这位小娘子是成心来找事的吧？"他冷哼一声，转头看到了宋长贵："哟，这不是衙门里的宋仵作吗？抱歉，小店来的都是贵客，概不接待做不干不净营生之人。麻烦诸位行个方便。"说罢他重重咳嗽一声，拖长嗓子："小二，送客。以后别什么阿猫阿狗都往里迎，这些人坐了的凳子，吃了的碗，贵客们还敢不敢用了？"

"请吧。"店小二找到了靠山，趾高气扬地哼声，鼻子快冲上了天。

"穷鬼装什么大老爷？一点十八个菜，摆什么阔，得月楼是你们吃得起的吗？"

宋长贵气得面红耳赤，王氏也是胸膛起伏，叉腰就要骂人，时雍却摆手制止了他们，微笑着回头："你们还有一次讨饶的机会。"

小二看一眼掌柜，笑了起来："有病看大夫，没钱治呢去门口摆个碗。来得月楼的都是老爷少爷们，少不得会给你们几个铜板。"

时雍眼皮微微耷着，看上去懒洋洋的没什么攻击性，声音也低低的，不对人说，却对狗道："怎么办，他们不让你吃？去吧，自己去找，想吃什么吃什么。"

大黑嗷呜一声，吐着舌头从桌下慢慢出来，威风凛凛地看向小二和掌柜。

刚才它趴着，小二还不觉得害怕，这猛地钻出来，好大一条狗，吓得他惊叫连连，而掌柜的目光却是扫到大黑脖子上的铃铛。"黑煞"两个字就像是神秘的诅咒，顿时吓白了他的脸。

"来人啦，给我打……打出去。"掌柜哆嗦着大吼，可是不等酒楼里的帮佣们出来，黑煞已然开始了它的"寻食之举"。

这个时辰，酒楼食客众多，大堂里坐得满满当当，对突如其来的事情，食客们也是吓得够呛。一听到"黑煞"，就想到时雍；一想到时雍，就联想到"女鬼"。不需要时雍动手，整个酒楼便混乱起来。尖叫的、骂咧的，看到黑煞就掀桌子逃命的，将酒楼闹得一片狼藉。而大黑也不辱使命，酒菜碗筷，厨间灶头，悉数闹了个遍。它甚至欢快地撞开了茅厕，将一个正在方便的小厮拖了出来，裤子都没有来得及拉上……

酒楼里鸡飞狗跳。宋家人也看愣了眼。这姑娘为什么突然这般蛮横耍狠起来？好端端一个老实闺女，说不通啊！

"阿拾！"宋长贵想劝。

"爹，你别管。我自有分寸！"时雍就坐着，看着，指节在膝上微微敲着，寻思赵胤耍威风的时候，是不是这个样子？想想，她扬起眉头笑了笑，看大黑玩耍得快活，又由它闹腾，直到酒楼小厮仆役们终于组织起来，将大黑和他们一家人团团围住：

"抓去见官！"

"见官他们也赔不出银子来。"掌柜的气都喘不匀，脸色青白着吼，"打，先给我好好打一顿再说。"

"你敢！"时雍声音不大，气势却足，说罢缓缓站起来走到那掌柜的面前，抬手一个耳光，扇了过去，"给我的狗道歉，我便饶了你这次。"

掌柜摸着脸，双眼瞪得像铜铃，不可思议地看着时雍，歇斯底里地大吼："小娘匹！

你打我?"

"是的。"时雍反手又是一个耳光。

掌柜啊一声,炸了:"都给我打啊,还愣着干什么?"

小厮仆役们刚才都愣住了。得月楼的背景多硬啊,这家人居然敢来闹事,还打了掌柜的,怕是不要命了。回过神来,一群人蜂拥而上。

"好大的狗胆。"时雍低哼一声,一个扭头,似笑非笑地盯着他们,手上拎着一个令牌,"锦衣卫大都督的人,你们也敢动?!"

那不是锦衣卫普通缇骑的身份令牌,上面赫然写着"锦衣卫指挥使赵胤"几个大字。这是赵胤的私人令牌。为何会在一个小姑娘的手上?

不近女色的赵胤,从不离身的令牌……是天塌了吗?这怎么可能?酒楼客堂里十分安静,连拂门的风都凉了几分。

诡异的寂静中,门外有人在喊:"官爷,就是她,光天化日之下,纵狗行凶,您看看,这得月楼被糟蹋成了什么样子——"

那个是去报官的小厮,痛心疾首地说完,发现身边的官爷愣住了。官爷愣住,他也愣住。官爷看令牌,他也看令牌。好半晌,他听到官爷说:"大都督的令牌为何在你手里?"

时雍看着跟小厮一起进来的魏州和杨斐,低垂着眉眼,淡淡道:"魏千户不知道吗?"

她和大都督之间的事情,旁人哪知全貌?看她漫不经心的模样,魏州笑容有些僵硬,想问清楚,又觉得这事不合适问得太仔细。

杨斐不悦地看着她,就像见到自家在外闯祸的"亲戚",明明是黑着脸的,可一举一动却有几分不自觉的维护:"你哪里来的令牌?偷的吗?你这次死定了。拿爷当挡箭牌,到处惹是生非,爷铁定要扒了你的皮。"

"担心你自己吧。"时雍扭头看他,一个莞尔,压低声音轻笑,"这才叫仗势欺人。对你那个,不算。"

杨斐呆若木鸡。偏生大黑还转过头,防备地盯住他,龇牙咧嘴地"汪"了一声。这狗东西也学会仗势欺人了?人惹不起,连狗都惹不起,杨斐拉下了脸:"闹出这么大的事,看你怎么跟爷交代。"

宋长贵呆呆看了半天,不相信赵胤会把令牌给女儿,认准了是她偷拿大都督的令牌,如今连魏州和杨斐都敢顶撞,越想越害怕,一颗心快要从嗓子眼里跳出来了。"阿拾。"他小声道,"砸了人家这么多东西。咱认赔吧。"

他拿眼神望向王氏,王氏顿觉肉痛,立马跟他急眼了:"赔什么赔?谁让他们狗眼看人低,我呸。老娘一个铜板都不会赔。没眼力见儿的东西,该砸,砸得好,活该砸它个稀巴烂。"

王氏可没宋长贵懂的那么多。在她看来,大都督既然肯赏给阿拾那么多银子,拿个令牌给她算什么?她自觉有人撑腰,嗓门又尖又利,战斗力完全不是宋长贵能镇住的。从掌柜到小二,全被王氏指着鼻子骂了一通。

"春娘！"宋长贵脸涨得通红，依他的脾气，纵使对方有万般不是，砸了人家这么多东西，也确实该赔。他拽住王氏，一脸恳求的神色。

王氏却是不肯，骂得越发狠了："我呸，一个个小楞登子下作货，破酒楼留着自个儿躺尸吧，不肯好好待客，老娘还不爱吃了呢。"她话落，一手拉着宋鸿，一手来拉时雍，"走！家去，老娘给你们做十八个菜。"

"怎么能就这样走？"时雍扭头，这笑吟吟的一眼，看得王氏微微一愣。

小蹄子该不会真要赔吧？王氏登时白了脸，却听时雍笑道："得月楼仗着背后有贵人撑腰，就欺辱食客，我们一家诚心光顾，却受此窝囊气，害得我娘情志不畅，肝气郁结，头痛胸闷，五脏六腑疼痛难忍。这事——怎么也得有个说法是吧？"

这叫什么话？王氏愣住。

众人都看着时雍。她却慢慢转头望魏州："千户大人，你得为老百姓做主呀！"

魏州脸上有几分尴尬。但凡有眼看，都知道酒楼被搞得不成样子了，没开口让她赔，完全是因为她身上那面令牌，如今她反过来要人家给说法？

"阿拾，得饶人处且饶人。"

"我给过他们机会了。可是他们不肯饶我……那就必然得有个说法的。"

魏州脑袋隐隐作痛："那你待如何？"

"赔。"时雍敲敲桌子，"得月楼必须赔。"

得月楼的掌柜这时脊背都汗湿了。原以为姓宋这一家子就是穷人窝里出来混食的，哪知拿了大都督的令牌，锦衣卫千户在她面前都谨小慎微。他怕得罪了大佛，会给东家惹事，看时雍说赔，一咬牙就认了："小姐准备让我们赔多少？"

时雍视线都懒得给他，手上令牌一摇一晃："把这酒楼赔给我。"

理所当然地说完，时雍看掌柜变了脸色，扬起嘴角，又意味深长地道："哦，还有得月楼下你家的胭脂铺，别忘了，一并赔来。"

大堂响起一片吸气声。这叫什么道理？砸人酒楼，还让人赔酒楼。赔酒楼不算，还要搭上一个胭脂铺？等等，她怎知楼下的胭脂铺也是得月楼老板的？这事外面的人，可不知情。

众人的视线齐刷刷落在掌柜的脸上，而掌柜的没有否认，一张老脸已然由青转白又变红了，双眼混浊带着狠意，咬牙切齿地瞪着时雍："小娘子这是仗着有大都督撑腰，欺行霸市？"

时雍皱眉略略想一下，抬头直视他："这么说，也未尝不可。掌柜的要是做不了主，不如问问你们家老板，愿不愿意让我欺呢？"

"岂有此理。"掌柜的怒得额头青筋都鼓了起来，"你真当天子脚下没有王法了是不是？纵是大都督一手遮天，我们广武侯府也不是吃素的。"

众人又是一惊。原来得月楼是广武侯的产业？怪不得楼下的胭脂铺叫"香苋不晚"，广武侯府的嫡小姐不就叫陈香苋吗？

好事者低声窃窃，竟让他们理出个头绪来。

宋仵作的姑娘叫宋阿拾，是顺天府衙的女差役。宋阿拾看上了仓储主事谢淮的公子谢再衡，而谢再衡原本和广武侯陈家有婚约，却与张捕快的女儿有了首尾。张家出事后，谢再衡自愿入赘广武侯府，马上就要成为陈家女婿了。

如今宋阿拾怒砸得月楼，不就是报复么？闹一摊子事，就为一个"情"字。可是大都督在其间，又充当着什么角色？

香艳事，最得人心。不仅食客们流连不走，得月楼门口还围拢了不少人瞧热闹。这般稀罕事，可不是天天都有。

酒楼里的仆役小厮们破口大骂时雍不要脸，掌柜的被她气得血液逆流，一张老脸青白不匀，好像随时要背过气去。魏州等人夹在中间，劝也不是，赶也不是，似乎也在为难。宋长贵更是急得像热锅上的蚂蚁，直搓手。

时雍却漫不经心地坐在窗边，斜眼望了望停留街边的一辆马车："我不急，等你请示了你们老板，再回我话也不迟。我不管你们老板是什么侯，欺负人，就得有地方说理。老百姓怎么了？老百姓吃饭又不是不付钱，凭什么撵人，凭什么侮辱？天子脚下，侯府就可以仗势欺人吗？还有没有王法，讲不讲天理了？"她把掌柜的话，一并奉还，还说得头头是道。一时间，人群议论纷纷，神色各异。

正在这僵持不下的时候，围观的人群从中间自动分开，让出路来。

"何事吵闹啊？咱家也来瞧瞧热闹。"来人一把嗓子阴阳莫辨，众人一听，立马噤声。

掌柜的往外看了一眼，眼前亮了亮，躬身迎上去："哎哟哟厂公大人，您老快快救命啊！此女仗着有锦衣卫撑腰，在我得月楼欺行霸市，还要强占店铺，厂公做主，给小店找个说理的地方啊。"

厂公？时雍扫眼望去。这人有些年纪了，头发花白，圆顶双拱乌纱，团领常服，挂青绦、配牙牌，看上去好不气派——正是东缉事厂的厂公、司礼监掌印太监娄宝全娄公公。

这些年东厂势力如日中天，这位娄公公是伺候光启帝长大的太监，掌印司礼监，地位也是水涨船高，走出宫门看谁都斜眼。

"要找说理的地方？正好，东厂正合适。掌柜的别怕，咱家给你做主。"

时雍瞥他一眼，目光又扫向他身侧的白马扶舟，嘴唇微微一挑，淡淡道："你是哪里来的老怪物？是非不分，道理不明。事情都没有弄明白，就要私设公堂、打压良善了不成？"

老怪物？娄宝全被这句话堵得变了脸色，胸膛不匀地起伏几下，指着时雍尖起嗓子骂："野狗一般的贱奴，也敢在咱家面前放肆？来人啦，给咱家拿下。"

东缉事厂又称东厂，与锦衣卫合称厂卫，也是监察机关和特务机关，直接受皇帝统领，还有监视锦衣卫的功能。若说这偌大的京师，哪里能脱离锦衣卫的眼线，那就非东厂莫属了。

宋长贵一听这话，吓得脸都白了，心里埋怨女儿惹事，又怕她闹出大事，娄公公话没说完，他扑通一声就跪了："厂公大人恕罪，小女年幼不晓事理，小的愿代小女受罚。"

"滚开，老虔狗。"娄宝全正在气头上，哪里听得见求饶？他一脚踢开宋长贵，气咻咻地指着时雍，尖利地喝骂："都是死人吗？还不快拿下这女贼子。等咱家禀明陛下，任她是谁的人，也断不敢再为非所歹，闹事行凶。"

几个缉事冲上来就要拿人，宋家几口全吓住了，宋香嘴唇发抖，宋鸿更是哇啦哇啦地哭，倒是王氏奋勇地堵在时雍面前，撒泼打滚地叫骂："杀人了，杀人了。"

时雍冷笑，不见半分紧张，拨开王氏的肩膀，对着第一个冲上来的缉事就是重重一脚："别吓着小孩子！"

她这一动手，在桌子底下观望许久的大黑嗷呜一声就冲了出去。这狗子很精灵，它也不找别人麻烦，直接扑向娄公公，一脑袋撞上去，张大嘴"呜"一声，咬一口他的裆部，拔腿就冲出店门。

娄公公瞪大眼，猛地夹起了腿捂住裆，痛得脸色发白，声音颤抖："快！快打死那条狗！都是死人吗？还不快来扶着咱家，哎哟，哎哟。"

娄宝全人前失态，疼痛难忍地在两个小太监搀扶下出了门。东厂番役们见状，上前就要拿人。魏州和杨斐一看情况不对，也都拔出刀来，严阵以待。

"谁敢上来？"杨斐像夯毛的关公，恶狠狠地挡在时雍面前，冷声冷气地吼，"东厂这是连大都督都不放在眼里了吗？"

东厂虽说有监督锦衣卫的职能，可赵胤不仅仅是锦衣卫指挥使，还是五军都督府的大都督，五军都督府是大晏最高军事机构，统领兵权。

说到底，娄宝全只是个阉人，权势来自媚颜屈膝，一脸奴才相。即使东厂势大，锦衣卫这些男儿，也是瞧不上他的。

"杨大哥不必生气。"时雍今儿对杨斐多了几分笑容，轻轻按下他出鞘的腰刀，"何苦为了这点小事让大都督难做？行，得月楼不是要找个讲理的地方吗？我看东厂就挺好。你先带人回去歇着，我自当无碍。"

"阿拾？！"杨斐难得严肃地拉着脸，怕她年纪小不懂得东厂的厉害，皱了下眉头，努嘴，"闪边上去。爷们儿未必会怕这些没卵蛋的阉货？"

时雍看一眼白马扶舟，忍不住想笑。她拍了拍杨斐的胳膊，径直走到白马扶舟面前，衣裙微翻，竟有几分婀娜之态，就连脸上的笑容也温婉了几分："扶舟公子……"

时雍福身问好，眼底的笑复杂难明，下面那句话却低低的，除了白马扶舟谁也听不见："原来你是个小太监呀？失敬。"

白马扶舟眼睛眯了下，似笑非笑地看着她："下次可不能这么造作了，你看，闹出事了吧？"

他温声和暖，时雍也淡笑回应："这岂不是更好？你可以准备做下一任厂督了。"

白马扶舟眼帘微垂，淡笑："请吧。"

大街上乱成一团。大黑已是不知跑到哪里去了，人群里都在叫"打狗"。时雍走到门口看了一眼，街那边的马车仍然安静地停放着，一动不动。时雍一笑，回头看了看一脸担心的杨斐，跟上白马扶舟："有劳扶舟公子。"娄宝全坐在轿子里捂着下腹呻吟，刚才大黑那一嘴差点没把他的命给收了。太监那处本就受过伤，娇弱得紧，大黑居然瞧准咬了他一口："找到那恶狗，给咱家打死。剁成肉泥，烹了。哎哟，娘耶，哎哟，疼死咱家了。"

这时，他看到了跟着白马扶舟安静走近的时雍，微微一愣，皱起了老脸："白马楫，你这是做甚？咱家不是说把她拿下吗？是拿下！不是请回去当祖宗。"

"师父。"白马扶舟淡淡看他一眼，并没有因为他的盛怒有半分慌乱，唇角甚至隐隐有一丝笑容，"实不相瞒，她是扶舟失散多年的……亲姑姑。"

姑姑都来了？时雍心里一跳，没吭声。

娄公公看着白马扶舟似笑非笑的脸，当然不信。可是怀疑他又能如何？白马扶舟是长公主宫里的首领太监，虽在东厂麾下，可自打被长公主郑重其事地认作了干儿子，后来又随了长公主前往天寿山守陵，便是长公主的心腹，奈何不得。

娄宝全气苦不已。白马扶舟眼下突然回京，他本就怀疑是得了长公主的授意，行事小心得紧，哪里又敢随意指摘他？"那依你之言，师父这罪是白受了，得月楼的冤也不用申了？"

白马扶舟低头行礼道："不敢。扶舟只希望师父能给三分薄面，在事情尚未弄清之前，不让我姑姑受罪。"

"依你。"娄公公狠狠咬牙，大袖一挥，"带回去，刚才闹事的一干人等，全都给咱家带回去。"

"是！"一群人浩浩荡荡地来，又浩浩荡荡地走了。得月楼的街面上终于恢复了平静。

对街拐角停放的马车里，大黑仰头望着端坐的男子高贵平静的脸，吐着大舌头，摆出一张微笑脸。赵胤眼底的冷气慢慢散去，一只手放到大黑的脑袋上："你倒是聪慧，会选地方逃命。"大黑噔噔退后两步，脑袋从他的掌中挣脱，再抬头时，不满地汪了一声。

不让摸？赵胤眼皮垂下，哼声："宰了你。"

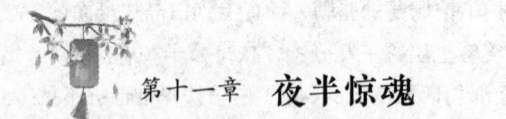

第十一章　夜半惊魂

东缉事厂，天子家奴，由宦官掌管。在永禄时期，东厂的存在是因为永禄帝信任内宫监大太监郑二宝。娄宝全是原东宫太监，永禄末年郑二宝故去，他才渐渐进入权力中心。后来，光启即位，娄宝全成为了司礼监掌印，太监第一人。可想而知，娄公公在宫内宫外，早已猖狂惯了，今日被时雍辱骂"老怪物"，又被大黑咬了残缺的私处，更是辱中之辱。

娄宝全脾气不好，在皇帝面前做了一辈子孙子，离开皇帝的视线就想做爷。可是如今，一腔愤怒，他偏生拿时雍无可奈何。白马扶舟一句"亲姑姑"，堵住了他的怒火。他不想白马扶舟掺和东厂事务，更不愿意为了这个事情得罪他。

是夜，东缉事厂不得安宁。夜幕下，一名小太监带着医官往娄公公住处走："一会儿你注意些,别激怒厂公,我也要跟着你倒霉。"

"那是自然。只是,厂公大人若有责怪,小公公可得为我美言。"医官抹了抹脑门,四下看着无人才问,"听说今儿厂公带回来的女子是大都督的人?难不成东厂要和锦衣卫翻脸不成?"

"闭嘴,不该知道的事少打听。别你死了连累我遭殃……"

头顶,一角挑高的房檐上是镇宅的貔貅,火光照不到的阴暗处,露出一角白袍,男子修长的身子懒洋洋地倚躺在上面,手拿酒壶,悠闲浅抿,唇角勾出一丝香艳欲滴的笑,如有邪气溢散。待底下那两人脚步远去,白衣男子将酒壶轻放在貔貅的头顶,几个纵掠,沉入了夜下的院子。

托白马扶舟的福,时雍在东厂没有受到半点虐待,掌班也没有把她押入大牢,而是寻了个破旧的空房子锁起来,还吩咐人为她摆了一张方正的小木桌,上头摆着各式点心茶水,色泽精美,很像那么回事。

东厂内设的这些掌班司房都成了精,不敢得罪娄公公,也不敢得罪白马扶舟。毕竟娄公公一把岁数了,早晚要死,往后东厂谁做主还不知道呢。

时雍看出他们私底下的这些"功夫",盘腿坐在炕上,笑盈盈地道了谢,却不去碰那些吃喝。

"你倒是警惕得很。"

听到白马扶舟的声音,时雍没有吃惊,扭头看向来人,似笑非笑:

"身陷囹圄,自然要警醒几分。东厂衙门里的人,个个练家子,可不比顺天府的狱卒。要是再有贼人往我饭菜里下药,我可不敢保证,会不会把这儿给端了。"

不敢保证?够狂。白马扶舟唇角逸出笑:"你可真不客气。我是不是要替东厂诸公感念你的大恩?"

时雍做出一副认真聆听的模样,末了皱皱眉摆手:"你我亲生姑侄,何须客气?往后,你多多尽孝便是。"一句玩笑,两人都不当真,却又说得自然。

"姑姑说得极是。那小侄自当尽孝了。来,姑姑,小侄请你喝酒。"白马扶舟轻声说完,冷不丁抓起桌上的酒壶,一把捉住时雍冰凉的手腕,然后就着壶嘴喝了一口,低头便要嘴对嘴地喂她酒。

时雍眼一凛,反手扣他,他很灵敏,手腕微翻,躲开,笑着再次低头。时雍冷哼一声,一个手刀砍向他的喉结。

"唔!"白马扶舟来不及闪躲,喉咙吃痛收缩,含在嘴里的酒液咕噜一声便咽了下去。他被呛得咳嗽几声,好半响才缓过气,似笑非笑地抹了下红润润的嘴,幽冷带笑的眼神望向时雍。

"姑姑真是胆大。"说到这里,白马扶舟慢慢走近,低下头靠近她的脸,"这里是东厂,不是锦衣卫。我也不是赵胤,而是白马扶舟。赵胤不近女色,是个无用的木头人。我可是……对姑姑很有兴致呢。"

时雍噗声,笑了。白马扶舟眼底微暗:"笑什么?"

"无用的木头人。此言……说得甚好。"不知为何,这一刻时雍脑子里想到的居然是赵胤那张棺材板一样波澜不惊的脸,甚至在想,若是他知道白马扶舟背地里这么说他,他那张脸,又当如何?

"看来姑姑当真不怕我。"

"你希望我怕你?"时雍懒洋洋地反问。

白马扶舟盯住她的眼睛,笑着直起腰,慢条斯理地坐在她的旁边,理了理袍角:"传闻赵胤足智多谋,行事向来算在心。你被带入东厂,他怎会袖手旁观?你是不是算定了,他会来救你?这才有恃无恐?"

时雍斜眼睨他:"我一介草民,若能让大都督挂念,自然是好事。如果大都督不愿惹祸上身,不来救我,那我还得倚仗大侄子你呢!"

白马扶舟扭头,看到时雍嘴角弯起的笑容,轻轻哼了声:"怪不得有本事把赵无乩哄得服服帖帖,你这嘴里,就没一句老实话。乍一看是弱质女流,实则敢杀人放火。在下佩服。"

时雍一脸浅笑,不理会他的讽刺,轻掸袖口,重新盘好腿,端正地坐好:"夜深了。大侄子回去吧,即便是亲生姑侄,大晚上相处也是不便。"

白马扶舟只当没有听出她在赶人,薄薄的唇边露出一丝淡笑:"我再陪姑姑一会儿。"

"不必……"时雍话音未落,白马扶舟身子突然一倒,朝她倾了过来。

时雍眼疾手快,身子侧开,掌心托住他的肩膀,不悦地拧紧眉头:"玩笑可再一再二,不可再三。"

白马扶舟眯眼看她,嘴角弯起一丝让人心惊肉跳的笑,声音也压得极低:"你和赵胤在谋划什么?"

时雍眼皮微抬:"此话怎讲?"

白马扶舟笑得意味不明:"京师接二连三发生匪夷所思的命案,近日又闹鬼。这个节骨眼上,兀良汗使臣在京,东厂趁势而起,锦衣卫可谓被诸方势力架在了火炉子上,赵无乩就不想趁乱做点什么?"

"这种话可乱讲不得。"时雍笑着反问,"要这么说,那东厂又想做什么?干这些污糟事儿,东厂那可是轻车熟路。大侄子对这几桩案子这么感兴趣。莫非——都是东厂的手段?"

"哼!甭诓我。"白马扶舟懒懒斜她一眼,"娄宝全无非就贪点钱财,置点产业,争点权势,忤逆朝廷、通敌叛国的事,谅他还没那么大的胆子。"

"那你又贪什么?"时雍冷眼。

白马扶舟盯住她,似笑非笑:"贪你,成不成?"

时雍内心毫无波动,双手慢慢搭在膝上:"别说你对东厂不感兴趣。"她想,白马扶舟既然是个太监,又是个有想法的太监,年纪又不大,怎么会甘心像长公主一样守在四季清寒的井庐度过余生?

白马扶舟又笑了:"姑姑如此懂我?"

"你眼里的贪婪都快藏不住了。"

"果然是赵胤看中的女子。"白马扶舟笑叹一声,慢条斯理地拿起那酒壶,在炕上躺下来,不仅没有要走的意思,还喝上了,"姑姑要不要来点?"

时雍眯眼扫他,见他不为所动,唇角微抽一下:"你不会想要在这儿过夜吧?"

白马扶舟眼波一荡,一边品着壶里的美酒,一边低笑:"姑姑若肯,我乐意奉陪。怕就怕,赵胤正在外面磨刀呢!等他来了,会不会宰了我?"

"那你还不快滚——"一个滚字还没有落下,外间突然传来尖利的喊叫。

"走水了!""走水了!"几声高呼过后,外面突然骚动起来。喧嚣里,懊恼的高喊划破天际:"快!是弄玉水榭——快呀!厂公在里面呢。"

"快快快!所有人跟我走,救火为要……"

"走水了,弄玉水榭,火势蔓延得很快,大家快去——"

不过片刻,房间里就飘进来一股子浓重的烟雾味道,守卫大声地喊叫起来,骚乱声此起彼伏,惊慌、紧张、浓烟味也越发呛鼻。

白马扶舟仔细听了片刻,伸手一抓将时雍从炕上带起来:"先离开这里……"

他想把时雍塞入怀里带走,可惜时雍身子一转,直接脱开了他的掌控:"掌班令我不得离开此地,我要是擅自走人,你们东厂便有名头给我定罪了。我才上不当。不,我不走。"

白马扶舟眉头微拧,看她小脸固执,袖子一甩:"我去看看就来。"

他离开没有再锁门,冷风猛地灌进来,将房间里的两幅白帘吹得高高扬起。风声欷歔,房间更添鬼魅气息。时雍静坐炕上,忽而听得咚的一声,似有什么东西重重倒地。门外的灯火突然熄灭,只剩房中一盏昏黄的油灯,幽闪,幽闪。

时雍平静地抬头。一股冷风将白纱帘吹得翻飞而起,"啪"一声,桌上的一个碗碟被帘角拂落在地,瓷片四分五裂——随着这一道闷响,时雍一跃而起,一把扯住白帘,将尾部缠在腰上,双手抓牢帘布,身子一荡,噔噔几下往墙上掠起,借着帘子的力度将自己挂在了梁上。

砰!门被风猛地推开,一片雪白的袍角飘了进来。外间没有光,半掩在黑暗里的女子披头散发,一张苍白的脸被凌乱的黑发遮住大半,身上的白袍子被风吹得幽幽荡荡,像一只从地狱而来的厉鬼,脚下一点声音都没有,如同飘在地上,一股带着膻腥的气味随着她的身影吹过来,浓郁刺鼻。

时雍掩鼻,屏住呼吸。

"女鬼"看到房里没人,意外地定在门口。趁这一瞬,时雍身子突然从梁上直落而下,完全是一副同归于尽的样子,没有招式,没有打法,没有声音。她将自己的身子作为武器,整个儿扑向女鬼,双臂张开紧紧抱住她:"总算抓住你了。不是鬼吗?逃一个试试?"

女鬼猝不及防,眼底掠起刹那的惊恐,黑发掩盖下的脸白如面灰,但她反应极为迅速,双臂猛力地甩动,凶性大发地从白袍里伸出枯瘦的双手,长长的指甲剜向时雍。

"扮得还挺像。"时雍冷哼一声,干净利落地躲开。上次在天寿山吃过亏,她怕这歹毒的家伙手上又有什么下三滥的药物。哪知女鬼根本就无心恋战,一见中了圈套,虚

181

晃一招，待时雍松手，身子一转就急掠而去。

"想溜？"时雍冲出去，对着天空放个鸣镝，然后朝着女鬼的方向追了出去。有上两次的经验，她深知"女鬼"的轻功必定登峰造极，压根就没有想过能追上她——因为这里已经被锦衣卫包围了。除非"女鬼"能上天入地，不然今夜必然落网。她追上去，只是怕错过第一手抓鬼现场。

"不好，东厂被锦衣卫包围了。"青砖地上脚步声声，一边是冲天的大火，一边是喧闹的吆喝，恐惧如同一种会传染的瘟疫，将整个东缉事厂笼罩得阴森森的。

东厂大门处，一个小太监听到喊声小心翼翼拉开角门，只瞧一眼又立马合上："快去禀报厂公！大都督带兵，包围了缉事厂。"

"要命了。厂公……厂公还在弄玉水榭没出来。"

"哎哟，坏事儿了。"

小太监尖厉的声音冲入云霄，极为骇人。

白马扶舟皱着眉头，冷森森地走过来："怎么回事？"

"锦衣卫，锦衣卫——"小太监指着大门，"外面全是锦衣卫，我们被包围了。他们莫不是要造反啊？"

"胡说八道。"白马扶舟沉着脸，摆了摆手，让人将大门打开。

外间的人列阵整齐，披甲戴盔，高举火把，执枪带弩。除了身着飞鱼服的锦衣缇骑，还有领兵在后的神机营统帅魏骁龙和五军营统帅万胜。

赵胤为了今夜的行动，竟调了神机营和五军营过来？白马扶舟唇角微动，浅浅哼声："大都督深夜造访，有何见教？"

赵胤端坐乌骓马上，一身飞鱼服英武凛然，凉气森森："救火。"

哈，救火？白马扶舟看着赵胤冷漠的面孔，还有他带来的这些比整个东厂的人马加起来都要多出足足十倍以上的兵力，嘴角一扬，蕴着一丝不易察觉的笑意："真是巧了，缉事厂一起火，大都督就来了。"顿了顿，他眼睑微抬，"我若不让大都督救，是不是不行？"

赵胤面不改色："你试试。"

"大胆。"白马扶舟身边那个小太监，平常跟着娄宝全狐假虎威惯了，今日受了屈辱，和锦衣卫又有宿怨，一听这话不满地叫了一声，"咱们东厂和你们锦衣卫素来井水不犯河水，我们刚着火，大都督就领了人来，怕不是想要趁火打劫？"

"劫"字还没有落下，一道凄厉的惨叫便划破了夜空。

没有人看清赵胤如何出手，只见一片寒光闪过，那吼叫的小太监双目圆瞪，重重倒地，白马扶舟半幅雪白的袖子被溅成了鲜血的颜色。白马扶舟笑容一敛。

赵胤淡淡道："还有谁想拦着本座救火？"

东缉事厂里的火光照亮了夜空，火势当前，挡住前来救火的人，无异于杀人害命；可是不拦住他们，东厂颜面扫地不说，回头娄公公问责，他们谁也担不起。何况，谁知锦衣卫进去会做什么？东厂番役们又急又怕，两头不是人，纷纷将目光望向白马扶舟。当时下，得有个人做主，担责。

白马扶舟不负众望地走上前，笑望赵胤，说话慢悠悠的，一点都不着急的样子："大都督不是莽撞之人，带兵夜围东厂，当众杀人，恐是不妥！这事若闹到陛下跟前，大都督准备如何交代？"

赵胤面无表情，淡淡道一声"我自有分寸"，便扶刀望向东厂上空，皱眉侧目问谢放："可有见人出来？"

谢放摇头："不曾。"

赵胤道："传令下去，一只苍蝇都别放出去。"

赵胤调兵围东厂，来了这么多的兵，这么大的动静，东厂竟然一丝风声都没有听到，这其实是不正常的。调兵遣将，怎能完全掩人耳目？由此可见，赵胤的领兵之力和麾下将校的执行力，堪称恐怖。

白马扶舟眼看这黑压压的一群人，队列整齐地堵在门口，勾了勾唇，索性让开身体："既然锦衣卫的兄弟来帮忙，自然没有不允的道理。大都督，里面请！"

赵胤平静看他："魏州，你点两队人马进去救火。"

魏州抱剑低头，重重应道："是。"

"你们，你们跟我走——"分列整齐的两队士兵，重重踏着东厂大门闯入了内院。

自打东缉事厂成立至今，这还是头一遭。里头那些往常耀武扬威的番役都不免愤慨。可是，赵胤说来救火，却只派两队人进去，余下的人仍然将东厂围了个水泄不通，这是要做什么？白马扶舟含笑而立，有疑问却不问。

"大人！"一声呐喊从背后传来。白马扶舟回头看去，火光映着时雍苍白的脸。头发凌乱，衣衫不整，看上去有几分狼狈。

发生什么了？白马扶舟下意识地走过去，想要问她，可是时雍的人却已经朝门口奔了过去，嘴里那声"大人"，叫的分明是赵胤。一股古怪的涩味隐隐泛起，白马扶舟眼角一弯，笑了起来："姑姑留步！"

时雍脚步一顿，回头看他。白马扶舟淡淡地笑："东厂大门，岂是想出便出的？姑姑是不是忘了，你是为什么进来？"

"嚄？"时雍眯起眼将他从上到下打量了一番，"大侄子你够可以的啊。刚才还叫人家亲姑姑，转眼就把我当成东厂囚犯了？"

白马扶舟懒懒瞥她一眼，唇角挂笑，语气却没有喜怒："事情尚未弄清，姑姑还是不要出去的好。"

时雍嘴角轻勾，挑出三分笑意，看看他，又看了看赵胤，懒洋洋抱起双臂："也行。我在这里看大人捉鬼，也是一样。"

"捉鬼？"白马扶舟神色有细微的变化，"哪里来的鬼？"

时雍懒得解释，只拿眼看向大门外的赵胤。夜色下的他，一身飞鱼服极是英武，黑色披风在夜风下轻荡。身后列队整齐的将士甲胄森森，将他衬得仿若即将出征的将军，更添威风。这让时雍下意识想到前年，他随永禄帝出征归来的样子。

那一天，京师万人空巷，时雍正在红袖招喝酒。看他打马长街，英姿凛然。只是那时，

183

她从未想过会与这个人有什么交集。

时雍想到这里,懒懒一笑:"怎么办?大人,我出不去东厂大门了。"

赵胤沉默看着她,片刻,微微扬眉:"我进来。"

他的声音本就冷漠,突然开口,竟没有人想要阻止,都一动不动地看着他跃下乌骓马,将缰绳交给杨斐,一步一步走近,迈过门槛。

白马扶舟嘴角一抽,报以一个意味不明的笑:"大都督,东厂大门不仅不能随便出,也不能随便进。"

赵胤不答,拎着出鞘的绣春刀,无视两侧的东厂番役,慢慢走向时雍。

大门只亮着一盏灯,背后又有冲天的火光,赵胤对着光的脸越发显得冷峻无情,时雍呼吸都慢了半拍,不料他走到面前,出口却问:"受伤了?"

时雍微愣,继而摇摇头,报以一笑:"我尽力了,没抓住,让她跑了。不过,你看……"她掌心摊在赵胤面前,"没白费功夫,我拿了她一件东西。"那是一个香囊,绣功有些熟悉,只是时雍一时想不起来。赵胤沉眉:"这有何用?"

"当然有用。"时雍若有似无地笑,"你忘了,我有大黑?"

她将"我有大黑"几个字说得极是自然,可是,听了这话,赵胤漆黑的眼睛有明显的暗光闪过,看她的眼神也深邃了些。时雍见状,赶紧再解释了一句:"我已经和大黑说好,从此以后,我养它,我是它的主人。"

赵胤抿了抿嘴:"准了。"

嗯?啥?时雍又是一怔。然后看着他没有表情的冷脸,笑了笑,重重吹了一声口哨。

大黑就藏在附近。听到时雍召唤,嗖的一下从墙角蹿了过来。这几日它吃得好,长得也好些,皮毛有了亮泽,身子骨也结实了,看上去威风凛凛,一出现就把在场众人吓得惊叫。

"黑煞?"有人低低吸气,"时雍的狗?"一般黑煞出现就会伴着这句话,时雍已经习惯。

她弯腰将手上的香囊凑近大黑的鼻子:"大黑,嗅嗅,找出这个人。"

整个东缉事厂都被包围着,"女鬼"没出来,自然是藏在里面。时雍这是准备让大黑去找人。

赵胤看到一人一狗的互动,眉头拧了拧,目光挪向白马扶舟:"扶舟公子,行个方便。"

白马扶舟哼笑:"大都督真是会难为人。领兵救火也就罢了,如今竟是要领兵搜查东厂?"

赵胤道:"是,又如何?"

一句平静的话,却狂妄到了极点,一群东厂番役已是气愤得咬起牙来,手扶上了腰刀。可是,白马扶舟却波澜不惊,低头摸了摸鼻子,笑了:"捉鬼是大事,自当配合。"

"谁敢?"一声尖利的吼声从背后传来。

时雍转头,看到一个黑漆漆的人影,他浑身烟灰,半幅袖子已被烧得不成样子,可是仔细看脸,仍然能认出是娄公公。

这日的变故实在突然，从被狗咬到住处着火，娄宝全差一点被烧死在弄玉水榭，他受到的惊吓大，火气也积累到了极点："缉事厂岂是想闯就闯，想搜就搜的地方？大都督深夜带着大军闯进来，可得了陛下的旨意？"

赵胤沉默冷对，长身而立。他的背后，是安静而立的将士，墙上、房顶还不知道埋藏有多少伏兵，正远远地拉开长弓，瞄准东厂众人的脑袋。

狂，该他狂！"哈"一声，看这阵势，娄宝全冷笑起来："大都督要对咱家动武？可有想好怎么向陛下交代？"

"杨斐。"赵胤盯着娄宝全，根本不理会他的威胁，只沉声命令道，"点齐人马，带着大黑去搜，务必把女鬼给本座翻出来。"

"是！"杨斐就等这一声命令了。来打东厂，他兴奋得眼睛都快要闪出火光来，原本对大黑还有几分畏惧，可是看大黑乖乖地坐着，咽了咽唾沫，又放松了些，"别瞅我。眼下大家都是兄弟，跟我走。"

"赵胤，反了你了。"娄宝全气得脸都绿了，抹一把脸上的黑灰，脚一跺，"哪个今儿敢闯入缉事厂，咱家就敢禀明陛下，诛他九族！"

目前局势全在赵胤的掌控之中，东厂这点人马根本就不够看，娄宝全知道硬拼不是赵胤的对手，只能搬出皇帝来恐吓赵胤手底下这些人。可是，他万万没有想到，这群人如同疯子一般，只听赵胤一个人的话，压根就不理会他的威胁，带着人马便跟着那一条可恶的狗往里面闯。

"反了。这是反了。"娄宝全自身不会武功，气得呼吸不匀却不敢往上冲，只能对着东厂那些档头番役缉事大声喊叫："都是死人吗？还不给咱家把人拦下。"

赵胤低头抚弄袖口，不轻不重地道："本座，也喜欢诛人九族。"

那些番役握刀的手，突然就失去了力气。一群人又是救火，又是捉鬼，将东缉事厂闹了个翻天覆地。娄宝全在东厂多年，根基深厚，自然有他的心腹，可是在锦衣卫和神机营、五军营大批人马的压制下，根本不成气候。

这场骚乱持续了好一会儿，东厂外庭内院，鸡飞狗跳，尖叫呐喊了足有一个时辰，直到天空下起了雨，大火才算彻底扑灭，而救火的魏州又立了一功。

他在烧成了漆黑残垣的弄玉水榭里，发现了娄宝全的地下宝库。里面藏匿着他贪墨的赃物。整整一个地库的金银财宝、古董名画，娄宝全几辈子的俸银都换不来。

听到魏州的禀报，赵胤面色平静，并无意外地看向娄宝全："厂公，本座真的喜欢诛人九族。"

娄宝全双腿被抽走骨头一般，软软地瘫坐在地上，面如死灰，身子又痛又急，声音颤抖着语无伦次："你们，你们合起伙来对付咱家……"他的眼睛，从赵胤的脸上，挪到了白马扶舟的身上，像是突然想明白了什么似的，一脸的怨毒。

"不曾。"白马扶舟笑得弯起凤眼，"我什么都没有做。"

魏州这边的火，借着雨势，救得很不错。可是杨斐那边就没有那么幸运了。这场突如其来的大雨，虽然帮助魏州灭了火，却也帮"女鬼"洗刷了气味，破坏了痕迹，使得大黑丧失了追踪条件。杨斐带着人把东厂衙门翻了个遍，别说女鬼，女人都没有找到一个。一个活生生的人，会凭空消失吗？当然不会。除非，她真的是鬼。看到大亮的天光，杨斐疲累一晚，又气又急，还有几分怨气。他恶狠狠地盯着大黑，像看仇人一样："你不是飙得很吗？怎么突然就不行了？"

大黑"嗷"一声，扑向他。

杨斐面色一变，连连后退，刀尖指着大黑："警告你啊，别以为有了靠山我就不敢宰了你……"

"她还在缉事厂里。"时雍拍了拍大黑的头，没有心思和杨斐计较。想她说服赵胤，从得月楼开始布局，再到入东厂，煞费苦心地使了这么一出好计，也成功引出了"女鬼"，可不能就这么白白浪费掉。过了今日，人就不好再抓了。时雍突然扭头看着杨斐，目光幽深带笑："你去告诉大都督，把缉事厂的人都集中到广场上，我来捉鬼。"

"啊？"杨斐惊了。这是东厂，不是锦衣卫，哪能说把缉事厂的人集合起来就集合起来的？说不得，就要引发一场血战啊。阿拾这小姑娘也太异想天开了——杨斐不相信赵胤会答应这么荒唐的事情，然而，当他将时雍的想法告诉赵胤，赵胤问也不问就准了。

这是色令智昏么？杨斐吃惊不小，对赵胤的态度越发惊异。这里是东厂，任由阿拾为所欲为的后果，爷可曾想到？

东厂诸人，包括白马扶舟，当然是不愿意任由锦衣卫差使的，可如今厂公被人拿下，五军营的弓弩、神机营的火铳全都架在东缉事厂，即使他们不舒服，又能如何？总不能落一个和娄公公同流合污的罪名，被打入诏狱，死无全尸吧？

天刚亮，下了一阵雨，风吹过来冻入骨头。东厂番子们别别扭扭地集中到了广场上，四周是一群乌压压的士兵。双方剑拔弩张，东厂番役都憋着火气，列队候着，想看他们到底要如何。

时雍走到人群前面，大黑威风地跟在她的身后。不远处，赵胤静静立在雨中，漆黑的眼冷淡平静，白马扶舟与他站在一处，唇角微掀，似笑非笑："黑煞竟然会听她的？"

赵胤面无表情。白马扶舟眼一斜："大都督没有想过，这是为何？"

赵胤冷冷转头："你问问黑煞？"

"呵！这笑话可不好笑。"白马扶舟低眉微笑，不再理会这个难以沟通的疯子，目光跟随时雍的身影，走过一排又一排列队的东厂番役。

"找女鬼找到东厂来了，欺人太甚。"

"这是讽刺咱，像妇人呐。"

"岂有此理，我缉事厂竟让一个女子横行无忌？耻辱，耻辱啊！"

"厂公都栽了，咱们还能怎样？认命吧。"

"认命赵胤就能手下留情？哥几个，今儿广场上这些人，只怕全都得死在赵阎王手上……"

"别长他人志气，赵胤再能，不还得听陛下的。我不信陛下会——"

"大黑回来。"时雍突然出声，将人群的议论声打断。

雨丝纷纷未停，广场寂静。

时雍带着大黑走遍全场，都没有找出人来，除了这场不合时宜的雨，她还猜到了一个原因——凶手早就注意到她，知道她身边有大黑，早有防备，肯定在身上携带了什么遮盖气味的物什，阻止了大黑的追踪。狡猾的凶手。

时雍不再浪费时间，从人群的尾部再次走到正前方，看着那些人眼睛里的不满，弯了弯眼，一双眸子亮如皎月："各位，还得麻烦你们一件事。"她表情平静，语气也平淡，没有人想到她会说出那般惊世骇俗的话，"请各位宽衣解带，是男是女一验便知。"

之前时雍与"女鬼"交过手，大抵可以确定那是一个女人，如果她藏在人群中间，这就是最有效迅捷的方法。可是，这对于东厂番役来说，简直就是羞辱："你竟让我等在大庭广众下脱衣服？"

听着番役们愤怒的质问，时雍扬了扬眉头。"也不一定要当众。"她转头看着赵胤，一双含笑的眼里水波荡荡，慵懒却也自信，"烦请大都督派几个信得过的人，验明正身。不过，那人武功高强，轻功了得，一定要保障安全。"

赵胤还没有说话，广场上便骚动起来。番役们自然不肯，便是白马扶舟也变了脸色："这般验身，怕是不妥。"

时雍皱眉："方便，快捷，有何不妥？"

白马扶舟笑道："有没有女鬼还两说，你这么羞辱大家，丢的不仅是东厂的颜面，还是陛下的颜面。姑姑难道不知，东缉事厂只听命于陛下？这事若是让陛下知晓，便是大都督，怕也不好交差啊！"

"是吗？"时雍扭头看赵胤，默默一笑。

"验。"赵胤面无表情，一身飞鱼服火焰似的燃在细雨下，披风在风中猎猎而动。从时雍的角度看去，他的脸几乎是没有情绪的，也无人知晓他到底怕不怕。

"谢放。"赵胤低声命令，让他挑人查验。

白马扶舟冷笑一声："大都督这是要把事情做绝？众目睽睽之下，东厂若受此等大辱，大都督怕是不好全身而退了。"

赵胤平静地转头看他："等你做了厂督，再来威胁本座。"

白马扶舟又是一笑："我是为了大都督好。明知不可为，何苦而为之？"

赵胤面色未改，话里却隐隐有几分告诫："你若不想被验，就好好看着。"

这是肆无忌惮了？白马扶舟身形有短暂的凝滞，转瞬又笑了起来："您请便。"

当今皇帝是个性情凉薄的人，执掌大晏二十二年，面色不显，待臣下也和气，可即便是太上皇永禄爷在世时，他也是个有主意的。

这一年多来，皇帝身子虽弱，眼睛可亮得紧。娄宝全是光启帝年幼时便跟在他身边的太监，跟了一辈子，平日里又在宫中当差。眼前的人所做之事，若说皇帝毫无察觉，白马扶舟不信。

可是，皇帝嘴上斥责几句，从没有当真处罚过他。帝王心思猜不透，除了制衡锦衣卫，平衡朝野权力，玩弄帝王心术外，娄宝全私底下为皇帝做了多少事，在皇帝心里有几分脸面，谁也不敢猜。可赵胤明明知道这些，还是动了娄宝全。白马扶舟觉得此人当真是疯，可他眼下，不便阻止。要疯，就由他疯去吧。

"赵胤，咱家要面见陛下。等咱家见过陛下，必要你死无全尸……"

娄宝全瘫在雨里，双手被反剪着，除了痛骂，已没有别的办法。可是他的痛骂，渐渐地助长了东厂番役的戾气。

他们心思渐渐活络起来：娄公公是陛下的心腹，不仅是看着陛下长大的大人，听说还对陛下有过救命的恩情。陛下若是肯护着他，东厂又何须怕赵胤？又凭什么任由锦衣卫来羞辱？

"老子不干了！"正在列队验身的人群里，突然有人大吼起来，"兄弟们，咱们缉事厂何时受过这等鸟气？"

"不脱，死也不脱。咱们跟他们拼了，老子就不信，他赵胤没得旨意，敢把咱们全部绞杀在此……"

有人起头，整肃的人群就如突然沸腾的水，炸了开来。场面混乱，番役们聚集一起，背抵着背，看着执戟横戈的锦衣卫，一个个咬牙切齿，一副要和他们拼命的样子。

时雍环视着愤怒的人群，嘴角轻轻一抿，笑了："大人，我找到人了。"

白马扶舟心思一动，目光里有几分疑惑，赵胤却仍是面无波澜，不待时雍指出那人是谁，便将目光投向人群："本座也看到了。"

纷乱的人群有刹那的安静。众人纷纷愕然地看着赵胤和时雍，不知他俩在唱什么双簧。

"这是诓咱们呢，大家别听他的——"

人群中又有人低吼起来，粗声粗气，怎么听也不像一个女子。可是时雍一笑，斩钉截铁地说："就是他煽动闹事。"

赵胤冷声："拿下！"

他毫不犹豫，场上的其他人却愣住了。那是一个青衣番役，身材瘦小，面色苍白，可是粗犷的长相和中气十足的声音，还有一举手一投足，分明就是一个汉子啊。谢放以为是要杀鸡儆猴，二话不说便朝那人走去。哪料他尚未靠近，那瘦小男子突然往后退去。

"想跑！"谢放反应迅速，追了出去，"围住他，别让他跑了。"

锦衣卫行动迅速，不过短暂的停顿便围拢上来。那男子一看走不掉了，突然扭头朝赵胤邪佞一笑，双手扯过一个番役，让他挡住谢放，自己飞身退向墙边，拉出一个役长挡在身前。

"赵胤小儿，看你今日能奈姑奶奶何？"声音一出，广场突寂。那粗犷的男子竟然变了腔调，声音娇柔婉转，分明就是一个女子。这一下，连东厂的番役们都震惊了：

"见鬼了？那不是掌厨事的富贵叔吗？"

"是富贵叔，他怎会是一个女子？"

"不可能。她不是富贵叔。富贵叔我能不知道？我和他一起撒过尿……好个细尖的货，哪会是女子？"

在众人惊叹的声音里，那女子哈哈大笑，眼看被锦衣卫包围，明知大难临头，仍是不恐不躁："来啊！哪个上来，姑奶奶便赏他一颗红糖吃。"

她嘴上说着红糖，手里扣住一甩，一个红艳艳的东西就在地上炸裂开来，激起浓烟阵阵。而近前的两名锦衣缇骑始料不及，被炸得后退两步，喷出一口鲜血，身子"咚"一声栽倒在地。

"火霹雳？"白马扶舟变了脸色，整个广场上的人都惊住了。

"火霹雳"是一种烈性火器，在场的人大多没有见过，只是从一些闲语传闻里得知，那是永禄爷的懿初皇后所制，威力极大，杀伤力惊人。不过，自永禄爷得位开始，此等烈性火器便被严厉管制，除了军中有配置，民间绝无踪迹，亦不得制造之法。即使是军中，要调配火器也需一级军事长官亲令，不是谁都可以拿到的。

今日赵胤调来的神机营将士，也只携带了火铳。而这个女子，手上居然有"火霹雳"？一种莫名的恐惧在广场上蔓延开来，人群纷纷后退，将女子围成了一个半弧，神机营举起了火铳，墙上的伏兵也是拉满了弓箭。

见状，那个女子狰狞地笑道："姑奶奶原本不想要你们的命，既然你等非要把小命硬塞给我，那我便笑纳了。来啊，谁先上来送死？"

冷风肆虐，人影幢幢。死亡的阴影下，气氛凝滞而恐惧。时雍扭头看赵胤。只一眼，便生生愣住。

他往前走了两步，飞鱼服像一抹移动的火光，衬着他冷冰的脸，在天光下极为骇人。他面无表情，甚至都没有拔刀，语气平静地说："要活的。"

这话极是平静，却让人无端发寒。要活的是让人不要下杀手吗？可是，那女子分明就要玉石俱焚，哪留得下活口？

"弓箭。"赵胤摊开手。一旁侍立的将士连忙将弓箭递到他手上。

赵胤一言不发，试了试弓弦的弹力，挽弓，搭箭，一支，两支，身子猛地侧转，两支箭同时瞄向背抵墙壁的两个人。

"不要！"那个被女子拉在身前做挡箭牌的役长，见此情形，瞪大双眼，绝望地呐喊，"大都督，救我，救救我啊。"

冷风传来他凄厉的叫声，那女子手上的"火霹雳"亦同时出手。但她挟持了人在身前，抛出的距离十分有限，身前几丈的人都已让开，这一炸，没有伤到人，只是卷起的浓烟挡住了众人的视线……而赵胤手上的弓，拉满，嗖一声，疾风响过，两支箭用一把弓射了出去。

"大都督！"众人惊愕。这般浓烟之下，如何能射中？即便射中，又如何保证是活口？

扑！扑！两支箭同时没入烟雾，一道惨叫破雾而来。

赵胤放下弓，挥手："上！"

谢放带人打头冲了上去，人群欢呼着，黑压压的一群涌上去，看样子极是振奋。

时雍有些好奇，也大着胆子走了过去。刺鼻的烟雾慢慢散开，眼前的画面，震住了她，也震住了广场上的所有人。

众人的视线一眨不眨地看着那两支箭。

它们准确无误地射中了那女子和役长,一支箭左臂,一支箭右臂,两人像穿葫芦般穿在一起,而箭头直接没入了坚硬的墙壁,牢牢将人控住。他们手臂废了,身子动弹不得,却活着。

很少人见过赵胤露技。他平常出行大多时候坐马车,马都很少骑,冷不丁露这一手,实在令人震惊。果然是在战场上见过血的人。

白马扶舟笑叹:"好箭法,在下佩服。"

赵胤面无表情地转过头,平静地看了白马扶舟片刻,唇角微微上扬:"你才是赢家。"

白马扶舟笑了:"此话怎讲?"

赵胤慢悠悠地说:"等着陛下的圣旨吧。"

白马扶舟懒散地打量着他,知道他所指是什么,也不意外:"那得多谢大都督成全。"

"顺水推舟而已。"赵胤淡淡说着,目光已然飘向了时雍。他看她时,眼睛里有真切的赞赏,可是走到她身边,他却没有夸她,只道了一句:"大黑不错。"

劳碌这么久,又玩心机又耍手段又闯东厂,就得了这么一句?也太吝啬了吧?"我呢?"时雍眨眼追问。

赵胤目光瞄向她,很深的一眼:"狡猾。"

"报——"这时,一个身着铠甲的大高个走了过来,朝赵胤施了一礼,"大都督,这些人如何处置?"他指的是东厂这些隶役和缉事。

赵胤看一眼:"先拿下,等陛下旨意。"

魏骁龙是神机营统领,敕封的龙武将军,是赵胤在军中的心腹,也是锦衣卫千户魏州的堂兄。领兵干活是一把好手,人却憨直简单。闻言,他抬起浓眉看了看赵胤的表情,担心地压低了声音:"此事,陛下不会责怪吧?"

赵胤道:"有本座担着,你怕什么?"

"不怕,不怕,我怕啥?"说罢,他眼神又怪戳戳地望赵胤,意有所指地笑,"就是那个火器,你看,能不能给我们神机营也搞一些?"

赵胤眼睑微敛:"不急。"

不急,那就是有戏了?魏骁龙眼前一亮,抱剑拱手:"多谢大都督。"抬头,又问,"何时能到?可有一个准确的时日?"

赵胤扭头,视线微冷:"用不了多久,有你在战场发挥的时候。急什么?"语气虽平静,说的话却如重锤,狠狠砸到魏骁龙的心头。

他面色一变,紧张地看了时雍一眼,见大都督都不避她,又放松下来:"是不是真的要打仗了?陛下那边可是有风声传出来?我前阵子刚听说,陛下不愿打仗,准备让公主和亲来着?"

赵胤脸上没有什么变化:"用你的脑子好好想想今日之事,你便明白了。"

"啥?"魏骁龙一头雾水。看赵胤不动声色,又憨憨地笑,"我并没有想明白——"

赵胤眉头微微一皱,望向正被锦衣卫带走的娄宝全,淡淡说:"你当真以为是本座要清算娄宝全？"

魏骁龙一惊："难道是……"陛下？后面两个字还没有出口，就被赵胤抬手打断，示意他不要多言："抓紧练兵。"

"是。"魏骁龙挺直脊背。再离开时，赵胤看他背影，很显然是压抑不住激动，脚步都飘了些。

赵胤搓搓膝盖，刚转过身，就对上时雍的目光："膝盖又痛了？"

赵胤抿嘴："又下雨了。"

傲什么娇？痛还不肯承认。时雍看着这一片狼藉的现场，释然一笑："回头我再为大人针灸。"

赵胤目光微沉："你？"往常从没有这么主动过的人，突然转变是太令人生疑了。可是，时雍又很难向他解释，一个人刚获得一种新技能时，那种跃跃欲试的兴奋。

"我也想早日为大人除去痛苦。"

赵胤唇角微扬，冷哼一声："假。"说罢他一撩披风，单手负在身后转过身，走在前面，又飘来一声，"来。"

时雍看着他挺直的背影："去哪儿？"

"针灸。"

搬石头砸自己的脚。何苦大发善心啊！时雍追上去："不去审女鬼吗？"

"针灸！"

一夜喧闹，归于寂静。天光熹微时，雨停歇了，空气雾蒙蒙润湿非常。今日应天府的茶楼酒肆里，比往常更为热闹。缉事厂的大火，照亮了半边天，京城里好多人都看到了。好事者传出无数秘闻，这番变故让人心惊肉跳。"女鬼"潜藏在东厂，被锦衣卫大都督带人当场捉住，牵出娄宝全的地下宝库，也让人不得不想，应天府那几桩悬案是否与娄宝全有关。树倒猢狲散。听说娄宝全被抓，人人拍手叫好。只是，对于女鬼的身份，众说纷纭。

同一时间，时雍在无乩馆里，顶着困倦为赵胤灸腿、熏艾，脑子里也在想那个女鬼怎么样了。审了吗？说了吗？伤治了吗？会不会又自杀？各种想法混乱地纠缠在一起，她微微出神。

"想什么？"头顶的呼吸烫得时雍愣了下，抬头看着赵胤不知何时低下来的脸，毛孔倏地张开。这人干吗离她这么近？怪吓人的。

"想昨夜的事。"时雍对上赵胤的眼，在他漆黑的眼睛里看到自己的影子，尬了一下，寻了个话题，"大人，我能问你几件事吗？"

赵胤垂眼："交换。"

"嗯？"时雍一时没反应过来，"交换什么？"

赵胤视线落在她的脸上，分明没有喜怒，却像在她心窝里养了一窝猫，毛茸茸的爪子挠来挠去，痒痒麻麻，让她很不自在。

时雍眼一瞄："看我干什么？"

赵胤观察她片刻，抬手戳向她的额头："这脑子。"

"嘶，干吗戳我？"

"你要问我事，还能交换什么？"

她要问事，当然是交换问题答案呗。时雍意识到自己想得太复杂，再看赵胤的眼睛，明明平淡似水，却愣是让她看出几分戏谑来。他在嘲笑她。时雍拿着艾条的手一抖："成交。你先问还是我先问？"

"一人一个来。"赵胤膝盖屈了屈，离时雍手上艾条的火光稍远一些，"你先。"

时雍微顿，抬头道："昨天你和魏将军说的那话什么意思？是不是陛下要办娄宝全？"

赵胤："是。"

时雍问："陛下要办他，为何要大费周章？"

赵胤撩起眼皮："该我。"

时雍咬牙："你问。"

赵胤沉默片刻，突然低下头，目光专注地端详她："你从何处得知'女鬼'曾在得月楼出没？"

时雍目光微暗。这是那天燕穆和乌婵带来的消息。除了"香苋不晚"和得月楼都是广武侯府的产业外，他们在为时雍找寻傻娘和毒蛇的过程中，无意中发现那"女鬼"消失在得月楼的后院，两日未出。可是这事怎能告诉赵胤？这是她最大的秘密。"大黑。"时雍很快调整了呼吸，平静地看着赵胤说，"那日在水洗巷见过'女鬼'，我便试图让大黑找出她的踪迹。后来大黑带我到了得月楼，可我不敢冒失，这才找大人定计。"

"你怎知'女鬼'一定会来？"

"从天寿山回来，我便断定，凶手肯定不会放过我这个幸存者。可是，明明有大把的机会，对方为什么没有动手呢？"时雍停顿一下，视线似笑非笑地定在赵胤的脸上，"若我没有猜错，大人一直有派人保护我，这才让凶手没法子下手对不对？所以，我得让自己落单，离开锦衣卫的视线。"

赵胤问："为何选择东厂？"

"因为——"时雍说到这里，突然发现不对。赵胤一连问了她三个问题，而她连他没问的都答了。时雍第一次为自己的智商感到震惊，"不公平。换我问，也三个问题。"

"一个。"

"凭什么？"

赵胤突然低下头，盯住她的眼睛："你答得那么快，是你有事隐瞒、心虚，非我逼你。"

这位爷真乃神人。时雍对上他深幽的眼神，原想在心底骂他几句，突然就不敢骂了。她自忖并没有将心虚浮于表面，可赵胤愣是看得出来，一会儿他又瞧出她骂他怎么办？

"你想骂我？"赵胤嗯一声，不动声色地瞟她一眼，"问吧。"

时雍憋着一口气，尽量不表现出一丝情绪："还是那个问题。陛下要办娄宝全，为何要大费周章？君要臣死，臣不得不死，不是吗？"

赵胤道："娄宝全救过陛下的命。这个恶人，我来做。"

他回答得很干脆，时雍也干脆："该你问了。我也回答你上一个问题。我为什么选择东厂呢？因为在凶手眼里，锦衣卫暗桩遍天下，而东厂是唯一不受锦衣卫节制的地方。要对我下手，东厂定能摆脱大都督你的视线。"

她脆声说完，赵胤一脸平静地看着她："本座并不想问这个。"

晕！真是令人窒息的操作。时雍脑子登时放空，只有一个恶毒的想法——搞死他。赵胤无视她脸上的杀气，淡淡问："白马楫为何唤你姑姑？"时雍还在气头上，回答爽快："亲的，失散多年。"

赵胤蹙了蹙眉，没有追问，看一眼趴在时雍脚边睡觉的大黑："黑煞为何肯亲近你？"

呵呵！好聪明，用白马扶舟那个不重要的问题，让她放松警惕，问出这个他最想知道的问题。可是，时雍这次不上当。

"又一个问题了。恕难奉告。"说罢，她抬抬眉，"换我。东厂弄玉水榭的火，是不是你安排的？你是不是早知弄玉水榭下有娄宝全的秘密宝库？"

"一次问两个，毫无诚意。"赵胤淡漠地起身，穿上他华贵的织锦袍子，抿了抿唇角，"走了。"

时雍看着他颀长冷漠的背影，微蜷的指节因为生气攥得有些泛白。她浑身的戾气都被这个混蛋激活了，感觉头发丝都在燃烧："大人不守信。你问的我都答了，我问的你却不答。"

赵胤侧了侧眼，淡漠地看着她："问题总有休止，由你起，由我终，何来不守信之说？"

时雍气得心尖滴血，想想他的话居然也很有道理。两个人总不能无休无止地问下去吧？第一个问题是她问的，最后一个问题是赵胤问的。公平极了啊！可是为何听上去公平，她仍是觉得自己吃了大亏？

她闷着头，脸都气红了，摆明了不开心。赵胤正在整理发冠，见状手指顿了顿，长长叹息一声，仿若无奈地看了时雍一眼："不去？"平淡简洁的两个字，却奇怪地有吸引力。

时雍好奇："大人要去哪里？"

"诏狱。"赵胤道，"杀人。"

"杀谁？"

赵胤斜她一眼，似乎嫌弃她话多。不过，大概这位爷占了便宜心情好，难得耐心地告诉了她："女鬼入狱，她的同伙，岂会善罢甘休？"

在水洗巷见到"女鬼"那夜，时雍曾和一个黑衣人交过手。那人功夫了得，定是女鬼的同伙，如今女鬼被捉，也只是揭开了冰山一角。她背后的人是谁，是不是锦衣卫的内鬼，这个恐怕才是赵胤真正想要知道的。怪不得他不急着去审。定是又下了饵，等着人咬钩呢。和聪明人共事，虽然容易吃亏，但是爽啊。时雍兴奋起来，摩拳擦掌地跟上去："若是人来了，直接杀吗？"

赵胤脚步微微一顿，低头看她："要不，以德服人？"

时雍盯住他一本正经的眼睛，愣了愣，噗一声，喷了。她不想笑得这么不矜持，可这笑话太冷，尤其出自赵胤之口，当真惊世骇俗又十分搞笑。

　　锦衣卫极是忙碌。
　　在弄玉水榭发现的宝库，金银财宝实在太多，上百个人从昨夜搬到今日还没有处理完。这批赃钱充了国库，今晨，魏州又带人去抄了娄宝全在宫外置的几处宅子，有了更惊人的发现。
　　娄宝全当真是贪得无厌。除了每处宅子都有一个地窖存钱财外，宅子里还圈养了很多年轻貌美的女子。这些女子凑到一块，比大晏后宫的妃嫔人数还要多上数十倍。一个阉人，钱财堪比国库，女人多过帝王，这已然是掉脑袋的大罪。
　　娄宝全是个省心的贪官，都不用锦衣卫怎么操心，桩桩件件的罪证都摆在那里。锦衣卫经历连同两个吏目，连夜起草了娄宝全罪行二十三条，要将此案办成铁案。赵胤一到，经历文飞就将行文呈了上来："大都督请过目。"
　　赵胤看列罪文书，在他手指翻动时，时雍看到那一行行的钱财金额，突然又领悟到了一个隐秘的真相。她以为她设计捉鬼，赵胤只是配合她的计划。可实则呢？
　　赵胤让魏将军勤加练兵，分明是在备战了。捉女鬼闯东厂，看上去是为了几桩案子和一个女子的顺势而为，东厂发生的事情，也只是娄宝全自个儿作死，可仔细思量，分明就是赵胤一石二鸟，借机铲除娄宝全，缴获钱财充国库，筹集战备粮饷。打仗就是打钱啦，娄宝全这只"老硕鼠"贪墨的钱财，能养活多少士兵，多少家庭？只可笑，娄宝全自以为皇帝会念及恩情救他，恐怕到掉脑袋那天也不会明白，得月楼惹上是非，弄玉水榭的突然着火，甚至时雍引女鬼的出现，都是阴谋。是赵胤和宫里那位主子下的一盘棋。
　　而时雍，原以为在这个局里下棋的人是她，如今一想，她又何尝不是一颗棋子？时雍心惊肉跳地想着，再看赵胤肃然冷漠的脸，越发凉寒。心底也更加确定，此事一了，定要离这位远远的，她不想再为自己殓一回尸了。
　　"不错。"赵胤将文书递还经历，"不必急着递折子上去，再等等。"
　　这折子递上去，罪证确凿，娄宝全的人生就走到头了。本就是一桩铁案，赵胤还在等什么？难道娄宝全还有翻身的余地？
　　娄宝全显然也抱有这样的侥幸。时雍随赵胤去到诏狱大牢的时候，这老阉贼还在对狱卒唾骂不休，然后将自己这辈子的"功绩"翻来覆去地说给隔壁牢友听。从看顾年幼的太子到护驾有功，一生兢兢业业，为大晏鞠躬尽瘁，他口沫横飞，感动了自己，也相信自己一定能从诏狱出去。
　　"等咱家出去。第一个要你们的脑袋，诛你们九族……"娄宝全怒骂出声，只见狱卒低下了头，他以为是狱卒被他的话吓住，正扬扬得意，就看到一角袍服闯入眼帘。
　　"大都督。"狱卒们恭顺地问安。
　　娄宝全眼睛一瞪，看到是赵胤，破哑的嗓子骂得更起劲了："赵胤，你放咱家出去，咱家要面见陛下！"话没有说完，他停下了，因为赵胤从他的大牢前走过去，不仅没有回应他，甚至一眼都没有看他，就好像他只是一个微不足道的小囚犯，不值得他多看一眼。

奇耻大辱！娄宝全本是卑贱出身，这才会甘愿阉割入宫。位高权重后，他骨子里仍然没有洗刷出身带来的劣性。最恨别人不给他眼神，视他如无物。赵胤高高在上的冷漠和天然的高贵出身，唤醒了这位东厂大太监卑微的灵魂，如切肤之痛，比杀了他更让他难受。就好像，他已经是一个死人了，连审问他的人都没有。

"赵胤。你回来，你给咱家回来！"娄宝全气得浑身发抖，双手抓着大牢的栅栏，用力摇晃，声嘶力竭地吼叫，"咱家要诛你九族，你们都得死，赵胤！你回来，咱家有话说。"

牢门外的狱卒黑着脸走过去，一脚就踹在他的手上："老实点！"

娄宝全愣大眼，不敢相信这种不入流的狱卒也敢打他。在今日之前，他一根手指就可以捏死这种人："等咱家出去，让你吃不了兜着走。"

狱卒嗤一声笑了："每一个进诏狱的人都这么说。可是老子当差两年……没见哪个犯事的人，从这里全须全尾地走出去过。歇了吧，老阉货，省点力气，苦楚还在后头呢。"

老阉货？老阉货？他只是一个老阉货吗？娄宝全跌坐在脏乱的杂草上，目光失神，嘴里喃喃："陛下不会不管咱家的，咱家可是看着他长大的老人啦，咱家还救过他的性命啊。咱家一定能出去，陛下一定会来救我……"

一个时辰后，娄宝全撞死在诏狱的大牢里。赵胤得到消息时，正在审讯"白衣女鬼"的刑房。"知道了。"淡淡三个字说完，赵胤又吩咐，"告诉文经历，娄宝全畏罪自杀，写好文书盖上戳，交上来。"

时雍眼皮微跳："这次当真是自杀吧？"

赵胤嗯一声，没有多话。时雍道："踩碎他的尊严，打破他的幻想，利用他畏惧诏狱酷刑的心理，引导他自杀，为陛下分忧解难。大人走一步算七步，我服。"

赵胤淡淡看她一眼，面无表情："天意如此。"

难怪赵胤让文飞不必急着写折子，再等等。他等的就是娄宝全的死啊。试想一下，折子到了御前，皇帝该怎么裁决？即便娄宝全身犯二十三桩大罪，到底对皇帝有过自小看顾和救命的恩情。让他死的圣旨，载入史册，后人如何评说，会不会说帝王冷血？他自杀了，谁的手也没有弄脏。多好！

刑房里静得出奇，就连被绑在刑架上的"女鬼"也没有动静。片刻，在一阵急促的呼吸声里，那"女鬼"发出一串哑哑的笑，苍白的面孔从凌乱的黑发间抬头："赵胤小儿，果然够狠。"

时雍瞥了赵胤一眼，看向女鬼："那你猜，为何我们说话不避讳你？"

"当姑奶奶是死人了？"女子面上并无畏惧，甩了甩头发，露出那张白如纸片的脸，凉飕飕地盯住他们，"我和娄宝全并无瓜葛。你们也知，我不是东厂的人。"

时雍道："所以呢？"

女子冷笑："不必浪费彼此的时间。无论你们怎么审，姑奶奶都无可奉告。得闻锦衣卫有数十种酷刑，能逼死娄宝全，想来是厉害得很。姑奶奶倒真想试试，看能熬过几种？"实在太淡定了一些。时雍对坚韧之人有天然的同情："你以为你那同伙会来救你，有恃无恐是不是？你错了。你不肯出卖他，他却未必会顾你性命。"

女子嘶嘶地笑，别开头。时雍道："那晚我碰到的黑衣人就是锦衣卫的人，对不对？"她问这话并不完全是为了帮赵胤，也是为了她自己，而且，此话并非毫无根据的猜测——因为水洗巷的黑衣人很像那晚在诏狱杀她时携带玉令的那个人。弄清楚这个事情，杀她的人就会浮出水面。

可惜，那女子又是两声冷笑，不肯顺着她的话往下说："要杀要剐，来就是。别想从姑奶奶嘴里套话，姑奶奶不吃这套。"

在他们来之前，刑房里已经审过两轮了，也用了刑，然而"女鬼"死都不肯吐口。她是谁，叫什么名字，有没有同伙，为何要杀死于昌、徐晋原再伪装成自杀，为何要在水洗巷扮鬼吓人，为何去天寿山下毒，火霹雳又是从何而来？一问三不知。

遇上刺头了。女子双臂张开铐在刑架上，抬起头时，一脸阴恻恻地笑着与时雍对视，浑然不惧，甚至还有几分挑衅。

哼！时雍突然扭头："大人，这人油盐不进，不然杀了算了？"

赵胤道："准了。"说着忽而起身，冷冷掉头，"不必再审，后日和屠勇一起刑决。"

她只是唬一唬那女子，用死亡来震慑和打破对方的心理防线，方便接下去的审讯而已。她不相信这世上真有不怕死的人。就算不怕死，还能不怕不得好死吗？可是，她连环招还没使出来，大都督就又准了？

宋家胡同就那么大，好事坏事很快就能传遍。得月楼的事情，在王氏绘声绘色的描述下可谓家喻户晓。几乎人人都晓得了，他们家阿拾差办得好，是在大都督面前得脸的人，不仅三不五时的有赏银到手，大都督甚至为帮他们家出头，领兵夜闯东厂。在他们的嘴里，娄宝全那些事情都是大都督为了帮他们宋家人的顺便之举。一般百姓，平常哪能接触到赵胤这样的人物？

王氏的小尾巴都快翘起来了。为了延续这种荣光，她咬着牙忍着肉痛，从阿拾给的银钱里拿出一锭，当真在家里捣鼓出了十八个菜，还有好几个硬菜和一坛老黄酒。

时雍一落屋，看到家里闹热的样子，都惊了。

王氏的两个好姐妹，还有隔壁宋家大院的宋老太和两个姑母叔爷都被请了过来，热热闹闹坐了满堂，时雍一进门，就被各种夸赞之词围绕，她恨不得落荒而逃。

"这是做什么？"她去灶房里，将系着围裙忙得风风火火的王氏拉住，"有几个钱了不得？生怕别人不眼红咱们？"

"呸！"王氏将一盘梅菜扣肉递给宋香，在宋香不情不愿的小眼神里，摆摆手，将她支出去，这才对时雍低声说，"老娘为了哪个？还不是为了给你争面子？"

"我？"时雍眯起眼，斜斜看她，压根儿就不信，"甭了，我不要脸。"

"死蹄子，你小声点儿，你怕别人听不见是不是？气死我了。"王氏是个火爆脾气，说着就将她一通训。看时雍懒洋洋眼皮都不抬，又烦躁地摆摆手，"去去去，别妨碍我，忙着呢。哎哟，那个火掉出来了。阿香？阿香你人呢？端个菜就端没影儿了，火都看不好，老娘真是白生养你了……"

时雍漫不经心地挑挑眉,等她骂完:"你到底要干什么?"

王氏一巴掌呼过去,直接拍在她的手背上,还不客气地掐了她一把,说得咬牙切齿:"我看你们爷俩真是一个德性。宋阿拾,老娘问你,你几岁了?"

时雍挑眉:"十八姑娘一朵花。"

"你当真不想嫁人了是吧?"王氏压着嗓子,恨其不争地翻白眼,说得一脸奸样儿,"好不容易争来这个脸面,你得抓紧,就着这机会找个好夫婿,懂不懂?等这事过去,或者哪一天你不在大都督跟前当差了,谁还肯为你做媒?谁还肯娶你?"

时雍心道:不得不说,王氏脑子还挺好使,洞悉人心。她们家和赵胤到底什么关系,旁人无从得知,但至少她是能接近大都督的人,得多少人想巴结赵胤,从而亲近她?趁此机会找个好夫婿,那是再好不过了。可惜时雍不想嫁。她等王氏喋喋不休地说完,突然执起她的手:"我不嫁,我舍不得你。"

王氏震惊,低头看看她的手,再看看她真诚的脸,差一点就信了。

"要死啦,胡搅蛮缠的小蹄子。你想留在家里由老娘伺候你一辈子是不是?想得美!老娘懒得为你洗衣做饭,也不乐意天天看到你。"顿了顿,她不知道想到什么,脸一低,笑得贱贱的,"别说,我还真给挑到一个好的。"

什么?把人都挑好了?时雍哭笑不得,脸上却没有表情:"哪家的?"

王氏在围裙上擦了擦手,朝时雍挤眉弄眼:"你跟我来。"

以前,王氏很不情愿阿拾去她和宋长贵的卧房,防她像防贼一样,如今这么自然地把她叫进去,时雍有些意外。在了解到阿拾的一些事情后,时雍已经下意识把如今的自己当成了她和阿拾的合体,可是对王氏,她没有阿拾那么排斥,进门就自然而然地往床沿一坐:"看什么?"

"这些全是那些人送的礼……"

时雍一怔:"你怎么能收别人的东西?"

"急什么?又不是老娘偷的抢的,他们想娶我家的女儿,愿意送点东西来讨好,怎么了?"王氏哼一声,又腻笑了起来,"我都替你看过了,刘家米行的二公子不错。这些礼品里头,也就刘家送的最实在,最有诚心——"

"你疯了?"时雍吓一跳,毫不客气地瞪过去,"刘家二公子是张芸儿的未婚夫婿。"

"不是没成婚吗?那张芸儿自己不识好歹,放着这么好的人家不珍惜,揭了老皮戳破脸和谢老么乱来,活该遭现世报。我看啦,这夫婿,就是老天特地留给你的……"

"要嫁你嫁。"时雍冷冷扫她。

王氏被呛,愣了愣,居然没动手,而是怒笑着:"小蹄子说什么呢?仔细你爹听到扒了你的皮。我跟你说,刘家二公子书读得不如谢再衡,但长得也是俊的,不会辱没了你。"

哼!时雍冷笑:"这个节骨眼上来结亲,你以为人家安的什么心?"

"你甭管他安的是什么心,横竖是明媒正娶你过门,做他们家的二少夫人。我告诉你阿拾,你可别不识好,过了这村,就没这店了。咱们是什么人家你也不想想,能挑着比这更好的夫婿吗?"

"这么好的夫婿,留给你女儿阿香。"时雍懒得再和王氏掰扯,思想不同,意识不同,她俩之间对话无异于鸡同鸭讲。王氏的做法符合时下大部分人的思考,也确实是在能力范围内为她选了一户条件最好的。但是,此阿拾已非彼阿拾。

锦衣卫要刑决"女鬼"和屠勇的消息,当天就放出了风来。

可是,消息酝酿了一天一夜,距离行刑只剩八九个时辰,那个扮鬼的女人仍然不肯交代,她的同伙也没有露面,更没人设法营救。诏狱里一切如常,不见任何异动。是沉得住气,还是在憋明天的大招?

晌午的时候,王氏说媒婆六姑要来,叮嘱时雍不要出门。为免像昨天那般不欢而散,她早上给时雍煮了鸡蛋,中午又烙了饼,蒸了香喷喷的鲤鱼,没舍得让宋香吃一口,端上桌就放在时雍面前。可是,时雍把鱼吃光,转头就叫上大黑出了家门。

"这挨千刀的小蹄子是想气死我哇。"

宋香看母亲这般,冷哼一声:"叫你热脸贴人冷屁股。"近些天,王氏对阿拾的态度越发好,宋香心里吃味,不舒服得很,只是碍于阿拾有拿银子回家,而她还被怀疑偷银子,一直哑巴吃黄连,憋在心里。眼下见老娘被阿拾气红了眼,她不免又动了心思,"阿娘,那个刘清池,当真长得俊吗?"

王氏是她亲娘,她眼睛一眨,王氏就知道她在想什么。"你少动歪心思。"王氏手指狠狠戳在她脑门上,"你几岁,你姐几岁?你姐要嫁得好,也能抬了咱老宋家的门楣,到时候还怕寻不到好夫婿给你?"

"阿娘……"宋香摸脑门,一脸委屈,"我还是不是你亲闺女了?你这心都偏到姥姥家去了……"

"你没姥姥。"王氏白眼子瞪她,哼声转头进了柴房。

时雍去了闲云阁。

为了屠勇的事,娴娘瘦了一圈,下巴都尖了。时雍去的时候,乌婵在那里陪她,南倾也在,只不见燕穆和云度。一群人在楼上雅间坐下,娴娘带着一双肿胀的眼,亲自为时雍倒了茶水,却一个字都没说。

得月楼的事情,宋家胡同都能知晓,娴娘自然也能。她和锦衣卫大都督既然是这般亲近的关系,甚至能拿到锦衣卫指挥使的令牌去得月楼里耀武扬威,却不肯为她帮屠勇说一句求情的话,在娴娘看来,定是不近人情的了。

"娴姐……"时雍看一眼娴娘憔悴的脸,"屠勇所犯之事,牵扯甚广……"

她一解释,娴娘就掩面哭泣起来,声音娇娇脆脆的,听得时雍一个女人都不免心软:"女鬼不都抓住了么?定能问出不关屠大哥的事了。他当夜在闲云阁,绝不可能在诏狱杀人。我不懂,他本是冤枉,为何大人一定要他死。"

时雍眉头微蹙:"娴姐,你也别怪大人,锦衣卫自有家法。"

"我不怪,不怪任何人。怪只怪,我等低贱之人,命如草芥,比那蝼蚁不如。"

得!女人一哭,时雍就没辙。她和乌婵对视一眼,又小声哄劝了几句,便让乌婵把哭成泪人的娴娘给带回房间休息去了。

雅间里只留下南倾和云度。时雍问："燕穆呢？"

南倾是个纤瘦的美少年，听她问起，清清淡淡地说："燕先生今晨收到堂口上送来的信儿，便去了昌县。他让我们今日来见主子，说是主子的意思。"

"是的。"那日在闲云阁分别时，时雍是这般嘱咐燕穆的，但是为免南倾和云度紧张，她没有说是为什么。

"我近日机缘巧合，得了几本奇书，习得些独特的针灸之法。我叫你们来，是帮我……练练针。"

南倾的腿伤了筋，如今外伤好了，却留下了残疾。时雍对此痛心，却无奈。但她认为云度的眼还有希望，她想试试，帮他复明。不过，她不便总去乌家班，而闲云阁是个公众场合，私下见面，不引人注意。

"云度，你若是信得过我，便让我瞧瞧。"

云度是个沉默寡言的人，从时雍进来到现在，他一个字都没有说过。闻言，他蒙着白布的头左右转了转，循着她的声音，对着她的方向一笑："你是我主子的义妹，便是我的新主子，我自然信你。"

时雍松了口气："那便好。"

云度又笑："再说，我已是什么都看不见的瞎子，便是治不好，也不会比如今更坏了，不是吗？"

时雍被他说笑了："极是。"

云度亲自解开系在头上的白布："来吧。死马当成活马医。"

他说得轻松，时雍却看得几乎窒息。之前白布缠着，她并不知道是什么情形，但是除去白布，云度那双原本美好漂亮的眼睛上狰狞的伤口就露了出来，刺得时雍差一点不会呼吸。

"什么东西伤的？"

云度想了想："火器。"

"嗯？"

"会炸，炸起来时很漂亮。碎片弹过来伤了眼，我便什么都看不到了。"

云度轻描淡写地描述当时的场面。一场血腥的屠杀，即使时隔日久，仍是让时雍听得血液骤冷，不由就想到了东厂那夜"女鬼"使用的火霹雳。那火器是真厉害。若她能得，雍人园也不至于被屠。

"我这眼，还能治吗？"

听到云度轻松的询问，时雍心里没底，却不愿让他丧失信心："世上无难事，只怕有心人。"

夜幕下的水洗巷，安静得近乎诡异。

时雍往张捕快家去的路上，偶尔碰到几个不得不从这条路回家的人，也是一个个走得匆忙,走得小心翼翼,连呼吸似乎也屏紧了。

"女鬼"抓住了,但张家仍是凶宅。走到张家大门外,时雍微眯双眼看向夜下的房舍,回忆起遇见阿拾也就是凶杀当晚的事情,疑窦顿生。这一家子都死了,"女鬼"为什么还要来这里?

于昌吊死在门梁上以后,官府又在张家大门贴上了封条。时雍无法进去查探,便在宅子周边走了走。她记得那夜,黑衣人和"女鬼"都曾经藏在屋顶。难道屋顶的风光别样?

时雍拧着眉头想了想,绕到较为低矮的屋后,叫来大黑:"乖宝宝,给妈妈放风。"大黑摇了摇尾巴,乖乖趴在地上,盯住她。时雍满意地顺了顺它的背毛,又宠爱地揉了揉它的脑袋:"等着我。"

她从围墙爬上了房顶,小心翼翼地往房子前面去。大抵是没有人居住,瓦似乎有些松了。时雍走得很慢,生怕破坏了什么线索。走过拱顶,她慢慢蹲下来,正准备爬过去,耳边响过一道轻微的破空声。她警觉地偏头,一颗小石头砸在她的肩膀上。

"谁?"时雍声音未落,肩膀被人重重拍了一下。时雍面色一变,拳头想也不想朝那人挥了过去。嘶一声,那人低笑,熟悉的声音传来,时雍又惊又气,正准备骂人,脚下突然一滑,整个人往下栽倒……

"姑姑小心!"白马扶舟轻笑的脸,在夜色里极是温情好看。

时雍不动声色地看着他,等身子站稳,冷不丁双手推出去。白马扶舟一个不慎,被她直直从房顶上推了下去。

"好狠的女子!"白马扶舟掉到地上,好不容易才站稳,一个黑影朝他扑了过来。没叫,没吼,直扑他的裆部。他认出是时雍那条狗,哭笑不得:"狗东西,你是咬顺嘴了?"

可是白马扶舟哪能如它的愿?一个纵身避过黑煞的攻击,双手攀檐,几个起落,再次稳稳落在时雍的面前:"姑姑就不怕摔死我?"

时雍当然不信他会摔死。这家伙没事就喜欢躺在房顶上思考人生,轻功自是了得,且这里离地面不远,即使全无防备,也摔不坏他,她只是想出口恶气而已:"谁让你不孝。"

白马扶舟轻笑起来,扬了扬袖子:"凶宅可不是柔弱女子该来的地方。姑姑好大的胆子。"

时雍看他:"凶宅也不是本分的男子该来的地方,大侄子你存了什么心思?"

白马扶舟面不改色,唇角勾出一抹笑弧:"姑姑来做什么,我就来做什么。"

时雍道:"我来杀人。"

白马扶舟脸上的表情僵硬了几分,随即笑得更为开怀:"好巧,我想找个人杀我。"

信了他的话,时雍就不叫时雍了:"你在这里,守株待兔?"只要凶手的目的没有达到,就会再次来到这里,而这,也是时雍来这儿的原因。

白马扶舟目光落在她的眉眼上,低头,笑盈盈地道:"若姑姑是兔,我不妨守株。"

时雍冷着脸,不理会他的调侃,语气更为凉薄:"你为什么对这个案子感兴趣?"

白马扶舟挑下眉,轻笑时薄唇极为精致邪魅:"姑姑难道不知,为防办案人徇私舞弊、栽赃陷害,刑部、都察院、大理寺、三司会审以及北镇抚司的重大案件,东厂都要负责监查？"

"哦。"时雍不冷不热，"失敬了，白马公公。"一声白马公公不带情绪，却让白马扶舟听出了万般嘲弄。

他轻笑，换话题："赵胤舍得你一人涉险？"

时雍迎风站着，望着深浓的夜色。其实，自从那日发现有人跟踪，她就知道，身边有赵胤的人。虽说是为了案情，但也在无意中护住了她。只是她如今带着大黑出门，他派来的侍卫可能离得远了些吧？

"白马公公。"时雍觉得这称呼极为顺嘴，又叫了一次，"你来多久了？"

"一会儿。"

"可有发现？"

"有。"白马扶舟笑，"一个妖女。"

时雍冷眼看着他，许久没有动，那幽凉的眼神落在他身上，又分明是透过他看别的什么东西。白马扶舟被她看得略有不适，双眼微眯，荡出一片潋滟："看够了吗？回神。"

"我想起来了。"时雍眼睛一亮，就像没有看到他似的，没有迟疑半分，直接从房顶跃下，叫了一声"大黑"，一人一狗便疾快地消失在夜色里。

白马扶舟站了许久。好一会儿，轻轻笑着，语气幽凉："有胆色。"

离屠勇二人的刑决，还剩六个时辰。赵胤如一座石雕似的坐在锦衣卫北镇抚司。一个身着劲装的黝黑男子穿过檐下，走到门口的谢放面前，抱剑拱手："麻烦通传，我要见爷。"

谢放张了张嘴，正想说话，便听到里面传来赵胤的声音："进来。"

"进去吧。"谢放偏了偏头。

许煜道一声多谢，低头推门进去，恭顺地施了礼，将水洗巷的事情禀报给了赵胤："阿拾离开张捕快家，先回了一趟宋家胡同的家里。待了不过片刻，就又出门，径直去了顺天府衙门。属下觉得不同寻常，让白执跟上去，赶紧回来禀报爷。"

"白马楫待了多久？"

"从亥初到子正，阿拾走后，他方才离开。"

赵胤冷哼一声，许煜肩膀微微绷起，有些紧张："爷。可是属下做错了什么？"

平常面无表情的人，一声"哼"，那也是了不起的情绪。许煜以为是自己行事有错，不料，赵胤却未责怪："去吧。盯牢她。"

"是。"

许煜走到门口，又下意识回头看了一眼。灯下的赵胤像一座石雕，一动不动，似无情无欲，阴沉冷默。即使跟了他几年，许煜和其他侍卫一样，从来弄不懂他的心思，更不明白，像他和白执这样的顶尖高手，为何会沦为三流探子，整天跟着一个女子转悠。

时雍到达顺天府衙的时候，沈灏还在吏房里。灯下，他眉头皱起，面皮绷得很紧，使得眼角的刀疤颜色更深了几分。

"沈头。"时雍大踏步进去，走得风风火火，"你果然在这儿。"

沈灏从案卷里抬头，有些诧异。自从牢头丁四下药那事后，即使见面阿拾也没有再同他说过话。今儿大半夜来，所为何事？沈灏想不明白："你来找我？"

时雍嗯一声："我想看看张捕快一案的证物。"

沈灏眉头皱得更深了："案子被锦衣卫接管，连同证物一并被他们拿走了。你为何不去锦衣卫找？"

时雍微微愕然。是啊，为什么没想起？下意识害怕赵胤吗？她一拍脑门，想了想，从怀里掏出两个精致的小东西。一是从"女鬼"身上夺来的香囊，二是那日大黑从外面"偷回来"给她的荷包。在沈灏狐疑的注意下，她将两件东西，一并递上："沈头，你帮我看看这个香囊和荷包，与张芸儿那些绣品，可有相似之处？"

最初接触这个案子的便是捕头沈灏，他也一直关注这个案子，对张家这个案件里的东西最是熟悉不过。时雍找他算是找对了人。沈灏只是看了一眼那香囊，就变了脸色："这与张家小姐的绣品极为相似，你从哪里得来的？"

一般闺阁小姐都喜欢绣花绣鸟绣各种物件，并不奇怪。普通人对绣品没有研究也很难辨认。可是，张芸儿有个特殊的爱好——她喜欢绣云，然后在云上绣花草，暗合她的名字。

时雍不认识张芸儿，认识她的是宋阿拾。拿到那个香囊的时候，时雍觉得眼熟，只是因为它的描绣很像大黑带回来的荷包，但一时没有想起来。今儿去水洗巷的时候，突然茅塞顿开，云上的花草，不就是张芸儿的"芸"吗？

有了沈灏的确认，她神色有些兴奋："我懂了。沈头，借你腰刀一用。"说完，她不等沈灏回应，径直抽了他的刀来，将缝合完好的香囊割出一条小口子，谨慎地掏出里面的填充物。

香囊里除了香料，没有别的东西。时雍又翻找了一下，竟然从装银子的荷包里找出一张窄细的字条："三日后，同去庙会可好？"

这不是沈灏当日遍寻不见的，刘家二公子托仆役给张家小姐带的信吗？沈灏惊讶地看看时雍，又接过字条再三辨认："阿拾，这东西怎会在你手上？"

时雍不好向他解释，只是肃然道："沈头，这事说来复杂。麻烦你同我一道去锦衣卫，向大都督面呈。"

沈灏看看面前堆放的卷集："现在？"

时雍点头："现在。"

第十二章　夜审

沈灏将案卷稍事整理，随了时雍出来。顺天府外的长街，早已宵禁，更夫的梆子声从远处的巷弄传来。暗夜宁静，瑟瑟的秋风里夹着细细的雨丝，寒鸦在枯树枝头嘶声鸣叫。

沈灏望向时雍："大都督在哪里，你知道吗？"

时雍想了想："明日要刑决犯人，他此时应在北镇抚司。"

沈灏嘴皮动了动，想说什么，忍住："走吧。"

从顺天府衙去北镇抚司要过三条大长街，两个人沉默地走着，沈灏不时侧过脸来看时雍，若有所思。而时雍想着心事，并没有发现他有异常。

是沈灏拔刀的声音将她惊回神的："怎么了？"

沈灏眉头皱起，四处张望着，一侧带有刀疤的眉高高竖起，样子有点骇人："有人跟着我们。"

耳朵挺好使呀！时雍并没有听到声音，也没有看到附近有人。直到大黑低吼两声，汪汪叫着突然跑向对面的巷子："大黑！"

时雍不知道发生了什么，怕大黑吃亏，正准备跟过去。大黑矫健的身子又从暗黑的巷子里跑了回来，嘴里叼了个东西，冲到时雍面前，就拿一颗大脑袋摩擦时雍的腿。

时雍蹲下来看它："这是什么？"

大黑抻住脖子，将嘴递给她。时雍从它嘴里取下一个又细又旧的破竹筒。她看了沈灏一眼，见他没有吭声，拍拍大黑的脑袋，笑着起身，背过去将竹筒对天光，把玩片刻，一把丢了出去："什么奇奇怪怪的东西都叼来给我。"

嗔怪地看了大黑一眼，她对沈灏开了个玩笑："它以为，是它在养着我呢。"

沈灏低头看着这狗："也是缘分。"时雍的狗是一条恶犬，不是谁都能驯服豢养的。

时雍笑了笑，随口应和着，加快了脚步。

北镇抚司。

当沈灏得知赵胤确实在里头的时候，震惊的目光再也掩饰不住。短短时日，阿拾是怎么和赵胤熟悉到这种程度的？他觉得不可思议。

看到时雍半夜前来，谢放也不可思议："阿拾，你来做什么？"

"我要见大人。"

谢放回头看了一眼紧闭的房门，还没有吭声，又一次听到里头的声音："让她进来。"

敢情爷一直没有合眼，听着呢！谢放没有吭声，掉头推开了厚重的房门。

时雍领了沈灏一起进去，赵胤只淡淡看他一眼，没有多问。倒是沈灏束手束脚，在赵胤面前手脚不知如何摆放，满是不自在。

"大人。我有新的发现。"时雍没有绕弯子，直接将刚才在顺天府衙里和沈灏讨论的事情告诉了赵胤，又侧身对沈灏示意："沈头，把你知道的都告诉大人。"

沈灏眉心拧紧，低着头，附和了时雍的言词。末了，又给自己留了个台阶："绣功和绣品相似，也不能完全确定。若要下定论，还得找熟悉张芸儿的人前来辨认。张芸儿家的堂姐上次就曾指认鸳鸯绣帕不是张芸儿的东西，想是对她极为熟悉。大都督不妨找她前来？"

"来不及。"时雍摇头否定了这个建议。她坚定地对赵胤道，"大人，我们应当连夜提审那女鬼。明日刑决，她今夜当是心思最为脆弱敏感之时，趁机撬开她的嘴，方知真相。"

赵胤凝视着她："准了。"

时雍一喜，对这两个字无端喜欢起来："事不宜迟，走吧，大人？"

时雍再三谢过沈灏，同赵胤一路前往诏狱大牢。

浓墨般的夜色下，不见天光的大牢幽黑潮湿，一盏油灯如鬼火般将牢间映得朦胧不清。这一片仿若地狱般的幽禁之所，弥漫着腐败的气味。

那女子被绑在刑架上，头颅低垂，一动不动。听到渐近的脚步，她才慢慢抬起头，看到时雍和赵胤，不无意外地翘了翘唇角，复又低下头去，不愿理睬。

"又见面了。"时雍含笑招呼她，态度仿佛在街头看到熟人。

那"女鬼"慢慢抬头，讽刺地问："深夜前来，难不成又想出什么折磨人的法子了？"

"聪明。"时雍望了望赵胤，笑容不变，眼神却如二月寒霜，一丝温暖都无，"我们家大人夜观天象，发现今夜适合审讯，囚犯易吐真言。我们就来了。"

"我劝你们少费口舌。"女鬼阴恻恻抬着头，语气恶劣，"有什么招儿尽管来好了。姑奶奶要是皱下眉，就是你们养的。"

"我们可养不出这么大的孩子。"时雍随意地笑着接了一句，说完察觉到赵胤注视的目光，脊背微微一僵，忽觉不对，尴尬地转头看去。赵胤已经别开了眼，没有看她。

时雍松口气，对那女子道："聪明人就当审时度势，自陷不义没有好下场。说吧，是谁指使你的？锦衣卫里的内鬼，又是谁？"

"放你娘的屁！"那女子啐一口，唾沫飞到时雍的脸上，"小婊子大半夜不睡来折腾人，是家里撞丧了吗？这冷雨秋风的，你和你家大人滚被窝子不比在这儿放狗臭屁强……"

她仰着脖子耍着狠，话音未落，一抹冷风便刮了过来，她条件反射地偏头，眼前寒光一闪，半边头发贴着头皮被削了去。待她屏气定睛，那薄薄的刀片仿佛长着眼睛一般，又朝她的脸直削过来——

女子腾地瞪大眼。再不怕死的人，面临死亡时都同样心悸。一阵巨大的恐惧让她大脑忽然空白。砰！电光石火间，一张凳子飞也似的砸过来，别开了绣春刀，重重砸在"女鬼"的胸口。待她从死亡阴影里回神，后背全是冷汗，腰腹间也是疼痛难忍。

凳子砸的。时雍救了她，也打了她。

肺腑刺痛，喉间的腥甜浸过嘴巴。"呕！"女子嘴一张，吐了出来。

时雍淡淡看一眼，转头看向阎罗王般冷漠的男人："大人不必生气。她口吐恶言，无非是想激怒我们，得个早死。"

赵胤没想杀那女子，绣春刀过，只会削去她面皮而已。他微微挑眉，不解释，时雍又笑了起来："杀她是早晚的事，却不能这么杀——"

赵胤懒洋洋收回绣春刀，一言不发地看她半天："嗯？"

嗯什么嗯？时雍神色微怔，转而弯了弯唇："大人见过猫捉老鼠吗？"她斜睨一眼面色苍白的女子，似笑非笑，"弄死之前，总得要耍弄一番才有滋味儿。"

"小婊子别在姑奶奶面前装相，耍什么威风？"女子嘴角涎着血丝，看着面前的男女，呸了一声，瞪住赵胤，"要杀我还不简单？一刀便可解决。"说罢，她又瞪向时雍，"假惺惺救我，你当我不知道你在故布疑局，好令我卸下心防？"

这女子头脑清醒，不畏生死，时雍倒也生出几分佩服："是个聪明人，可惜聪明用错了地方。"

时雍从怀里掏出一张干净的巾子，走到女子面前，看她片刻，慢慢将她被削落在肩膀上的头发拂开，又笑眯眯地拭去她嘴角的血痕，"这么好看一张脸，毁了多可惜……"

女子肩膀微绷，固执地偏开头，不让她碰。

"倔强。"时雍笑着，直盯在她脸上，一句话说得意味深长，"张捕快死的那一夜，我们就见过面了，对不对？"

女子回视着她，脸色阴晴不定。

时雍微微一笑："我那天晚上在张家，听到张捕快与一男子说话，可当时张家没有旁人，我当时还挺纳闷的。如今想来，那个和张捕快说话的'男子'就是你。后来，我拿了张芸儿托我买的药材去她房里，当时房里也不见旁人，我在转身离开时被打晕。那个打晕我的人，也只能是你。"

女子冷笑："我不知道你在说什么。"

"我在说，那天晚上我见到的张芸儿，是你假扮的。刘家米行的小厮送过来给张芸儿的信，也是你收了放在荷包里的，不然张芸儿的东西，又怎会在你身上？只是以前，我没有想通，一个人怎么会可男可女，声音也男女皆可。但如今知道是你，就都明白了。"

她说得平静从容，一句"知道是你"，似笑似嘲，听得人头皮发麻。

"知道我？那我是谁？"女子扬起的眉头，有几分不屑和挑衅。

时雍淡淡道："千面红罗——石落梅。"这七个字她说得极慢，却字字砸在"女鬼"心上。她似乎没有料到时雍会认出她，表情里有掩饰不住的震惊。

时雍道："传闻千面红罗自幼离家，师从飞天道人，习得一身武艺，尤其轻功了得。但许多人都不知道，飞天道人除了脾气古怪武艺高超外，最拿手最喜好的却是民间技艺，一生所学博杂多广，尤长易容。"

随着她娓娓道来，女子脸上的镇定寸寸龟裂。她沉默了好一会儿，厉色问："你还知道什么？"

时雍看向赵胤，与他交换个眼神，眼中闪过一丝复杂的目光，徐徐道："折辱张芸儿，逼张捕快动手杀死全家，自然不是你一个人就可以完成的事情……"顿了顿，她眼微微眯起，"我还知道，你有同伙。"

一提同伙，石落梅脸上便浮上警觉。她默默看了时雍片刻，冷冷一笑："事到如今，我还有什么可说的？落到锦衣卫手上，无非一个死字。你既知我是千面红罗，就该知道，姑奶奶从未怕过死。"

"死是最轻松的。"时雍淡淡一笑，看着赵胤道，"你难道不知道，我们这位大都督，从来不肯让人痛快地死，他甚喜诛人九族。"

石落梅嘲弄一哼。赵胤听到时雍对他的"夸赞"，眼神微微一暗。时雍只当没有看到他的审视，莞尔道："你胆敢犯下弥天大罪，自是不会畏死。可你就没有想过你的家人吗？石落梅，我劝你莫要惹恼了我们这位大都督，到时候他会杀多少人，我还真是料不准呢。"

"放屁！"石落梅骂了一声，怒视时雍冷笑，"我早就没有家人了。管他诛九族还是诛十族，与我何干？"

"没有家人，就没有想保护的人了吗？"时雍似笑非笑，一句话说得漫不经心，听上去却极是刺耳，"一个人活在世上，总与旁人有着千丝万缕的联系。既然知道了你是谁，还能找不出你身边的人么？只是时间问题。你要相信锦衣卫，定能把你关心的那些人，一个一个地揪出来。你怎么杀死的张芸儿，他们或许会以十倍的手段还回去。"

看着石落梅变幻不停的面孔，时雍又是语气淡淡："招了，死的是你一个。不招，他们都得死。何苦连累他人？"

石落梅瞪着她，嘴唇快要咬出血，过了良久，生生从牙缝里挤出"卑鄙"两个字。时雍听了，也不怒，仍是笑说："你也别埋怨。一报还一报而已。"

"哼！别套我话了。我没有什么要说的。我没有同伙。"

面对怒目愤慨的石落梅，时雍一笑："能让一个女子不顾生死，不顾亲人性命也要维护的人，大概是男人吧？"

说到这里，时雍也不知想到什么，眉目间布满寒霜和嘲弄，"情到深处难自禁。这世间女子所受之痛苦，皆因长了一副柔肠。看不穿男女情爱的女子，都是蠢死的。石落梅，你可知，在你明日赴刑场受死时，心中最不舍，为你而痛的人，是谁？"

看石落梅沉默，时雍冷冷地道："可能会是你的父母长辈，兄弟姐妹，独独不会是那个男人。"

"我没有父母，也没有兄弟姐妹。"不知道戳到了什么心事，石落梅目光恍惚，加重语气，歇斯底里般怒吼起来，"我的父母，我的兄弟姐妹，全都死了，被他们杀死了。你道我为何要杀张来富，杀于昌，杀徐晋原？对，你说得对，无非是一报还一报而已。"

脑袋狠狠一甩，她将乱发从脸上甩开，冷冷盯住时雍，咬牙道："不是让我招吗？好，我招。"说起当年之事，石落梅眼睛潮湿，那张苍白的脸竟添了几分美丽颜色，"我出身行商坐贾之家，因父母勤劳，即使年岁不丰，仍是小有储备，日子甚美。我父亲乐善好施，惯于助人，徐晋原便是其中一个。徐晋原刚从外地入京做京官的时候，家贫如洗，租了我家堆放杂物的棚户居住，一家老小挤在两间小房子里，所入不够嚼头，极是艰难。我父亲看他家儿子姑娘可怜，时常让下人拿了米面去接济。"

时雍抿了抿唇："后来呢？"

石落梅咬牙，往事激发出的愤怒让她的眼珠几乎要从眼眶里瞪出来："后来徐晋原步步高升，官越做越大，置了宅子，买了良田，纳了美妾，日子风生水起。大抵是受我家恩惠过多，羞于将贫贱的往事示人，搬离我家前留了些银子，都不曾当面向我父亲道谢……这也就罢了，我父亲万万没有想到，有朝一日他会恩将仇报，痛杀恩公一家。"

"你是说，他后来杀了你全家？"时雍脸上的同情适时传达到石落梅眼里。

她短暂失神后，摇了摇头："不是他动的手，但与此无异。"

时雍看着她不说话。石落梅身子都颤抖起来，轻声说道："那一年，我哥哥犯事，祸及全家。好在父亲昔日行善积了福德，早早就有知情人通风报信，我们举家避祸，逃离京城……哪知，徐晋原这个狗官，竟派人追了上来，将我全家缉拿。我的父亲一怒之下，呕血而亡，我母亲入狱不出几日也郁郁而终。我的兄长，死在充军流放的路上，而我……"她顿了顿，眉目有一瞬的温柔，"虽侥幸活命，也是九死一生。"

时雍看着她："那你要杀的人也当是徐晋原，与张捕快和于昌何干？"

她的话让石落梅脸上的怅然褪去，语气明显焦躁起来："当年被徐晋原派来拿人的，就是张来富。而于昌，是他自己找死，可能是从张来富那里听了些风声，跑到无乩馆去胡说八道，要供出我来。我自然要先下手为强。"说得头头是道。

石落梅招供的真相，成了一桩仇杀案。可是，有太多解释不通的地方。

时雍问："与我在水洗巷交手的黑衣人，是谁？"

石落梅不耐烦地说："是我。"

"你？"时雍神色一冷，"不是你。"

石落梅道："你见到黑衣人和女鬼一起出现了吗？没有吧！我在与你交手时，听到锦衣卫来人，我不敢恋战，这才逃走。可是，锦衣卫人多，堵住了我的后路，我不得已只能扮成女鬼，利用人对鬼邪的畏惧逃走。"

时雍冷笑："那又为何要扮成时雍的样子？"

石落梅答得从容："人人都道时雍是一个祸国殃民的女魔头，可是她在我心里，却是个爽朗不羁、潇洒自在之人。有恩必报，有仇必还，有什么错呢？我扮她，一是因为人们畏惧她，方便行事。二是因为我敬她。"

"你敬她？"时雍眼神轻飘飘扫过她的脸，唇角有隐隐的笑意，"那你为什么要杀她？"

"我没有杀她。"石落梅冲口答道。

"那你就是在撒谎。因为潜入诏狱杀时雍和杀徐晋原的，都是那个男人。"时雍脸上有笑，却不达眼底，"那个黑衣人是你的同伙，是你喜欢的男人，对不对？你想维护他，哪怕是死，也不肯供出他来。"

"没有。"石落梅咬死不认。

"哼！你利用会易容的巧技，帮他扮成他想要假扮的人，比如屠勇。你们先让人去闲云阁骚扰娴娘，利用娴娘将屠勇引去的空当，假扮屠勇作案。而同一时刻，更夫称见到的女鬼，那个才是你。"

"都是我。女鬼是我、黑衣人是我，扮成屠勇的也是我，杀徐晋原的人更是我。我孑然一身，早已将生死置之度外。我能说的都说了。如今仇人已死，已无遗憾。"石落梅说到这里，眼一闭，"别再问我，问我也不再开口。要杀要剐，悉听尊便。"说了这么半天仍是油盐不进。看来那男人对她的影响，实在是大。

时雍眸光微动，想听一听赵胤的想法。他倒好，看她一眼，漠然无波："成全她。"

从大牢里出来，被冷风一吹，时雍打了个喷嚏，发现喉咙有些不舒服。

"话说得太多。"她清清嗓子,转身朝赵胤行了礼,"若大都督没有别的吩咐。小女子便先行告退了。"

她每次乖顺起来,便是想要逃避。赵胤仿若看透了她,见她身子往后退,哼了声:"站住。"唉!时雍心里暗叹,就知道在这位爷面前不容易全身而退。

"大人,还有什么吩咐?"她低着头,双手垂放身前,脑袋上的头发黑亮亮的,看上去像个单纯无害的姑娘,若非亲眼所见,谁能猜出她有一肚子的巧计妙招?

赵胤瞧着她,语气稍软:"你从哪里得知,她是千面红罗?"

这个事是时雍去北镇抚司之前,燕穆传递过来的消息。当时有沈灏在场,燕穆无法现身,而是把大黑引了过去。大黑自然是识得燕穆的,便替他叼回了那个竹筒。字条便藏在大黑叼回的那个竹筒里。时雍趁沈灏不备,抽出纸条,丢掉了竹筒。可是,关于雍人园的这些事和这些人,是时雍断断不能告诉赵胤的。

她眼也不抬,将早就想好的借口道了出来:"我爹告诉我的。"

又是她爹?赵胤眼睛微眯。盯着她老实巴交的脸,冷冷地道:"你爹当这件作,当真是屈才了。"

时雍听不出他语气里有怀疑,暗自松口气,说话也娇俏了些:"那是自然。我爹本事可大了去。能断案洗冤,晓世情百态。若是没有喝酒的毛病,出将入相都不为过。"

赵胤眼瞳深深:"喝酒如何?"

时雍道:"喝酒便忘事啊!酒一喝,说过什么就忘了。一辈子过得稀里糊涂的,把教过我的东西,连同我娘都一起忘到了脑后。"

宋长贵打了个喷嚏,望着王氏:"外头是不是又下雨了?"

王氏走到窗边瞧了一眼:"没下雨,起风呢。"

宋长贵揉了揉鼻子,披衣下床:"阿拾还没回来。不行,我得去看看。大姑娘家家的,总在外面跑,可别出了什么事。"

王氏没有阻止,走过来帮他系衣服扣子,嘴里叨叨不停:"女儿的婚事,你这个当爹的多上点心。我都打听过了,刘家米行的二公子,人品端正得很,也没有什么恶习。张芸儿和谢再衡那腌臜事,让他们老刘家丢了脸,这才想要娶个老实本分的姑娘回去……"

老实本分?宋长贵怪异地看她一眼:"知道了。"

闲云阁。

天凉微雨风乍起,窗帘轻摇。房间里点了一盏烛火,小几上摆放着两样小糕点,新沏的茶水冒着热气,屋中三人对坐,糕点没有动,茶水也没人喝。

燕穆坐在时雍的对面,他原就是一个肤色白皙的男子,如今头发全白了,一身白衣,看上去整个人白得透明,说话语气也慢悠低浅,平添一丝仙气:"石落梅有个嫂子,在他哥过世后改嫁到昌县,丈夫是个五大三粗的铁匠。成亲七个月生下个白白胖胖的小子,眉清目秀,是石落梅兄长的遗腹子。"

时雍拿起一个马蹄糕,轻咬一口:"石落梅可知晓?"

燕穆细细打量了她片刻："多年来，石落梅流落江湖，行踪不定，更具体的无从查探。但据你之言，石落梅既然有所畏惧，自然知晓小侄子的存在，不联络嫂子，很可能是为了保全他们母子两个的性命。"

时雍点点头："极有可能。此女性情刚烈。如无意外，是绝对不肯招出那个人来的。"

乌婵凑近："锦衣卫当真要杀她不成？"

赵胤的心思谁人琢磨得透？时雍沉吟片刻："明日午时行刑。说出口的命令，想是不那么容易收回的。唉，可惜了。这是时雍之死，仅存的一条线索。"

说到这里，她似乎想到什么，又转头问燕穆："张芸儿房里的毒蛇和蛇毒，可有消息？"

燕穆摇摇头，又道："倒是傻娘的事，有点眉目。"

"是吗？"时雍神色微敛，"怎么说？"这虽然是宋阿拾的事情，可如今宋阿拾是她，她也就是宋阿拾，时间一长就融入了那个角色，与阿拾相关的事情，也就成了自己的事。

燕穆看着她道："我是从宋长贵也就是你爹捡到你娘的案子开始查的。那是一个盗劫案。盗匪抢了一队从大漠来的行商，劫走了货物，还劫走了一个女子，便是你娘。可离奇的是，这伙盗匪带着抢来的货物和女子还没回到土匪窝，就在半路暴毙。

"你爹去验尸时，那女子已是痴傻之人，说不清那些盗贼是怎么死的，也说不清她是谁，家住哪里。大概看你爹是个好面相的善人，她怕官差，却不怕你爹，老老实实跟着你爹回了家。

"当年官府也曾寻找那伙被盗匪打劫的行商，可是，那么大一批货物，无人报案，事后也无人认领。此案便不了了之，后来那女子成了你娘，天长日久，就无人再提及。"

时雍垂着眼皮听完，表情不见喜怒："你查到了什么？"

燕穆低头喝了一口茶，颇为踌躇："当年那批货，被官府封存了两年，便倒手卖给了一个做生意的老板，几经易手，流向已不得而知。我在查这事的时候，听一个常跑大漠做皮毛生意的老板说，他当时差一点儿买来，因此专程看过货，好似是出自兀良汗的东西。不过，他是当闲话说来与我听的，时隔十八年，回忆不可考，线索也难查。"

一听兀良汗三个字，时雍面孔微微绷起："这么说，我娘有可能是漠地女子？"

燕穆想了想，摇头："不尽然。漠地女子长相、性情和习惯与大晏女子有很大差异。你娘若是漠地女子，定会有人说起。可你听过有人说吗？"

没有。在阿拾留给时雍的记忆里，她的娘是一个温婉高贵的女子，虽然有些痴傻，很少说话，但没有一条信息与漠地有关。

"别的就查不出什么了？"

燕穆再次摇头："这桩案子也是因为一次死了十几个人，影响甚广，这才有迹可寻。你娘后来去了哪里，那就当真是一点线索都没有了。"

"别担心。"乌婵看她一眼，搂了搂她的腰，"只要缘分未尽，总会再相见。"

时雍与她对视，觉得她这话意味深长。说的好像不是她和傻娘，而是他们。时雍嗯声："什么时辰了？我得回去了。"

乌婵冷哼一声，抬头看了看天花板："天快亮了。不如就在娴姐家眯两个时辰？"

时雍摆了摆头，乌婵就道："娴娘明日要去刑场。你要去吗？"

"我——"时雍话没说完，房顶的瓦片上就传来一道极轻的声音。

三人都有听到。时雍与乌婵、燕穆交换个眼神，燕穆手一挥，房里的烛火熄灭了。时雍懒洋洋伸了个腰："是哪位仁兄到访？滚出来吧。"

又是一道极轻微的响动。等燕穆追出去，只看到一道人影疾驰而去："追不上了。"

时雍看了一眼："他来了多久？"

"刚到。"

"那就好。"

时雍抬头看向燕穆："多事之秋，你们几个小心为要。"

"明白。"燕穆眼神微深，从怀里掏出一个精致的金匣子，递到她手上，"这是钥匙。"

"钥匙？"时雍故意不解地看着他，"给我做什么？"

燕穆身高肩直，对她说话却将头低下来，态度极是恭顺："主子说这是一把财富钥匙，也是主子的信物。雍人园名下产业，堂口、店铺、钱庄、地契……都由它来开启。主子出事前把它交给我保管，如今她既然把我们都托付给了你，这把钥匙也理该由你保管。"

"不必。"时雍没有去接金匣子，信任地看着燕穆，"她交由你来保管，那你就是最合适保管的人。我目前身份不便，不说雍人园，便是跟你们，也要少些接触，免生事端。"

燕穆慢慢收回匣子，低声道："好。"

时雍走出闲云阁就看到匆匆而来的宋长贵。

出来前，她只说来闲云阁，宋长贵也不做他想，根本就没有想到这一个晚上她干了那么多的事，只道她是来安慰娴娘的。

回家的路上，时雍就把千面红罗的事情告诉了宋长贵。为免穿帮，一个谎话，她不得不又用另外一个谎话来圆："千面红罗的事情是娴姐一个朋友告诉她的，但这位朋友以前跑江湖，有前科，如今虽已金盆洗手了，但也不愿再涉江湖事，更不愿与朝廷打交道。娴娘不肯说出他的名字。"

宋长贵愕然地看着她。好半晌，他说："可是你爹我，不混江湖，怎知千面红罗是谁？"

"我爹无所不能。"时雍笑盈盈地看着他，"大都督还说爹做仵作屈才了呢。你如今在大都督心里，可了不得了，说不准哪天给你个大差事……"

宋长贵摸了摸头巾，又摸了摸下巴上的短须，一脸纳闷。他真这么能吗？不承想，天刚一亮，他果然就接了个大差事——同阿拾一起去为今日行刑的囚犯验尸。

这个差事他不陌生，殓尸殓了一辈子，早已麻木，上头一道命令下来，他立马就得去。可他从来没有坐着这么高贵的马车去验过尸啊？

锦衣卫派了车夫来接他。

那华丽的马车驶入宋家胡同口，停在宋家大院门口，引来街坊邻里观望议论。车夫一口一个恭敬地"宋先生"，听得宋长贵脑门充血，走路都有点飘。王氏见状，送到门口，

210

在邻里艳羡的目光里，下巴都快抬到天上去了。

宋长贵当了大半辈子仵作，说好听点是官差，说难听点就是收尸人。别说遭外人嫌弃的日常了，便是自家亲眷也从不待见他。若不然，他们一家五口也不会被老母老父分出来单独过了。

"阿拾。"坐在马车上，宋长贵看着女儿，脑门上都冒汗，"有个事，爹得告诉你。"

时雍可比她爹自在多了，闻言一笑："为何吞吞吐吐？"

宋长贵眉头皱着，四处观望着这马车，朝时雍招招手，又小心地挪了挪位置，坐到女儿身边，压低嗓子用只有她能听见的声音说："爹……不是宋慈的后代。"

突然说这个干什么？时雍斜着眼瞄他，不说话。

宋长贵更觉得羞愧，头垂下更低了："爹是说给那些瞧不起咱们的人听的，以为这样说了，人家能高看一眼。可是这谎是断断不敢在大都督面前说的呀。大都督当真误以为爹这么能干，还指认出千面红罗，这才派了马车吧？"停顿一下，他诚惶诚恐地问，"大都督这么看重我，我这心里头不踏实……"

时雍心道，不就派了辆马车来接吗？看把这老头给吓得一副消受不起的模样。

"爹，你别想太多。"时雍在宋长贵胳膊上轻轻一拍，"这才哪到哪啊？别说这样子的马车了，往后更好的车，你坐得，更好的宅子，你住得，更好的女子……这个算了，你要不得。总之，咱们家会越来越好。"说完，她朝宋长贵挤了个眼，"嗯？明白吗？"

宋长贵捂着心脏，靠在那里："这里头，跳得慌。爹受不得，受之有愧啊。赶明儿大都督若知晓我是个不学无术的庸人，根本就不懂那么多……可怎么办？爹死不要紧，就怕连累一家子。"

时雍无语。看来赵胤的狠辣真是深入人心啊。分明是一桩好事，愣是把她家老父亲吓得要生要死的。

天亮前下过雨，地面上湿漉漉一层。

男女囚犯在行刑前，会由仵作进行验明正身和检查身子。时雍再一次见到石落梅的时候，她已经被转移到了守护更为严密的女牢。相对于男犯，一些针对女犯的妇刑更残酷，很多女犯在行刑前会自杀，女牢便是为了防止这种行为而出现。

石落梅被缚紧双手捆在刑架上，面色浮肿，双眼深凹，此时不用化妆，看上去就像个厉鬼了，但她的平静让时雍始料未及。

即使那个令无数女子恨不得早点死去的"木驴"被抬入女牢，她也只是变了变脸色，便垂下了眼皮。

"你不怕？"时雍问她。

"怕。"石落梅眼神空荡荡的。

"他就是锦衣卫，对不对？"时雍走到她面前，低声说，"他知道他们将会怎么对你。等验明正身，你会被扒光衣服骑木驴游街，最后一丝尊严被撕碎，求生不得，求死不能，极度羞辱。这，值得吗？"

烛火在风中摇曳，石落梅眼睛里亮出一抹光，如烟花般艳丽，只一瞬，又暗了下去："能帮我一个忙吗？"

时雍以为她会求她，不受这样羞辱痛苦的酷刑。哪料她说："我想……梳个头。"

强大而隐秘的爱，给了她极度的力量。时雍叹了一口气，温柔地将她扶坐端正，找来梳子，慢慢为她梳理打结的头发。她头发长又凌乱，梳子早就梳不透了，时雍拿了把小剪子，想将打结的地方剪掉："介意吗？"

时人很介意剪发，石落梅却微笑摇了头："不。今儿是个好日子，我要与家人团聚了。"

时雍为她梳直头发用了小半个时辰，离游街和行刑还早。她坐在石落梅身边，在这个沉浸着死亡阴影的女牢里，默默感受那种刺骨的寒冷和孤寂。

"你怎么不走？"石落梅问她。

"陪陪你。"时雍说。陪的是她，陪的也是曾经落入诏狱求生不得的时雍自己。

石落梅警觉地看着她："我不会说的。"

时雍一愣，含笑看她："我知道。这世上没有任何一种力量能撼动女子的爱情。一旦有了执念，便是死无葬身之地。"

"你很不一样。"石落梅轻轻说，"跟他们都不一样。"

"是吗？"时雍回答得淡淡的，没有情绪。

石落梅放松了警惕，在这最后的时刻里，享受着一个女差役给予的最后温暖和陪伴，一颗心渐渐宁静下来。不知过了多久，在时雍出神的时候，她忽而从唇间逸出两字："值得。"

时雍看过去。灯火很暗，她苍白的脸白若纸片，声音幽幽，笑容却极是真实："这辈子值得。他值得。你，也值得。"

一个对她不管不顾的男人，当真值得吗？时雍看着石落梅脸上一闪而过的明艳，良久没有说话。

行刑前，时雍看着那个光滑的木驴，牙一咬出了女牢，飞快地跑去找赵胤。赵胤仍在北镇抚司，门口的谢放看到她一脸苍白却肃冷的表情，吓一跳："阿拾？"

"我找大人。"时雍冷声说完，不给谢放做出反应的时间，也不给自己后悔多管闲事的机会，转身就冲上去一脚踢开了门，"大——"一个字卡在喉间。哦天，她看到了什么？只一眼，时雍就疯了。

赵胤昨夜没回无乱馆，但今日要赴刑场，他得换上正经官服，而时雍闯进去的时候，他刚好脱下昨日的衣服，还没来得及穿好。

什么肌？还有人鱼线？那是……他为什么要转身？时雍恨他，也恨自己的眼。那是什么？要死！她脑袋爆炸了，她是来干什么的？头脑一片空白，理智全部失控，时雍只能感觉到自己心跳得如同一匹野马，鼻腔有隐隐的温热。鼻血？她摸了一把，不可思议地看着手心。

赵胤已然披上外袍："你在做什么？"他语气低沉，十分不友好，隐隐藏着恼意。

但这一刻时雍不怪他，换谁被人这么看光光，大概都没有什么好脾气，何况他是赵胤？不拧掉她脑袋已是万幸。

"大人恕罪。"时雍想要拱手作揖，手一拿开，又赶紧去捂鼻子，揉了揉，将自己揉成一个大花脸，随后尴尬地看着他，"我其实眼神不太好，看不太清……要不，我先出去，等你穿好？"

赵胤俊脸变色。很明显，他是隐忍着怒火说的这句话："有事就说。"

"就是那个驴——木驴——"说到这个木驴的时候，时雍脑子里疯狂飘出一些不太好的对比。

"宋阿拾！"赵胤的耐心显然已到极点，一掌拍在桌子上，"不说就出去。"

"我说！"时雍说，"那个木驴，可不可以不让她骑？杀人不过头点地，对女子而言，骑木驴太残忍。不人道，不……"

"谁要骑？"赵胤慢慢走近，眯眼看着她。

时雍愣愣地看着他，突然醒悟，一脸惊喜地看着他："你只是吓唬她，顺便逼那个男人？"很少有女子能忍受这样的酷刑，更没有哪个男子乐意自己的女人承受这样的罚法，还被游街，让万人围观。

"哼！"赵胤冷着脸，已然恢复了平静，"知道还不滚出去？想伺候本座更衣？"

"不不不不不！"时雍打个哈哈，摊开手，"您自便，您请自便。"她转身走得飞快，出了门看谢放脊背笔直，目视前方一动不动的样子，自我安慰这桩糗事并没有被别人知晓，稍稍淡定了一分。可，她刚放松下来，背后就传来赵胤的声音："去洗把脸。"

一夜风雨后，竟是个大晴天。

消息是早就传出去的，老百姓早早就候在路边和法场，等着看"女鬼"刑决。

大街两侧，持枪佩刀的兵丁，将百姓隔绝在外，几步一个兵丁，法场上更是重兵把守，四周黑压压的人群屏紧呼吸，气氛格外冷肃紧张，但这丝毫不影响老百姓走上街头。杀人刑决，不管杀的人是谁，总能引来好事者。

囚车从大街中间穿过，发出嘎吱嘎吱的声音。阳光从囚车顶上落下，将石落梅的脸上照得苍白一片。她戴着枷锁，白色的囚衣、长长的头发，脑袋垂得很低，脖子后面那一支"囚"字令箭将她瘦弱的身子固定起来。满街议论纷纷，大多是唾弃和辱骂。

相比石落梅，屠勇的囚车没有那么受人关注，除了跟在后面的娴娘和屠勇的老爹老娘一众亲眷，人们的注意力都被"女鬼"抓去了。

人们都在骂，越骂越得劲。这是很容易被挑起情绪的群体，有些人骂着骂着冲上前去吐唾沫，若非兵丁们拦着，怕是会直接动手揍人。"女鬼事件"闹得沸沸扬扬，老百姓不得安生，尤其水洗巷百姓恨透了石落梅。时雍观察了一下，往囚车砸沙石果皮的人不少，砸鸡蛋的没有，毕竟鸡蛋贵。

时雍随着人群涌向法场。挤攘间，不知哪个不要命的往人群里丢了颗炮仗。嘭的一声炸开，尖叫连成一片，近处的知道是炮仗，远处的人群不知道发生了什么，高声呐喊着开始四处拥挤。

"可是有人劫囚？"

"天啦！光天化日劫囚？不要命了吗？"

"让让，让一让。"

耳边快闹成马蜂窝了。时雍皱着眉头，刚想让开，一个小孩子不知打哪儿挤过来，一把抱住了她的双腿，若非四面八方都是人群，时雍这一迈腿铁定摔个狗吃屎。她低头看一眼，猛地拎着小孩儿的衣领："你给我起——"话没说完，她目光定住，"太——"

"太什么太，死女人还不松开本少爷？"赵云圳被时雍拎着后领子，弱得像拎只小鸡似的，他从不曾受过这样的对待，小脸涨红，眼神乱扫，只觉得威风扫地。

时雍缩回手："你怎么在这儿？"

赵云圳后背又被人挤了一下，没有站稳，再次抱住时雍："有热闹可看，本少爷当然要来。"

小孩子个头小，挤在人群里，除了看得见人腿什么都看不到。时雍望一眼因为炮仗被挤得水泄不通的人，怕伤到他，直接将赵云圳抱了起来。是那种大人抱小孩儿的抱，圈在怀里，坐在臂上。这对九岁的赵云圳来说，是不可思议的动作。在宫里，父皇母后不会这样抱他，宫女太监们不敢这样抱他。在他的印象里，他就没有被人这么抱过。赵云圳瞪大黑漆漆的双眼，不可思议地望着时雍，涨红了粉嫩的小脸，话都结巴起来："你，你好大的胆子，敢冒犯，少爷。"

时雍神色淡定，不耐烦地看了看小团子："少废话。抱住我脖子。"

抱住脖子？赵云圳眉头拧得皱了起来，严肃地看着时雍，一脸厌嫌的样子，不仅不伸手抱她脖子，还别扭地挣扎起来，一脸傲娇地骂人："松开，松开我。你再轻薄本少爷，少爷定要砍你的脑袋——"

动不动就杀人放火。时雍斜眼看他，手臂往外一伸，将他从身上拉出一个距离："再要威风，我丢你下去信不信？"

"大胆！你敢骂我？本少爷要砍你脑袋……"

时雍抿住嘴，作势要往下丢。赵云圳看了看黑压压的人群，涨红的小脸又变白了："疯女子，疯女子你敢。"

时雍懒洋洋斜着他，挑挑眉梢："到底要不要我抱？诚实点。不要，我就丢下你在这儿数人腿，独自去前面瞧热闹。要抱，就乖乖叫一声好姐姐，抱住我脖子，老实点！"

赵云圳再次瞪大眼，深呼吸。深深地、深深地呼吸着，见鬼般盯住她。在时雍眼里，这么小的太子赵云圳就是个小屁孩儿，是个粉团子，可以捏捏小脸，拍拍脑袋，掐掐腰那种。可是，再小的太子他也是太子。在赵云圳九岁的人生中，从未与除了他过世亲娘之外的人这么亲近过。小小孩子很难有词形容被女人抱在怀里的感觉，明明她那么凶，一点都不温柔，还不会像宫里的嬷嬷宫女一样对她笑，更不会敬他怕他，但他小心脏却跳得如此欢快，一瞬间被填得满满的。他搞不懂了。小脑袋里能想到的只有小太监们私下说的那些男女情爱……这，大概就是爱和欢喜吧？赵云圳小脸红透，紧紧抿住嘴唇，别扭地偏开头不说话,但一双小手臂却慢慢圈住了时雍的脖子。

"哼!"时雍好笑地看他一眼,拉了拉他搂得过紧的手,"别抱这么紧,勒死我了你什么热闹都瞧不到了。"

一听她说他抱得太紧,赵云圳的面子又绷不住,气咻咻地扭过小脸瞪住她:"死女人,你再胡说八道我就——"

时雍腾出一只手捏他脸蛋:"砍我脑袋,我知道啦。现在请少爷先闭嘴。好不好?"

赵云圳揪着的眉头松了松,哼声:"饶你一命。"

时雍差点笑出声。这么别扭的小孩子,哼!

抱了个孩子在手上,赵云圳这小家伙长得又极是好看,他俩在人群里显得很扎眼。随着人群走了一段路,时雍觉得这样不安全,将身上的褂子脱下来,直接盖住赵云圳的小脑袋:"你一个人来的?身边的人呢?"

赵云圳有点小得意,骨碌碌的眼黑亮亮地从褂子里露出来:"少爷我刚丢了几颗响炮,就把他们甩掉了。"

脑瓜子是挺好使的,知道利用人群混乱的时候甩开随从,可是他有没有想过这样子会有什么凶险?"初生牛犊不怕虎。以后不许了。"时雍训了他,却又努力地护着他,不让人群撞到他。赵云圳本能地想要训回去,想凶她,可是话到嘴里,看着她这般使着全力带他去看热闹,便又熄了火,心窝里还有些隐秘的小欢喜:"算你好命。本少爷不跟女子计较。"

看他装成小大人的样子,时雍忍俊不禁:"还挺像个男子汉。乖。"言罢,又捏一下小脸儿。赵云圳咬紧了牙,哼一声。

法场上挤满了围观的人群。

时雍抱住被盖了脑袋的赵云圳,挤到娴娘身边,与她和乌婵站在一起,在她不解地看向赵云圳时,无奈地朝她摇了摇头。

乌婵于是不再问,而是转开头:"他们都在。"四个字很简单,只有时雍听得懂。是说燕穆的人都在法场上,叫她不必担心。

时雍不赞同地皱眉:"不该的。"这是一个是非场合,还不知会发生什么。她心里隐隐有些不安,可是也理解燕穆他们想要保护她的心思。

时雍回头看一眼黑压压的人群,目光转向监斩台。除了新上任的顺天府尹马兴旺、推官谭焘、刑部和大理寺官员,还有两个英俊显目的男子。一个是锦衣卫赵胤,一个是东厂白马扶舟。两个都是心狠手辣的主儿,可是相比于赵胤那张冷酷无波的棺材板脸,白马扶舟轻抿薄唇一脸带笑的样子,就亲民多了。圣旨还未下,但娄宝全畏罪自杀后,东厂显然已由白马扶舟实际控制。

娴娘全身缟素,哭得肝肠寸断,若非乌婵扶住,怕已倒了下去。

被押来法场之前,屠勇已经被揍得满脸青紫,不成人样。死字当头,哪怕是铁打的汉子也禁不住吓,看着围观的亲人和好事者,他身子簌簌地发着抖,大声喊着爹娘,嗓音嘶哑又破碎，听得人心里难受。屠家亲眷都来了，在台下齐齐喊冤。兵丁们拦在人群前面，不让他们近前，互相推搡着，尖叫声声。

娴娘几乎快要站不稳了，揪住乌婵的胳膊哭得瑟瑟发抖："是我害了他，是我害了他呀。这份情义，我拿什么去还，呜呜……"

在喧闹嘈杂的声音里，监斩台上的沙漏在静静地流动。